It's been a while. I've missed you.
I'll be at the shack next weekend
if you want to get together.

-Papa

From. _____

To. _____

To my Korean Readers,

It has been ten years since the first copies of The Shack arrived from Kinko's. Twenty-six publishing houses have turned down the manuscript, so we found a local printer and sold copies through the website. Within the first year, Korean publisher Kevin Choi (Segyesa), took the risk and published the novel in your country. I am deeply grateful that he and his family had the foresight. Korean readers have been among my greatest support. Thank you! The kindness and encouragement you have shown me have been fantastic and I am deeply grateful for your response and loyalty.

In a world that is often difficult, with heart-ache and losses, we need to embrace the centrality of relationship as the way forward to heal our souls, our families, and our communities. Thank you for your participation in that work. We are in this together!

With a heart filled with gratitude,

Paul Young,
author of The Shack, Cross Roads, Eve and Lies We Believe About God.

한국 독자들에게

동네의 조그만 복삿집에서 『오두막』을 처음 인쇄한 지 10년이 지났습니다. 26개의 출판사가 제 원고를 거절했기에 우리는 소소하게나마 책을 찍고, 웹 사이트를 통해 책을 팔았던 것입니다. 그 첫해에, 세계사 최윤혁 대표가 위험 부담을 안고 한국에서 이 소설을 출판하게 되었습니다. 그와 그의 가족에게 그런 통찰이 있었다는 사실에 깊이 감사드립니다. 한국 독자들은 저의 가장 든든한 후원자입니다. 여러분이 저에게 보여주신 친절과 응원은 굉장합니다. 저는 여러분의 한결같은 지지에 진심으로 감사의 말씀을 전합니다.

내면의 아픔과 상실이 가득하고 힘든 상황이 반복되는 세상에서 우리의 영혼과 가족, 그리고 공동체를 치유하기 위해서는, 무엇보다도 관계가 그 중심이 되어야 합니다. 그런 치유 과정에 동참해주심에 감사드립니다. 우리는 이런 과정을 함께하고 있어요!

깊은 감사를 담아,
윌리엄 폴 영.

오두막

오두막

THE SHACK

모든 순간으로부터 자유로워지는 곳

윌리엄 폴 영 장편소설 | 한은경 옮김

세계사

나의 아이들을 위해 이 이야기를 썼습니다.
다정하고 속이 깊은 채드
자상한 탐험가 니컬러스
마음이 따뜻하고 정이 많은 앤드루
기쁨이 넘치고 아는 것이 많은 에이미
빛나는 힘, 알렉산드라(렉시)
갈수록 더 경이로워지는 매슈

이 책을 우선
사랑하는 아내, 킴에게 바칩니다.
내 삶을 구원해줘서 고마워요.

그리고
"사랑이 지배한다고 믿는, 실수투성이 우리들"에게 바칩니다.
"일어나서 사랑의 빛을 발하십시오."

어떤 이가 오두막에서 하나님과 함께 주말을 보냈다고 주장한다면, 어느 누가 의심을 품지 않겠는가? 그런데 여기 바로 그 오두막이 있다.

20년 전, 이웃을 돕기 위해 외양간에 쓸 건초를 묶으러 간 적이 있었다. 그날 함께 일을 도와준 것이 인연이 되어 맥과 나는 친하게 지내왔다. 그 후 우리는 같이 시간을 보내며 커피도 마시는 사이가 되었다. (정확히 말하자면 나는 두유를 넣은 아주 뜨거운 차이 티를 마셨다.) 우리는 자주 웃음을 터뜨렸고, 가끔씩 눈물을 흘리기도 했으며 언제나 깊은 교감을 나누었다. 나이를 먹을수록 우리 사이는 더욱 돈독해졌다.

그의 이름은 매켄지 앨런 필립스이지만 다들 앨런이라고 불렀다. 그의 집안 남자들은 첫 번째 이름이 모두 같았기 때문에 대개 두 번째 이름으로 불렸다. 1세, 2세, 3세, 주니어, 시니어 등의 허세를 피하려는 나름의 방법인 것 같았다. 이런 전통은 전화 판매원, 특히 친한 사이인 척하면서 전화를 거는 사람들을 구별하는 데 좋았다. 그래서 그와 그의 아버지, 할아버지, 그의 맏아들까지 모두 첫 번째 이름은 매켄지이지만 중간 이름으로 불렸고, 그는 아내와 친한 친구들 사이에서만 맥이라고 불렸다. (그래도 나는 생전 처음 보는 사람이 "이봐, 맥. 도대체 어디서 그딴 운전을 배운 거야?"라고 소리치는 것을 종종 들어보긴 했다.) ('맥'은 모르는 남자를 부르는 이름으로 흔히 쓰인다. - 옮긴이)

맥은 중서부의 농장지대에서 자랐다. 그의 집안은 육체노동과 혹독한 규율을 중시하는 아일랜드계였고, 더욱이 그의 아버지는 대단히 엄격한 교회 장로였다. 그러나 그의 아버지는 비가 오지 않거나 비가 너무 일찍 올 때, 또는 그 사이에 남몰래 술을 퍼마시는 알코올중독자이기도 했다. 맥은 아버지에 대한 이야기를 거의 하지 않았지만 어쩌다 입에 올릴 때면 그의 얼굴에서 감정이 썰물처럼 빠져나가고 어둡고 생기 없는 눈빛만 남곤 했다. 단편적으로 들은 내용을 종합해보면 그의 아버지는 만취해서 기분 좋게 잠드는 술꾼이라기보다는 아내를 폭행하고 나중에 하나님께 용서를 비는 술주정뱅이인 듯했다.

매켄지는 열세 살 때 청소년부흥집회에 갔다가 분위기에 휩쓸려 교회 지도자에게 집안 사정을 털어놓게 되었다. 순간적인 양심의 가책에 사로잡혀, 술 취한 아버지에게 심하게 구타당한 어머니가 의식을 잃는 것을 여러 번 목격했으면서도 자신은 아무런 도움이 되지 못했다고, 눈물을 흘리며 고백했던 것이다. 하지만 그는 자기의 고백을 들어준 이가 아버지와 함께 근무하고 같은 교회에 다닌다는 사실을 깜빡하고 있었다. 집에 돌아와 보니 어머니와 여동생들은 모두 집에 없고 아버지 혼자 현관에서 그를 기다리고 있었다. 반항아 아들에게 효도가 뭔지 제대로 교육시키려고 어머니와 여동생들을 메이 이모네 보냈다는 사실을 그는 나중에야 알게 되었다. 맥은 거의 이틀 동안 집 뒤쪽의 커다란 참나무에 묶여서 허리띠로 매를 맞았고, 아버지가 술병을 내려놓고 어느 정도 술에서 깨어난 후에는 성경 구절로 야단치는 것까지 질리게 들어야 했다.

2주 후에 간신히 걸을 수 있게 되자마자, 맥은 그 길로 집을 나갔다. 집을 떠나기 전, 농장에서 찾은 술병마다 살충제를 넣어두었다. 그리고 헛간 옆에 묻어두었던, 자신의 모든 보물이 담긴 작은 양철상자를 파냈다. 상자에는 따가운 햇볕 때문에 식구들 모두 눈을 찡그리고 찍은 사진 한 장(아버지는 약간 떨어져서 따로 서 있었다.), 1950년 루크 이스터의 루키 야구카드, 그의 어머니가 유일하게 사용하셨던 마 그리프 향수 1온스가 담긴 작은 병, 실타래와 바늘 두어 개, 은으로 주조된 미공군 F-86 제트기 모형, 그리고 평생 동안 모은 돈 15달러 13센트가 들어 있었다. 그는 집으로 다시 기어들어가서 어머니의 베개 밑에 '언젠가 저를 용서해주시길 바랄게요.'라고 쓴 쪽지를 넣어두었다. 어머니 옆에는 술을 진탕 마신 아버지가 코를 골며 자고 있었다. 그는 절대로 뒤돌아보지 않겠다고 맹세했고 오랫동안 그 맹세를 지켰다.

열세 살이라는 나이는 어른이 되기에는 너무 일렀다. 하지만 다른 선택의 여지가 없었던 맥은 세상살이에 빠르게 적응해갔다. 그는 가출 이후에 대해 그다지 언급하지 않았지만, 여기저기 떠돌며 돈을 벌어서 조부모에게 송금하면 조부모가 그 돈을 어머니에게 전해주었던 것 같다. 그는 머나먼 타국의 끔찍한 전쟁터에서 총을 집어들기도 했던 것 같다. 하지만 내가 아는 그는 사악한 전쟁을 증오하는 사람이었다. 맥은 산전수전을 겪다가 20대 초반에 오스트레일리아의 한 신학교에 입학했다. 신학과 철학 공부를 마치고 미국으로 돌아와서 어머니와 여동생들과 화해했고 오리건 주로 이사해서 내넷 A. 새뮤얼슨과 결혼했다.

세상에는 떠들어대기 좋아하는 사람들이 많지만, 맥은 생각한 후에 행동하는 사람이었다. 대부분의 사람들과는 달리, 누가 묻기 전에 먼저 입을 여는 적이 거의 없었다. 더군다나 그의 이야기를 듣다보면 인간의 생각과 경험을 받아들이는 방법이 보통 사람들과는 다른, 이방인처럼 여겨지곤 했다.

그는 대수롭지 않게 여기고 넘어갈 것들을 신경 쓰느라 주변 사람들을 불편하게 만들곤 했다. 맥이 자기 생각을 입 밖으로 꺼내지만 않으면 대부분은 그를 무척 좋아했다. 그가 자기 생각을 말한다고 해서 사람들이 그를 싫어하게 되는 것도 아니었다. 그보다는 사람들이 스스로 썩 만족하지 못했다고 하는 편이 맞겠다.

맥은 젊었을 때 자신의 아픔을 감추기 위한 생존전략으로써 자기 생각을 다소 거침없이 말했다고 한다. 그러다가 결국에는 자신의 고통을 다른 사람들에게 쏟아내는 경우도 잦았다고 했다. 다른 사람들의 결점을 지적하고 창피를 주는 가운데 자신의 힘과 통제력을 유지했다고 하니, 그다지 정이 가는 성격은 아니었을 것이다.

나는 이 책을 쓰면서 그동안 내가 알아온 맥이라는 인물을 되돌아보게 되었다. 그는 평범한 남자이고, 진정으로 친한 사람들에게가 아니라면 그렇게 특별한 인물도 아니다. 얼마 전에 쉰여섯 살이 되었고, 이 지역 여느 사람들처럼 평범한 외모에 약간 비만이고 머리숱이 빠지기 시작한 땅딸막한 백인 남자이며, 군중 속에서 두드러지는 인물도 아니다. 일주일에 한 번, 시내에서 열리는 판매회의에 참석하려고 지하철에 탄 그가 당신 옆자리에서 졸고 있더라도 그다지 불편하진 않을 것이다. 그는 와일드캣 로드에서 재택근무로 대부분의 업무를 처리했다. 그는 나로서는 이해할 엄두도 못내는 첨단기술과 관련된 물건을 팔았다. 우리의 삶이 아직도 충분히 빠르지 못하다는 듯, 모든 것을 더 빨리 가게 만드는 기술 제품들 말이다.

맥이 전문가와 이야기를 나누는 것을 들으며, 그가 얼마나 명석한 인물인지 새삼 깨달은 적이 있다. 그들은 전혀 다른 언어로 말하는 것 같았고, 나로서는 그들의 입에서 쏟아져 나오는 여러 개념을 따라잡기도 벅찰 정도였다. 그는 대부분의 주제에 대해 지적으로 대화했고, 상대방의 신념을 존중하는 동시에 자신의 신념을 밝힐 줄 알았다.

맥은 무엇보다 하나님과 창조에 대해, 그리고 사람들이 믿음을 갖는 이유에 대해 이야기하기를 좋아했다. 그럴 때면 그는 갑자기 어린애가 된 것처럼 피곤함이나 나이 따위는 잊어버렸다. 스스로를 주체하지 못한 채 두 눈을 반짝이며 입꼬리가 말려 올라가는 미소를 짓곤 했다. 그러나 그는 종교적인 사람이라기보다는 종교에 대해 사랑과 증오를 모두 느끼는 사람인 것 같았다. 더욱이 하나님이 저 멀리 떨어진 곳에서 우리를 무심히 내려다보는 존재는 아닐까 의심하고 있었다. 마음속 깊은 곳에서 독화살이 쏟아져 나오듯, 그가 방심한 틈을 타고 가시 돋친 말들이 튀어나오곤 했다. 우리는 일요일이면 동네 교회 (우리는 이 교회를 세례자 요한의 쉰다섯 번째 독립모임이라고 불렀다) 에 가끔 나가기도 했지만, 교회에서 그가 편안해 보이지 않는다는 건 누구라도 알 수 있었다.

맥과 낸은 대체로 행복한 결혼생활을 33년간 유지해왔다. 맥은 낸이 큰 대가를 치르고 자신의 삶을 구원해주었다고 했다. 무슨 까닭에선지 낸은 옛날보다 지금의 맥을 더 사랑하는 것 같았다. 나는 맥이 결혼하고 얼마 안 되었을 때 아내에게 심한 상처를 주었다는 것을 감지했다. 나는 우리의 상처가 주로 인간관계에서 비롯되기 때문에 치유 역시 관계 속에서 일어난다고 생각한다. 바깥에서 들여다보면 그 속에서 어떤 은혜가 일어났는지 알기 힘든 법이지만 말이다.

어쨌거나 맥은 결혼생활을 잘 유지해나갔다. 가족을 벽돌집에 비유한다면 낸은 벽돌들을 이어주는 회반죽이었다. 맥이 옳고 그름이 불분명한 세계에서 고군분투한 반면, 낸은 그러한 가치가 분명한 세계에서 살고 있었다. 낸은 상식을 너무나 당연하게 받아들였기 때문에 상식적인 삶이 대단한 선물이라는 것도 몰랐다. 그녀는 가족을 부양하기 위해 의사가 되려던 꿈을 접긴 했어도 불치의 종양환자를 돌보는 간호사로서 상당히 인정받고 있었다. 맥이 하나님과 폭넓은 관계를 맺고 있다면, 낸은 속 깊은 관계를 맺고 있었다.

잘 어울릴 것 같지 않은 이 부부에게는 특별히 아름다운 다섯 아이가 있다. 맥은 아이들이 잘생긴 건 모두 자기를 닮아서라고 말하길 좋아했다. "왜냐하면 낸은 아직도 그녀의 미모를 다 갖고 있거든." 세 아들 중 둘은 벌써 독립했는데, 아직 신혼인 존은 지역회사에서 판매 일을 하고 있고, 얼마 전에 대학을 졸업한 타일러는 석사 과정을 밟고 있었다. 조시와 큰딸 캐서린(케이트)은 집에서 함께 살면서 2년제 대학에 다니고 있다. 그리고 다들 미시라고 부르는 막내딸 멜리사가 있다. 그 아이에 대해서는…… 이 책을 읽다 보면 알게 될 것이다.

어떻게 설명해야 할지 모르겠지만, 하여튼 지난 몇 년은 유난스러웠다. 맥은 전혀 다른 사람이 되었고, 과거보다 훨씬 더 특별해졌다. 내가 알고 있는 맥은 언제나 자상하고 친절한 사람이었지만, 3년 전에 입원했다가 퇴원한 후에는 더욱 근사해졌다. 그는 진실로 평안을 만끽할 줄 아는 그런 희귀한 종자가 되었다. 나도 그와 함께 있으면 마음이 편해진다. 주로 나 혼자 떠들기는 하지만 그와 이야기를 나누고 나면 생애 최고의 대화를 나눈 것만 같다. 더욱이 맥은 폭넓기만 하던 하나님과의 관계에서 벗어나 대단히 깊은 관계를 누리게 되었다. 하지만 그 깊은 관계를 누리기까지 그는 큰 대가를 치러야 했다.

'거대한 슬픔'으로 인해 거의 입을 다물고 지내던 7년 전의 그와 요즘의 그는 많이 다르다. 그때부터 약 2년 동안 우리 사이에는 암묵적인 동의라도 한 것처럼 대화가 없었다. 가끔 동네 가게에서, 그리고 드물게 교회에서 만나면 서로 인사치레로 포옹은 했지만 의미 있는 대화를 한 적은 별로 없었다. 그는 내 눈을 똑바로 쳐다보는 것조차 힘들어했으니, 상처를 덧낼지도 모르는 깊은 대화를 원하지 않았을 것이다.

그 별난 사건 이후 모든 것이 달라졌다. 아, 내가 또 너무 앞서 나갔다. 때가 되면 그 일에 대해 자세히 이야기하겠지만, 지금은 맥이 지난 몇 년 사이에 생명을 돌려받았고 '거대한 슬폼'이라는 짐을 덜어냈다고만 말하겠다. 3년 전의 어떤 사건으로 인해 그의 삶의 멜로디는 완전히 바뀌었고, 나는 당장이라도 그 노래를 들려주고 싶다.

맥은 이야기는 잘하지만 글쓰기에는 젬병이었다. 그는 내가 글쓰기를 좋아한다는 것을 알고 자신의 이야기를 '아이들과 아내를 위해' 대신 써달라고 부탁했다. 그는 가족들에 대한 자신의 사랑이 얼마나 깊은지 보여주고, 또 자신의 내면 세계에서 벌어졌던 일들을 이해시키고 싶어했다. 당신도 알고 있는 세계, 바로 당신만이 홀로 존재하는 그 세계이다. 당신이 하나님을 믿는다면 그분도 함께 거하실 것이다. 물론 하나님은 자신을 믿지 않는 사람들의 마음에도 계실지 모른다. 하나님의 성품이 바로 그러하다. 그분이 괜히 위대한 중재자로 불리는 것이 아니다.

당신이 지금부터 읽게 될 내용은 맥과 내가 지난 몇 달 동안 고생하며 쓴 것이다. 이 글에는 환상적인 면이 약간, 아니, 많이 들어 있다. 일부 내용이 사실인지 아닌지에 대해서는 아무 말도 하지 않겠다. 세상에는 과학적으로 입증할 수 없는 사실도 있다는 말로도 충분할 것이다. 내가 이 이야기의 일부가 됨으로써 전에는 가보지 못했던, 존재하는지도 몰랐던 내면 깊숙한 곳의 영향을 받았다는 것을 솔직하게 인정한다. 맥이 나에게 이야기해준 내용이 모두 진실이기를 소원한다고 고백한다. 대개는 맥과 함께 바로 그곳에 있었지만, 구체적인 것으로 이루어진 가시적인 세계가 실제로 여겨질 때면, 어느새 나는 내면과의 접촉을 잃은 채 의심을 품곤 했다.

마지막으로 몇 가지 전하고 싶은 말이 있다. 당신이 만약 우연히 이 이야기를 듣고 맘에 들지 않는다는 반응을 보인다면 맥은 "미안하지만…… 이 이야기는 당신을 위해 쓰인 것이 아닙니다."라고 말하려 할 것이다. 그러나 이 글이 바로 그들을 위한 것일지도 모른다. 앞으로 이어질 글은 맥의 회상을 내가 기록한 것이다. 따라서 이 글은 맥의 이야기이지 내 이야기가 아니다. 도중에 나도 가끔 등장하지만 맥의 시점을 따라 나를 3인칭으로 부르겠다.

기억이란 가끔씩, 특히 사고가 난 경우에는, 종잡을 수 없다. 맥과 나는 되도록 사실에 가깝게 쓰려고 노력했지만 우리 의도와는 달리 착오나 왜곡된 기억이 반영되었을 수도 있다. 이 글의 대화와 사건들은 맥이 기억하는 내용 안에서 거짓 없이 기록되었다고 단언한다. 그러니 맥을 어느 정도 너그럽게 봐주었으면 한다. 결코 말하기 쉬운 내용이 아니라는 것을 여러분도 곧 알게 될 것이다.

- 윌리

차·례

1

두 길이 만나는 곳

"내 삶의 한가운데 두 갈래 길이 있었지.
현자의 말을 듣고
사람이 적게 간 길을 택했네.
그리고 모든 것이 달라졌다네."

- 래리 노먼(로버트 프로스트의 시 개사)

심하게 건조했던 겨울이 지나고, 3월이 되자 폭우가 쏟아졌다. 캐나다에서 남하한 한랭전선의 영향으로 오리건 주 동부에서 컬럼비아 강 협곡으로 회오리바람이 불어닥쳤다. 바로 코앞에 봄이 와 있는데도, 동장군은 어렵사리 얻어낸 영토를 쉽게 넘기려 하지 않았다. 캐스케이드 산맥에는 새로 내린 눈이 담요처럼 쌓였고, 얼음비는 바로 집 앞 마당까지 얼려놓았다. 그러니 맥이 장작이 타오르는 난롯가의 온기에 몸을 맡기고 뜨끈한 사과주스를 마시며 책을 펼쳐들 핑계는 충분한 셈이었다.

하지만 그는 아침 내내 바쁘게 재택근무를 해야 했다. 자택 사무실에서 편하게 잠옷 바지와 티셔츠만 걸친 채, 주로 동부 연안지역 판매와 관련된 통화를 했다. 이따금 하던 일을 멈추고 수정같이 굵은 빗방울이 유리창에 부딪치는 소리를 들으며 얼어붙어 가는 바깥 풍경을 바라보았다. 졸지에 집 안에서 얼음비에 갇힌 죄수가 된 것 같긴 해도 기분만은 최고였다.

일상을 방해하는 폭풍우에는 즐거운 면이 있다. 눈이나 얼음비가 내리면 사람들은 해야 할 의무나 요구사항, 강제적인 약속이나 스케줄 등에서 갑자기 풀려난다. 더욱이 몇몇에게만 영향을 미치는 질병과는 달리 이런 상황은 모든 이들에게 영향을 미친다. 악착같이 고군분투하다가 녹초가 된 인간들에게 휴식을 주기 위해 끼어든 자연의 영향력 아래서, 도시와 그 교외의 사람들이 다같이 안도의 한숨을 내쉬는 소리가 들리는 것만 같다. 한마음이 된 사람들은 자연현상을 핑계로 신바람이 난다. 중요한 약속을 지키지 못했다고 변명할 필요도 없다. 모두가 이 단일한 핑계를 공유하고 서로의 상황을 이해하며, 생산에 대한 압박 또한 갑자기 줄어듦에 따라 마음도 가벼워진다.

물론 폭풍우 때문에 생업에 지장을 받는 경우도 있다. 예상외의 수익을 내는 회사도 있지만 손해를 보는 회사도 있다. 즉 모든 것이 일시적으로 정지되는 이런 상황을 싫어하는 사람도 있는 것이다. 하지만 누구도 생산 손실이나 결근을 이유로 비난받을 수는 없다. 기껏해야 하루 이틀 정도지만, 사람들은 작은 빗방울이 땅에 닿는 순간 얼음으로 변한다는 이유만으로도 자신만의 세계의 주인이 된 듯한 느낌을 받게 된다.

일상 속 활동까지도 특별한 일이 된다. 평범한 선택이 모험이 되고 흔한 경험이 또렷이 과장이 되는 느낌이다. 맥은 오후 늦게 옷을 둘둘 감싸고 집밖으로 나왔다. 쉽지는 않겠지만, 현관에서 90미터 정도 떨어진 대문의 우편함까지 걸어가 볼 생각이었다. 얼음비는 불가사의하게도 이 간단한 매일의 업무를 폭풍우에 맞서는 저항운동으로 바꾸어놓았다. 그는 주먹을 불끈 쥐고 자연의 힘에 정면으로 맞서 그것을 비웃는 것 같았다. 아무도 자기를 보지 못할 것이며, 보더라도 신경 쓰지 않으리라는 것 따위는 중요하지 않았다. 그냥 그런 생각 때문에 속으로 웃고 말았다.

얼음비에 뺨과 손이 아렸지만 맥은 약간 경사진 길을 찬찬히 더듬으며 걸어갔다. 또다른 술집으로 조심스레 걸어가는 술 취한 선원처럼 보일 거라고 생각했다. 얼음 폭풍이 몰아닥치면 대담하게 걷기가 힘들어지고 세찬 바람에 몸은 지치게 된다. 그는 두 번이나 넘어진 끝에 간신히 대문에 도착해서 오랫동안 헤어졌던 친구라도 만난 것처럼 우편함을 끌어안았다.

그는 수정얼음에 둘러싸인 아름다운 세계를 한동안 바라보았다. 주변 모든 것이 빛을 반사하는 탓에 늦은 오후가 더욱 환하게 빛났다. 이웃집 마당의 나무들은 투명한 망토를 두른 듯, 서로 전혀 다르지만 통일된 존재로 보였다. 영광스러운 세계의 불타오르는 광휘가 아주 짧게나마 그의 어깨에서 '거대한 슬픔'을 걷어내는 것 같았다.

우편함의 입구를 막은 얼음을 털어내는 데만 거의 1분이 걸렸다. 이렇게 수고를 아끼지 않았건만 보상이라고는 그의 첫 번째 이름만 타이프로 찍혀 있는 편지봉투 한 장이 전부였다. 우표도 소인도 보낸 사람의 주소도 없는 편지였다. 맥은 호기심에 봉투 끝을 찢었다. 손가락이 추위로 뻣뻣해지고 있었기에 그나마도 쉽지 않은 일이었다. 그는 숨이 멎을 정도로 차가운 바람을 등지고 네모난 작은 쪽지 한 장을 봉투 안에서 간신히 끄집어냈다. 쪽지에는 이런 내용이 타이핑되어 있었다.

매켄지,
오랜만이군요. 보고 싶었어요.
다음 주말에 오두막에 있을 예정이니까
날 만나고 싶으면 찾아와요.
—파파

그의 온몸이 딱딱하게 굳었다. 욕지기가 파도처럼 몰려왔다가 곧 분노로 변했다. 그는 오두막에 대해서는 일부러라도 생각하지 않으려 했고, 어쩌다 떠올리더라도 좋은 기억이란 전혀 없었다. 누군가 고약한 장난을 치려 했다면 너무 지나친 것이었다. 더군다나 '파파'라니 그야말로 소름이 오싹 돋았다.

그는 우편배달부 토니를 떠올리며 "바보"라고 중얼댔다. 이탈리아 사람인 토니는 사람은 좋지만 재치라고는 모르고 지나치게 다정한 척하는 친구였다. 어쩌자고 말도 안 되는 이 편지를 배달한 것일까? 우표도 없는데. 맥은 화가 나서 봉투와 쪽지를 외투 주머니에 쑤셔넣고 집을 향해 미끄러운 걸음을 옮겼다. 강한 돌풍을 헤치고 오느라 우편함까지는 걸음이 더뎠지만 지금은 바람을 등지고 있어서 발아래로 점점 두터워지는 작은 빙하를 가로지르는 일이 한층 수월하게 느껴졌다.

그는 몇 걸음을 무사히 옮기다가 왼쪽으로 약간 경사진 지점에 이르렀다. 특별히 의도한 것도 아닌데 걸음이 점점 빨라지기 시작하더니, 결국 얼어붙은 연못으로 내려오는 오리마냥 쭈르륵 미끄러지고 말았다. 맥은 균형을 잡기 위해 두 팔을 마구 휘저으면서 길 가장자리에 서 있는 큰 나무를 향해 곧장 질주했다. 몇 달 전에 그가 직접 아래쪽 가지를 잘랐던 나무였다. 반쯤 벌거벗은 나무는 복수라도 하려는 듯, 그를 받아들일 태세를 취하고 있었다. 그는 나무를 피해야겠다는 생각에 본능적으로 발을 미끄러지게 내버려둠으로써 넘어지는 방법을 시도해보았다. 이제 무슨 수를 쓰든 넘어질 수밖에 없었고, 나무에 얼굴을 부딪혀 나뭇조각을 집어내야 하는 것보다는 엉덩방아를 찧는 편이 훨씬 나을 것이었다.

그러나 아드레날린 과다분비 탓인지 몸이 지나치게 반응했고, 그는 정글에 설치해둔 덫에 걸린 것처럼 움찔하며 자신의 두 발이 앞으로 들려 올라가는 장면을 슬로모션으로 목격했다. 맥은 뒤통수부터 세게 땅바닥에 부딪혔다. 그러고는 저 멀리 아련히 빛나는 나무 밑동에 쌓인 눈 더미로 미끄러져갔다. 나무는 혐오감과 실망감이 뒤섞인 오만한 표정으로 그를 굽어보는 것 같았다.

순간적으로 세상이 캄캄해졌다. 맥은 혼미한 상태로 그냥 널

브러져 있다가 벌겋게 상기된 얼굴에 얼음비가 차갑게 떨어지는 것을 느끼며 눈을 가늘게 뜨고 하늘을 쳐다보았다. 순간 기이하게도 모든 것이 따사롭고 평화로워 보였다. 이 뜻밖의 느낌에 대한 충격으로 그의 분노마저 무너져내렸다.

"도대체 누가 바보인 거야?"

맥은 아무도 보지 못했기를 바라며 중얼댔다. 외투와 스웨터를 뚫고 엄청난 속도로 추위가 스며들었다. 몸 밑에서 녹아내리자마자 얼어붙는 얼음비 때문에 이제 곧 참을 수 없을 지경이 될 것 같았다. 그는 노인네처럼 끙끙대면서 꿇어 엎드린 채 비척거렸다. 그때, 바닥에 부딪혀서 미끄러져 나간 지점을 따라 선홍색의 줄이 길게 이어진 것이 보였다. 부상을 입었다는 사실을 알아차리자마자 뒤통수가 묵직하게 쿵쿵대기 시작했다. 무의식중에 쿵쿵대는 북소리의 근원을 찾아 손을 뻗었더니 손에 피가 흥건하게 묻어났다.

맥은 거친 얼음바닥과 날카로운 돌멩이 때문에 손과 무릎이 도려져 나가는 것 같았지만 엉금엉금 기었다 미끄러졌다 하면서 마침내 평평한 길에 이를 수 있었다. 천신만고 끝에 간신히 두 발로 일어난 그는 얼음과 중력의 힘 앞에 초라해짐을 느끼며 조심스럽게 집을 향해 발걸음을 옮겼다.

집에 도착한 맥은 여러 겹의 옷들을 힘들게 벗었다. 반쯤 동상에 걸린 손가락들은 팔 끝에 달린 커다란 곤봉 같았지만 그럭저럭 움직여주었다. 그는 피 묻은 옷가지를 현관에 아무렇게나 벗어던지고 부상 정도를 확인하기 위해 힘겹게 욕실로 들어갔다. 얼어붙은 길의 완승이었다. 아직껏 두피에 박혀 있던 작은 돌조각 주변으로 뒤통수의 깊은 상처에서 배어나온 피가 흘러내리고 있었다. 그는 커다란 혹 하나를 발견하고는 움찔했다. 듬성듬성한 머리숱 사이에서 솟아난 혹은 거친 파도를 헤치고 나온 고래 같았다.

욕실 거울과 작은 손잡이 거울을 이용해서 뒤통수를 확인하기란 정말 힘든 노릇이었다. 두 개의 거울 중 어느 것의 각도를 맞춰야 하는지, 어떻게 해야 상처 부위에 정확하게 손을 댈 수 있는지 도무지 감이 오지 않아 맥은 결국 포기하고 말았다. 축축한 상처 주변을 조심스레 만져본 끝에 개중 가장 큰 파편들을 끄집어내긴 했지만 통증이 너무 심해서 더 이상 계속할 수가 없었다. 그는 응급연고를 상처 부위에 바른 후에 욕실 서랍에서 찾아낸 거즈와 함께 수건으로 뒤통수를 잘 동여맸다. 맥은 거울에 비친 자기 모습이 『모비딕』에 나오는 거친 선원 같다는 생각이 들어 웃다가, 다시 얼굴을 찡그리고 말았다.

낸이 돌아오면 제대로 된 치료를 받을 수 있을 것이다. 이런 게 바로 공인간호사와 결혼한 특혜 중의 하나였다. 어쨌든 상처가 심해 보일수록 동정심도 많이 얻을 것이다. 열심히 찾아본다면 어떤 고난에서도 보상은 있게 마련이다. 통증이 심해지자 그는 일반 진통제 두 알을 먹고 절뚝거리며 현관 입구로 돌아갔다.

이 와중에도 맥의 뇌리에서는 쪽지에 대한 생각이 떠나지 않았다. 그는 피가 묻고 축축한 옷더미를 뒤져서 외투 주머니에 있던 쪽지를 찾아냈다. 사무실로 들어가서 우체국 번호를 찾아 전화를 걸자, 역시나 모든 사람의 비밀을 수호하는 나이 지긋한 우체국장 애니가 전화를 받았다.

"여보세요? 토니와 통화할 수 있을까요?"

"안녕하세요? 맥, 맞죠? 목소리가 딱 당신이네요."

역시 애니는 그의 목소리를 알고 있었다.

"토니는 아직 돌아오지 않았어요. 실은 방금 전에 무선으로 연락을 해봤는데 와일드캣 절반밖에 돌지 못했대요. 당신 집에는 아직 가지도 못했고요. 토니보고 당신에게 전화하라고 할까요, 아니면 그냥 메시지만 남기겠어요?"

"아, 애니군요? 미안하지만 잠깐 정신이 없어서 뭐라고 했는지 도통 못 들었어요."

그가 그녀의 중서부 억양을 분명하게 알아듣고서도 이렇게 말하자 애니가 크게 웃었다.

"이봐요, 맥. 당신이 다 들은 거 알아요. 그냥 넘어가려고 하지 말아요. 내가 어린애가 아닌 건 당신도 알죠? 토니가 살아 돌아오면 무슨 말을 전해줄까요?"

"사실, 당신은 이미 내 질문에 대답을 해줬어요."

수화기 맞은편에서 잠시 침묵이 흘렀다.

"당신이 무슨 질문을 했었는지 기억이 나지 않는데요. 맥, 무슨 문제 있어요? 아직도 마약을 너무 많이 하고 있는 것 아녜요? 아니면 예배를 얼렁뚱땅 넘기려고 일요일 아침에만 마약을 하는 건가요?"

그녀는 자신의 유머감각이 얼마나 뛰어난지 이제야 깨달은 사람처럼 웃기 시작했다.

"애니, 내가 마약을 안 한다는 거 알잖아요? 한 번도 그런 적이 없었고 앞으로도 그러고 싶지 않아요."

물론 애니도 그 사실을 알고 있었지만, 맥은 며칠 후에 그녀가 이 통화 내용을 어떤 식으로 기억해낼지 확신할 수 없었다. 애니의 시시한 농담이 화젯거리로 변했다가 곧 '사실'로 굳어진 적이 한두 번이 아니었던 것이다. 맥은 자기 이름이 교회 기도회의 목록에 올라가는 장면을 눈앞에서 보는 것 같았다.

"괜찮아요. 토니랑은 다음에 연락하죠. 별일도 아닌데요."

"그러면 안전하게 실내에만 있어요. 당신 정도의 나이가 되면 균형감각도 잃기 마련이에요. 괜히 미끄러졌다가 자존심이 상하는 모습을 보고 싶지 않아요. 지금 상황을 보아하니 토니가 당신 집까지 못 갈 수도 있어요. 우리는 눈도, 진눈깨비도, 어두운 밤도 잘 이겨내지만 이런 얼음비는 힘들다고요. 상당한 도전이죠."

"애니, 고마워요. 조언 기억할게요. 나중에 또 이야기해요. 잘 있어요."

머리가 더욱더 욱신거리기 시작했다. 심장박동에 맞춰 작은 망치가 뒤통수를 두들기는 것 같았다.

'이상한데. 누가 우편함에 그런 걸 넣었을까?'

맥은 곰곰이 생각해보았다. 진통제의 효력은 아직 제대로 시작되지 않았지만 그를 괴롭히는 근심은 무디게 해주었다. 맥은 갑자기 피곤함이 엄습해오는 것을 느꼈다. 머리를 책상에 대고 막 잠이 들었다고 생각하는 찰나, 전화벨 소리가 울려 그는 벌떡 일어났다.

"음…… 여보세요?"

"여보, 안녕. 자고 있었어?"

아내였다. 평상시와 다르게 활기가 넘치는 목소리였는데도, 맥은 아내의 말 한 마디 한 마디마다 슬픔이 깔려 있는 것을 느꼈다. 그가 이런 날씨를 좋아하는 것만큼이나 아내도 이런 날씨를 좋아했다. 그는 책상 등을 켜고 시계를 힐끗 보았다가 두어 시간이나 잤다는 것을 알고 깜짝 놀랐다.

"어, 미안해. 잠깐 졸았던 것 같아."

"음, 목소리가 피곤한 것 같은데. 별일 없었어?"

"그럼."

밖은 어두컴컴해졌지만 폭풍우의 기세는 여전했다. 얼음비가 5센티미터 이상 쌓여 있었고, 나뭇가지들은 축 늘어져 있었다. 바람이 세찬 곳의 나뭇가지들은 무게를 이기지 못하고 결국 부러져 나갈 것 같았다.

"우편물을 가지러 가는 길에 좀 고생했지만 그 외에는 별일 없었어. 당신은 어디야?"

"아직 알린네 집이야. 아이들이랑 여기서 자고 갈까 봐. 케이트는 여기 식구들과 함께 있으면 늘 상태가 좋고…… 균형감각도 회복하는 것 같아."

알린은 강 건너 워싱턴 주에 사는 낸의 여동생이었다.

"어쨌든 길이 너무 미끄러워서 나갈 수도 없는 걸. 아침까지는 날이 개기를 바라야지. 날씨가 더 나빠지기 전에 집에 갈걸 그랬나 봐."

아내는 잠시 쉬었다가 다시 말을 이었다.

"집은 괜찮아?"

"음, 정말 눈부시게 아름다워. 하지만 돌아다니는 것보단 바라만 보는 편이 훨씬 나아. 날씨도 엉망인데 굳이 돌아오려고 하지 마. 개미 새끼 한 마리 돌아다니지 않는 걸. 이런 날씨엔 토니도 못 올 거야."

"우편물 챙겼다고 하지 않았어?"

아내가 물었다.

"아니, 못 챙겼어. 토니가 왔다간 줄 알고 나가 봤는데……."

그가 주저하며 책상 위에 놔둔 쪽지를 내려다보았다.

"하나도 없더라고. 애니에게 전화해봤더니 토니가 언덕 너머로 못 올 것 같다고 하던데. 그러니까 또 나가 보지는 않을 거야. 그건 그렇고,"

그는 아내의 질문이 이어지기 전에 얼른 주제를 바꾸었다.

"케이트는 어때?"

잠시 정적이 흐르고 긴 한숨 소리가 이어졌다. 곧이어 들려온 아내의 목소리는 수화기를 손으로 막았는지 속삭이는 것처럼 들렸다.

"맥, 나도 좀 알고 싶어. 아무리 말을 걸어도 그 애는 바위처럼 단단해서 내 말을 전혀 듣지 않아. 식구들이랑 같이 있을 때면 껍데기를 벗고 나오는 것 같다가도 어느새 다시 쏙 들어가고 말아. 어떻게 해야 할지 모르겠어. 그 애에게 다가가는 방법을 찾게 해달라고 파파에게 계속 기도했지만……."

아내가 다시 말을 멈추었다.

"내 기도를 듣지 않으시는 것 같아."

그랬다. 낸은 하나님을 부를 때 '파파'라는 호칭을 즐겨 사용했다. 낸에게 파파란 하나님과의 친근한 우정에 대한 기쁨을 나타내는 말이었다.

"여보, 하나님께선 분명 어떤 계획을 갖고 계실 거라 믿어. 모든 게 다 잘될 거야."

맥 자신은 이런 말에서 아무런 위안을 얻지 못했지만, 어쨌거나 아내의 목소리에 담긴 걱정을 덜어주고 싶었다.

"나도 알아. 그 계획을 서두르셨으면 하고 바랄 뿐이야."

낸이 한숨을 내쉬었다.

"나도 그래."

맥은 더 이상 할 말이 없었다.

"아이들과 무사히 잘 지내고, 알린과 지미에게 고맙다고 인사 전해줘. 내일 오면 좋겠는데."

"알았어, 여보. 가서 사람들 좀 도와줘야겠어. 혹시 정전될지 몰라서 양초를 찾고 있거든. 당신도 챙겨두는 게 좋을 거야. 지하실 싱크대 위에 양초가 있어. 그리고 냉장고에 빵 남은 게 있으니까 데워 먹으면 돼. 괜찮지?"

"그럼. 약간 처량한 생각이 드는 것 빼곤 괜찮아."

"편하게 생각해. 내일 아침에 볼 수 있기를 바랄게."

"그래, 여보. 잘 지내고 필요한 거 있으면 전화해. 잘 자."

맥은 자기가 한 말이 참으로 터무니없다고 생각하며 수화기를 내려놓았다. 식구들에게 필요한 게 있으면 뭐든지 도울 수 있을 거라고 생각하다니 정말 남자다운 멍청한 소리였다.

맥은 자리에 앉아 쪽지를 노려보았다. 마음을 어지럽히는 괴로운 감정들과 불협화음처럼 몰아치는 어두운 이미지들을 정리하려는 노력마저 혼란스럽고 고통스러웠다. 백만 개의 생각들이 시속 백만 킬로미터의 속도로 달려들었다. 마침내 그는 단념하고 쪽지를 접었다. 그러고는 책상 위의 작은 양철상자 밑에 쪽지를 넣고 방의 불을 껐다.

맥은 먹을 것을 그럭저럭 찾아내서 전자레인지에 데우고 담요 두어 장과 베개를 챙겨서 거실로 갔다. 시계를 힐끗 보니 빼놓지 않고 시청하는 빌 모이어의 쇼가 시작할 시간이었다. 맥은 빌 모이어를 꼭 한 번 만나고 싶었다. 빌 모이어는 인간과 진리에 대한 강한 열정을 분명하게 드러낼 줄 아는 명석하고 직설적인 사람이었다. 오늘 밤에는 지하수개발 사업에 착수했다는 석유기업가 분 피킨스도 출연할 예정이었다.

맥은 TV에서 눈을 떼지 않은 채로 무심결에 소파 옆의 작은 탁자에 손을 뻗어 어린 소녀의 사진이 담긴 사진틀을 집어서 가슴에 댔다. 다른 손으로는 담요를 턱까지 끌어당기고 소파 깊숙이 푹 가라앉았다.

곧 부드럽게 코 고는 소리가 거실을 가득 채웠고, TV 쇼는 반정부 발언을 했다는 이유로 체벌을 당한 짐바브웨의 고등학교 3학년 학생 이야기로 넘어갔다. 맥의 의식은 어느새 거실을 떠나 고통스러운 잠의 세계로 향했다. 어쩌면 오늘밤에는 악몽 대신 얼음과 나무와 중력의 이미지만이 그의 잠을 가득 채울 것이다.

2

몰
려
드
는

어
둠

스스로 만들어낸 비밀만큼 우리를 외롭게 만드는 것도 없다.

- 폴 투르니에

밤사이 윌래밋 계곡에 기습적으로 불어 닥친 치누크 바람(북아메리카 로키 산맥 동쪽에서 부는 건조한 열풍 - 옮긴이)이 기세등등하던 얼음 폭풍을 거의 다 몰아냈고, 24시간 후에는 날씨가 초여름처럼 따뜻해졌다. 맥은 한순간 지나가버린 듯한 꿈 없는 깊은 잠에 빠졌다가 아침 늦게야 일어났다.

소파에서 기어 나온 맥은 그새 모든 것이 녹아버린 것을 발견하고 약간 섭섭한 기분이 들었다. 하지만 한 시간도 안 돼서 아내와 아이들이 돌아오자 다시 기분이 좋아졌다. 예상했던 대로 아내는 피 묻은 옷가지를 세탁실에 두지 않았다며 실컷 잔소리를 한 다음, 적당하고 만족스러울 만큼 호들갑을 떨며 머리 상처를 봐주었다. 맥은 아내의 관심에 흡족해졌다. 아내는 재빨리 상처에 붕대를 감아주고는 먹을 것을 챙겨주었다. 그는 잠시도 쪽지에 대해 잊지 않고 있었지만, 전혀 입 밖에 꺼내지 않았다. 쪽지를 어떻게 받아들여야 할지 확신이 서지 않았고, 잔인한 장난일지도 모르는 이 일에 아내를 끌어들이고 싶지도 않았다.

맥은 얼음 폭풍이라는 작은 변화 덕택에 유령처럼 쫓아다니던 영원한 동반자인 '거대한 슬픔'을 잠시나마 잊을 수 있었다. 미시가 실종된 그해 여름 이후 '거대한 슬픔'은 투명하지만 무거운 누비이불처럼 맥의 어깨를 두껍게 감싸고 있었다. 그 무게에 두 눈은 흐려지고 어깨는 축 처졌다. 두 팔이 모진 절망과 함께 누비이불에 꿰매지고 자신도 그 일부분이 된 것 같았으며, 그것을 털어내려는 노력마저도 그를 지치게 만들었다. 맥은 매일 납으로 만든 무거운 목욕가운을 입은 것 마냥 축 처진 채 먹고 일하고 사랑하고 꿈을 꾸고, 만물을 퇴색시키는 음산한 낙담 속을 터벅터벅 걸어야 했다.

'거대한 슬픔'이 보아뱀처럼 서서히 가슴과 마음을 옥죄어 더 이상 아무것도 남지 않을 때까지 눈물을 쥐어짜내는 것 같을 때도 있었다. 진흙탕에 발이 빠져 옴짝달싹 못하고 있는데, 미시가 들꽃 무늬의 빨간 드레스 자락을 펄럭이며 가로수 길을 달려 내려가는 꿈을 꾸기도 했다. 미시는 어두운 그림자가 뒤쫓아온다는 것도 전혀 모른 채 달려갔다. 그는 딸아이에게 조심하라고 미친 듯이 외쳤지만 정작 입에선 아무 소리도 나오지 않았고, 언제나 너무 무력하고 한발 늦은 탓에 딸아이를 구하지 못했다. 침대에서 벌떡 일어나 앉으면 밤사이에 고문이라도 당한 것처럼 땀이 줄줄 흘렀고, 욕지기와 죄책감과 후회가 초현실적인 밀물처럼 몰아닥쳤다.

미시의 실종 사건은 뉴스에서 자주 접하게 되는 범죄 사건과 별반 다르지 않았다. 개학해서 가을 학기가 시작되기 전, 여름의 마지막 휴가 기간인 노동절 주말에 벌어진 사건이었다. 맥은 어린 아이 셋을 데리고 오리건 주 북동부의 왈로와 호수로 야영을 가겠다는 대담한 결정을 내렸다. 낸은 시애틀의 평생교육 프로그램에 이미 매인 상태였고, 큰 아이들 둘 중 하나는 대학으로 돌아갔으며 또 하나는 여름캠프에서 카운슬링을 하고 있었다. 맥은 야영생활과 자녀 교육을 잘 조합할 수 있다는 자신감에 넘쳐 있었다. 낸에게서 그동안 배운 기술을 써먹을 차례였던 것이다.

식구들 모두 모험과 캠핑의 열기로 잔뜩 흥분해 있었다. 맥이 하자는 대로 했다면, 이사용 트럭을 집 앞에 바짝 대고 살림 대부분을 옮겨 실었을지도 모른다. 다들 여행 준비로 정신없이 바빴지만 맥은 좀 쉬어야겠다는 생각에 그의 전용 의자를 차지하고 있던 고양이 주다스를 쫓아내고 그 자리에 앉았다. 그가 TV를 막 틀려는데 미시가 작고 투명한 유리상자를 들고 달려와서 물었다.

"야영장에 곤충 수집한 거 가져가도 돼요?"

"벌레를 가져가겠다고?"

맥은 별 관심을 기울이지 않은 채 약간 퉁명스럽게 되물었다.

"아빠, 벌레가 아니라 곤충이라니까요. 봐요, 이렇게 많아요."

그가 마지못해서 관심을 보이자 미시는 보물상자의 내용물에 대해 설명하기 시작했다.

"봐요, 메뚜기가 두 마리 있어요. 저 나뭇잎에는 내 애벌레가 있고 어딘가에…… 여기다! 내 무당벌레 보여요? 또 여기 어딘가에 파리 한 마리랑 개미 몇 마리도 있어요."

딸아이가 수집품의 목록을 하나하나 열거하자 맥은 가능한 관심을 가지려고 애쓰며 고개를 끄덕였다.

"가져가도 되죠?"

미시가 설명을 마치고 다시 물었다.

"물론이지. 거기 가서 숲에 풀어줄 수도 있겠다."

"안 돼!"

부엌에서 아내의 목소리가 들렸다.

"미시, 곤충은 집에 두고 가야 돼. 여기가 더 안전해."

낸이 거실 쪽으로 머리만 비쭉 내민 채 맥에게 살짝 눈썹을 찡그려 보였다. 맥은 어깨를 으쓱하며 미시에게 속삭였다.

"아빠는 최선을 다했단다."

미시는 "에이"라고 투덜대면서도 자기가 졌다는 걸 인정하고 상자를 들고 나갔다.

목요일 밤이 되자 밴에는 짐이 한가득 쌓였다. 밴 뒤에는 조명과 텐트 트레일러를 연결하고 브레이크도 점검해두었다. 주의사항과 규칙, 아침에 일어나서 양치하기, 스컹크를 비롯한 야생동물은 데려오지 말기 등 온갖 사항에 대한 엄마의 일장 연설을 들은 후, 일행은 금요일 아침 일찍 출발했다. 낸은 205번 주간 고속도로를 타고 워싱턴 주로 떠났고, 맥과 세 아이는 84번주간 고속도로를 타고 동쪽으로 향했다. 개학 바로 전날인 화요일 밤에 돌아올 계획이었다.

늦여름의 열기 속에 강의 침식작용으로 형성된 메사(꼭대기가 평탄하고 주위가 급경사진 지대 - 옮긴이)가 고요히 둘러싸고 있는 모습이 환상적인 컬럼비아 강 협곡은 더할 나위 없는 여행지였다. 9월과 10월의 오리건 주의 날씨는 최고였다. 노동절 무렵에 시작되는 인디언서머(미국에서 흔히 볼 수 있는 늦가을의 기습적인 더위 - 옮긴이)는 핼러윈까지 이어졌고, 그 이후에는 날씨가 추워지고 비도 많이 내려서 그다지 쾌적하지 못했다. 올해도 예외는 아니었다. 길도 안 막히고 날씨도 좋아서 차에 탄 아이들은 시간이 흐르고 경치가 바뀌는 것도 모를 정도로 마냥 신나 있었다.

맥은 멀노마 폭포에서 차를 세우고 미시에게는 색칠공부 책과 크레용을, 케이트와 조시에게는 싸구려 일회용 방수카메라를 하나씩 사주었다. 그러고는 폭포를 마주보고 있는 다리까지 이어진 짧은 등산로를 걷기로 했다. 예전에는 폭포수가 떨어지는 웅덩이와 그 뒤의 얕은 동굴을 연결하는 길이 있었지만 침식으로 인한 위험 때문에 지금은 폐쇄되어 있었다. 이 폭포를 특히 좋아하는 미시는 멀노마 족 추장의 딸인 아름다운 인디언 소녀의 전설을 들려달라고 졸랐다. 미시의 계속되는 간청에 맥은 그 이야기를 결국 다시 한 번 들려주었고, 아이들은 떨어지는 폭포수를 휘감고 올라오는 안개를 바라보며 귀를 기울였다.

그것은 늙어가는 아버지의 외동딸이었던 공주의 이야기였다. 딸을 무척 아끼던 추장은 사윗감을 고르고 고르던 끝에 딸이 사랑하던 클랫숍 부족의 젊은 전사추장을 선택했다. 혼인식을 축하하기 위해 두 부족의 사람들이 한자리에 모였으나, 예식이 시작되기도 전에 남자들 사이에 무서운 질병이 나돌아 많은 이들이 목숨을 잃었다.

순식간에 전사들의 목숨을 앗아가는 재앙과도 같은 질병을 두고 추장과 장로들은 회의를 열었다. 그 자리에서 가장 나이 많은 주술사가 자신의 아버지가 임종 직전에 알려준 예언을 밝혔다. 무시무시한 병이 나돌아 남자들이 죽을 것이며, 순수하고 순결한 추장의 딸이 부족민들을 위해 기꺼이 목숨을 바치면 그 재앙이 끝난다는 내용이었다. 추장의 딸이 자발적으로 '큰 강' 위의 절벽으로 올라가 바위로 몸을 던져 죽어야만 예언은 실현될 것이었다.

여러 추장의 딸들인 열두 명의 젊은 여인들이 회의 장소로 소집되었다. 심사숙고 끝에 장로들은 확실하지도 않은 예언 때문에 소중한 생명을 희생시킬 수는 없다고 결론 내렸다. 그러나 질병은 남자들 사이로 계속 번져나갔고, 공주의 신랑감인 젊은 전사추장마저 앓아눕게 되었다. 사랑하는 사람을 위해 무슨 일이라도 해야겠다고 결심한 공주는 젊은 추장의 열을 식혀주고 이마에 살짝 입맞춤한 다음 슬그머니 처소를 빠져나왔다.

밤새도록 걷고 그 다음 날까지 또 걸어서 공주는 '큰 강'과 그 너머 땅을 굽어보는, 전설 속의 높은 절벽에 도착했다. 공주는 자신을 '위대한 영'에 바친다는 기도를 드린 후 한 치의 망설임도 없이 뛰어내려 목숨을 희생하고 예언을 이루었다.

다음 날 아침, 마을에서 병을 앓던 사람들 모두 자리를 털고 일어났다. 다들 기뻐하며 축하하는 가운데 젊은 추장은 사랑하는 신부가 사라진 것을 알아차렸다. 사람들은 공주가 없어졌다는 소식을 듣고 무슨 일이 벌어졌는지를 깨닫고는 그녀가 있을 만한 그곳으로 찾아갔다. 그들은 절벽 아래 떨어져 있는 공주의 시신 주변에 조용히 모였고, 비통해하던 공주의 아버지는 딸아이의 희생이 영원히 기억되게 해달라며 '위대한 영'에게 울부짖었다. 그 순간, 공주가 몸을 던진 절벽에서 폭포수가 솟구쳐 올랐고, 사람들의 발치에 아름다운 웅덩이를 이루며 아련한 안개로 퍼져나갔다.

미시도 맥도 이 진정한 구원에 대한 이야기를 좋아했다. 예수님의 이야기와 마찬가지로 여기에도 희생에 대한 예언과 하나뿐인 자식을 끔찍하게 사랑하는 아버지가 등장했다. 또한 약혼자와 부족을 너무나 사랑했던 그 아버지의 아이는 목숨을 바쳐 그들을 죽음에서 구원했다.

이야기를 다 듣고 난 미시는 평상시와 달리 아무 말도 하지 않았다. 미시가 곧장 밴으로 돌아가는 뒷모습이 꼭 '그래요, 됐어요. 이제 그만 가요.'라고 말하는 것 같았다.

맥은 식사와 용변을 해결하기 위해 후드 강에 잠깐 차를 세웠다가 낮 무렵에 라그란데에 도착했다. 84번 주간 고속도로에서 왈로와 호수 고속도로로 바꿔 탄 다음, 115킬로미터 떨어진 조셉 마을로 향했다. 최종 목적지인 호수와 야영지는 조셉에서 몇 킬로미터만 더 가면 되었다. 목적지에 도착한 그들은 신속하게 짐을 풀었다. 아내가 그다지 반길 만한 방법은 아니었지만 그럭저럭 일이 되어갔다.

야영장에서의 첫 번째 식사는 필립스 집안의 전통식으로 차려졌다. 조 삼촌의 비법으로 양념된 소 옆구리살 스테이크에다 디저트로는 전날 밤 아내가 만든 브라우니에 드라이아이스로 저장해 온 바닐라 아이스크림을 올려서 먹었다.

맥은 웃고 떠드는 세 아이들 사이에 앉아 일몰이라는 자연의 아름다운 쇼를 바라보다가 불현듯 기쁨으로 가슴이 벅차올랐다. 이 굉장한 쇼의 주인공이 되어보려고 옆에서 얼쩡거리던 구름들은 일몰의 찬란한 색채와 모양에 기가 죽고 말았다. 맥은 자신이 이 세상 모든 귀한 것들을 갖고 있는 부자처럼 여겨졌다.

저녁 설거지를 마치고 나자, 밤이 찾아왔다. 낮 동안 귀찮게 굴던 사슴들은 어느새 잠자리로 돌아갔는지 보이지 않았다. 대신 너구리, 다람쥐, 얼룩다람쥐 등 야영객들의 음식을 탐내는 밤의 말썽꾼들이 무리지어 배회했다. 맥과 아이들은 처음으로 야영장에서 밤을 보냈던 날, 라이스 크리스피 네 덩어리, 초콜릿 한 박스, 피넛버터 과자를 빼앗긴 적이 있었기에 이런 무리에 대해 잘 알고 있었다.

네 식구는 더 늦어지기 전에 은하수를 감상하려고 아무 불빛도 없는 깜깜한 곳으로 자리를 옮겼다. 도시에서는 볼 수 없는 강렬하고 눈부신 은하수를 바라보며 다들 경이로움에 사로잡혔다. 자신이 티끌처럼 작은 존재라는 것을 느끼는 동시에 평안함이 있었다. 광대한 하늘 아래 누워서 몇 시간이고 장관을 감상할 수 있겠다고 맥은 생각했다. 그는 하나님의 존재를 여러 곳에서 느껴봤지만 그 어떤 곳보다도 자연과 별빛에 둘러싸인 이곳에서야말로 하나님이 가장 가깝게 다가오는 것 같았다. 창조주를 향해 찬양의 노래를 부르는 별들 사이에서 그도 마음으로나마 목소리를 더하고 싶었다.

야영장으로 돌아와서 이런저런 볼일을 본 다음, 맥은 침낭 속에 누운 아이들을 살펴봐 주었다. 우선 조시와 간단하게 밤 기도를 마치고 나서 케이트와 미시가 누운 곳으로 건너갔다. 미시는 자기 차례가 되자 기도 대신 이야기를 하고 싶다고 했다.

"아빠, 그 아이가 꼭 죽어야 했어요?"

맥은 잠시 후에야 그 아이가 누구인지 깨달았다. 그날 일찍 폭포에 들른 이후로 미시의 마음에서 멀노마 공주가 떠나지 않았던 것이다.

"미시, 그 아이가 꼭 죽을 필요는 없었지만 부족들을 구하고 싶어서 죽음을 택했단다. 사람들이 너무 아파해서 그 아이가 고쳐주고 싶어했거든."

침묵이 흘렀다. 어둠 속에서 또 다른 질문이 들려왔다.

"진짜로 있었던 일인가요?"

이 대화에 흥미를 느낀 케이트의 질문이었다.

"뭐가 진짜로 있었던 일이냐는 거야?"

"인디언 공주가 정말로 죽었나요? 그 이야기가 사실이에요?"

맥은 곰곰이 생각하다가 대답했다.

"케이트, 그건 아빠도 모른단다. 그 이야기는 전설인데, 사람들은 교훈을 주려고 전설을 만들기도 하거든."

"그러면 정말로 있었던 일이 아니에요?"

미시가 물었다.

"정말일 수도 있지. 전설은 실제 이야기에서, 실제로 일어났던 일에서 만들어지니까."

다시 침묵이 흐른 후에 새로운 질문이 이어졌다.

"그러면 예수님이 죽은 것도 전설인가요?"

케이트의 머리가 바쁘게 돌아가는 소리가 들리는 것 같았다.

"아니. 예수님 이야기는 진짜야. 아빠는 인디언 공주 이야기도 사실이라고 생각한단다."

맥은 두 딸이 생각을 정리하는 동안 기다려주었고, 미시가 다시 질문을 던졌다.

"'위대한 영'은 하나님의 또 다른 이름인가요? 왜 그 예수님 아빠 말이에요."

맥은 어둠 속에서 씩 웃었다. 밤마다 아내가 아이들에게 해주던 기도에 효과가 있었던 모양이다.

"아빠도 그렇다고 생각해. 하나님은 영이시고 위대하시니 좋은 이름이네."

"그런데 왜 그렇게 심술궂은 거죠?"

아, 바로 이 질문을 하고 싶었던 거였구나.

"미시, 그게 무슨 뜻이야?"

"음, '위대한 영'은 공주를 절벽에서 뛰어내리게 하고 예수님을 십자가에서 죽게 했어요. 꽤 심술궂은 것 같아요."

맥은 뭐라고 대답해야 할지 혼란스러웠다. 여섯 살 반밖에 안 된 미시가 지난 몇 세기 동안 숱한 현자들이 고뇌해온 질문을 던지다니.

"미시, 예수님은 자기 아버지가 심술궂다고 생각하지 않았

어. 오히려 자기를 무척 사랑한다고 생각했지. 하나님이 예수
님을 죽게 만든 건 아니야. 예수님이 죽음을 선택한 거지. 예수
님과 하나님은 너와 나와 이 세상 사람 모두를 사랑하니까. 예
수님은 우리를 질병에서 구하셨어. 바로 인디언 공주처럼."

다시 긴 침묵이 찾아왔고, 맥은 딸들이 그새 잠이 든 건가 궁
금해졌다. 맥이 허리를 구부리고 굿나잇 키스를 하려는데, 미
세하게 떨리는 조그만 목소리가 정적을 깨트렸다.

"아빠?"

"왜, 아가야?"

"언젠가는 나도 절벽에서 뛰어내려야 돼요?"

맥은 미시의 질문을 듣자마자 가슴이 무너져내리는 것 같았
다. 그는 어린 딸아이를 꼭 껴안고 목이 멘 소리로 부드럽게 대
답했다.

"아니란다. 나는 너에게 절벽에서 뛰어내리라고 하지 않을
거야. 절대로, 절대로 안 그럴 거야."

"그러면 하나님이 절벽에서 뛰어내리라고 하실까요?"

"아니. 하나님도 결코 그런 일을 시키지 않으실 거야."

미시가 맥의 품으로 파고들었다.

"알았어요. 안아줘요, 아빠. 안녕히 주무세요. 사랑해요."

그리고 미시는 달콤한 꿈나라로 빠져들었다. 맥은 얼마 후에
딸아이를 침낭에 살포시 내려놓았다.

"케이트, 괜찮니?"

맥이 케이트에게 속삭였다.

"네, 괜찮아요."

케이트도 속삭였다.

"아빠?"

"왜?"

"미시는 좋은 질문들을 하죠?"

"맞아. 너희 둘 모두 특별한 아이들이야. 너는 더 이상 어리지 않다만. 얼른 자거라. 내일은 더 신날 거야. 좋은 꿈 꾸고."

"아빠도요. 정말 사랑해요!"

"아빠도 진심으로 널 사랑한단다. 잘 자렴."

맥은 트레일러의 덮개를 닫고 밖으로 나가 코를 풀고 뺨에 묻어 있던 눈물을 닦아냈다. 그는 하나님께 조용히 감사기도를 드리며 커피를 끓이러 갔다.

3
—
전
환
점

영혼은 아이들과 함께 있으면 치유된다.
- 도스토옙스키

미국의 작은 스위스라는 별칭을 가진 오리건 주의 왈로와 호수 주립공원과 인근 지역은 그 이름값을 톡톡히 했다. 3,000미터가 넘는 거칠고 험준한 산들 사이로 수많은 계곡들과 등산로가 숨어 있었고, 고원의 들판에는 야생화가 지천이었다. 왈로와 호수는 이글캡 황야를 비롯하여, 북미 지역에서 가장 깊은 협곡을 자랑하는 헬스캐니언 국립휴양지로 들어가는 관문이기도 했다. 몇백 년 넘게 스네이크 강이 흐르며 만들어낸 이 지역은 세로가 3킬로미터가 넘고 너비는 16킬로미터에 이르렀다.

　국립휴양지의 75퍼센트는 자동차 도로 대신 1,500킬로미터가 넘는 등산로가 차지하고 있었다. 과거 이름 높은 네즈퍼스 부족의 영토였던 터라 황야 곳곳에 부족의 유적이 퍼져 있었고, 또한 이 지역을 거쳐 서부로 향하던 백인들의 자취도 남아 있었다. 인근의 조셉 마을은 '산을 구르는 천둥'이라는 강력한 인디언 추장의 이름에서 따온 것이라고 했다. 이 지역에는 엘크, 곰, 사슴, 산양 등 각종 들짐승과 식물군이 풍부했고, 스네이크 강 인근 지역에는 특히 방울뱀이 많아서 등산로를 벗어나려는 사람들은 각별히 조심해야 했다.

가로가 8킬로미터에 세로 1.6킬로미터인 왈로와 호수는 9백만 년 전 빙하가 녹으면서 만들어졌다고 한다. 호수는 현재 조셉 마을에서 약 1.6킬로미터 떨어져 있고 1,340미터 높이에 위치하고 있었다. 호수는 일 년 대부분의 기간 동안 몸이 움찔할 정도로 차가웠지만 늦여름에는, 적어도 호숫가에서는 여유롭게 수영을 즐길 수 있었다. 거의 3,000미터에 달하는 새커거위아 산의 눈 덮인 정상에서도 이 파란 보석 같은 호수가 보였다.

맥과 아이들은 사흘 동안 즐겁고 여유로운 시간을 만끽했다. 가파른 절벽을 등산한 날에도 미시가 공주에 대해 더 이상 물어보지 않은 것을 보면, 아빠의 대답이 만족스러웠던 모양이었다. 그들은 페달보트를 타고 호수를 몇 시간이나 돌아다니고 미니골프 경기를 즐겼으며, 말을 타고 산길을 오르기도 했다. 하루는 아침에 조셉 마을과 엔터프라이즈 중간의 사적지인 웨이드랜치에 갔다가 오후에는 조셉 마을의 작은 가게들을 구경했다. 호수로 돌아온 후에 조시와 케이트는 소형 자동차 경주를 했다. 이 경주에서는 조시가 승리의 기분을 만끽했지만, 케이트는 오후에 커다란 호수 송어를 세 마리나 낚아 올림으로써 체면 유지를 할 수 있었다. 미시도 낚시 바늘과 벌레로 송어를 한 마리 잡았는데, 조시와 맥은 더 좋은 미끼를 쓰고서도 한 마리도 낚지 못했다.

주말에는 마치 마법처럼 새로운 두 가족을 알게 되었다. 종종 그러하듯이 아이들끼리 친해졌다가 어른들까지 알게 된 경우였다. 조시는 뒤셋 가족과의 교제에 열을 올렸다. 그 집의 맏딸인 귀여운 소녀 앰버가 우연히도 그와 동갑내기였던 것이다. 케이트가 신바람이 나서 오빠의 연애사건을 놀려대자 조시는 큰 소리로 불평불만을 늘어놓고 발을 구르며 텐트 트레일러로 가버리곤 했다. 케이트도 자기보다 한 살 아래인 앰버의 동생 에미와 잘 어울려 지냈다. 뒤셋 부부는 콜로라도에서 왔다고 했다. 에밀은 미국 어류 및 야생동물 보호소의 사무관이었고, 비키는 돌이 다 된 늦둥이 제이제이의 양육을 포함해서 집안일에 전념하고 있는 주부였다.

뒤셋 부부는 먼저 알게 된 캐나다인 부부 제시와 세라 매디슨을 소개시켜주었다. 맥은 젠체하지 않고 편안하게 사람을 대하는 이 부부가 금세 좋아졌다. 제시는 인사 관리 분야에서, 세라는 변화 관리 분야에서 각각 독립 컨설턴트로 일한다고 했다. 미시는 곧 세라를 따르기 시작했고, 미시와 세라는 뒤셋네 야영지로 놀러가서 비키가 제이제이를 돌보는 것을 도와주기도 했다.

월요일엔 날이 활짝 개었다. 왈로와 호수 케이블카로 해발 2,500미터의 하워드 산 정상까지 올라갈 계획에 모두들 흥분해있었다. 1970년 처음 건설될 당시, 북미지역에서 최고 경사도를 자랑하는 수직 승강기였던 이 케이블카는 케이블 길이만

6킬로미터에 달했다. 땅에서부터 낮게는 1미터에서 길게는 37미터까지 드리워져 있는 케이블카로 정상까지 올라가는 데는 총 15분이 걸렸다.

매디슨 부부는 점심을 준비해 가는 대신 서밋그릴 식당에서 한턱내겠다고 했다. 그날의 계획은 정상에 오르자마자 식사를 한 다음에 전망대 다섯 군데를 둘러보는 것이었다. 일행은 카메라와 선글라스, 물병, 선크림으로 무장한 다음 오전 중에 출발했다. 식당에 올라가서는 햄버거와 감자튀김, 셰이크를 주문했다. 높은 데 올라와서 다들 식욕이 왕성해졌는지 미시까지도 햄버거 한 개와 곁들인 음식 대부분을 먹어치웠다.

점심식사 후에 일행은 인근의 전망대에 차례차례 올랐다. 밸리 전망대에서 스네이크 강 마을과 세븐 데블스 전망대까지 가는 길이 1킬로미터 정도로 가장 길었다. 왈로와 계곡 전망대에서는 조셉, 엔터프라이즈, 로스틴은 물론이고 왈로와까지 보였다. 로열퍼플 전망대와 서밋 전망대에서는 수정처럼 맑은 경치와 함께 워싱턴 주와 아이다호 주를 감상할 수 있었다. 일행 중에는 몬태나 주까지 이어진 좁고 긴 지역 전부까지 다 보이는 것 같다고 말하는 이도 있었다.

늦은 오후가 되자 피곤하긴 했지만 다들 만족스러워했다. 마지막 두어 전망대에서 미시는 제시의 무동을 탔고, 케이블카로 요동치며 내려오는 길에는 아빠 품에서 잠들었다. 네 아이와 세라는 케이블카로 내려가는 내내 창문에 얼굴을 꼭 댄 채 눈앞에 펼쳐지는 황홀한 장관에 연신 감탄사를 터뜨렸다. 뒤셋 부부는 두 손을 잡은 채 조용히 대화를 나누었고, 제이제이는 아빠의 품 안에서 잠들어 있었다.

'뜻밖에 찾아온 이 귀한 시간에 숨이 멎을 것 같아. 아내도 같이 있었다면 정말 완벽했겠는데.' 하고 맥은 생각했다. 그는 완전히 곯아떨어진 미시가 좀 더 편하게 잘 수 있게 자세를 바꿔서 안은 다음, 얼굴에 달라붙은 머리칼을 뒤로 넘겨주면서 딸아이를 바라보았다. 미시는 그날 하루 동안 흘린 땀과 먼지로 뒤범벅이 되어 한층 천진난만하고 귀여워 보였다.

'아이들은 왜 자라야 하는 걸까?'

맥은 이런 생각을 하며 딸아이의 이마에 입맞춤을 했다.

그날 저녁, 세 가족은 남은 음식을 모아 마지막 정찬을 나누었다. 주식으로는 타코 샐러드와 여러 신선한 채소를 소스에 찍어 먹었고, 디저트로는 세라가 생크림과 무스, 브라우니 등을 잔뜩 넣고 거품을 내서 만든 달콤한 초콜릿을 다들 감탄해가며 먹었다.

남은 음식을 아이스박스에 넣고 설거지까지 마친 후에 어른들은 타오르는 모닥불 주변에 둘러앉아 커피를 마셨다. 에밀이 멸종 위기의 동물을 사냥하려던 일당을 잡은 모험담이며 밀렵꾼과 불법 포획자들을 체포하는 과정에 대해 들려주었다. 그는 입담이 뛰어난 데다가 업무상 흥미진진한 이야깃거리들을 많이 알고 있었다. 맥은 에밀의 이야기에 흠뻑 빠져 경청하면서 자기가 모르는 세계가 많다는 것을 새삼 깨달았다.

밤이 깊어지자 뒤셋 부부는 졸음에 겨운 아기를 데리고 먼저 자러 갔고, 매디슨 부부는 뒤셋네 딸들을 나중에 숙소까지 데려다주겠다고 약속했다. 맥의 아이들 셋과 뒤셋 부부의 아이들 둘은 비밀 이야기를 나누려고 안전한 텐트 트레일러로 사라졌다.

캠프파이어가 오래 지속되면 종종 그러하듯이 대화의 주제는 재미난 이야기에서 좀 더 개인적인 것으로 옮겨갔다. 세라는 맥의 식구들, 특히 낸에 대해 궁금해했다.

"매켄지, 당신 부인은 어떤 사람이죠?"

맥은 아내에 대해 자랑할 기회가 생기면 늘 신이 나곤 했었다.

"음, 아주 아름다운 사람이에요. 그냥 하는 말이 아니라 정말이지 외모나 내면 모두 아름다운 사람이죠."

말해놓고 나자 부끄러워서 슬쩍 고개를 들었더니 두 사람 모두 그에게 미소를 짓고 있었다. 그는 진심으로 아내가 그리웠고, 밤의 어둠함에 당황스러움을 감출 수 있어 다행이었다.

"원래 이름은 내넷이지만 다들 낸이라고 불러요. 적어도 북서부 의학계에서는 꽤 이름이 알려진 간호사죠. 아내는 종양 환자, 다시 말해서 말기암 환자들을 위해 일해요. 고된 일이긴 해도 진심으로 그 일을 좋아하죠. 논문도 몇 편 썼고, 학회에서 연사로 나서기도 했어요."

"그래요? 어떤 주제였나요?"

세라의 질문이었다.

"아내는 죽음을 앞둔 사람들로 하여금 하나님과의 관계를 생각해보도록 도와주죠."

맥이 설명했다.

"좀 더 듣고 싶은데요."

제시가 부지깽이로 모닥불을 휘젓자 불꽃이 새로운 힘을 얻고 피어올랐다. 맥은 잠시 주저했다. 이 부부와 함께 있으면 이상할 정도로 맘이 편했다. 하지만 아직은 잘 모르는 사이였고 그가 편하게 느끼는 것 이상으로 대화가 깊어지고 있었다. 그는 제시가 궁금해하는 부분에 대해 간단하게 대답했다.

"아내는 나보다 훨씬 나아요. 하나님에 대해 보통 사람들과는 다르게 생각하죠. 이해할지 모르겠지만, 아내는 하나님과 워낙 친밀해서 하나님을 파파라고 불러요."

"당연히 이해하죠."

세라가 감탄했고, 제시는 고개를 끄덕였다.

"가족들 모두 하나님을 파파라고 부르나요?"

맥이 웃으면서 대답했다.

"아뇨. 그렇게 부르는 아이도 있지만 내겐 편하지 않아요. 너무 허물없이 들려서요. 어쨌든 낸에겐 훌륭한 아버지가 있으니 그렇게 부르기가 더 쉬운 모양이에요."

무심결에 나와버린 말이었다. 맥은 그 숨은 뜻을 아무도 눈치 채지 못했기를 바라면서 내심 떨었다. 그런데 제시가 그를 정면으로 바라보며 부드럽게 물었다.

"당신 아버지는 그렇게 훌륭하진 않았나 보네요?"

"아,"

맥이 잠시 쉬었다가 말을 이었다.

"그렇게 훌륭하진 않았죠. 내가 어렸을 때 돌아가셨어요."

맥이 웃었다. 한없이 공허하게 들리는 웃음소리였다. 그는 두 사람을 바라보며, "술을 너무 드셨어요" 하고 말했다.

"정말 안됐어요."

세라가 부부를 대표해서 말했고 맥은 그녀의 진심을 느꼈다. 그는 또다시 억지웃음을 지으며 말했다.

"인생이 고달플 때도 있지만, 내겐 감사드릴 일이 많아요."

어색한 침묵이 흘렀다. 맥은 이 두 부부가 자신의 방어벽을 어쩌면 이토록 쉽게 뚫고 들어왔는지 궁금해졌다. 잠시 후 아이들이 트레일러에서 뛰어온 덕분에 그는 간신히 한숨을 돌릴 수 있었다. 어둠 속에서 조시와 앰버가 손을 잡고 있다가 케이트와 에미에게 들킨 모양이었다. 케이트는 자기가 목격한 장면을 사방에 떠벌리고 싶어했고, 조시는 넋이 다 나간 채 이토록 당혹스러운 상황과 여동생의 떠벌림까지 모조리 받아들일 태세였다. 조시의 얼굴에서 실없는 미소가 떠나지 않고 있었다.

밤 인사를 나눌 때가 되자, 세라는 특히 맥을 부드럽게 안아주었다. 부부는 앰버와 에미의 손을 잡은 채 어둠을 뚫고 뒤셋네 가족들의 야영지로 돌아갔다. 맥은 뒤셋네 아이들이 조잘대는 소리와 함께 흔들리는 회중전등의 불빛이 안 보일 때까지 바라본 후에 미소를 지으며 아이들에게로 갔다.

아이들은 돌아가며 밤 기도를 드리고 굿나잇 키스도 했다. 케이트와 조시는 소곤소곤 대화를 나누며 낄낄댔고, 조시는 가끔씩 다 들릴 정도로 거칠게 투덜댔다.

"케이트, 그만해. 제발. 부탁이야. 이 개구쟁이!"

드디어 정적이 찾아왔다. 맥은 회중전등을 켜놓고 그럭저럭 짐을 꾸렸고, 나머지는 동이 튼 후에 정리하기로 했다. 어차피 다음날 정오가 지나서야 출발할 예정이었다. 그는 선홍빛의 석탄재만 깜빡거리는 불가에 앉아 커피를 마셨다. 흔들거리는 불빛과 석탄재 앞에 앉아 있자니 마음이 이리저리로 흘러갔다. 혼자였지만 혼자가 아니었다. '아, 이것은 브루스 코번의 노래, 「영광의 소문」의 가사가 아니었나?' 그는 확신이 서지 않아 집에 가면 찾아봐야겠다고 생각했다.

맥은 따뜻한 불길에 매료되어 기도를, 주로 감사의 기도를 드렸다. 지금까지 너무 많은 것을 받아왔다. 아니, '너무 많이 축

복받았다'는 것이 정확한 표현일 터였다. 그는 만족했고, 편안하고 평화로웠다. 그는 아직 아무것도 모르고 있었지만, 24시간 후에 그의 기도는 완전히 뒤바뀌게 될 터였다.

다음 날 아침은 맑고 따사로웠으나 출발은 별로였다. 맥은 푸짐한 아침 식사로 아이들을 깜짝 즐겁게 해주려고 일찌감치 일어났지만, 프라이팬에 달라붙은 팬케이크를 떼어내려다가 두 손가락에 화상을 입고 말았다. 손가락이 타오를 정도로 아픈 나머지 오븐과 철판을 쳐서 떨어뜨렸고, 팬케이크 반죽을 모래 바닥에 다 쏟아버렸다. 쨍그랑대는 소리와 아빠의 나지막한 욕설에 아이들이 놀라 일어나서는 무슨 일인지 알아보려고 텐트 트레일러에서 머리만 내밀었다. 아이들은 상황을 알아채고 낄낄대기 시작했지만 아빠가 "얘들아, 이건 재미있는 일이 아니란다!"라고 소리치자 다시 안전한 텐트 속으로 머리를 쏙 집어넣고 여전히 소리죽여 킥킥대면서 망사 창 너머로 내다보았다.

맥이 남은 우유를 팬케이크 반죽에 몽땅 넣어버렸기 때문에 식구들은 원래 계획했던 진수성찬은 포기하고 하프앤하프(우유와 크림을 혼합한 걸쭉한 음료 - 옮긴이)에 차가운 시리얼을 넣어 먹는 것으로 허기를 달래야 했다. 그 후 맥은 한 시간이나 얼음물에 두 손가락을 담근 채 야영지를 정리했다. 조시가 숟가락으로 얼음을 잘게 깨서 갖다 주었고, 소문이 퍼져나갔는지 세라 매디슨이 화상치료제를 들고 찾아왔다. 맥은 손가락에 허연 연고를 덕지덕지 바른 후에야 쓰라림이 가라앉는 것을 느꼈다.

조시와 케이트는 심부름을 다 끝내고 나자, 구명조끼를 잘 챙겨 입을 테니 뒤셋 가족의 카누를 한 번만 더 타게 해달라고 졸랐다. 처음에 맥은 당연히 안 된다고 했지만 두 아이 중 특히 케이트가 사정하자 결국 안전규칙에 대해 다시 한 번 일러주고는 허락했다. 사실 그다지 걱정은 되지 않았다. 야영장은 호수 바로 옆에 있었고 아이들은 호숫가 근처에서만 타겠다고 약속했기 때문이다. 맥으로서는 야영장의 짐을 꾸리면서 동시에 아이들도 감시할 수 있었다.

미시는 탁자에서 멀노마 폭포에서 사온 색칠공부 책에 열심히 몰두하고 있었다. 맥은 자기가 어질러놓은 것들을 치우면서 '정말 귀여운 아이야'라고 생각했다. 미시는 하나밖에 남지 않은 깨끗한 옷을 입고 있었다. 여행 첫날 조셉 마을에 놀러갔을 때 샀던, 들꽃이 수놓인 귀여운 빨간 드레스였다.

15분 후에 맥은 호수 쪽에서 친근한 목소리로 "아빠!"라고 부르는 소리에 고개를 들었다. 케이트였다. 케이트와 조시가 아빠가 시킨 대로 구명조끼를 입고 프로선수처럼 노를 젓고 있었다. 그는 두 아이에게 손을 흔들었다.

하찮아 보이는 행동이나 사건 때문에 한 사람의 인생이 송두리째 바뀔 수 있다는 것은 참으로 놀라운 일이다. 아빠에게 화답하려고 케이트가 노를 들다가 순간 균형을 잃는 바람에 카누가 기우뚱하고 말았던 것이다. 케이트의 표정이 공포로 얼어붙었고, 마치 슬로모션처럼 눈앞에서 카누가 뒤집혔다. 조시는 미친 듯이 몸을 기울여서 균형을 잡으려다가 곧 물살 한가운데로 사라지고 말았다. 맥은 서둘러 물가로 달려갔다. 뛰어들 생각은 아니었지만 아이들이 다시 모습을 드러낼 때 가까이 있을 작정이었다. 먼저 케이트가 소리를 지르고 팔을 휘저으며 수면 위로 떠올랐지만 조시의 모습은 보이지 않았다. 갑자기 물살이 튕기며 두 다리가 번쩍 솟아올랐고, 맥은 일이 크게 잘못되었다는 것을 알아챘다.

놀랍게도, 십대 시절 구조대원으로 연마했던 몸의 기억이 섬광처럼 되살아났다. 그는 순식간에 신발과 셔츠를 벗고 물로 뛰어들었다. 뒤집힌 카누까지 15미터나 헤엄쳐 가면서도 물이 얼음처럼 차갑다는 것조차 알아차리지 못했다. 그는 공포에 질린 케이트의 울음소리는 무시했다. 케이트는 괜찮다. 목표는 조시였다.

맥은 숨을 깊이 들이마시고 잠수했다. 한바탕 소동이 있었는데도 물속은 꽤 맑아서 1미터 정도 멀리까지 보였다. 그는 재빨리 조시를 찾아낸 다음, 무엇이 문제인지 확인했다. 조시의 구명조끼에 달린 줄 중 하나가 카누의 가장자리 끈과 얽혀 있었다. 아무리 용을 써도 줄이 빠지지 않자 맥은 조시에게 아직 숨 쉴 만한 공기가 남아 있는 카누 안쪽으로 깊숙이 들어가라고 신호했다. 그러나 조시는 두려움 때문에 제정신이 아니었고, 카누 아래 물속에서 자신을 붙잡고 있는 줄을 잡아 빼는 데만 사력을 다하고 있었다.

맥은 수면 위로 올라가서 케이트에게 기슭까지 헤엄치라고 소리친 다음, 가능한 숨을 많이 들이마시며 다시 잠수했다. 세 번째로 잠수했을 때는 시간이 없다는 것을 깨닫고 조시를 구명조끼에서 떼어내거나 카누를 뒤집어야겠다고 결심했다. 조시가 공포심 때문에 아무도 옆에 오지 못하게 했기 때문에 맥은 카누를 뒤집기로 했다. 하나님과 천사들의 도움인지 아니면 하나님과 아드레날린의 도움인지 모르겠지만 그는 두 번 만에 카누를 뒤집고 아들을 끈에서 풀어냈다.

마침내 제 용도를 수행하게 된 구명조끼 덕택에 조시의 얼굴이 수면 위로 떠올랐다. 맥도 아들의 뒤쪽에서 얼굴을 쳐들었다. 맥이 카누를 뒤집을 때 머리를 부딪힌 조시는 출혈을 한 데다 의식까지 잃고 축 늘어졌다. 그는 곧 아들에게 인공호흡을 시작했다. 소식을 듣고 몰려든 사람들이 그때까지도 구명조끼가 얽혀 있는 카누와 그를 얕은 곳으로 잡아끌어 주었다.

주위에 있던 사람들이 이런저런 조언이며 질문들을 퍼부었지만 맥은 전혀 개의치 않고 아들을 깨우는 데에만 전념했다. 서서히 공포가 몰려오기 시작했다. 다행히 단단한 땅에 발이 닿자마자 조시는 기침을 하며 물과 함께 아침에 먹었던 것들을 토해냈다. 사람들 사이에서 큰 박수가 터져 나왔다. 맥은 간신히 해냈다는 안도감과 흥분이 동시에 몰려들어 울기 시작했다. 케이트도 갑자기 그의 목에 팔을 두르며 흐느꼈고, 다들 웃고 울면서 서로 끌어안았다.

모두 호숫가까지 무사히 도착했다. 두려움과 소란스러움을 따라 몰려든 사람 중에는 제시 매디슨과 에밀 뒤셋도 있었다. 쏟아지는 박수와 안도감 속에서, 맥은 에밀이 묵주 기도를 드리듯 계속 중얼대는 것을 들었다.

"미안합니다…… 미안합니다…… 미안합니다."

카누는 그의 것이었다. 그의 아이들이었을 수도 있었다. 맥은 에밀에게 다가가 그를 두 팔로 감싸면서 귓가에 대고 힘을 주어 말했다.

"그만 해요! 이건 당신의 실수도 아니고 모든 게 괜찮아요."

에밀은 그새 쌓인 죄책감과 두려움의 댐이 터진 것처럼 흐느끼기 시작했다.

큰 위기였을 수도 있는데 다행히 잘 피했다. 맥은 그렇게 생각했다.

4
거대한 슬픔

슬픔은 두 정원 사이에 놓인 담장이다.

– 칼릴 지브란

호숫가에 도착한 다음 맥은 허리를 구부린 채 숨을 헐떡였다. 얼마 후에야 미시가 생각났다. 딸아이가 탁자에서 색칠하던 것이 떠올라서 야영장이 보이는 제방으로 올라가 보았으나 미시의 모습은 어디에도 보이지 않았다. 텐트 트레일러로 향하는 그의 걸음이 빨라졌다. 그는 가능한 한 침착하게 미시의 이름을 불러 보았지만 아무 대답도 없었다. 딸아이는 어디에도 보이지 않았다. 가슴이 벌렁댔지만, 소란스런 와중에 세라 매디슨이나 비키 뒤셋, 아니면 나이 많은 아이들 중에서 누군가가 딸아이를 봐주었을 거라고 맥은 이성적으로 생각해보았다.

그는 지나치게 걱정하거나 두려워하는 기색을 보이고 싶지 않아서 새로 사귄 두 친구에게 미시가 안 보이니 가족들에게 물어봐 달라고 침착하게 부탁했다. 두 사람은 서둘러 각자의 야영장으로 돌아갔다. 제시가 먼저 돌아와서는 세라도 아침 내내 미시를 보지 못한 모양이라고 알려주었다. 맥은 그와 함께 뒤셋네 야영장으로 가던 중에 서둘러 달려오던 에밀과 만났다. 그의 얼굴에 근심스러운 표정이 서려 있었다.

"오늘 아무도 미시를 보지 못했대요. 게다가 앰버도 어디에 있는지 모르겠어요. 둘이 같이 있는 거 아닐까요?"

두려움이 가득한 목소리였다.

"분명 그럴 거예요. 얘네들 대체 어디 갔을까요?"

맥은 자신과 에밀 둘 다를 안심시키려는 심정에서 말했다.

"화장실과 샤워장부터 찾아볼까요?"

제시의 제안이었다.

"좋은 생각이에요" 하고 맥이 말했다.

"나는 우리 아이들이 사용하는 야영장 근처를 돌아볼게요. 당신과 에밀은 두 식구의 야영장 사이에 있는 곳들을 돌아봐 주시겠어요?"

그들은 고개를 끄덕였다. 맥은 가장 가까운 샤워장을 향해 빠르게 걷다가 자신이 신발도 셔츠도 벗고 있다는 사실을 그제야 깨달았다. '내 몰골 참 대단한데' 하고 그는 생각했다. 그의 관심이 온통 미시에게 집중되지 않았더라면 아마도 낄낄 웃고 말았을 차림새였다.

그는 화장실에 도착한 후에 여성용 화장실에서 나오는 십대 소녀에게 빨간 드레스를 입은 어린 여자애나 여자애 두 명을 못 봤느냐고 물었다. 그 소녀는 잘 모르겠지만 확인해보겠다고 말했다. 1분도 되지 않아 소녀가 고개를 흔들며 나왔다. 그는 "어쨌든 고마워요"라고 인사하고 샤워장이 있는 건물 뒤쪽으로 향했다. 모퉁이를 돌면서 큰 소리로 미시를 불러보았다. 샤워기에서 흐르는 물소리뿐, 아무 대답도 없었다. 미시가 샤워실에 있을지도 모른다는 생각에 그는 대답을 들을 때까지 문이란 문은 다 두드려보았다. 그러다가 실수로 한 중년 여인이 들어가 있던 샤워실 문을 벌컥 열고 말았고, 그 불쌍한 여인은 너무 놀란 나머지 비명을 질러댔다. 그는 연신 미안하다고 사과하며 얼른 문을 닫고 옆의 샤워실로 옮겨갔다.

샤워실 여섯 개를 모두 뒤졌지만 미시는 없었다. 그는 남성용 화장실과 샤워실까지 찾아야 할까 망설이다가 결국 전부 돌아보았다. 딸아이는 어디에도 없었고, 그는 "하나님, 딸아이를 찾게 도와주세요……. 하나님, 딸아이를 찾게 도와주세요"라고만 기도하며 에밀의 야영장으로 걸음을 옮겼다.

그를 보고 비키가 달려 나왔다. 둘은 서로 포옹했고, 비키는 울지 않으려고 했지만 도저히 참지 못했다. 맥은 '아내가 이 자리에 있었으면' 하고 몹시 바랐다. 아내라면 어떻게 해야 할지, 적어도 무엇이 옳은지 알 텐데. 그는 어찌할 바를 몰랐다.

"세라가 조시와 케이트를 당신네 야영장으로 데려갔어요. 그러니까 큰애들은 걱정하지 말아요."

비키가 흐느끼면서 말해주었다.

'오, 하나님, 내가 아빠 자격이 있는 건가요?'

큰아이 둘에 대해서는 완전히 잊어버리고 있었던 것이다. 세라가 두 아이를 데리고 있다니 마음을 놓을 수 있었지만, 아내가 있었으면 하는 바람은 더욱 간절해졌다.

바로 그때 에밀과 제시가 야영장으로 뛰어들어 왔다. 에밀은 안도한 것 같았지만, 제시는 돌돌 말린 용수철처럼 긴장된 표정이었다.

"아이를 찾았어요."

에밀이 환한 표정으로 소리치다가 자기가 무슨 말을 했는지 금세 깨닫고는 다시 심각해졌다.

"그러니까, 앰버는 찾았어요. 아직 뜨거운 물이 나오는 다른 샤워장에서 씻고 막 돌아왔어요. 제 엄마한테 말하고 갔다는데, 비키는 듣지 못한 것 같고······."

그의 목소리가 잦아들었다.

"그런데 미시는 찾지 못했어요. 앰버도 오늘 미시를 보지 못했대요."

제시가 가장 중요한 질문에 대해 얼른 답했다. 어느새 침착함을 되찾은 에밀이 이렇게 제안했다.

"맥, 미시가 실종되었다는 사실을 야영장 관리자에게 당장 알려야 해요. 미시가 난리통에 놀라고 당황해서 돌아다니다가 길을 잃었는지도 몰라요. 아니면 우리를 찾으려다가 길을 잘못 들어섰을 수도 있어요. 미시의 사진이 있나요? 사무실에 복사기가 있다면 몇 장 복사해두면 시간을 절약할 수 있을 거예요."

"아, 지갑에 사진이 한 장 있어요."

맥은 뒷주머니로 손을 뻗었다가 아무것도 잡히지 않자 잠시 당황했다. 지갑이 왈로와 호수 바닥에 가라앉았을 것이라는 생각이 얼핏 스쳤다가, 어제 케이블카를 타고 온 뒤 밴에 놔두었다는 사실이 떠올랐다.

셋은 맥의 야영장으로 돌아갔다. 앰버는 안전하지만 미시의 소재는 아직 모른다는 소식을 세라에게 알려주기 위해 제시가 먼저 달려갔다. 맥은 야영장에 도착해서 조시와 케이트를 다독여주었다. 그는 되도록 두 아이에게 침착하게 보이려고 애썼다. 그는 젖은 옷을 티셔츠와 청바지로 갈아입고 깨끗한 양말과 운동화를 챙겨 신었다. 세라는 비키와 함께 큰 아이들을 봐주겠다고 약속하면서 그와 미시를 위해 기도하겠다고 속삭였다. 맥은 그녀를 얼른 안고 고맙다는 인사를 하고 두 아이에게도 입맞춤을 한 뒤 두 남자와 함께 야영장 사무실로 달려갔다.

자그마한 방 두 개짜리 야영장 본부 사무실은 호수의 인명구조 소식에 잔뜩 들떠 있었다. 그러나 세 사람이 들어와서 미시가 사라진 상황을 차례차례 설명하자 분위기는 급전되었다. 다행히 사무실에 복사기가 있었고, 맥은 미시의 사진을 여섯 장 확대 복사해서 사람들에게 나눠주었다.

왈로와 호수 야영장은 총 215개의 구획으로 나누어져 있었는데, 이는 다시 다섯 개의 구역과 세 개의 그룹으로 나뉘어 있었다. 젊은 부매니저 제러미 벨러미가 수색을 돕겠다고 자원했다. 그들은 야영장을 네 구역으로 나눈 후에 각자 지도와 미시의 사진, 업무용 워키토키를 챙기고 나섰다. 한 명은 미시가 돌아올 경우 곧바로 보고하기 위해 워키토키를 들고 맥의 야영장으로 갔다. 느리지만 조직적인 방법이었다.

맥은 이 방법이 한없이 느려 보이긴 해도 딸아이를 찾는 가장 적절한 방법이라고 생각했다. 만약…… 만약 딸아이가 아직도 야영장에 있다면 말이다. 그는 텐트와 트레일러 사이를 걸으면서 기도하고 또 약속했다. 하나님께 약속하는 것이 어리석고 비합리적이라는 것을 알면서도 다른 도리가 없었다. 그는 미시를 되찾고 싶은 마음이 너무나 간절했고, 하나님이라면 분명 딸아이가 어디 있는지 아실 터였다.

야영하는 사람들 중에는 자기 구역에 없거나 벌써 짐을 꾸리는 사람들이 많았다. 그는 여러 사람에게 물어보았지만 미시같은 아이를 봤다는 사람은 아무도 없었다. 수색대원들은 주기적으로 사무실에 연락하여, 서로의 상황을 알아보았다. 아무 진전도 보이지 않는 가운데 시간은 어느덧 오후 2시가 되었다.

맥이 담당 구역을 거의 다 돌았을 무렵 워키토키로 연락이 왔다. 야영장 입구 주변을 맡았던 제러미가 단서를 찾은 모양이었다. 에밀은 제러미의 야영지 번호를 알려주며 각자 현재 위치를 지도에 표시하라고 지시했다. 맥이 마지막으로 도착해보니 에밀과 제러미가 한 젊은 남자와 심각하게 이야기하고 있었다.

에밀은 캘리포니아에서 온 버질 토머스라는 청년을 서둘러 맥에게 소개시켜주었다. 청년은 여름 내내 친구들과 그 지역에서 야영하고 있다고 했다. 친구들과 밤새도록 파티를 벌이다가 잠이 들었고, 낡은 국방색 트럭이 야영장 입구에서 조셉 마을 쪽 도로로 나가는 것을 혼자서만 목격했다고 말했다.

"그게 몇 시쯤이었죠?"

맥이 물었다. 버질이 엄지손가락으로 제러미를 가리키며 대답했다.

"저 사람에게 말한 대로, 정오가 되기 전이었어요. 하지만 정확히 몇 시였는지는 모르겠어요. 술이 덜 깬 데다 여기 온 이후로 시간에는 도통 신경 쓰지 않았거든요."

맥이 미시의 사진을 보여주면서 긴장된 어조로 물었다.

"이 아이를 본 것 같아요?"

"저 사람이 처음 이 사진을 보여주었을 때 아는 얼굴 같지는 않았어요."

버질이 다시 사진을 들여다보며 대답했다.

"하지만 밝은 빨간 드레스를 입었다는 이야기를 듣고 나니 국방색 트럭에 타고 있던 어린 소녀가 빨간 옷을 입고 있었다는 게 생각났어요. 그 아이는 웃는 것 같기도 하고 소리를 지르는 것 같기도 했어요. 남자가 아이를 때리거나 누르는 것 같긴 했지만 장난치는 줄로만 알았어요."

맥은 온몸이 굳는 기분이었다. 방금 들은 이야기가 그의 목을 죄는 것 같았지만 그래도 지금까지 들은 것 중에서 유일하게 앞뒤가 맞는 정보였다. 미시의 흔적을 전혀 찾을 수 없었던 이유도 짐작이 갔다. 하지만 그는 이 모든 게 사실이 아니기를 바랐다. 그가 몸을 돌려 사무실을 향해 달리기 시작하려는데 에밀이 그를 저지했다.

"맥, 멈춰요! 벌써 사무실에 무전을 쳤고 조셉 마을의 보안관에게도 연락했어요. 여기로 당장 경찰을 보내주고 트럭에도 전국 지명수배를 내리겠대요."

에밀의 말이 끝나기가 무섭게 경찰차 두 대가 야영장으로 들어왔다. 첫 번째 차는 사무실로 향했고, 다른 차는 일행이 모여 있는 곳으로 곧장 왔다. 맥은 경찰관에게 손을 흔들어 신호를 보냈고, 그가 차에서 내리자마자 얼른 다가갔다. 20대 후반으로 보이는 젊은 남자가 자신을 돌턴 경관이라고 소개하고는 그들의 진술을 듣기 시작했다.

한 시간 후에 미시의 실종사건에 대한 대대적인 수사가 시작되었다. 서쪽으로 포틀랜드, 동쪽으로 아이다호 주의 보이시, 북쪽으로 워싱턴 주의 스포캔까지 지명수배가 내려졌다. 조셉 경찰서는 조셉에서 헬스캐니언 국립휴양지까지 깊숙이 연결된 임나하 고속도로를 봉쇄했다. 혹시나 유괴범이 임나하 도로를 타고 갔다면 그쪽에서 나오는 차량을 조사해서 관련 정보를 얻겠다는 생각이었다. 경찰력만으로는 부족하여, 산림경비대원에게도 경계 임무가 내려졌다.

필립스 가족의 야영장은 현장 보존을 위해 저지선이 쳐졌고, 주변 사람들 모두 질문을 받았다. 버질은 트럭 운전자와 동승자에 대해 가능한 한 자세하게 설명했다. 그의 진술은 모든 관련 당국으로 타전되었고, 포틀랜드, 시애틀, 덴버의 FBI 사무소에도 사고 소식이 전해졌다. 연락을 받은 낸은 가장 친한 친구 매리앤이 운전하는 차로 달려오고 있었다. 수색견까지 동원되었으나 미시의 흔적은 근처 주차장에서 끝났고, 버질의 진술이 정확하다는 가능성만 더욱 높아졌다.

범죄전문가들이 먼저 맥의 야영장을 샅샅이 훑었다. 그런 후에 돌턴 경관은 맥에게 기억과 일치하지 않거나 없어진 물건이 없는지 자세히 살펴달라고 요청했다. 맥은 그날 하루에 벌어진 온갖 사건으로 녹초가 되어 있었지만 도움이 된다면 무슨 일이라도 하고 싶었기에 그날 아침의 일에만 골똘히 집중했다. 그는 아무것도 건드리지 않으려고 조심하면서 그날 자신의 행적을 다시 더듬어보았다. 할 수만 있다면, 그날 하루를 처음부터 다시 시작할 수만 있다면 무엇이라도 내어주고 싶었다. 손가락이 데이고 팬케이크 반죽을 사방에 흘리더라도, 되돌릴 수만 있다면.

그는 경관의 부탁대로 주위를 둘러보았으나 기억과 다른 물건은 전혀 없어 보였다. 모든 것이 똑같았다. 미시가 열심히 색칠공부하던 탁자에는 멀노마 공주를 반쯤 색칠하다 만 페이지가 펼쳐져 있었다. 크레용도 그대로 놓여 있었지만 딸아이가 가장 좋아하던 빨간색은 보이지 않았다. 그는 빨간 크레용이 떨어졌나 싶어 바닥을 둘러보았다.

"빨간 크레용을 찾는 거라면 저기 나무 옆에서 벌써 찾았습니다."

돌턴이 주차장을 가리키며 말했다.

"버둥거리다가 떨어뜨린 것 같습니다……."

그가 말꼬리를 흐렸다.

"버둥댔는지 어떻게 알죠?"

맥이 물었다. 경관은 주저하다가 마지못해 대답했다.

"그 근처에서 아이의 신발 한 짝을 찾았습니다. 발로 차다가 덤불 속에서 벗겨져 나간 모양입니다. 그때 선생님이 옆에 안 계셔서 아드님께 확인해달라고 부탁했습니다."

딸아이가 짐승 같은 놈에 맞서 저항하는 장면이 그의 복부를 강타해 들어오는 것 같았다. 맥은 목이 졸리는 것처럼 앞이 캄캄해졌고, 기절하거나 토할 것만 같아 탁자에 몸을 기댔다. 그 순간 그는 색칠공부 책에 무당벌레 핀이 붙어 있는 것을 보고 누군가 코밑에 냄새자극제를 들이밀기라도 한 것처럼 정신이 퍼뜩 들었다.

"저건 누구 거죠?"

맥이 핀을 가리키며 물었다.

"뭐가 누구 거냐는 겁니까?"

"무당벌레 핀이요! 누가 저걸 저기 놔뒀죠?"

"미시 거라고 생각했는데요. 오늘 아침엔 저 핀이 저 자리에 없었다는 말씀인가요?"

맥이 단호하게 대답했다.

"네, 확실해요. 딸아이에겐 저런 물건이 없어요. 오늘 아침에 여기 없었다고 백 퍼센트 확신할 수 있어요."

돌턴 경관은 서둘러 무전기를 들었고, 몇 분 후에 과학수사단이 찾아와서 핀을 확보해갔다.

돌턴이 맥을 한쪽으로 데려간 뒤 설명했다.

"선생님 말이 사실이라면 미시를 공격한 자가 저 물건을 일부러 여기 놔둔 것 같습니다."

그는 잠시 후에 이렇게 덧붙였다.

"필립스 씨, 이건 좋은 소식일 수도 나쁜 소식일 수도 있습니다."

"무슨 뜻인지 모르겠는데요."

경관은 맥에게 더 알려줘야 할지, 또 어떤 식으로 설명해야 좋을지 고민하다가 입을 열었다.

"증거를 확보했다는 점은 좋은 소식입니다. 범인과 관련된 정보는 이것이 처음이니까요."

"나쁜 소식은 뭐죠?"

맥이 숨을 죽이며 대답을 기다렸다.

"나쁜 소식은, 지금 이 사건에 대해 말씀드리는 건 아니지만, 이런 물건을 놔두는 경우 종종 목적이 있기 마련이고 또한 전에도 이런 짓을 했다는 것을 나타내죠."

맥이 발끈했다.

"무슨 말을 하는 거죠? 이 작자가 연쇄살인범이라도 된다는 건가요? 자신의 정체를 알리려고, 영역을 표시하기 위해 일종의 표식을 남겼다는 건가요?"

맥은 점점 화가 나고 있었고, 돌턴은 괜히 말을 꺼내 유감스럽다는 표정을 지었다. 그러나 맥이 더 펄펄 뛸 새도 없이 돌턴의 벨트에 달린 무전기로 호출이 들어왔다. 오리건 주 포틀랜드의 FBI 지역사무소에서 걸려온 것이었다. 맥은 자리를 뜨지 않겠다고 우긴 끝에 특별 수사관이라는 한 여성과의 통화 내용을 엿들을 수 있었다. 그녀는 돌턴에게 핀에 대해 자세히 설명해보라고 요구했다. 맥은 과학수사단이 진을 치고 있는 곳까지 돌턴을 따라갔다. 경관이 지퍼락 봉지 안에 보관된 핀에 대해 자세히 설명하는 것을 그는 수사단 바로 뒤에 서서 들었다.

"색칠공부 책 몇 장에 걸쳐서 무당벌레 핀이 꽂혀 있었습니다. 여자들이 옷깃에 다는 종류의 핀인 것 같습니다."

"무슨 색깔이고, 무당벌레의 점은 몇 개죠?"

상대편의 질문에, 돌턴은 두 눈을 봉지에 들이대며 대답했다.

"윗부분에는 무당벌레의 머리가 달려 있고 검은색입니다. 몸체는 빨간색이고 핀 테두리와 가운데를 나누는 선은 검정색입니다. 위에서 아래로 볼 때 꼭대기에는 머리가 있고, 몸의 왼쪽에 검은 점이 두 개 있습니다. 이해가 되나요?"

"아주 좋아요. 계속해줘요."

상대는 참을성 있게 대답했다.

"무당벌레의 오른쪽에 세 개의 점이 있어서 점은 도합 다섯 개입니다."

잠시 정적이 흘렀다.

"점이 다섯 개라고 확신해요?"

"예, 점이 다섯 개 있습니다."

더 잘 보려고 맞은편으로 이동한 맥과 시선이 마주치자 경관은 '점이 몇 개인지 알게 뭐람.'이라는 식으로 어깨를 으쓱했다.

"좋아요. 대브니 경관."

"돌턴, 토미 돌턴입니다."

그는 맥을 다시 쳐다보며 어이없다는 듯 눈을 굴렸다.

"돌턴 경관, 미안해요. 핀을 뒤집어서 무당벌레의 배나 안쪽에 뭐가 있는지 말해줘요."

돌턴은 봉지를 뒤집어서 자세히 살펴보았다.

"배에 무늬가 새겨져 있는데요. 특별 수사관…… 음, 아까 당신 이름을 잘 못 들었는데요."

"위코스키고 철자는 소리 나는 대로예요. 글자나 숫자가 있나요?"

"예, 보겠습니다. 아, 그런 것 같은데요. 일종의 제품번호인 것 같은데, C…K…1-4-6입니다. 찰리(Charlie)의 C, 킬로(Kilo)의 K, 숫자 1, 4, 6입니다. 봉지 안이라 확인하기가 좀 힘든데요."

맞은편에서 침묵이 흘렀다. 맥이 돌턴에게 속삭였다.

"그게 무슨 뜻인지, 아니면 어떤 이유에서 질문한 것인지 물어봐요."

돌턴이 주저하다가 맥이 요구한 대로 물어보았다. 다시 맞은편에서 침묵이 이어졌다.

"위코스키? 아직 거기 있는 거죠?"

"예, 그럼요."

갑자기 상대의 목소리에서 지치고 공허한 기색이 느껴졌다.

"이봐요, 돌턴. 따로 얘기할 만한 곳이 있나요?"

맥이 과장되게 고개를 끄덕이자 돌턴은 그 뜻을 알아들었다.

"잠깐만요."

그는 핀이 담긴 봉지를 내려놓고 구역 바깥으로 이동했고, 맥이 따라오는 것을 내버려두었다. 돌턴은 이미 맥을 위해 규칙을 위반한 상태였다.

"음, 이제 됐어요. 말해보세요. 이 무당벌레가 대단한 특종이라도 되나요?"

경관이 물었다.

"우리는 거의 4년 동안 이자를 체포하려고 벌써 아홉 개 이상의 주를 추적해왔어요. 그자는 계속 서쪽으로 이동하고 있어요. 꼬마숙녀 살인마라는 별명으로 불리고 있지만, 언론을 비롯해서 그 누구에게도 무당벌레에 대해서는 밝힌 적 없으니 누설하지 말아줘요. 그자는 지금까지 최소한 어린이 네 명을 유괴, 살인한 것으로 추정되고 있어요. 모두 열 살 이하의 여자아이들이죠. 매번 그자가 무당벌레에 점을 하나씩 더했으니 지금은 다섯 번째인 셈이에요. 그자는 유괴현장 어딘가에 항상 동일한 핀을 남겼고, 처음에 한 상자를 구입했는지 제품번호가 모두 같아요. 하지만 어디에서 구한 것인지는 아직 알아내지 못했어요. 네 명의 소녀 중 한 구의 시신도 발견되지 않았고 과학적으로 입증할만한 단서는 전혀 없지만, 희생자 모두 생존하지 못했다고 믿을만한 상당한 근거가 있어요. 지금까지의 범행은 모두 야영장이나 그 인근에서 발생했고, 근처에는 국립공원이나 보호구역이 있어요. 범인은 벌목꾼이나 등산가일 것으로 추정되고 있고요. 하여튼 모든 사건에서 그는 핀을 제외하곤 아무런 단서도 남기지 않았어요."

"차는요? 우리는 그가 타고 갔다는 국방색 트럭에 대해 상당히 자세한 정보를 확보했어요."

"아, 차량은 곧 발견될 거예요. 우리가 쫓는 자가 맞는다면 그 차는 하루 이틀 전에 도난당한 차량이고 야영 도구로 가득 찬 데다 흔적 하나 없이 깨끗하겠죠."

맥은 돌턴과 위코스키 수사관의 통화 내용을 들으면서 마지막 남은 희망마저 사그라졌다고 느꼈다. 그는 바닥에 주저앉아 두 손으로 얼굴을 가렸다. 자기보다 더 지치고 피곤한 사람이 또 있을까? 미시가 사라진 후에 처음으로 무시무시한 가능성들을 떠올렸고, 일단 떠오른 가능성들을 도저히 떨쳐버릴 수 없었다. 마구잡이로 뒤섞인 선과 악이 침묵 속에서 무시무시하게 행진하는 모습이 자꾸만 떠올랐다. 미친 듯이 머리를 흔들어봐도 그 잔영은 사라지지 않았다. 두려운 고문과 고통, 가장 깊숙한 어둠 속에서 철사 손가락과 레이저로 무장한 악마들, 미시가 아빠를 향해 아무리 소리를 질러도 아무도 대답하지 않은 모습까지. 이렇듯 공포스러운 이미지와 함께 다른 기억들이 섬광처럼 섞여 나왔다. 미시-시피라고 부르던 컵을 들고 아장아장 걷는 아기, 초콜릿 케이크를 너무 많이 먹고 취해버린 두 살배기 아기, 아빠의 품 안에서 안전하게 잠들었던 바로 최근의 모습까지, 너무나 또렷한 딸아이의 모습들이었다. 장례식에선 대체 뭐라고 말하지? 아내에게는 또 뭐라고 하지? 어쩌다가 이런 일이 벌어졌지? 하나님, 어쩌다가 이런 일이 벌어졌을까요?

　몇 시간 후에 맥과 두 아이는 수사본부가 설치된 조셉 마을의 한 호텔로 자리를 옮겼다. 호텔 소유주가 친절하게도 무료로 방을 제공해주었고, 그는 짐 몇 개를 옮긴 뒤 완전히 뻗고 말았다. 돌턴 경관이 친절하게도 아이들을 동네 식당으로 데려가주었다. 그는 경관에게 고맙다고 인사한 다음, 혼자 호텔방에 남아 침대 끄트머리에 앉았다. 그는 점점 더 커져가는 가혹한 절망의 손아귀에 무기력하게 휩싸인 채 천천히 앞뒤로 몸을 흔들었다. 존재의 근원에서부터 배어나오는, 영혼을 갈기갈기 찢을 듯한 흐느낌과 신음이 그를 마구 할퀴었다. 낸이 찾아왔을 때 그의 상태가 바로 그러했다. 상심한 부부는 서로 부둥켜안고 울었다. 맥은 슬픔을 마구 쏟아냈고 낸은 그를 진정시키려고 갖은 애를 썼다.

　그날 밤 맥은 바위투성이의 해안에 부딪치는 무자비한 파도와 같은 괴로운 이미지들로 인해 뒤척이고 괴로워하며 잠을 청했다. 일출 직전에 마침내 그는 잠을 자는 것을 포기했다. 하룻밤 새에 1년치의 감정을 모두 소진해버리고 나자 멍해졌다. 영원히 잿빛일 것 같은 무의미한 세계에서 갑자기 표류하게 된 기분이었다.

낸은 집에 가지 않겠다고 우겼지만, 결국 아이들과 함께 돌아가는 것이 최선이라는 데 동의했다. 맥은 어떤 식으로든 수사에 도움을 주고 또 만약의 사태에 대비하기 위해 남기로 했다. 딸아이가 어딘가에서 자기를 찾고 있을지도 몰랐기에 도저히 발길이 떨어지지 않았다. 실종 소식은 빠르게 퍼졌고, 야영장의 짐을 집까지 옮겨주겠다며 친구들이 속속 도착했다. 맥의 상사는 전화를 걸어 어떤 도움이든 청하고 필요한 만큼 머물라고 격려해주었다. 그들을 아는 모든 이들이 기도해주었다.

아침에 사진기자를 비롯하여 기자 여럿이 찾아왔다. 맥은 언론에 얼굴을 내비칠 심정이 아니었지만 많이 알려질수록 미시를 찾는 데 도움이 된다는 것을 알기에 주차장으로 나가 기자들의 질문에 답했다.

그는 돌턴 경관이 규약을 위반한 것에 대해서는 아무 언급도 하지 않았고, 돌턴은 그에 대한 보답으로 계속 정보를 알려주었다. 어떤 식으로든 도움이 되고 싶어하던 제시와 세라 부부는 찾아오는 가족과 친구들을 상대해주었다. 이들 부부는 낸과 맥의 대변인이 되어주었고, 감정의 소용돌이 속에서도 평온함을 유지해가며 사람들을 만났다.

에밀 뒤셋의 부모가 비키와 아이들을 데려가기 위해 덴버에서 직접 차를 몰고 왔다. 에밀은 그의 상사의 허락을 받고 남아서, 공원 당국과 관련된 정보를 알려주기로 했다. 낸은 세라와 비키와 곧 친해졌고, 어린 제이제이를 돌보고 아이들과 포틀랜드로 돌아갈 준비를 하며 애써 마음을 진정시켰다. 낸이 감정을 주체하지 못하고 울음을 터뜨릴 때면 비키나 세라가 늘 함께 슬퍼하며 옆에서 기도해주었다.

매디슨 부부는 더 이상 도움을 줄 수 없는 상황이 되자 야영장을 정리하고 눈물의 작별인사를 전하러 왔다. 제시는 오랫동안 맥을 끌어안고는 다시 만나자고, 모두를 위해 기도하겠다고 낮게 속삭였다. 세라는 눈물을 주르르 흘리면서 맥의 이마에 입을 맞췄다. 그녀가 낸을 끌어안자 낸은 또다시 흐느끼기 시작했다. 세라가 노래를 부르자(맥은 가사 내용이 무엇인지 잘 듣지 못했다.) 낸은 안정을 되찾고 마지막 인사를 했다. 맥은 부부가 걸어가는 모습을 차마 지켜볼 수 없었다.

뒤셋 가족이 떠날 준비를 마치자 맥은 앰버와 에미에게 그동안 자신의 아이들과 잘 지내줘서 고맙다고 인사했다. 적어도 오늘만은 대범해질 수 없었던 조시가 울면서 작별인사를 했고, 케이트는 단단하게 굳은 채로 서로의 집 주소와 이메일 주소를 확인했다. 이번 사건으로 큰 충격을 받은 비키는 슬픔에 휩싸인 채 낸을 끌어안았다. 낸이 머리를 어루만지며 귓가에 기도를 속삭여주자 비키는 다시 기운을 차리고 가족이 기다리는 차를 향해 갔다.

정오에는 모든 가족들이 출발했다. 낸과 아이들은 매리앤이 운전하는 차를 타고 남은 가족들이 기다리는 집으로 향했다. 맥과 에밀은 이제 토미라고 부르게 된 돌턴 경관과 함께 순찰차를 타고 조셉으로 갔다. 도착한 다음, 샌드위치를 집어 들긴 했으나 거의 손도 대지 않은 채 경찰서로 갔다. 토미 돌턴은 두 딸의 아버지인 데다 큰딸이 겨우 다섯 살이라 이 사건을 마치 자기 일처럼 여겼다. 그는 새 친구인 맥에게 진심을 다해 친절과 편의를 베풀어 주었다.

이제 가장 힘든 부분인 기다림이 시작되었다. 여러 일들이 태풍처럼 연달아 휘몰아치는 가운데, 맥은 자신이 태풍의 눈 속에서 슬로모션으로 움직이고 있다고 느꼈다. 여기저기에서 보고가 들어왔고, 에밀 또한 자기가 아는 사람들이나 관련 당국과 분주하게 연락을 주고받았다.

오후 중에 세 도시에서 FBI 일행이 도착했다. 애초부터 위코스키 수사관이 이 사건의 책임을 맡은 것이 분명했다. 위코스키는 작고 날씬하고 불같은 열정과 행동력을 지닌 여성이었는데, 맥은 그녀를 보자마자 마음에 들었다. 그녀는 그가 보여준 호의에 공개적으로 감사를 표했고, 그 뒤로는 긴밀한 대화나 보고 중에 맥이 참석해도 아무도 이의를 제기하지 않았다.

FBI는 호텔에 작전본부를 세운 후에 일상적인 통례라면서 맥에게 공식면담을 요청했다. 책상에서 분주하게 일하던 위코스키 수사관은 그를 보더니 자리에서 일어나 한 손을 내밀었다.

그가 악수를 하려고 손을 뻗자 그녀가 두 손으로 그의 손을 감싸 잡으면서 엄숙한 미소를 지었다.

"필립스 씨, 지금까지 당신에게 충분한 시간을 할애하지 못해서 죄송합니다. 미시를 무사히 데려오기 위해 여러 관련 부서와 연락하느라 분주하던 참이었어요. 이런 상황에서 만나게 되다니 정말 유감입니다."

맥은 그녀의 진심을 느낄 수 있었다.

"맥이라고 합니다."

"예?"

"맥이라고 불러주십시오."

"아, 맥. 그러면 나도 샘이라고 불러줘요. 사만다를 줄인 이름이지만, 어렸을 때 제가 워낙 말괄량이여서 대놓고 사만다라고 부르는 애들은 흠씬 두들겨 패곤 했죠."

맥은 자기도 모르게 미소를 지으며 조금은 느슨한 자세로 의자에 앉았다. 그러고는 그녀가 서류가 가득한 폴더 두어 개를 빠르게 뒤지는 것을 지켜보았다.

"맥, 몇 가지 질문을 해도 될까요?"

위코스키 수사관이 서류에서 눈을 떼지도 않은 채 물었다.

"최선을 다해 답하겠습니다."

그는 무슨 일이라도 해볼 기회가 생겼다는 데 감사했다.

"좋아요. 세부적인 내용을 전부 되풀이하지는 않겠어요. 당

신이 다른 사람들에게 진술한 내용은 이미 보고받았지만 직접
확인할 것이 두어 개 있어요."

그녀가 그의 눈을 바라보며 말했다.

"도움이 된다면 얼마든지요. 지금 전 아무짝에도 쓸모없는
사람이 된 것 같습니다."

맥이 심경을 털어놓았다.

"맥, 당신 기분이 어떤지 알아요. 하지만 당신이 여기 나와 있
다는 것이 중요해요. 당신의 딸 미시에 대해 걱정하지 않는 사
람은 이곳에 한 명도 없다는 것을 믿어주세요. 미시가 무사히
되돌아오도록 모두 최선을 다할 겁니다."

"고맙습니다."

맥은 울컥한 기분에 더 이상 말을 잇지 못하고 바닥만 내려
다보았다. 누가 조금이라도 친절하게 대해주면 이내 감정의 댐
에 구멍이 뚫릴 것 같았다.

"좋아요. 당신의 친구인 토미 경관과 비공식적으로 충분한
대화를 나눴어요. 경관이 당신과 나눈 이야기를 전부 보고했으
니 그를 보호해야 할 필요는 없어요. 내 판단으로 그의 행동에
아무 문제도 없어요."

맥은 그녀를 올려다보고 고개를 끄덕이며 미소를 지었다.

"지난 며칠 동안, 당신 가족 주변에서 이상한 사람을 목격한
적이 있나요?"

맥은 그 말에 놀라 의자에 등을 기댔다.

"그자가 우리를 쫓아다녔다는 건가요?"

"아뇨. 그자는 희생자를 임의로 선택하는 것 같지만, 나이가 모두 당신 딸 정도에 머리색도 비슷해요. 하루 이틀 전에 미리 봐두었다가 근처를 배회하며 적당한 기회를 노리는 것 같아요. 호수 근처에서 이상한 사람이나 위화감이 드는 사람을 본 적 없나요? 화장실 근처는 어땠어요?"

맥은 아이들이 감시당하고 목표물이 되었다는 생각에 몸을 움찔했다. 그는 갖은 상상력을 동원해서 머리를 짜내려 했지만 아무것도 떠오르지 않았다.

"죄송합니다. 기억이 나지 않아요……."

"야영장으로 가는 길에 들른 곳에서나, 근처를 등산하거나 관광하는 동안 낯선 사람을 목격한 적이 있나요?"

"오는 길에 멀노마 폭포에 들렀고, 지난 사흘 동안 이 지역은 다 돌아다녔지만 유별나 보이는 사람은 없었던 것 같아요. 이런 일이 벌어질 거라고 상상이나 했겠어요?"

"그래요, 맥. 너무 자책하지 말아요. 혹시 나중에라도 생각나면 아무리 사소하고 상관없어 보이더라도 꼭 알려줘요."

그녀는 책상에 놓인 다른 서류를 잠시 들여다보았다.

"국방색 트럭에 대해서요. 여기 있는 동안 그런 트럭을 목격한 적 있나요?"

맥은 기억을 쥐어짜 보았다.

"그런 걸 본 기억이 전혀 나지 않아요."

특별 수사관 위코스키는 15분간 맥에게 여러 질문을 던졌으나 도움이 될 만한 정보는 얻지 못했다. 결국 그녀는 수첩을 덮고 일어나서 손을 뻗었다.

"맥, 미시에 대해서는 정말 유감이에요. 어떤 단서라도 발견하면 직접 알려줄게요."

오후 5시에 드디어 임나하 도로봉쇄선에서 유력한 보고가 들어왔다. 위코스키 수사관은 약속했던 대로 바로 맥을 찾아낸 다음 상세하게 상황을 알려주었다. 수색 중인 차량과 동일한 국방색 군용 트럭을 두 쌍의 부부가 목격했다는 내용이었다. 그들은 국립보호구역 중에서도 좀 더 외딴 지역인, 국유림 4260번에서 벗어나 있는 올드 네즈퍼스 지역을 탐험하고 오던 도중, 국유림 4260번과 250번이 갈라지는 접합점의 남쪽지역에서 그 차량과 정면으로 만났다고 했다. 일차선이었기 때문에 그들은 트럭이 먼저 지나가도록 안전한 곳으로 후진했는데, 그 과정에서 픽업트럭의 뒤쪽에 가스 깡통과 야영용 장비가 상당히 많다는 데 주목했다. 남자는 남의 이목을 두려워하는 듯 더운 날씨인데도 모자를 푹 눌러쓴 데다 커다란 외투를 걸치고 있었고, 바닥에 떨어진 물건을 찾으려는 것처럼 조수석으로 몸을 구부리고 있었다고 했다. 그 특이한 행색을 본 목격자들은 남자를 민병대 흉내나 내는 미친놈이라 여기고 웃어넘겼다고 했다.

이 보고가 들어온 순간 경찰서는 긴장했다. 산으로 이동하기 위해 인적이 드문 곳으로 이동하는 꼬마숙녀 살인마의 전형적인 수법과 지금까지 확인된 모든 정황이 불행히도 꼭 들어맞는다고 토미가 알려주었다. 인적이 드문 곳에서 행적이 포착된 것으로 보아 그자는 자신의 행선지를 잘 알고 있는 것이 분명했다. 하필이면 다른 사람이 그 자리에 있었다니 그자로서는 불행한 일이었다.

시간은 빠르게 흘러 해가 지고 있었고, 당장 추격할지 아니면 날이 밝을 때까지 기다릴지에 대해 열띤 토론이 이어졌다. 각자의 의견과는 별개로, 모두들 현재 상황에 깊은 충격을 받은 것 같았다. 사람들은 무고한 사람들, 특히 아이들에게 가해지는 고통을 참지 못하는 경향이 있다. 극악무도한 죄로 교도소에 들어간 인간들도 아이들을 괴롭혀서 들어온 자들에게 먼저 분노를 터트린다고 한다. 상대적인 잣대로 도덕성을 따지는 이 세계에서도 어린이에게 해를 입히는 것은 절대적인 악으로 여겨지는 것이다. 바로 그런 것이다!

맥은 방 한구석에 초조하게 선 채로 시간만 낭비하는 말싸움같이 보이는 토론 내용을 경청했다. 필요하다면 토미를 납치해서라도 직접 그자를 찾으러 가고 싶었다. 매분 매초가 너무나 중요했다.

맥에게는 몹시 길게 느껴졌던 그 시간 동안 각 부서의 담당자들은 필요한 조치만 얼른 취한 뒤, 당장 범인을 추격하기로 신속하게 만장일치로 결정했다. 차량을 이용해 외곽으로 이동할 수 있는 도로가 많지 않고 이미 도로봉쇄선까지 세워진 상황이었지만, 전문 등산인이라면 쥐도 새도 모르게 동쪽의 아이다호 황야나 북쪽의 워싱턴 주로 잠입할 우려도 있었다. 아이다호 주의 루이스턴과 워싱턴 주의 클라크스톤 당국으로 현재상황이 보고되는 동안 맥은 아내에게 전화를 걸어 상황을 급하게 알려 준 다음, 토미와 함께 출발했다. 이제 그가 할 수 있는 기도라고는 하나뿐이었다.

"하나님, 제발, 제발, 제발 우리 미시를 지켜주세요. 지금 저는 그러지 못합니다."

뺨을 타고 흘러내린 눈물이 셔츠까지 적셨다.

오후 7시 반 무렵, 순찰차와 FBI의 스포츠 유틸리티 차량, 수색견 우리가 설치된 픽업트럭, 산림경비대원의 차량으로 구성된 수색대는 임나하 고속도로로 출발했다. 일행은 국립보호구역으로 똑바로 이어지는 왈로와 산 도로를 동쪽으로 도는 대신임나하 고속도로를 계속 타고 북쪽으로 향했다. 그런 다음, 임나하 도로 하행선을 타고 더그바 도로를 지나 국립보호구역으로 들어갔다.

맥으로서는 그 동네 지리를 잘 아는 사람과 동행한 것이 참으로 다행이었다. 사방으로 갈라진 도로 이름이 전부 더그바인 것처럼 보일 때도 있었다. 이름을 누가 지었는지 몰라도 더 이상 떠오르는 이름이 없었거나, 술에 취하고 피곤해서 얼른 집에 가고 싶은 마음에 모든 도로 이름을 더그바로 지은 것 같았다.

좁은 지그재그로 이어지다가 가파르게 급경사지는 도로를 캄캄한 밤에 운전하려니 더욱 위험했다. 차의 속도는 엉금엉금 기는 것처럼 느려졌다. 마침내 일행은 국방색 픽업 트럭이 최후로 목격되었던 지점을 통과했고, 1.6킬로미터 정도 더 가서 국유림 4260번이 북북동쪽으로 이어지고 남동쪽으로는 국유림 250번이 나오는 교차지점에 도착했다. 계획대로 일행은 둘로 나뉘었고 위코스키 수사관이 지휘하는 작은 무리는 국유림 4260번을 향해 북진하고 맥과 에밀, 토미 등 나머지 일행은 국유림 250번을 향해 남진했다. 간신히 몇 킬로미터를 더 이동한 다음 큰 무리는 다시 둘로 나뉘었다. 토미와 수색견을 태운 트럭은 지도상 도로가 끝나는 지점인 국유림 250번 쪽으로 계속 내려가고 나머지 일행은 국유림 4240번의 공원을 통과해서 템퍼런스 크리크 지역으로 남진해갔다.

수색 작전의 속도는 한층 느려졌다. 수색대원들은 강력한 투광조명을 켜고 차에서 내려 도로에 최근의 흔적이 남아 있는지 직접 확인해보았다. 자신들이 수색하는 지역이 막다른 길만이 아니라 다른 의미를 가졌다는 단서가 있는지 알아보려는 것이었다.

두 시간 후, 토미 일행이 달팽이처럼 느린 속도로 국유림 250번의 끝 지점에 도착했을 때 위코스키 수사관에게서 단서를 포착했다는 연락이 왔다. 위코스키 일행은 수색대가 처음 갈라졌던 교차점에서 16킬로미터 정도 이동한 후에 국유림 4260번에서 뻗어나온, 이름도 없는 오래된 도로가 북쪽으로 3킬로미터 정도 이어진 것을 발견했다. 눈에 잘 띄지도 않고 푹 파인 곳에 있어서 그냥 지나칠 수도 있는 도로였다. 그런데 한 수색대원이 투광조명으로 사방을 비추다가 주도로에서 15미터도 안 되는 지점에 떨어져 있는 타이어 휠캡을 발견했다. 궁금한 마음에 휠캡을 회수했다가 휠캡을 뒤덮은 흙먼지 아래로 국방색 페인트 얼룩이 튀어 있는 것을 발견했다. 깊은 구덩이에 빠졌던 트럭이 다시 올라오는 과정에서 휠캡이 떨어져나간 것으로 보였다.

토미 일행은 왔던 길을 즉각 거슬러갔다. 맥은 지금까지 알려진 모든 상황을 부인한 채, 어쩌면 기적적으로 미시가 살아 있을 것이라는 헛된 희망을 품고 싶지는 않았다. 20분 후에 위코스키가 다시 연락을 주었다. 트럭을 찾았다는 내용이었다. 나뭇가지들로 트럭을 은폐했기 때문에 헬리콥터와 수색비행기로는 절대로 찾지 못했을 거라고 했다.

거의 세 시간 후에 맥 일행이 현장에 도착했을 때 상황은 이미 종료된 상태였다. 수색견들이 찾아낸 사냥로를 1.6킬로미터 정도 따라갔더니 눈에 잘 띄지 않는 작은 계곡이 나타났다. 자연 그대로인 호수 근처에 수색대가 발견한 낡고 작은 오두막이 있었다. 너비 800미터 정도의 호수에는 100미터 정도 떨어진 곳에서 작은 폭포가 흘러들고 있었다. 오두막은 100여 년 전에는 정착자의 집이었다가 그 후 사냥꾼이나 밀렵꾼이 잠시 들르는 간이 처소로 사용되고 있는 것 같았다. 방이 두 개였고, 한 가족이 충분히 살 수 있을 만큼 넓었다.

맥 일행이 도착했을 무렵 하늘은 어느새 이른 새벽의 어스름한 빛을 띠기 시작했다. 현장 보존을 위해 낡은 오두막에서 떨어진 곳에 수색본부를 따로 설치했다. 위코스키 수사관은 오두막을 발견하자마자 수색견들을 동원하여 특이한 냄새가 나는 곳이 있는지 찾아보도록 지시했다. 뭔가를 발견했다고 알리는 개 짖는 소리가 들리다가 다시 사라지곤 했다. 수색을 나갔던 사람들은 조직을 재구성하고 전략을 짜기 위해 이제 다시 한자리에 모였다.

맥이 수색본부 안으로 들어섰을 때 위코스키 수사관은 물이 뚝뚝 떨어지는 커다란 물병의 물을 마시면서 카드놀이용 테이블에 놓인 지도를 주시하고 있었다. 그녀가 심각한 미소를 지어보였지만 그는 아무 반응도 보이지 않고 그녀가 건네주는 새 물병만 받아들었다. 그녀의 말투는 사무적이었으나 시선만은 슬프고 부드러웠다.

"맥, 잘 왔어요."

그녀는 잠시 주저하다가 앉으라고 권했으나 맥은 차마 앉을 기분이 아니었다. 속이 뒤집힐 것 같은 상태를 진정시키려면 무엇이라도 해야 했다. 그는 중대한 사태가 일어났다고 직감하고 수사관의 다음 말을 기다렸다.

"맥, 우리가 뭘 찾아냈는데, 좋은 소식은 아니에요."

그는 뭐라고 해야 할지 헤매다가 마침내 질문을 던졌다.

"미시를 찾았나요?"

대답을 듣고 싶진 않았지만 절실하게 알아야만 하는 질문이었다.

"아뇨. 미시를 찾지는 못했어요."

샘이 자리에서 일어나며 마저 말을 이었다.

"우리가 저 낡은 오두막에서 발견한 것을 확인해주었으면 해요. 혹시 미시의 것이었을……."

그녀는 말을 멈추려 했으나 이미 늦었다.

"혹시 미시의 것인지 해서요."

그는 시선을 바닥으로 돌렸다. 어느새 폭삭 늙어버린 기분이었고, 그저 아무 감정도 느끼지 못하는 돌덩이가 되었으면 싶었다. 샘이 일어나서 사과했다.

"아, 맥, 정말 미안해요. 저기, 당신이 원하면 나중에 해도 돼요. 그저 내 생각에……."

그는 수사관의 얼굴을 차마 쳐다볼 수 없었고, 어떤 말을 하더라도 산산이 흩어져버릴 것 같았다. 감정의 댐이 다시 무너져 내릴 것 같았다.

"당장 가볼게요. 알아야 할 것은 전부 알고 싶어요."

그는 분명치 않은 목소리로 우물댔다. 미리 연락을 받았는지, 어느새 에밀과 토미가 나타나 양쪽에서 팔을 잡아주었다. 세 사람은 위코스키 수사관의 뒤를 따라 오두막까지 짧은 길을 걸어갔다. 특별하고 아름다운 유대감으로 팔짱을 꽉 낀 채 최악의 악몽으로 향하는 길을 동행한 것이다.

과학수사대원이 오두막의 문을 열어주자 발전기의 동력으로 환하게 밝혀진 방 안이 보였다. 벽에는 선반이 달려 있었고 낡은 탁자와 의자 몇 개, 꽤 힘을 써 들여놓았을 낡은 소파가 보였다. 맥은 자기가 확인해야 할 물건이 무엇인지 즉시 알아채고 두 친구의 품에 쓰러져 울음을 터트리고 말았다. 찢어지고 피에 젖은 미시의 빨간 드레스가 난롯가 바닥에 떨어져 있었다.

그 후 몇 날과 몇 주 동안 맥은 감정이 마비될 정도로 경찰 조사와 언론 인터뷰에 시달렸고, 텅 빈 작은 관을 놓고 치러진 미시의 장례식에는 차마 위로의 말을 잇지 못하는 슬픈 얼굴들이 끝없는 파도처럼 몰려들었다. 그리고 다음 몇 주 후부터 고통스럽지만 서서히 일상으로 다시 흡수되었다.

꼬마숙녀 살인마는 다섯 번째 희생양으로 멜리사 앤 필립스의 생명을 앗아갔다는 혐의를 받았다. 그러나 수색대가 오두막 주변의 숲을 며칠이나 샅샅이 뒤졌는데도 이전의 네 사건과 마찬가지로 미시의 시신은 발견되지 않았다. 이번에도 역시 어떤 지문이나 DNA도 남기지 않은 채 무당벌레 핀 하나만 달랑 남겼다. 그자는 유령 같았다.

맥은 남은 가족들과 함께 고통과 슬픔에서 벗어나려고 노력도 해보았다. 여동생과 딸을 잃은 가족이 아버지와 남편까지 잃는다면 너무하지 않겠는가. 이 비극적인 사건과 관련된 사람들은 누구나 충격을 받았지만 그중에서도 케이트가 가장 심했다. 케이트는 보드라운 아랫배를 보호하려는 거북이처럼 껍데기 속에 숨어 있다가 완전히 안전하다고 느낄 때만 머리를 삐죽 내밀었고, 그러는 횟수마저 차차 줄어들었다. 맥과 낸의 격정은 점점 커져갔지만, 케이트가 자신의 마음속에 쌓아올린 요새를 뚫을 방법을 도저히 찾아낼 수 없었다. 케이트와의 대화 시도는 혼잣말로 끝나기가 일쑤였고, 무표정한 케이트의 표정 앞에서 상대의 말소리는 모조리 튕겨나갔다. 그 아이의 내면에서 무언가가 죽어버린 것 같았다. 케이트는 서서히 그 죽음에 감염되어 가고 있는 듯했고, 때때로 가혹한 말이나 무감동한 침묵을 내뱉을 뿐이었다.

조시는 멀리 있는 앰버와 좋은 관계를 유지한 탓인지 비교적 잘 버텨나갔다. 조시는 이메일과 전화를 통해 앰버와 연락하며 고통과 슬픔을 나누었고, 게다가 고등학교 3학년이라 할 일도 많고 졸업 준비도 해야 했다.

'거대한 슬픔'은 미시의 삶과 연결되었던 모든 사람들의 삶에 각기 다른 영향을 주었다. 맥과 낸은 폭풍우 같은 상실감을 함께 견뎌냈고, 이 일을 계기로 더욱 가까워졌다. 낸은 이 사건에 대해 맥을 전혀 비난하지 않는다고 처음부터 분명히 밝혔다. 물론 맥이 이 비극에서 풀려나는 데에는 훨씬 더 오랜 시간이 걸렸다.

맥은 툭하면 '만약에'라는 게임에 빠져들어 순식간에 나락으로 떨어지곤 했다. 만약에 아이들을 데리고 여행을 가지만 않았어도. 만약에 아이들이 카누를 타겠다고 했을 때 안 된다고만 했어도. 만약에 그 전날 출발하기만 했어도. 만약에, 만약에, 만약에. 그래 봤자 아무 소용도 없었다. 미시의 시신도 묻지 못했다는 사실은 실패한 아빠라는 자책감을 더욱 깊게 만들었다. 딸아이가 아직도 숲 속 어딘가에 혼자 있다는 생각이 매일 같이 그를 따라다녔다. 3년 반이 지난 지금, 미시는 피살된 것으로 공식 추정되었다. 그의 삶은 이제 다시는 회복되지 못하고, 그 어느 시간도 예전과 같을 수는 없을 것이다. 사랑하는 미시 없이는 모든 것이 공허할 뿐이었다.

이 비극적인 사건으로 인해 맥과 하나님과의 사이도 벌어졌지만 그는 점점 더 벌어지는 틈을 무시했다. 그는 냉랭하고 무감동한 신앙을 받아들이려 했고, 그 안에서 어느 정도 위안과 평안을 얻었다. 그러나 아무리 소리를 질러도 입 밖으로 소리가 나오지 않아, 소중한 미시를 구하지 못하는 악몽은 좀체 사라지지 않았다. 악몽을 꾸는 횟수가 점차 줄어들고 웃음과 기쁨이 순간순간 돌아왔지만 그는 이에 죄책감을 느꼈다.

그러니 오두막에서 다시 만나자는 파파의 편지는 대단한 사건이었다. '하나님이 편지도 보내나? 그런데 왜 가장 깊은 고통의 상징인 오두막에서 만나자는 것일까? 하나님이라면 더 나은 장소에서 만날 수 있을 텐데.' 그의 마음속에 음험한 생각들이 떠올랐다. 살인범이 그를 놀리거나 아니면 남은 가족들을 무방비 상태로 만들려고 그만 따로 불러내는 것일까? 그냥 잔인한 농담일 수도 있다. 그렇다면 왜 하필 파파라고 서명했을까? 하나님이 편지를 보냈다는 것이 그가 받은 신앙 교육과는 잘 들어맞지 않았다. 하지만 실제로 하나님이 편지를 보냈으리라는 실낱 같은 가능성을 도무지 배제할 수 없었다. 그가 신학교에서 배운 바로는, 하나님은 현대인들과의 개방적인 대화를 중단하는 대신 제대로 해석된 성경 말씀을 통해 자신을 따르기를 원하신다고 했다. 하나님의 목소리는 지면 속으로 들어갔고, 그 지면 또한 자격 있는 권위자와 지식인들에 의해 중재되고 해석되어야 했다. 하나님과의 직접적인 대화는 고대인과 미개인들에게만 해당될 뿐이었고, 교육받은 서구인들이 하나님에게 접근하는 길은 지식층에 의해 조정되고 중재되었다. 그러나 어느 누구라도 상자 안에, 책 안에만 들어 있는 하나님을 원하지는 않을 것이다. 더군다나 가죽 표지에 길트(gilt, 금박)로 장식된 테두리가 있는 값비싼 책 안에 들어 있는 하나님이라니. 어쩌면 그것은 길트(guilt, 죄)의 테두리였던가?

맥은 고민하면 할수록 더욱더 마음이 혼란스럽고 분노가 치밀었다. '누가 저 젠장맞을 편지를 보냈지? 보낸 사람이 하나님이건 살인범이건 아니면 누가 장난치는 것이건 간에 이게 무슨 상관이란 말인가?' 어느 쪽으로 생각하더라도 누가 자기를 놀리는 것 같았다. 어쨌거나 하나님을 따른다고 무슨 소용이 있는가? 그러다가 자기가 어떤 꼴을 당했는데.

맥은 화가 나고 침울했지만 그래도 대답이 필요했다. 그는 헤매기만 했고, 주일날의 기도와 찬송가는 가능성이 있는지는 몰라도 어쨌거나 전혀 힘이 되지 못했다. 꽉 막힌 영성은 아마도 낸을 제외하면 그가 아는 어느 누구의 삶도 변화시키지 못할 것 같았다. 하지만 낸은 특별한 여성이며, 하나님은 정말로 그녀를 사랑하고 있는지 모른다. 아내는 자기처럼 비비 꼬인 사람이 아니었다. 맥은 하나님과 하나님의 종교에 싫증이 났고, 어떠한 차이나 변화도 이루어내지 못하는 것 같은 작은 종교 모임들에 넌더리가 났다. 그가 전혀 기대하지도 못한 것을 얻게 될 터였다.

5 — 저녁 식사에 누가 올까?

우리는 죄의 경감을 옹호할 만한 증언을 통상적으로 무시한다.
다시 말해서 우리의 판단이 공정하다고 확신한 후에
그에 위배되는 증거들을 무효화하는 것이다.
진리라고 불릴 만한 것 중에서 이런 식으로 도출된 진리는 없다.

- 마릴린 로빈슨, 『아담의 죽음』

보통 때 같으면 완전히 비이성적이라고 넘길 것을 믿게 될 때가 있다. 그런 것이 실제로 비이성적이라는 뜻은 아니지만, 이성적이지 못하다는 점은 분명하다. 보통 이성은 '사실이나 자료에 기초하는 논리'로 정의된다. 이러한 이성을 초월하는 초이성, 예컨대 실재의 더 큰 그림 안에서만 이해되는 그런 것이 존재할지도 모른다. 그리고 신앙은 바로 그런 곳에 자리 잡고 있을 듯하다.

맥은 어떤 일에서도 그다지 확신을 갖는 편은 아니었다. 하지만 얼음바닥에서 고투를 벌이고 난 며칠 동안, 쪽지를 설명할 만한 방법에는 세 가지가 있다고 확신했다. 첫 번째는 얼토당 토않긴 해도 하나님이 쪽지를 보냈다는 것이고, 두 번째는 잔인한 장난, 그리고 마지막으로는 미시의 살인범이 사악한 의도로 보냈다는 것이다. 그 쪽지는 맥이 깨어 있는 매순간은 물론이고 꿈속에서까지 그의 생각을 완전히 사로잡았다.

그는 다음 주말에 오두막으로 갈 계획을 비밀리에 세워나갔다. 아무에게도, 심지어 아내에게도 말하지 않았다. 이 일이 밝혀질 경우 이성적으로 방어할 자신이 없었고 아내가 자기를 가

뒤놓을지도 모른다는 생각에 두려웠다. 털어놓아 봤자 해결책은커녕 고통만 늘어날 것이라며 스스로 합리화해버렸다.

"아내를 위해서라도 나 혼자만 알고 있겠어" 하고 그는 중얼댔다. 더군다나 그 쪽지에 대해 알리게 되면 그동안 아내 몰래 비밀을 숨기고 있었다고 인정하는 셈이 되므로 비밀을 계속 정당화하며 유지했다. 정직을 최우선으로 여기다가 골치만 아파지는 경우도 생기는 법이다.

여행을 할 결심을 하고 난 뒤, 맥은 가족들을 집에서 내보내는 방법에 대해 고심하기 시작했다. 살인범이 그를 유인해서 식구들을 무방비 상태로 만들 가능성이 있었고 그는 이를 용납할 수 없었다. 하지만 아내가 워낙 눈치가 빨랐기 때문에 선불리 나섰다가는 난처한 질문을 받게 될 것이 분명했다.

다행히도 아내가 먼저 해결안을 내놓았다. 낸은 워싱턴 주 샌환 제도에 사는 언니와 친정 식구들을 만나고 싶다고 했다. 케이트가 점점 더 반항적이 되어가는데 자신이나 맥으로서는 속수무책이었으므로 아동심리학자인 형부의 상담을 받고 싶다는 것이었다. 낸이 여행을 가게 될지도 모른다고 하자 맥은 지나치다 싶을 정도로 반색을 했다.

"당연히 가야지."

낸의 말을 듣자마자 맥이 보인 반응이었다. 이런 대답을 전혀 예상치 못했던 낸이 의심스러운 눈으로 바라보자 그는 더듬거리며 얼른 덧붙였다.

"어, 그러니까 좋은 생각인 것 같아. 물론 당신과 아이들이 보고 싶겠지만 며칠 정도는 혼자서도 잘 지낼 수 있어. 할 일이 산더미처럼 쌓여 있으니까."

낸은 너무 쉽게 여행을 떠날 수 있게 되어 감사했는지 어깨를 으쓱했다.

"며칠이라도 떠나 있는 편이 특히 케이트에게 좋을 것 같아."

낸의 말에 동의하며 맥도 고개를 끄덕였다. 낸은 곧 언니에게 전화를 걸었고, 여행 일정이 정해졌다. 집안 기류는 순식간에 바뀌었다. 여행 덕분에 봄방학이 일주일이나 연장되는 셈이어서 조시와 케이트 모두 즐거워했다. 아이들은 사촌네 집에 놀러가는 것을 좋아했고, 이 계획을 순순히 받아들였다. 사실 아이들에게 선택의 여지가 있는 것도 아니었다.

아내가 밴을 몰고 갈 예정이어서 맥은 월리에게 몰래 전화를 걸어 사륜구동 지프차를 빌려달라고 부탁했다. 차가운 겨울의 한기가 채 가시지 않았을 국립보호구역의 움푹 파인 도로를 자신의 소형차로 달리고 싶지는 않았기 때문이었다. 여행 계획에 대해서는 되도록 밝히지 않으려고 했지만 완전히 숨길 수는 없었다. 맥의 부탁이 엉뚱하다고 생각했던 월리가 이런저런 질문들을 쏟아부었던 것이다. 맥은 되도록 두루뭉술하게 대답했다. 월리가 오두막으로 갈 작정이냐고 단도직입적으로 물어보았을 때는, 당장은 말할 수 없지만 금요일 아침에 차를 가져오면 그때 자세히 설명해주겠다고만 했다.

목요일 오후 늦게 맥은 포옹과 입맞춤으로 낸과 케이트, 조시를 배웅했다. 그러고 나서 오리건 북동부, 바로 악몽의 본거지를 향한 긴 여행을 천천히 준비했다. 하나님이 초대장을 보낸 것이라면 특별한 준비는 필요 없을 것이다. 그래도 만약의 경우에 대비하여 장거리 여행에 필요한 것 이상으로 충분한 음식을 장만했고 침낭과 양초 몇 개, 성냥, 그 외에 필요한 물건들을 준비했다. 물론 이 일이 잔인한 장난이고 자신은 바보천치로 판명될 가능성도 있었다. 그렇다면 마음 편하게 돌아오면 될 뿐이었다. 그는 짐 싸는 데 몰두해 있다가 누군가 현관문을 두드리는 소리에 깜짝 놀랐다. 통화 내용이 마음에 걸렸는지 윌리가 일찌감치 찾아온 것이었다. 낸이 이미 떠나서 그나마 다행이었다.

"윌리, 여기야. 부엌이야."

맥이 크게 외쳤다. 잠시 후에 윌리가 부엌 쪽으로 머리를 들이밀었다가 어지럽게 늘어진 짐들을 보고 고개를 절레절레 흔들었다. 그는 문설주에 기대서서 팔짱을 꼈다.

"음, 지프에 기름을 가득 채워서 가져왔네. 하지만 자네가 정확히 상황을 설명해주지 않는다면 차 열쇠를 줄 수 없어."

맥은 여행용 가방 두어 개에 계속해서 짐을 담았다. 친구에게

거짓말해봤자 소용없다는 것을 알고 있었고, 또한 지프도 필요
했다.

"윌리, 오두막으로 갈 작정이라네."

"그 정도는 짐작했지. 하필이면 1년 중 이때 거기 가고 싶은
이유가 뭔지 궁금하네. 저 낡아빠진 지프로 우리가 거기까지
갈 수 있을는지도 모르겠어. 혹시나 해서 체인도 준비해두었
네."

맥은 윌리를 쳐다보지도 않은 채 사무실로 가서 작은 양철상
자의 뚜껑을 살짝 들추고 쪽지를 꺼냈다. 부엌으로 돌아와 쪽
지를 건네주자 윌리는 쪽지를 편 다음 아무 말 없이 읽었다.

"아니, 어떤 미친 작자가 이런 걸 자네에게 보냈나? 이 파파
라는 사람이 도대체 누군가?"

"음, 자네도 알겠지만, 파파는 낸이 하나님을 부를 때 즐겨 쓰
는 이름이지."

맥은 무슨 말을 더 해야 할지 몰라 어깨를 으쓱하며 쪽지를
집어 셔츠 주머니에 넣었다.

"설마 이 편지를 정말로 하나님이 보냈다고 생각하는 건 아
니겠지?"

맥이 고개를 돌려 친구를 바라보았다. 짐 꾸리는 것도 다 끝
낸 참이었다.

"윌리, 이 일에 대해 어떻게 생각해야 할지 나도 잘 모르겠

네. 처음엔 누가 날 속인다고 생각하니 화가 나고 속이 다 쓰리더군. 어쩌면 난 제정신이 아닌지도 몰라. 미친 소리처럼 들리겠지만 이상하게도 이 쪽지를 확인해보고 싶다는 마음이 들어. 월리, 나는 가야 하네. 그렇지 않으면 영영 돌아버릴 거야."

"살인범의 소행일지도 모른다는 생각은 안 해봤나? 무슨 이유인지 몰라도 자네를 유인하려는 것이라면?"

"물론 그 생각도 해봤네. 사실이 그렇다고 해도 낙담하진 않을 거야. 놈과 해결을 봐야 할 일이 있으니까."

그가 진지하게 이야기하다가 잠시 멈추었다.

"하지만 살인범이 보냈다는 것도 말이 되지 않아. 살인범이 이 쪽지에 파파라고 서명했다고는 생각하지 않네. 우리 가족을 잘 알지 않고서야, 어떻게 이런 쪽지를 보냈겠나."

월리는 점차 혼란스러워졌다. 맥이 말을 이었다.

"우리 가족을 잘 아는 사람이라면 절대로 이런 쪽지를 보내지 않을 거야. 어쩌면…… 하나님만 그럴 수 있다는 생각이 드네."

"하나님은 이런 일을 하시지 않네. 하나님이 어떤 사람에게 쪽지를 보냈다는 이야기는 들어본 적이 없어. 그분이 그렇게 못하실 거라는 말은 아냐. 아무튼 자네는 내 말뜻을 알아들었겠지. 어쨌든 하나님이라면 과연 자네가 그 오두막으로 돌아가기를 바라시겠나? 거기보다 더 끔찍한 곳도 없을 텐데……."

둘 사이에 어색한 침묵이 흘렀다. 맥은 조리대에 몸을 기대고 마루에 난 구멍을 빤히 바라보다가 입을 열었다.

"윌리, 나도 잘 모르겠네. 하나님이 이런 쪽지를 보낼 만큼 나에게 관심이 있으시다고 믿고 싶기도 해. 이렇게 시간이 흘렀는데도 여전히 혼란스러워. 어떻게 생각해야 할지 모르겠고 늘 제자리걸음이야. 지금은 케이트마저 잃을 것 같아 죽을 지경이네. 내가 내 아버지에게 저질렀던 일에 대한 하나님의 심판으로 미시에게 사고가 일어났는지도 몰라. 나도 잘 모르겠네."

그는 아내 다음으로 자신을 가장 염려해주는 친구의 얼굴을 바라보았다.

"그곳으로 가야 한다는 것만 알고 있을 뿐이지."

두 사람 사이에 다시 침묵이 흐르고 얼마 후에 윌리가 물었다.

"그럼, 우리는 언제 떠나지?"

맥은 친구가 기꺼이 이 미친 짓으로 뛰어든 데 감동했다.

"고맙네, 친구. 하지만 이 일은 정말이지 나 혼자 해야 해."

"그럴 줄 알았네."

윌리가 몸을 돌려 부엌에서 나가면서 말했다. 그는 권총과 탄알을 들고 돌아온 다음, 조리대에 살짝 내려놓았다.

"자네에게 가지 말라고 설득해봤자 소용없을 것 같았지. 그래서 이게 필요할 거라고 생각했네. 어떻게 사용하는지는 알겠지?"

맥은 총을 바라보았다. 윌리가 좋은 뜻으로 자신을 도와주려 한다는 것이 느껴졌다.

"윌리, 난 할 수 없네. 총을 만져본 지도 30년이 넘었고 다시 만지고 싶은 생각도 없어. 그때 배운 게 있다면, 폭력을 이용해서 문제를 해결하려고 했다가는 더 나쁜 문제가 생긴다는 것이지."

"미시의 살인범이라면 어떻게 하겠나? 그자가 거기서 자네를 기다리고 있다면? 그러면 자네는 어떻게 하겠나?"

맥이 어깨를 으쓱했다.

"솔직히 나도 모르겠어. 운에 맡겨봐야겠지."

"자네는 무방비 상태일 거야. 그자가 어떤 생각을 하고 있는지, 아니면 뭘 들고 있는지 모르는 노릇이지. 가져가게."

윌리가 조리대 위에 놓인 권총과 탄알을 맥이 있는 쪽으로 들이밀며 "굳이 사용할 필요는 없네" 하고 덧붙였다.

맥은 총을 내려다보며 고민하다가 천천히 총과 탄알을 향해 손을 뻗어서 조심스럽게 주머니에 집어넣었다.

"그렇지. 만일의 경우라는 게 있으니까."

그는 양팔 가득 짐을 들고 지프차로 향했다. 윌리가 커다란 더플백을 집었다가 보기보다 무거운 것을 알고는 얼굴을 찌푸리며 들어올렸다.

"맥, 준비를 이렇게 많이 하다니 대체 하나님이 그곳에 있다고 믿고 있긴 한 건가?"

맥이 애처로운 미소를 지었다.

"기본만 준비할 생각이었네. 무슨 일이 생기건 말건 간에 말이야."

그들은 현관 밖으로 나와 지프차가 있는 곳까지 걸어갔다. 윌리가 주머니에서 열쇠를 꺼내 맥에게 건네주며 물었다.

"그래, 식구들은 다들 어디 있나? 그리고 낸은 자네가 오두막에 가는 것에 대해 어떻게 생각하지? 낸이 진심으로 반겼으리라고는 상상할 수 없는데."

"낸과 아이들은 샌환 제도에 있는 처형 집에 갔네……. 낸에겐 말하지 못했어."

맥의 고백에 윌리가 깜짝 놀랐다.

"뭐라고! 자네가 아내 몰래 무슨 일을 한 적은 한 번도 없었는데. 낸에게 거짓말했다니 믿을 수 없군."

"거짓말한 건 아니었네."

맥이 이의를 제기했다.

"쩨쩨하게 굴어서 미안하군. 좋네. 진실을 말하지 않았으니 거짓말한 건 아니라 이거지. 그래, 낸이 잘도 이해해주겠네."

윌리가 눈을 흡뜨며 그의 말을 받아쳤다. 맥은 친구가 흥분하는 것도 무시하고 다시 집안 사무실로 들어갔다. 그는 자기 차와 집의 예비 열쇠를 챙긴 다음 잠시 머뭇대다가 작은 양철상자도 집어서 윌리에게 갔다.

"어떤 모습일 거라고 상상하나?"

그가 다가가자 윌리가 씩 웃으면서 물었다.

"누구 말인가?"

"하나님 말고 누구겠어? 하나님이 나타난다면 어떤 모습일 거라고 생각하나? 자네가 한 가엾은 등산객을 깜짝 놀라게 하는 장면이 눈에 선하네. 자네는 그 등산객에게 하나님이 맞느냐고 물으면서 온갖 대답을 해달라고 하겠지."

맥도 그 모습을 상상하며 씩 웃었다.

"모르겠네. 환하게 반짝이는 빛이거나 불타오르는 나무일 수도 있겠지. 『반지의 제왕』에 나오는 간달프처럼 허옇고 긴 턱수염을 휘날리는, 몸집이 큰 할아버지가 아닐까 늘 생각해왔네."

그가 어깨를 으쓱한 후에 윌리에게 열쇠를 건네주었고 둘은 짧게 포옹했다. 윌리는 맥의 차에 올라타서 운전석의 창문을 내린 뒤 미소를 지으며 말했다.

"음, 하나님을 만나면 안부 인사를 전해주게. 나도 질문할 게 좀 있다고 말해주고. 맥, 하나님을 화나게 하진 말게."

두 사람 모두 크게 웃었다. 윌리가 말을 이었다.

"친구, 진심으로 자네가 걱정되네. 내가 가거나 아니면 낸이나 그 누구라도 같이 가면 좋겠어. 거기 가서 자네에게 필요한 것들 모두를 찾기 바라네. 자넬 위해 한두 번 기도드리겠네."

"월리, 고마워. 자넨 좋은 친구야."

그는 월리가 차를 후진시키고 나가는 것을 보면서 손을 흔들었다. 맥은 친구가 약속을 지킬 것을 알았다. 맥은 받을 수 있는 모든 기도는 다 받아야 했다.

그는 월리가 길모퉁이를 돌아 사라질 때까지 지켜보다가 셔츠 주머니에서 쪽지를 꺼내 다시 읽어보았다. 그러고는 다른 짐들과 함께 조수석에 놔두었던 작은 양철상자에다 집어넣었다. 그는 문을 잠그고 잠 못 이룰 또 다른 밤이 기다리고 있는 집으로 들어갔다.

금요일, 동이 트기도 전에 맥은 이미 시내에서 빠져나와 84번 주간 고속도로를 달리고 있었다. 전날 밤 아내가 처형네 집에 무사히 도착했다는 전화를 걸어왔으니 적어도 일요일까지는 전화가 오지 않을 것이다. 그리고 일요일이라면 그는 돌아오는 길이거나 이미 집에 돌아와 있을 터였다. 그는 보존구역으로 들어간 후에는 전화가 터지지 않는 것을 알면서도 만일의 경우에 대비해서 집 전화를 휴대전화로 돌려놓았다.

맥은 3년 반 전에 갔던 길을 다시 따라갔다. 그 사이에 길은 약간 달라졌고 도로의 움푹 파인 부분도 예전처럼 많지 않았다. 그는 멀노마 폭포를 지나갈 때는 일부러 그쪽을 쳐다보지 않았다. 미시가 실종된 이후 그곳에 대한 생각은 억지로 밀어내왔다. 그리고 자신의 감정은 높은 담장이 쳐진 마음의 지하실 속에 꽁꽁 숨겨두었던 것이다.

협곡으로 올라가는 좁은 길목에 이르자 공포가 의식 속으로 뚫고 들어오는 것이 느껴졌다. 그는 오로지 운전에만 열중하려 했으나 눌러왔던 감정과 두려움이 콘크리트를 뚫고 올라오는 잡초처럼 그의 속을 비집고 튀어나왔다. 시야가 캄캄해졌고, 고속도로 출구가 보일 때마다 방향을 틀어서 집으로 돌아가고 싶은 욕망 때문에 운전대를 잡은 손에 더욱 힘을 주어야 했다. 그는 자신이 고통의 중심으로, 살아 있다는 느낌을 완전히 망가트린 '거대한 슬픔'의 소용돌이 속으로 돌진하고 있다는 것을 알고 있었다. 생생한 기억과 통렬한 분노가 파도처럼 밀려들었고 입안에서 씁쓸한 피 맛이 났다.

그는 라그란데에 도착해서 기름을 넣은 후에 82번 고속도로를 타고 조셉으로 가기로 했다. 토미에게 잠시 들러볼까 하다가 자기를 미친놈이라고 여길 것 같아 그만두기로 했다. 그는 기름 탱크의 뚜껑을 잠그고 곧장 출발했다.

도로는 한산한 편이었고, 평상시의 이 시기에 비해 임나하와 소규모 도로들은 상당히 깨끗하고 건조했다. 날씨도 예상보다 따뜻했다. 그러나 더 나아갈수록 그의 접근을 오두막이 싫어하기라도 하는 듯 차의 속도가 느려졌다. 설선을 통과하고 3킬로미터 정도 더 나아가자 오두막으로 내려가는 등산로가 나타났다. 눈과 얼음에 맞서 고집스럽게 끼익대는 타이어 소리가 엔진 소리를 압도했다. 맥은 두어 번 방향을 잘못 들어, 왔던 길을 되돌아가기도 하다가 마침내 등산로의 기점에 차를 세웠다. 때는 이른 오후였다.

그는 차 안에 앉아서 이렇게 한심한 짓을 하고 있는 자신에 대해 잠시나마 후회했다. 조셉에서 1킬로미터씩 이동할 때마다 생생한 흥분과 함께 기억이 되살아났다. 더 이상 가고 싶지 않다는 마음이 분명해졌는데도 불구하고 강행하고 싶다는 내면의 충동을 도저히 누를 수 없었다. 그는 심한 갈등 속에서도 어느새 외투 단추를 채우고 가죽 장갑을 향해 손을 뻗었다.

맥은 차에서 내려 등산로를 굽어보다가 짐은 차에 그대로 놔두고 호수 쪽으로 1킬로미터 정도만 내려가 보기로 결정했다. 그렇게 하면 언덕으로 되돌아올 때 짐을 끌고 올라올 필요는 없을 터였고, 지금 마음 같아서는 곧 다시 돌아올 것 같았다.

추운 날씨 때문에 입김이 허공에 허옇게 걸렸고, 그 입김은 그대로 눈으로 얼어붙을 것 같았다. 그동안 속으로 쌓여왔던 고통이 마침내 그를 공황상태로 몰아갔다. 그는 욕지기가 너무 심하게 올라온 나머지 다섯 걸음만에 무릎을 꿇고 신음했다.

"제발 도와주세요!"

그는 후들거리는 다리로 일어나서 다시 한 걸음을 떼었다가 자동차로 돌아갔다. 조수석의 문을 열고 이리저리 뒤지다가 작은 양철상자를 더듬어 뚜껑을 열고 가장 좋아하는 미시의 사진과 쪽지를 꺼낸 후에 다시 뚜껑을 닫고 상자를 좌석 위에 내려놓았다. 그런 다음 글러브박스를 쳐다보다가 뚜껑을 열어서 윌리가 준 총을 꺼내 장전이 되어 있고 안전한 상태인지 확인했다. 맥은 밖으로 나와 차 문을 닫고 총을 외투 안쪽의 벨트에 꽂았다. 그러고 나서 등산로를 다시 마주하고 미시의 사진을 마지막으로 본 후에 쪽지와 함께 셔츠 주머니에 집어넣었다. 이제 시신으로 발견되더라도 사람들은 그의 마음속에 누가 있었는지 알게 될 것이다.

길은 위험하기 짝이 없었고, 얼음이 낀 돌은 미끄러웠다. 수풀이 우거진 숲길을 따라 한 걸음 옮길 때마다 온 신경을 집중해야 했다. 사방은 기이할 정도로 적막해서 눈을 밟는 자신의 발소리와 무거운 숨소리만 들렸다. 누군가가 자신을 감시하는 것 같아 맥은 얼른 사방을 둘러보았다. 지프로 돌아가고 싶은 열망만큼이나 강한 의지로 그의 두 발은 등산로 아래쪽으로, 점점 더 울창해지는 숲 속 깊은 곳으로 들어갔다.

갑자기 근처에서 뭔가가 움직였다. 맥은 깜짝 놀라 걸음을 멈추고 숨을 죽인 채 경계했다. 귓전에서 심장 뛰는 소리가 울리고 입이 바싹 말랐다. 그는 천천히 등 뒤로 손을 돌려 벨트에서 권총을 꺼내 안전장치를 제거한 다음, 컴컴하고 나지막한 수풀을 노려보았다. 조금 전에 들은 소리가 무엇인지 확인하고 흥분을 늦추고 싶었다. 하지만 아까 움직였던 것이 이제는 미동도 하지 않았다. 그를 기다리고 있었던 것일까? 그는 혹시나 하는 심정으로 꼼짝 않고 서 있다가 되도록 소리를 내지 않으려고 애쓰면서 천천히 등산로를 내려갔다.

사방에서 숲이 그를 향해 좁혀드는 것 같았고, 그는 길을 잘못 든 것은 아닌지 걱정스러웠다. 무언가가 움직이는 것을 곁눈으로 확인하고는 얼른 옆에 있던 나무 아래로 몸을 구부린 다음, 나지막한 가지 사이로 밖을 내다보았다. 그림자나 유령 같은 것이 덤불 속으로 쑥 들어가는 모습이 보였다. 혼자만의 상상일까? 그는 꼼짝도 않고 다시 기다려보았다. 하나님인가? 그럴 리는 없어 보였다. 아니면 동물인가? 이곳에 늑대가 서식하는지 생각나지 않았다. 사슴이나 엘크라면 아마 더 시끄러운 소리를 냈을 것이다. 그때 피하고만 싶었던 질문이 떠올랐다.

'최악의 상황이라면 어떡하지? 놈이 날 여기로 유인한 거라면? 하지만 왜?'

그는 몸을 숨겼던 곳에서 천천히 일어나 여전히 총을 든 채로 한 걸음을 뗐다. 그때 갑자기 뒤쪽 숲에서 폭발하는 것처럼 요란한 소리가 울렸다. 맥은 두려웠지만 목숨을 내걸고 싸울 각오로 몸을 홱 돌렸다. 방아쇠를 당기려는데 등산로 위로 잽싸게 올라가는 오소리의 뒷모습이 보였다. 그는 자기가 그동안 숨을 죽이고 있었다는 것도 깨닫지 못하고 있다가 비로소 숨을 내쉬면서 총을 내려놓고 고개를 저었다. 용감한 맥이 숲 속의 겁 많은 어린애로 변하다니. 그는 안전장치를 다시 잠그고 총을 허리춤에 쑤셔넣었다.

'누군가가 다칠 수 있었어.'

맥은 안도의 한숨을 내쉬며 생각했다. 그러고는 깊이 심호흡을 하면서 마음을 가다듬었다. 더 이상은 두려워하지 않겠다고 결심하고, 실제보다 더 자신 있게 보이려고 노력하면서 등산로를 다시 내려갔다. 부디 이 모든 게 헛수고가 아니기를 바랐다. 하나님이 여기서 진정으로 자신을 만나고 싶어한다면, 마음속에 있던 말들을 털어놓을 준비가 되어 있었다. 물론, 공손하게 말이다.

맥은 숲 속을 몇 번 더 돌다가 마침내 빈터로 나왔다. 경사지의 먼 아래쪽 끝에 그곳, 바로 오두막이 서 있었다. 그는 창자가 꼬일 것 같은 고통스런 심정으로 오두막을 노려보았다. 겨울이라 낙엽송의 나뭇잎이 모두 떨어지고 하얀 눈의 장막이 내려앉은 것을 제외하면 오두막은 예전과 똑같았다. 오두막은 아무런 생명도 없이 텅 빈 것처럼 보였으나 어느새 악마의 얼굴로 변해서 찡그린 얼굴로 그를 쏘아보며 다가오라고 도전하는 것 같았다. 맥은 점차 커져가는 공포를 무시하고 단호하게 마지막 100미터를 걸어서 현관까지 다가갔다. 이 문 앞에 마지막으로 섰던 때의 기억과 두려움이 밀물처럼 몰려왔다. 그는 잠시 머뭇거리다가 문을 열었다.

"계십니까?"

그는 너무 크지는 않게 불러보았다. 아무 대답이 없자 목청을 가다듬고 좀 더 크게 다시 불렀다.

"계십니까? 누구 없어요?"

그의 목소리가 텅 빈 집 안에 울려 퍼졌다. 그는 좀 더 대담하게 문지방을 넘어서 안으로 들어갔다.

침침한 어둠에 익숙해지고 나자, 맥은 깨진 창문 사이로 스며드는 오후의 햇볕을 받으며 집 안을 자세히 살펴보았다. 거실의 낡은 의자들과 탁자가 낯익었다. 그의 시선은 도저히 쳐다볼 수 없는 한 지점을 향해 불가피하게 이끌렸다. 몇 년이 지났는데도 미시의 드레스가 발견되었던 난롯가 근처의 마룻바닥에는 희미한 핏자국이 여전히 남아 있었다.

"아가, 정말 미안하다."

그의 눈에서 눈물이 솟구쳐 올랐다. 그의 마음에 꽁꽁 묶여 있던 분노가 순식간에 폭우처럼 터져 나와 바위투성이인 감정의 계곡을 타고 흘러내렸다. 그는 하늘을 바라보며 고통스러운 질문을 외쳤다.

"왜? 왜 이런 일이 벌어지게 하셨죠? 왜 날 여기 부른 거죠? 하필이면 여기에서, 왜 여기에서 만나자는 거죠? 내 아이를 죽인 것으로도 충분하지 않았나요? 나마저 갖고 놀아야 했나요?"

맥은 맹목적인 분노에 사로잡혀 바로 옆에 있던 의자를 집어 들고는 창문을 향해 던졌다. 그리고 나서 부서진 의자의 다리 한쪽을 집어서 모든 것을 부수기 시작했다. 그가 이 흉측한 곳에서 분노를 분출하는 동안 그의 입술에선 신음 소리와 절망의 한숨과 분노가 새어나왔다.

"당신을 증오해요!"

맥은 기진맥진해질 때까지 미친 듯이 분노를 퍼부었다. 절망과 패배감에 사로잡힌 채 핏자국 옆에 쓰러진 그는 조심스럽게 딸의 흔적을 쓰다듬었다. 미시에게서 남은 것이라고는 이것뿐이었다. 맥은 딸아이 옆에 누워서 변색된 마룻바닥의 가장자리를 부드럽게 더듬으며 조용히 속삭였다.

"미시, 정말 미안하다. 널 지켜주지 못해서 미안해. 널 찾아내지 못해서 미안해."

기진맥진한 가운데에서도 분노는 부글부글 끓었고, 그는 오두막 지붕 위 어딘가 있을 무관심한 하나님을 향해 쏟아 붓기 시작했다.

"하나님, 하나님은 우리가 딸아이를 찾아서 제대로 장례를 치르는 것조차 못 하게 하셨죠. 그 정도의 부탁도 너무 과한 것이었나요?"

여러 감정들이 들락날락했다. 그의 분노는 고통이 되었고, 혼란 속에 새로운 슬픔의 파도가 뒤섞였다.

"당신은 어디 계신가요? 여기에서 날 만나고 싶어하신 줄 알았는데요. 하나님, 저 여기 있습니다. 당신은요? 어디에도 안 계시는군요! 내가 당신을 필요로 할 때 한 번도 옆에 계시지 않았죠. 내가 어린아이였을 때도, 미시를 잃었을 때도요. 지금도 없군요. 정말 대단하신 '파파'입니다!"

맥은 이렇게 마구 내뱉었다. 그가 입을 다물고 바닥에 앉자, 오두막의 공허함이 그의 영혼을 비집고 들어왔다. 그가 던진 대답 없는 질문과 비난들이 마룻바닥에 가라앉았다가 황폐한 나락 속으로 천천히 빠져들어 갔다. '거대한 슬픔'이 그의 목을 조여오자 그는 오히려 그 고통이 반가웠다. 잘 알고 있는 고통, 친구처럼 다정한 고통이었다.

허리춤에서 총의 촉감이 느껴졌다. 차가운 총이 그의 살갗을 친근하게 누르자 그는 무의식적으로 총을 꺼내들었다. 아, 더 이상 걱정하지 않고, 고통을 느끼지 않고, 다시는 아무것도 느끼지 않을 수 있다면. 자살? 그 순간 자살 충동은 거의 매혹적이었다.

'아주 쉬울 거야. 더 이상 눈물도, 고통도 없고……'

총 너머의 마룻바닥이 갈라지며 검은 틈이 드러나고, 그 속의 어둠이 그의 마음속에서 희망의 마지막 자취까지 빨아들이는 것 같았다. 자살이야말로 하나님에게 저항하는 유일한 방법일 것이다. 하나님이 진정 존재한다면.

바깥에서 구름을 제치고 홀연히 방 안으로 쏟아져 들어온 햇빛 한 줄기가 그의 절망 한가운데를 관통했다. '하지만…… 낸은 어떻게 하지? 조시와 케이트, 타일러, 존은?' 그는 자신의 고통을 끝내고 싶었지만 식구들의 고통을 더 연장할 수는 없다는 것도 알고 있었다.

맥은 감정이 다 소진된 멍한 상태로 총의 존재를 의식하며 여러 선택의 길을 가늠해보았다. 차가운 바람이 그의 얼굴을 스치고 지나갔고, 바닥에 누운 그는 죽고 싶을 만큼 피곤했다. 벽에 등을 기대고 피곤한 눈을 비비며 중얼댔다.

"미시, 사랑한다. 너무 보고 싶구나."

스르르 두 눈이 감기고 어느새 그는 죽음보다 깊은 잠에 빠져들었다.

몇 분이 지난 후에 맥은 몸을 부르르 떨며 깨어났다. 깜빡 잠이 들었다는 데 놀란 그는 벌떡 일어나 총을 허리춤에 쑤셔 넣고는 분노도 영혼의 가장 깊은 곳에 돌려놓은 후에 문으로 걸어갔다.

"이 멍청이! 난 바보야! 하나님이 나에게 쪽지를 보낼 정도로 신경 써주기를 바랐다니."

그는 노출된 서까래를 올려다보았다.

"하나님, 다됐습니다. 더 이상 못하겠어요. 지쳐서 더는 당신을 찾지 못하겠다고요."

맥은 밖으로 나가면서 하나님을 찾으러 온 것은 이번이 마지막이라고 다짐했다. 그를 보고 싶다면 이제 하나님이 직접 찾아와야 한다.

그는 우편함에서 발견했던 쪽지를 주머니에서 꺼내 잘게 찢었다. 종잇조각들은 천천히 손가락 사이로 빠져나가 차가운 바람 속으로 날아갔다. 그는 지치고 늙은 사람처럼 집 밖으로 나갔다. 그러고는 무거운 발걸음과 그보다 더 무거운 마음으로 자동차를 세운 공터로 걸어가기 시작했다.

15미터쯤 올라갔을 때 갑자기 뒤에서부터 따뜻한 공기가 그를 감쌌다. 얼음 같은 침묵을 뚫고 새의 노랫소리도 들려왔다. 누군가 따뜻한 바람을 불어넣어준 것처럼 등산로를 덮은 눈과 얼음이 급속도로 녹아내리고 있었다. 맥이 걸음을 멈추고 주변을 둘러보니 하얀 눈의 막은 사라지고, 대신 눈부신 생명들이 솟아오르고 있었다. 족히 3주는 걸려야 찾아올 봄의 풍경이 30초만에 펼쳐졌다. 그는 눈을 비비면서 순식간에 변해가는 풍경 속으로 정신을 차리려고 애썼다. 가볍게 흩날리던 눈도 땅에 떨어지면서 작은 꽃망울이 되어 나른하게 날아갔다.

물론 그가 목격한 광경은 불가능한 것이었다. 길가에 쌓여 있던 눈 더미가 사라지고 여름 들꽃이 등산로의 가장자리에서부터 멀리 보이는 숲까지 아름답게 수놓았다. 나무들 사이로 울

새와 피리새가 숨바꼭질을 했다. 가끔씩 다람쥐 여러 마리가 길을 가로지르며 지나갔고, 어떤 놈들은 허리를 세우고 잠시 그를 쳐다보다가 나지막한 덤불로 쏙 사라지기도 했다. 숲 속의 어두컴컴한 빈터에서 어린 수사슴이 나타난 것 같아 눈을 비비고 다시 보았더니 어느새 사라지고 없었다. 이 정도로는 성이 차지 않는지 꽃향기가 서서히 대기를 감싸기 시작했다. 산에 피는 들꽃의 아련한 꽃향기가 아니라 장미와 난 그리고 열대지역에서나 맡아볼 이국적이고 진한 향기였다.

맥은 더 이상 집에 대해 생각하지 않았다. 판도라의 상자를 열었다가 광기의 한가운데로 휩쓸려서 영원히 길을 잃을 것 같은 두려운 마음이 그를 휘감았다. 조금이라도 제정신을 찾고 싶어서 불안한 심정으로 주변을 둘러보다가 그새 사방이 변한 것을 보고 화들짝 놀랐다. 초라했던 오두막은 튼튼하고 아름다운 통나무집으로 바뀌고, 오두막 지붕 너머로 호수의 모습이 살짝 드러나 있었다. 손으로 깎아낸 전신 크기의 거친 통나무들이 완벽한 조화로 오두막을 이루고 있었다.

잡목과 들장미와 가시덤불이 우거져 있던 수풀은 어느새 아름다운 우편엽서 사진처럼 변모했다. 굴뚝에서 구불구불 올라온 연기가 늦은 오후의 하늘로 흘러가고 있었다. 집 안에 사람이 있다는 표시였다. 현관 앞과 그 주변으로 길이 닦여 있었고, 낮은 흰색의 울타리가 쳐져 있었다. 근처, 아마도 집 안에서 웃음소리가 들려온 것 같았지만 그는 확신할 수 없었다. 완벽한 정신병자 체험이 바로 이런 것이리라.

"나는 지금 정신을 잃고 있는 거야. 이런 일이 일어날 리가 없어. 이건 현실이 아니야."

그가 중얼댔다. 가장 이상적인 꿈에서만 상상할 수 있는 풍경이었기에 한층 의심스러웠다. 경치는 더할 나위 없이 좋고 향기는 매혹적이었으며, 그의 두 발은 자신만의 의지를 가진 듯 그를 현관 베란다로 끌고 갔다. 여기저기에서 꽃이 피어나고 달콤한 꽃향기와 싸한 허브향기가 섞여서 오랫동안 잊고 있던 기억을 떠올리게 해주었다. 과거를 추억하고 잊었던 일을 끄집어내는 데는 후각이 가장 효과적이라는 속설을 증명하듯, 어린 시절의 추억이 그의 마음속을 뚫고 훨훨 날아들어 왔다.

그는 현관 앞에서 일단 걸음을 멈추었다. 안에서 여러 목소리가 선명하게 들려왔다. 이웃집의 꽃밭에 공을 던지고 만 어린 애처럼 달아나고 싶다는 욕망이 그를 충동질했다.

"하나님이 안에 계신다면, 도망가봤자 소용없을 거야. 그렇지?"

그는 환상을 떨쳐내고 현실로 돌아가려는 것처럼 고개를 저으며 두 눈을 감았다. 잠시 후에 눈을 떠보았으나 주위는 변함이 없었다. 혹시나 하며 손을 뻗어서 나무 난간을 만져보았다. 진짜였다.

이제 새로운 문제가 시작되었다. 하나님이 계실지도 모르는 오두막 앞에 온 거라면 어떻게 해야 할까? 문을 두드려야 하나? 하나님이라면 자기가 찾아왔다는 걸 이미 아실 것이다. 그냥 안으로 들어가서 자기소개를 한다는 것도 터무니없는 일 같았다. 하나님은 또 뭐라고 부르지? 아버지, 전능자, 아니면 미스터 하나님이라고 불러야 하나? 그럴 기분은 아니지만 바닥에 엎드려 경배하는 것이 최선일까?

마음을 다잡으려고 애쓰는 사이에 사라졌다고 생각했던 분노가 다시 고개를 쳐들었다. 그는 하나님의 호칭에 대해 더 이상 신경 쓰거나 걱정하지 않았고, 오로지 자신의 분노로 기세등등해져서 현관문으로 걸어갔다. 문을 세게 두드리고 어떤 일이 벌어질지 기다려볼 작정이었다. 그러나 문을 두드리려고 주먹을 쳐든 순간 문이 활짝 열렸고, 그는 체구가 크고 빛이 나는 흑인 여성과 정면으로 맞닥뜨렸다.

맥은 본능적으로 뒤로 펄쩍 물러났지만 이미 늦었다. 여인은 체구와는 달리 잽싼 동작으로 다가오더니 그를 두 팔로 번쩍 들고 어린아이처럼 빙그르 돌렸다. 여인은 오랫동안 잃어버렸던, 깊이 사랑하는 혈육을 만난 것처럼 열정적으로 "매켄지 앨런 필립스!"하며 그의 이름을 외쳐 불렀다. 마침내 여인은 그를 내려놓고 그의 어깨에 두 손을 얹더니 찬찬히 보겠다는 듯 그를 약간 뒤로 밀어냈다. 그녀가 흥분해서 말했다.

"맥, 당신 좀 봐요! 벌써 이렇게 다 자랐네요. 당신 얼굴을 직접 보고 싶었어요. 여기서 이렇게 만나게 되다니 정말 기뻐요. 아, 정말 당신을 사랑해요!"

그녀가 다시 그를 끌어안았다.

맥은 안전하게 자신을 방어해온 모든 사회예절을 단 몇 초만에 무너뜨린 이 여인 앞에서 할 말을 잃었다. 그러나 자신을 바라보며 이름을 불러주는 여인의 모습에는 특별한 면이 있었고, 그녀가 누구인지 전혀 모르면서도 그녀를 바라보는 것이 마찬가지로 즐거웠다.

그는 갑자기 자신을 뒤흔드는 여인의 향기에 압도되었다. 치자나무와 재스민향이 감도는 그 향기는 그가 작은 양철상자에 넣어두었던 어머니의 향수냄새가 분명했다. 그는 감정의 벼랑 끝에 위험천만하게 서 있다가, 밀려드는 향기와 맞물려 찾아오는 추억에 비틀거렸다. 눈동자 뒤쪽에서 뜨거운 눈물이 마음의 문을 두드리듯 몰려왔다. 그녀 역시 그의 눈물을 본 것 같았다.

"괜찮으니까 그냥 내보내요. 당신이 상처를 입고 분노가 치밀고 혼란스럽다는 것도 알고 있으니까 전부 내보내요. 가끔 눈물을 흘리는 것도 영혼에 좋아요. 치유의 눈물이니까요."

맥은 눈물이 가득 차는 것까지 막지는 못했지만 아직은 눈물을 분출할 준비는 되어 있지 않았다. 아직은, 이 여인 앞에서는 아직은 아니다. 그가 감정의 블랙홀로 빠져들지 않기 위해 안간힘을 쓰는 동안 여인은 어머니처럼 두 팔을 뻗고 서 있었다. 그는 사랑이, 따뜻하고 다정하게 녹아내리는 사랑이 존재하는 것을 느꼈다.

"아직 준비가 되지 않았나요? 괜찮아요. 우리는 당신의 방식과 시간에 맞춰서 움직일 거예요. 안으로 들어와요. 외투를 받아줄까요? 총도 줄래요? 꼭 필요한 건 아니죠? 누구라도 다치는 것은 바라지 않겠죠?"

맥은 어떻게 해야 할지, 뭐라고 말해야 할지 몰랐다. 이 여인은 도대체 누구일까? 또 어떻게 나를 아는 것일까? 그는 그 자리에 뿌리라도 내린 것처럼 두 발을 붙인 채 천천히 외투를 벗었다. 몸집이 큰 흑인 여인이 그의 외투를 받아들었다. 그가 총을 건네자 여인은 오염이라도 되는 물건인 양 두 손가락으로 받았다. 그녀가 오두막 안으로 들어가려는 순간 체구가 자그마한 아시아계 여인이 그녀 뒤에 나타나더니 노래하듯 말했다.

"내가 받을게요."

외투나 총이 아니라 다른 것을 받겠다는 말인 것 같았다. 눈 깜빡할 사이에 맥 앞에 그녀가 나타났고, 그는 뺨에 무언가가 부드럽게 휙 스치고 지나가는 느낌에 뻣뻣하게 굳고 말았다. 그가 미동도 하지 않은 채 눈동자만 아래로 굴려봤더니 그녀는 아내나 케이트가 화장할 때 쓰는 것 같은 크리스털 병과 작은 솔을 바삐 움직이고 있었다. 그가 묻기도 전에 그녀가 미소를 지으면서 속삭였다.

"매켄지, 우리는 소중히 여기는 것들을 수집하죠. 그렇지 않나요?"

그의 뇌리로 작은 양철상자가 퍼뜩 지나갔다.

"나는 눈물을 수집한답니다."

그녀가 뒤로 물러서자 맥은 그녀를 더 잘 보고 싶은 마음에 자기도 모르게 눈을 가늘게 뜨고 그녀를 보았다. 하지만 이상하게도 그녀에게 시선을 집중하기가 쉽지 않았다. 그녀는 빛 가운데 아른거렸고, 바람이 거의 불지 않는데도 머리칼이 사방으로 흩날리고 있었다. 정면보다는 그나마 곁눈으로 보는 편이 나았다.

그녀 뒤로 또 다른 사람이 오두막에서 나왔다. 이번에는 남자였다. 그는 중동사람 같은 외모에 작업복 같은 옷을 입고, 연장이 담긴 벨트에다 장갑까지 끼고 있었다. 그는 톱밥이 잔뜩 묻은 청바지 차림으로 편안하게 문설주에 기댄 채 팔짱을 끼고 서있었는데, 팔꿈치 위까지 말아 올린 체크무늬 셔츠 아래로 근육질의 팔뚝이 드러났다. 호감이 가는 얼굴이긴 했으나 사람들 사이에서 두드러질 외모나 미남은 아니었다. 하지만 그의 눈과 미소에서 빛이 환하게 났다. 맥은 그 남자에게서 시선을 떼기 힘들었고 약간 압도된 기분으로 뒷걸음질쳤다.

"당신들 외에 누가 또 있나요?"

맥이 약간 쉰 목소리로 묻자 그들은 서로 바라보며 크게 웃었다. 자기도 모르는 사이에 맥도 함께 미소 지었다.

"매켄지, 우리가 전부예요. 하지만 충분하고도 남죠."

흑인 여성이 웃으며 대답했다. 맥은 아시아 여성을 다시 제대로 보려고 해보았다. 그 여인을 보려면 두 눈에 힘을 잔뜩 줘야 했기 때문에 중국 북부나 네팔, 몽골족 출신일 거라는 추측 정도만 간신히 할 수 있었다. 맥은 여인의 옷차림을 보고 공원관리인이나 정원사일 거라고 추측했다. 여인은 맥이 정원에서 일할 때 끼는 것과 같은 소재로 만든 얇은 장갑을 반으로 접어 허리춤에 꽂고 있었다. 여인은 무릎을 꿇고 일했는지 흙투성이가 된 평범한 청바지에다, 노란색과 빨간색, 파란색 무늬의 밝은 블라우스를 입고 있었다. 하지만 여인이 모습을 드러냈다가 사라지기를 반복했기 때문에 맥은 그녀의 세세한 외모보다는 전반적인 인상만 알 수 있었다.

그때 남자가 맥 앞으로 다가와서 그의 어깨를 만지더니 양볼에 입맞춤하며 세게 끌어안았다. 맥은 당장 그 남자가 좋아졌다. 남자가 물러나자 아시아 여인이 다시 다가왔다. 그녀는 두 손으로 그의 얼굴을 잡고 자기 얼굴을 가까이 댔다. 그녀가 입맞춤할 거라고 맥이 상상한 순간 그녀는 동작을 멈추고 그의 눈을 깊게 들여다보았다. 맥은 그녀를 통과하여 그 너머까지 볼 수 있을 것 같았다. 여인이 미소를 짓자 향기가 주변을 감쌌고, 그가 어깨에 지고 있던 무거운 짐이 덜어지는 것 같았다.

맥은 갑자기 몸이 공기보다 가벼워져서 공중부양이라도 하는 기분이 들었다. 그녀는 그를 안지 않고서도 그를 안았고, 그를 만지지도 않으면서도 만졌다. 잠시 후 그녀가 뒤로 물러선 후에야 그는 자기가 여전히 두 발을 바닥에 대고 서 있다는 것을 알았다.

"아, 그녀에 대해서는 신경 쓰지 말아요. 모든 이들에게 그런 영향을 주니까요."

흑인 여성이 웃으며 말했다.

"좋은데요."

그가 중얼대자 세 사람 모두 크게 웃었다. 맥은 왜 웃는지도 잘 모르면서 같이 따라 웃었다. 다들 웃음을 그친 후에 몸집이 큰 흑인 여성이 맥의 두 어깨에 팔을 두르고 그를 가까이 잡아당기면서 말했다.

"좋아요, 우리는 당신이 누구인지 알지요. 그러니 이제 당신에게 우리를 소개할 차례예요."

그녀가 과장스럽게 두 손을 흔들었다.

"나는 집안을 관리하고 요리를 해요. 엘루시아라고 불러도 좋아요."

"엘루시아요?"

맥은 전혀 이해하지 못한 채 물었다.

"음, 꼭 엘루시아라고 부를 필요는 없어요. 내가 꽤 좋아하고 나에게 특별한 의미가 있는 이름일 뿐이니까요."

그녀는 곰곰이 생각하는 사람처럼 팔짱을 낀 다음 한 손을 턱에 댔다.

"낸처럼 불러도 좋아요."

"뭐라고요? 설마……."

맥은 깜짝 놀라고 혼란스러웠다. 설마 그 쪽지를 보낸 파파는 아니겠지?

"파파라고 부르라는 건가요?"

"그래요."

그녀가 미소를 지으며 그의 다음 말을 기다렸지만 그는 아무 말도 하지 못했다.

"그리고 나는,"

이번에는 남자가 끼어들었다. 그는 30대 정도에 맥보다 키가 약간 작았다.

"나는 주변을 정리하려고 노력하죠. 두 손으로 일하는 걸 좋아하고요. 또 이들만큼이나 요리와 정원 일도 좋아한답니다."

"중동에서 온 사람 같은데, 혹시 아랍인인가요?"

맥이 물었다.

"실은 그 큰 가족의 이복형제죠. 정확히 말하면 유다 가문의 유대인이에요."

"그러면…… 그러면 당신이……."

맥은 갑작스레 깨닫고는 비틀거렸다.

"예수냐고요? 그렇죠. 당신이 원하면 그렇게 불러도 좋아요. 나를 일반적으로 부르는 이름이 되었으니까요. 내 어머니는 예슈아라고 부르지만 조슈아나 제시라고 불러도 대답한답니다."

맥은 할 말을 잊고 멍하니 있었다. 지금 무엇을 보고 듣는 것인지 전혀 이해가 되지 않았다. 불가능해 보이는 일들이었다……. 그러나 그는 이 자리에 있었다. 아니, 정말 이 자리에 있기는 한 것일까? 갑자기 의식을 잃을 것만 같았다. 머리를 굴려가며 이 모든 정보를 이해하려는데 불현듯 감정이 북받쳤다. 그가 다리의 힘을 잃고 비틀대자 아시아 여인이 다가와서 그의 관심을 돌려주었다.

"난 사라유예요."

그녀는 인사하듯 고개를 까닥하며 미소 지었다.

"주로 정원을 관리해요."

맥은 정신을 집중하려고 했지만 여러 생각들이 하나하나 몰려왔다. '이들 중 누가 하나님일까? 이들은 환상이나 천사일 뿐이고 나중에 하나님이 찾아온다면?' 그것도 참으로 당혹스러운 노릇일터였다. '모두 셋이니 삼위일체 같은 존재들일까? 하지만 두 여자와 남자인데다, 이들 중에 백인은 아무도 없다니? 그건 그렇고 그동안 왜 하나님을 당연히 백인이라고 생각해왔을까?' 그는 몰려드는 상념 때문에 정신을 차릴 수 없어서 가장 대답을 듣고 싶은 질문에만 집중하기로 했다. 맥이 간신히 물었다.

"그러면 당신들 중 누가 하나님이죠?"

"나예요."

세 사람이 한 목소리로 대답했다. 맥은 그들을 번갈아 바라보았다. 보고 듣는 것들을 하나도 이해할 수는 없었지만, 왠지 그들을 믿게는 되었다.

6
파이(π) 한 조각

하나님의 능력이 무엇이건 간에
하나님 제일의 모습이 전능자,
즉 절대적인 주님인 것은 아니다.
몸소 우리 인간의 수준으로 내려와,
스스로를 제한하는 것이 하나님 제일의 모습이다.
- 자크 엘룰, 『무정부와 기독교』

"매켄지, 화장실이 급한 사람처럼 넋 나간 표정으로 입을 벌리고 있지 말아요."

몸집이 큰 흑인 여성이 몸을 돌려서 테라스를 건너가며 말했다.

"내가 저녁을 준비하는 동안 같이 이야기해요. 그리고 싶지 않으면 하고 싶은 대로 해요. 오두막 뒤쪽에,"

그녀는 걸음을 늦추지도 않고, 그를 돌아보지도 않은 채 지붕 너머를 가리켰다.

"보트 창고가 있어요. 그 옆에 낚싯대가 하나 있으니까 호수에서 송어라도 잡든지요."

그녀는 현관문 앞에서 걸음을 멈추고 예수에게 입맞춤하더니 다시 맥을 바라보았다.

"자기가 잡은 건 자기가 손질해야 한다는 것만 잊지 말고요."

그녀는 한 팔 가득 맥의 겨울 코트를 들고, 총은 여전히 두 손가락으로 몸에서 멀찍이 든 채 오두막 안으로 사라졌다.

맥은 그야말로 입을 쩍 벌린 채, 당혹스러운 표정으로 서 있었다. 그는 예수가 다가와서 그의 어깨에 팔을 두르는데도 거의 알아채지 못했다. 사라유는 그냥 증발해버린 것 같았다.

"정말 근사한 분이죠!"

예수가 큰소리로 외치며, 맥을 향해 씩 웃어보였다. 맥은 그를 마주보며 고개를 저었다.

"내가 미쳐가는 건가요? 썰렁한 유머 감각을 지닌 저 뚱뚱한 흑인 여자를 과연 하나님이라고 믿어야 하는 건가요?"

예수가 크게 웃었다.

"그녀는 대단해요! 늘 뜻밖의 질문들로 당신을 당혹스럽게 할 거예요. 그녀는 남을 놀라게 하는 것을 좋아하고, 당신 생각은 어떨지 몰라도 그 타이밍이 기가 막히죠."

"그런가요? 그렇다면 이제 나는 뭘 해야 하나요?"

맥은 고개를 갸웃했다. 무언가 미심쩍었던 것이다.

"뭘 해야 할 필요는 없어요. 아무거나 하고 싶은 대로 해요."

예수는 몇 가지 제안을 떠올리고는 다시 말을 이었다.

"나는 헛간에서 목공일을 하는 중이고, 사라유는 정원에 갔어요. 당신은 낚시를 하거나 카누를 타거나 안에 들어가서 파파와 이야기할 수도 있어요."

"그와, 아니 그녀와 대화해야 한다는 의무감이 느껴지는데요."

예수가 진지하게 대꾸했다.

"아, 의무감 때문이라면 가지 말아요. 여기에서 그런 건 아무

142

의미도 없으니까요. 원한다면 들어가요."

맥은 잠시 생각하다가 오두막으로 들어가는 것이야말로 진정 자신이 원하는 일이라고 결론 내렸다. 고맙다고 인사하자 예수는 미소를 지으며 자신의 작업실로 향했다. 맥은 현관 앞 테라스를 지나 현관문으로 다가갔다. 그는 다시 혼자가 되었지만, 얼른 주위를 둘러보고 나서 살짝 문을 열고 안쪽의 기척을 살폈다. 그는 잠시 주저하던 끝에 그냥 들어가기로 했다.

"하나님?"

그는 좀 바보 같다는 기분이 들어서 소심하게 불러보았다.

"부엌이에요. 내 목소리가 들리는 데로 와요."

맥은 안으로 들어가서 주위를 둘러보았다. 여기가 과연 그 오두막이 맞을까? 그는 음침한 생각들이 스며 나오려고 하자 전율하며 다시 마음의 자물쇠를 채웠다. 방 건너편으로 복도가 비스듬하게 나 있었다. 모퉁이를 돌아 거실을 둘러보던 그의 시선이 난롯가 옆까지 뻗어갔지만 마룻바닥을 더럽히고 있는 얼룩 따위는 없었다. 그는 아이들의 그림이나 공작물 같은 작품으로 실내가 장식된 것을 보았다. 자기 아이를 사랑하는 부모라면 누구나 그러하듯 이 여인도 이런 것들 하나하나를 소중하게 여기는지 궁금해졌다. 이것이 그녀가 마음이 담긴 선물을 아끼는 하나의 방식인지도 몰랐다. 아이들은 마음의 선물을 주기를 어려워하지 않으니 말이다.

맥은 여인의 부드러운 콧노래를 따라 짧은 복도를 지나 작은 4인용 식탁과 고리버들 의자가 놓여 있는 식당 겸 부엌으로 들어갔다. 집 안은 밖에서 보기보다 널찍했다. 파파는 등을 돌린 채 일을 하고 있었고, 음악에 맞춰 몸을 흔들 때마다 밀가루가 허공을 날았다. 듣던 음악이 끝났는지 그녀는 어깨와 엉덩이를 두 번 흔든 다음 이어폰을 빼고 그를 바라보았다.

맥은 불현듯 천 개의 질문 또는 천 개의 이야기를 하고 싶었고, 그중에는 형용하지 못할 만큼 끔찍한 것도 있었다. 그는 자기가 애써 감정을 통제하려는 모습이 얼굴 표정에 고스란히 드러난다고 확신했다. 그래서 그는 얼른 상처 입은 마음의 옷장 속으로 모든 감정을 밀어 넣고 자물쇠를 채워버렸다. 어쩌면 그녀는 그의 내면적인 갈등을 눈치 챘는지 몰라도 전혀 아는 체를 하지 않았고, 여전히 개방적이고 생기가 넘치며 다정했다.

"무슨 음악을 들었는지 물어봐도 될까요?"

맥이 질문을 던졌다.

"정말 알고 싶어요?"

"네."

맥은 이제 정말 궁금해졌다.

"〈웨스트 코스트 주스〉예요. '디아트리베'라는 밴드의 〈마음의 여행〉이라는 음반인데 아직 출시되지 않았어요."

그녀가 그에게 눈을 찡긋해 보이며 말을 이었다.

"실은, 이 아이들은 아직 태어나지도 않았거든요."

맥은 긴가민가하면서도, 이렇게 대꾸했다.

"그렇군요. 〈웨스트 코스트 주스〉라고 했죠? 그다지 종교적이지 않은 것 같은데요."

"아, 물론 아니죠. 메시지가 있는 유라시아 펑크와 블루스라고 할 수 있어요. 비트가 끝내줘요."

그녀가 춤추듯 박수를 치며 맥이 있는 쪽으로 옆걸음질해서 다가오자 맥은 얼른 뒤로 물러났다. 지금껏 맥은 '펑크'라는 용어가 격식을 갖추고 제대로 언급되는 것을 들어본 적이 없었다.

"하나님이 펑크 음악을 듣는다고요? 난 당신이 조지 베벌리 셰아(유명한 복음성가 가수 겸 작곡가 – 옮긴이)나 모르몬 태버나클 합창단(모르몬 교도 360명으로 구성된 세계적인 명성의 성가대 – 옮긴이)처럼 좀 더 교회다운 음악을 들을 거라고 생각했는데요."

"매켄지, 나를 경계할 필요는 없어요. 나는 모든 것을 들어요. 음악뿐만 아니라 그 뒤에 있는 속마음도 듣죠. 신학교에서 들었던 강의 기억나지 않나요? 이 친구들은 내가 들어보지 않은 말은 아무 것도 하지 않아요. 신랄함과 흥분이 넘쳐나고 분노심도 많지만 그럴 만도 해요. 그들은 다른 내 아이들처럼 자기를 드러내고 감정을 내뿜죠. 당신도 알겠지만, 나는 특히 그 아이들이 좋아요. 앞으로도 계속 그들을 지켜볼 거예요."

맥은 그녀의 말과 지금의 상황을 이해해보려고 안간힘을 썼다. 과거에 받은 신학 교육 중 그 어느 것도 도움이 되지 않았다. 그는 갑자기 할 말을 잃었고, 백만 개나 되는 질문들이 모두 자기를 저버린 것 같았다. 그래서 그는 분명한 것부터 시작하기로 했다.

"당신을 파파라고 부르기가 좀 힘들어요."

그녀가 놀란 시늉을 하며 그를 바라보았다.

"그래요?" 그녀가 싱긋 웃으며 말을 이었다. "물론 나도 알죠. 늘 알고 있어요."

"하지만 왜 부르기가 힘든 건지 말해줘요. 너무 친근한 표현이라 그런가요? 아니면 내가 여자나 어머니로 나타나서……."

"쉬운 문제는 아니죠."

맥이 그녀의 말을 막으며 어색하게 웃었다.

"아, 아니면 당신의 실제 아빠가 실패자이기 때문인가요?"

맥은 자기도 모르게 숨이 막혔다. 그는 깊숙이 숨어 있던 비밀이 그렇게 빨리 표면에 나타내는 데 익숙하지 않았다. 곧 죄책감과 분노가 솟아올랐고, 여인을 비난하고 싶었다. 그는 바닥 모를 깊은 협곡 사이에 대롱대롱 매달려 있는 기분이었고, 조금이라도 속을 드러내 보였다가는 통제력을 상실하고 말까 봐 두려웠다. 안전한 발판이 있나 찾아보았으나 헛수고일 따름이었다. 결국 그는 이를 악물며 대답했다.

"그럴 수도 있죠. 실제로 파파라고 부를 만한 사람을 한 명도 알지 못했으니까요.”

여인은 들고 있던 반죽그릇과 나무숟가락을 내려놓고 맥을
부드러운 눈으로 바라보았다. 그녀는 아무 말도 하지 않았지
만, 맥은 그녀가 그 누구보다 자기를 이해해주고 배려한다는
것을 알 수 있었다.

“맥, 당신이 허락한다면 당신이 가져본 적 없는 파파가 되어
주겠어요.”

마음을 끄는 동시에 거부감이 드는 제안이었다. 그는 신뢰할
수 있는 파파를 늘 바라왔지만, 설마 여기에서, 더군다나 자신
의 미시를 보호해주지도 못한 이 사람에게서 그런 파파를 찾으
리라고는 생각지 않았다. 둘 사이에 긴 침묵이 흘렀다. 맥은 뭐
라고 대꾸해야 할지 몰랐으나 그녀는 묵묵히 기다렸다.

“당신이 미시를 지켜주지 못한 마당에 어떻게 나를 지켜줄
거라고 확신할 수 있겠어요?”

그랬다. 맥은 ‘거대한 슬픔’을 느끼던 날마다 자신을 괴롭혀
오던 질문을 던지고야 말았다. 하나님의 기묘한 인격체라고 여
겨지는 자를 노려보는 그의 얼굴이 분노 때문에 붉게 상기되었
다. 그는 자기도 모르는 사이에 두 손을 움켜쥐고 있었다는 것
도 깨달았다. 파파의 뺨 위로 눈물이 흘러내렸다.

“맥, 정말 슬픈 일이에요. 그 일로 인해 우리 사이에 얼마나
큰 틈이 생겨났는지 알고 있어요. 당신이 아직 이해 못할 거라

는 걸 알지만, 나는 특히 미시를 좋아해요. 그리고 당신도."

그는 그녀가 미시의 이름을 불러주는 방식이 좋긴 했지만, 그녀에게서 그 이름이 나오는 것은 무척 싫었다. 그 이름은 가장 향기로운 와인처럼 그녀의 혀에서 굴러 나왔다. 마음속에선 아직도 분노가 들끓었지만 그는 그녀의 말이 진심이라는 것을 깨달았다. 그는 그녀를 믿고 싶었고, 그에 따라 그의 분노도 서서히 진정되어 갔다.

"맥, 그래서 당신이 여기 온 거예요. 당신 안에서, 그리고 우리 사이에서 생겨난 상처를 치유해주고 싶어요."

맥은 감정을 통제하기 위해 마루만 내려다보다가 시선을 떼지 않은 채 중얼댔다.

"그건 좋다고 생각해요. 하지만 어떻게……."

"당신의 고통을 쉽게 덜어줄 해답은 없어요. 그런 것이 있다면 내가 지금 말하겠죠. 나는 당신을 더 좋게 만들어줄 요술봉도 갖고 있지 않아요. 삶은 약간의 시간과 많은 관계를 필요로 하죠."

맥은 자신이 볼썽사납게 비난했던 것에서 어느 정도 물러날 수 있어서 기분이 좋아졌다. 자신이 그런 식의 분노에 완전히 압도당할까 봐 두려웠던 것이다.

"당신이 드레스를 입지 않았다면 우리의 대화가 훨씬 쉬웠을 거라고 생각하는데요."

그가 어설픈 미소를 지어 보이며 말하자 그녀가 살짝 웃으면서 대답했다.

"그러는 게 더 쉽다면 나도 드레스를 입지 않았겠죠. 나는 우리 중 그 누구를 위해서도 이 문제를 더 어렵게 만들고 싶지 않아요. 하지만 바로 '이 문제'부터 시작하는 게 좋아요. 머릿속의 문제를 치워버리고 나면 마음의 문제를 해결하기가 쉬운 경우가 종종 있어요. 그러니까 당신이 준비된 다음에⋯⋯."

그녀가 반죽이 뚝뚝 떨어지는 나무숟가락을 다시 들어 올렸다.

"매켄지, 남자나 여자나 모두 나의 본성에서 나왔지만 나는 남자도 여자도 아니에요. 내가 당신에게 남자나 여자로 '보이고자' 한다면, 그건 당신을 사랑하기 때문이죠. 내가 여자로 나타나서 당신에게 파파라고 부르라고 제안한 건 단순히 상징들을 뒤섞이게 하고, 또 당신이 종교적인 틀에 다시 쉽게 빠지는 것을 막으려는 의도죠."

그녀는 비밀을 공유하듯이 몸을 앞으로 숙였다.

"내가 간달프처럼 턱수염을 휘날리는 거구의 백인 할아버지로 나타났다면 당신의 종교적인 고정관념이 더욱 공고해졌겠죠. 하지만 이번 주말은 당신의 고정관념을 강화하기 위한 시간이 절대 아니랍니다."

맥은 "그렇게 생각해요? 난 내 자신이 완전히 미친놈은 아니겠지 반신반의하며 여기 왔어요"라고 말하면서 크게 웃고 싶었으나 그녀의 말에 집중하며 침착함을 되찾았다. 적어도 머릿속으로는 하나님이 영이며 남자도 여자도 아니라고 믿었지만, 그동안 하나님을 백인 남자의 모습으로 받아들이고 있었다는 사실을 인정하자니 당혹스러웠다.

그녀는 잠시 말을 멈추고 창턱의 향신료 수납 선반에 양념통을 집어넣더니 다시 몸을 돌려 그를 마주보았다. 그녀의 강한 시선이 맥을 사로잡았다.

"나를 아버지로 받아들이는 것은 당신에게 늘 어려운 문제였죠. 힘든 일을 겪고 난 후라 이 문제를 다루기가 더 쉽지 않을 거예요."

그는 그녀의 말이 옳다는 것을 깨달았고, 그녀가 여자로 나타난 것이 친절과 연민으로 한 일이었음을 깨달았다. 그녀는 자신의 사랑에 대한 그의 저항을 피해가며 접근해왔다. 기이하고 고통스럽고, 심지어 멋지기까지 했다.

"그런데,"

그는 이성적인 태도를 유지하려고 애쓰면서 잠시 말을 멈추었다.

"당신이 아버지라는 점이 왜 그렇게 강조된 거죠? 당신은 주로 아버지의 모습으로 나타난 것 같은데요."

파파는 그에게 등을 돌리고 부산하게 움직이며 대답했다.

"음, 그러는 데에는 여러 이유가 있고, 그중에는 아주 깊이 들어가야 하는 문제도 있어요. 천지창조가 붕괴된 이후 진정한 아버지상이 어머니상보다 훨씬 부족하다는 점만 일단 말해둘게요. 내 말을 오해하지는 말아요. 아버지와 어머니 양쪽 모두 필요하지만 아버지상 부재의 심각성 때문에 아버지를 강조할 필요가 있어요."

맥은 그녀의 말이 이미 자신의 이해력을 벗어났다는 데 당혹해하며 창문 너머 어수선해 보이는 정원으로 시선을 돌렸다.

"내가 올 줄 알고 있었죠?"

드디어 맥이 조용히 물었다.

"물론 알고 있었죠."

그녀는 여전히 등을 돌린 채 분주하게 일하며 대답했다.

"그러면 나에게 오지 않을 자유도 있었나요? 과연 내게 선택권이 있었나요?"

양손에 밀가루와 반죽을 묻힌 채로 파파가 그를 돌아보았다.

"좋은 질문이군요. 어디까지 깊이 들어가고 싶어요?"

그녀는 맥이 대답하지 못할 것을 알고 있었기 때문에 그의 대답을 기다리는 대신 다른 질문을 던졌다.

"당신에게 떠날 자유가 있다고 믿나요?"

"그런 것 같아요. 그런가요?"

"물론이죠! 나는 죄수들에게는 관심이 없어요. 당신은 자유로이 지금 당장 저 문으로 나가서 당신의 빈집으로 돌아갈 수 있어요. 아니면 '그라인드'에 가서 윌리와 시간을 보내도 되죠. 당신에겐 궁금한 게 너무 많아서 떠나지 못하리라는 걸 내가 알고 있다고 해서 당신이 떠날 자유가 줄어드나요?"

그녀는 다시 등을 돌리고 일에 몰두하면서 어깨 너머로 말했다.

"좀 더 깊이 들어가고 싶다면 자유 자체의 본질에 대해 이야기해보죠. 자유란 당신이 원하는 것이라면 무엇이든 할 권리를 뜻하나요? 아니면 실제적으로 당신의 자유를 제한하는 당신 삶의 한계들에 대해 말해볼 수도 있어요. 당신 가족에게 물려받은 유전적 특성, 특정한 DNA, 신진대사의 독특성, 나만이 늘 관찰하는 곳에서 소립자 영역으로 존재하는 것들이 있을 수 있겠죠. 아니면 당신을 억제하고 구속하는 병든 영혼의 침입이나 당신 주변의 사회적 영향, 당신의 두뇌에서 접합된 고리와 통로를 만드는 습관도 있어요. 또 광고와 선전, 패러다임도 빼놓을 수 없겠죠. 이처럼 복합적인 한계 속에서, 실제로 자유란 무엇일까요?"

그녀가 한숨을 내쉬었다. 맥은 뭐라고 대꾸할 말이 없어서 그냥 서 있었다.

"매켄지, 나만이 당신을 자유롭게 할 수 있지만 자유는 결코 강요될 수 없는 거예요."

"이해가 안 돼요. 당신이 방금 전에 한 말도 이해하지 못하겠어요."

맥의 대답이었다. 그녀가 몸을 돌리고 미소를 지었다.

"나도 알아요. 당장 이해하라는 게 아니라 나중을 위해 말한 거예요. 지금 당신은 자유가 점진적인 과정이라는 것도 이해 못하고 있어요."

그녀는 밀가루 범벅인 손을 부드럽게 뻗어서 맥의 두 손을 마주잡고는 그의 눈을 똑바로 쳐다보며 말을 이었다.

"매켄지, 진리가 당신을 자유롭게 할 것이고 그 진리에는 이름이 있어요. 그는 지금 톱밥으로 뒤덮인 작업실에 있어요. 모든 것이 그에 대한 것이죠. 그리고 자유는 그와의 관계 속에서 벌어지는 과정이에요. 그것을 이해하고 나면, 당신이 내부에서 빙글빙글 돌아간다고 느끼는 모든 것들이 제자리를 찾기 시작할 거예요."

"지금 내 기분을 어떻게 알죠?"

맥이 다시 그녀의 눈을 바라보며 물었다. 파파는 아무 대답도 하지 않고 그저 그들의 손만 내려다보았다. 그의 시선이 그녀의 시선을 따라갔고, 맥은 그녀의 손목에 난 상처를 처음 알아봤다. 그는 예수에게도 바로 이런 상처가 있을 것이라고 추측해보았다. 그녀는 그가 깊숙한 상처의 가장자리를 부드럽게 어루만지는 것을 허락해주었다. 마침내 그가 그녀의 눈을 올려다보았다. 뺨에 묻은 밀가루 사이로 눈물이 흘러 작은 길이 생겨났다.

"내 아들이 선택한 일이 우리에게 상당한 대가를 치르게 했다고 생각해본 적 없나요? 사랑은 언제나 커다란 흔적을 남기죠. 그때 우리는 함께 있었어요."

그녀는 부드럽고 따뜻한 목소리로 말했다. 맥은 깜짝 놀랐다.

"십자가에요? 잠깐만요, 저는 당신이 그를 버렸다고 생각했는데요. 예수는 '나의 하나님, 나의 하나님, 어째서 나를 버리셨나이까?' (마태복음 27장 46절 - 옮긴이) 하고 말하지 않았던가요?"

그가 '거대한 슬픔'에 빠졌을 때 늘 떠올리던 성경구절이었다.

"그때의 신비를 오해하고 있군요. 당시 예수가 무엇을 느꼈건 간에 난 절대로 그를 떠나지 않았어요."

"어떻게 그런 말을 할 수 있죠? 당신은 나를 버렸듯이 예수도 버렸어요!"

"매켄지, 나는 예수를 버린 적도, 당신을 버린 적도 없어요."

"이해할 수 없어요."

그가 받아쳤다.

"그렇다는 거 알아요. 적어도 지금은 이해 못 하겠죠. 하지만 당신이 오로지 자기 고통만 바라보고 있으면, 내 모습이 보이지 않을 거라는 것에 대해 생각해봤나요?"

맥이 아무 대답도 못 하자 그녀는 그를 놔둔 채 다시 요리를 시작했다. 갖은 양념과 재료를 첨가해가며 여러 가지 요리를 한꺼번에 준비하고 있는 것 같았다. 그녀는 나지막이 콧노래를 부르면서 파이를 손질해 오븐에 밀어 넣었다.

"예수가 버림받았다고 생각한 데서 그 이야기가 끝난 건 아니라는 점을 잊지 말아요. 예수는 자신의 갈 길을 찾아서 온전히 내 손 안으로 들어왔죠. 아, 정말 놀라운 순간이었어요!"

맥은 멍한 기분으로 조리대에 몸을 기댔다. 감정과 생각 모두 뒤죽박죽이었다. 파파의 말을 전부 믿고 싶기도 했다. 그러면 정말 굉장할 텐데! 하지만 그의 마음속 한편에서는 '사실일 리가 없어!'라는 커다란 외침이 들려왔다.

파파가 부엌용 타이머의 태엽을 돌린 다음 식탁에 내려놓았다.

"매켄지, 나는 당신이 생각하는 그런 존재가 아니에요."

화난 목소리도, 방어하는 목소리도 아니었다. 맥은 그녀와 타이머를 차례차례 바라보고는 한숨을 내쉬었다.

"난 완전히 길을 잃은 것 같아요."

"그러면 이 혼란 속에서 우리가 당신을 구해낼 수 있는지 볼까요?"

그녀의 말이 신호라도 된 듯이 파란 어치 한 마리가 부엌 창턱에 내려앉아 이리저리 활보하기 시작했다. 파파가 조리대에 있는 깡통에 손을 집어넣더니 창문을 열었다. 그러고는 미리 준비해둔 듯한 혼합곡물을 새에게 주었다. 새는 전혀 머뭇거리지 않고 겸손과 감사의 표시를 보이며 그녀의 손 안으로 들어와 모이를 먹기 시작했다.

"우리의 이 작은 친구를 생각해봐요. 새들은 대부분 날 수 있도록 창조되었죠. 새들이 땅에 앉아 있는 것은 날 수 있는 자신의 능력 범위 안에서 스스로 제한하는 것이지, 그 반대가 아니랍니다."

그녀는 맥이 자기 말을 생각해보도록 하기 위해 잠시 뜸을 들였다.

"그리고 당신은 사랑받도록 창조되었어요. 그러니 당신이 사랑받지 않는 것처럼 산다면 그게 바로 당신 삶을 제한하는 거예요."

맥이 고개를 끄덕였다. 완전히 동의했다기보다는 최소한 그녀의 말뜻을 이해하고 따라간다는 신호였다. 이 정도는 매우 쉬워 보였다.

"사랑받지 못하고 사는 것은 새의 날개를 잘라서 날아다니는 능력을 제거하는 것과 똑같아요. 나는 당신이 그러기를 원하지 않아요."

그게 문제였다. 맥은 그 순간 자신이 특별히 사랑받는다고 느끼지 못했다.

"맥, 고통은 우리의 날개를 잘라내고 날 수 있는 능력을 빼앗아버려요."

그녀는 맥이 이해할 수 있도록 잠시 기다려주었다.

"그리고 이 문제를 오랫동안 해결하지 못하면 당신은 자신이 날기 위해 창조되었다는 사실마저 잊을걸요."

맥은 아무 말도 하지 않았지만, 이상하게도 그 침묵이 불편하지 않았다. 그가 작은 새를 바라보자 새도 그를 마주보았다. 그는 새들도 미소를 지을 수 있는지 궁금했다. 최소한 이 작은 새는 동정심에선지는 몰라도 미소를 짓는 것처럼 보였다.

"맥, 난 당신과 달라요."

비난이 아니라 단순한 선언이었는데도 맥은 찬물을 뒤집어쓴 기분이었다.

"나는 하나님이죠. 나는 스스로 존재해요. 또 당신과 달리 내 날개는 잘려질 수 없어요."

"음, 당신에게는 좋은 일이겠지만, 내겐 정확히 무슨 의미일까요?"

맥은 자기가 의도했던 것 이상으로 화난 목소리로 말했다. 파파가 작은 새를 어루만지다가 자기 얼굴 앞으로 바싹 들이대고는 코와 부리를 비비며 말했다.

"바로 당신이 내 사랑의 한가운데 있다는 거죠!"

"새가 나보다 더 잘 이해하는 것 같군요."

맥은 고작 이 말밖에 할 수 없었다.

"나도 알아요. 그래서 우리가 여기 있는 거죠. 왜 내가 '난 당신과 달라요.'라고 말했다고 생각하나요?"

"음, 정말 모르겠어요. 다시 말해서 당신은 하나님이고 나는 아니니까요."

그는 도저히 냉소를 감출 수 없었지만 그녀는 그의 그런 태도를 신경 쓰지 않았다.

"그래요. 하지만 정확히 그런 건 아니죠. 적어도 당신이 생각하는 그런 식으로는 아니에요. 사람들이 '성스러운 타자, 전적인 타자'라고도 부르는 이가 바로 나예요. 문제는, 많은 사람들이 나의 존재를 이해해볼 요량으로 자신이 생각하는 최고의 모습들을 모아서 최대 한도까지 투영하고, 자신들이 인식할 수 있는 모든 선함을 고려한 후에 그 대단치도 않은 결과를 하나님이라고 부른다는 거죠. 그들의 시도가 고결한 노력으로 보이긴 해도 실제의 내 모습과는 한참 거리가 멀죠. 나는 당신들이 생각해낼 수 있는 정도의 최고가 아니에요. 그 이상이고 당신이 추구하거나 생각하는 모든 것을 초월해요."

"미안하지만 당신의 말은 내게 전혀 와닿지 않아요."

맥이 어깨를 으쓱했다.

"당신이 날 이해 못 할지라도, 당신에게 내 존재를 알리고 싶어요."

"예수님에 대해 말하는군요? '삼위일체를 이해해보는 시간입니다.' 뭐 이런 건가요?"

그녀가 웃었다.

"어떤 면에서는 그렇지만 지금은 주일학교 시간이 아니에요. 날기 훈련 중이죠. 매켄지, 당신도 상상했겠지만 하나님에겐 유리한 점들이 좀 있어요. 본성적으로 나는 완전히 무한하고 한계가 없지요. 나는 언제나 완전함을 알아왔어요. 나는 존재적으로 언제나 영원한 만족 상태에서 살아요. 스스로 존재하는 내 특권 중의 하나죠."

그녀는 꽤 즐거워 보였다. 맥은 그녀의 말에 미소를 지었다. 이 숙녀에겐 자신을 완전히 즐기면서도 그 즐거움을 망칠 만한 오만함이란 눈곱만큼도 없었다.

"우리는 이 특권을 함께 나누기 위해 당신들을 창조했어요. 그런데 아담이 자기 뜻대로 하고 싶어 했죠. 우리는 아담이 그러리라는 것을 알았고, 그 결과 모든 것이 엉망이 되었어요. 그래도 우리는 모든 창조물을 폐기하는 대신 소매를 걷어붙이고 이 혼란의 한가운데로 들어왔어요. 우리가 예수 안에서 한 일이 바로 그거죠."

맥은 생각의 흐름을 따라가려고 애쓰면서 그녀의 말을 경청했다.

"우리 셋이 하나님의 아들로서 인간의 존재가 되는 것을 말함으로써, 우리는 완전히 인간이 되었죠. 우리는 또한 수반되는 모든 한계를 포용하기로 했어요. 우리는 이 창조된 우주 안에 늘 머물러왔지만 이제는 피와 살로써 이곳에 존재해요. 그 건 날아다니는 것이 본성인데도 땅에 붙어서 걷기로 결정한 이 새와 마찬가지인 셈이죠. 이 새는 새이기를 그만두지 않으면서 도 자신의 삶을 현저히 변화시켰어요."

그녀는 맥이 여전히 자기 말을 이해하는지 확인하려고 말 을 멈추었다. 그는 머리에서 쥐가 날 것 같았지만 "그런데 요……?"라며 그녀에게 계속 말하기를 청했다.

"예수는 본성적으로 완전한 하나님이지만 완전한 인간이고 또 인간으로 살아요. 그는 날 수 있는 천부적인 능력을 상실하 지 않지만 매순간 지상에 머무르기로 결정해요. 그래서 그의 이름이 '하나님이 우리와 함께 계시다', 아니 좀 더 정확히 말 하자면 '하나님이 당신과 함께 계시다'는 뜻의 '임마누엘'이 죠."

"그 모든 기적들은요? 치유는? 죽은 자 가운데서 사람을 살 리신 것은? 그런 일들은 예수님이 하나님, 다시 말해서 인간 이 상이라는 것을 입증하지 않나요?"

"아뇨. 그건 예수가 진정으로 인간이라는 것을 입증하죠."

"예?"

"매켄지, 나는 날 수 있지만 인간은 날지 못해요. 예수는 완전 히 인간이죠. 그는 완벽한 하나님이지만 하나님의 본성으로는 어떤 일도 하지 않았어요. 그는 오로지 나와의 관계 속에서 살아왔고, 내가 모든 인간과의 관계에서 바라는 바로 그 방식대로 살고 있어요. 그가 최초로 그 일을 완수했죠. 처음으로 자신 안에 거하는 나의 생명을 절대적으로 신뢰했고, 겉모습이나 결과는 신경 쓰지 않고 오로지 나의 사랑과 선함을 믿었죠."

"눈 먼 사람을 치유했을 때는요?"

"예수는 자신 안에서 또한 자신을 통해 작용하는 나의 생명과 힘을 신뢰하는, 의존적이고 제한된 인간으로서 눈 먼 사람을 치유했어요. 인간으로서의 예수는 누군가를 치유할 힘을 자신 안에 갖고 있지 못해요."

맥이 알고 있던 종교적인 신념에서 그녀의 말은 충격적이었다.

"그는 나와의 커뮤니언(communion, 영적인 교섭, 영성체 - 옮긴이), 다시 말해서 우리의 결합(co-union) 속에만 머물렀기 때문에 어떠한 상황에서도 나의 마음과 의지를 표출할 수 있었어요. 만약 당신이 예수가 하늘을 나는 모습을 보았다면 그는 실제로…… 하늘을 나는 것이죠. 하지만 당신이 실제로 보는 것은 바로 나, 즉 그 안에 거하는 나의 생명이죠. 그것이야말로 예수가 진정한 인간으로서 살고 행동하는 방법이고, 모든 인간이 살도록 계획된 방법, 다시 말해서 나의 생명으로 사는 것이에요. 새는 땅에 묶인 것이 아니라 날아다니는 능력이 본질이에요. 인간은 자신의 한계로 정의되는 것이 아니라 내 의도 안에서 정의된다는 것을 잊지 말아요. 그들의 존재에 의해서가 아니라 나의 모습으로 창조되었다는 모든 의미에 의해서죠."

맥은 여러 정보가 홍수처럼 몰려온다고 느끼면서 의자를 끌어당기고 앉았다. 이해하는 데만 시간이 꽤 걸릴 것 같았다.

"예수님이 이 땅에 내려왔을 때 당신이 제한되었다는 뜻인가요? 다시 말해서 오직 예수님에게만 당신을 한정했나요?"

"천만에요! 나는 예수 안에서만 제한되었지, 내 안에서 나를 제한한 적은 전혀 없어요."

"제가 늘 다소 어려워하는 삼위일체 이야기가 나왔네요."

파파가 호탕하게 웃자 맥도 따라서 웃고 싶었다. 그녀는 작은 새를 맥 옆의 식탁에 내려놓은 다음 오븐을 열고 파이가 잘 구워지고 있는지 확인했다. 그녀는 모든 것이 잘되어가고 있다는 데 흡족해하며 의자를 옆으로 끌어당기고 앉았다. 맥은 자신들과 함께 앉아 있는 것에 만족해하는 작은 새를 놀란 눈으로 바라보다가 이 광경이 얼마나 터무니없는가를 생각하면서 씩 웃었다.

"우선, 나의 경이로운 본성을 이해하지 못한다는 건 꽤 좋은 현상이에요. 완전히 이해할 수 있는 신을 경배하고 싶어하는 사람이 과연 있을까요? 그런 신에게는 신비로움이라 할 만한 것이 없겠죠."

"하지만 당신들 셋이 모두 하나의 하나님이라는 것이 대체 무슨 차이가 있을까요? 내 말이 맞긴 한가요?"

그녀가 씩 웃었다.

"그 정도면 괜찮아요. 메켄지, 그 때문에 이 세상의 모든 차이가 생겨요!"

그녀는 이 대화를 즐기는 것 같았다.

"우리는 셋으로 나뉜 신들이 아니에요. 어떤 한 사람이 아버지이자 남편이자 노동자이기도 한 것처럼 하나님이 세 가지 직능을 갖고 있다는 것도 아니고요. 나는 하나의 하나님이고 세 가지 위격을 갖고 있어요. 각각은 그 자체로 완전한 것이고요."

맥은 꾹꾹 누르던 감정을 더이상 참지 못하고 "네?"라고 되물었다.

"신경 쓰지 말아요. 중요한 건 바로 이거죠. 내가 만약 하나의 하나님이자 하나의 위격이라면, 당신은 이 창조물 안에서 근사한, 심지어 필수적이라고 할 수 있는 것이 없다고 생각했겠죠. 그랬다면 나는 지금과는 전혀 다른 존재였을 거예요."

"그러면 우리에게 없는 것이……?"

어떤 식으로 질문을 마무리해야 할지 몰라 맥이 말꼬리를 흐렸다.

"사랑과 관계죠. 모든 사랑과 관계는 하나님인 내 안에 이미 존재하고 있기 때문에 당신에게도 가능한 거예요. 사랑은 한계가 아니라, 비상이죠. 내가 곧 사랑이에요."

그녀의 선언에 동의하듯 타이머가 울어댔고 작은 새는 창밖으로 날아갔다. 새가 날아가는 모습이 완전히 새로운 경지의 즐거움으로 느껴졌다. 그는 경이로운 눈으로 파파를 바라보았다. 그녀는 정말 아름답고 놀라웠다. 약간의 혼란과 '거대한 슬픔'은 여전했지만 어느 정도 마음이 안정되었고, 자신이 파파 가까이에 있는 것이 편안하게 느껴지기 시작했다.

"나에게 사랑할 대상이 없다면, 좀 더 정확하게 말해서 사랑할 사람이 없고 내 안에 그런 관계가 없다면 과연 내가 사랑할 수 있을까요? 어쩌면 당신은 사랑하지 못하는 신, 아니면 자신이 원할 때, 자기 본성의 한계 안에서만 사랑할 수 있는 그런 신을 만나게 될지도 몰라요. 이런 종류의 신은 사랑 없이 행동할 테고, 재앙만이 그 결과가 되겠죠. 하지만 나는 절대 그런 신이 아니에요."

파파가 일어나서 오븐을 열고 갓 구워진 파이를 꺼내 조리대에 내려놓고는 몸을 돌리면서 마치 자신을 정식으로 소개하듯이 말했다.

"하나님은, 그 스스로 하나님인 하나님은, 사랑을 떠나서는 아무것도 할 수 없어요!"

맥은 그녀의 말이 이해하기 힘들었지만 놀랍고 대단하다는 것만은 알 수 있었다. 그녀의 말이 자신을 감싸는 듯했고, 귓가에 들리는 그 이상의 뜻을 전달하려는 것 같았다. 파파의 말을 실제로 믿은 건 아니었다. 진실이기만 하다면 얼마나 좋을까

싫었으나 그는 진실이 아니라는 것을 경험으로 알고 있었다.

"이번 주말의 주제는 관계와 사랑에 대한 거예요. 하고 싶은 말이 많다는 건 알지만 우선 손이나 씻도록 해요. 다들 저녁 식사를 하러 오고 있어요."

그녀는 걸어가다가 걸음을 멈추고 고개를 돌렸다.

"매켄지, 당신의 가슴이 고통과 분노, 무수한 혼란으로 가득 차 있다는 거 알아요. 당신이 여기 머무르는 동안 그중 일부에 대해 함께 생각해보도록 해요. 하지만 당신이 상상하거나 이해하는 것 이상의 일이 진행되고 있다는 걸 알아주면 좋겠어요. 나에 대한 믿음이 아무리 작더라도 그 안에서 좀 쉬도록 해요. 알았죠?"

맥은 고개를 숙이고 마루를 내려다보며 '파파가 알고 있었어.'라고 생각했다. 작은 믿음이라고? 작다기보단 거의 없다고 보는 것이 맞았다. 그는 고개를 끄덕이며 파파를 쳐다보다가 다시 그녀의 손목에 난 상처에 주목했다.

"파파?"

마침내 맥은 어색하긴 해도 이렇게 불러보았다.

"말해봐요."

맥은 마음속에 품은 생각을 적절하게 표현할 단어를 생각해보았다.

"당신, 다시 말해서 예수님이 돌아가셔야 했던 건 정말 슬픈 일이었어요."

파파가 식탁을 빙 돌아와서 맥을 크게 포옹했다.

"그런 줄 알고 있었어요. 고마워요. 하지만 우리가 전혀 슬
프지 않았다는 걸 알아야 해요. 그럴 만한 가치가 있는 일이었
죠."

파파가 그때 마침 안으로 들어오던 예수에게 동의를 구하자
예수도 "그럼요!"라고 대답하며 맥에게 말했다.

"당신만을 위해서였대도 그렇게 했을 거예요. 하지만 그런
건 아니었죠!"

예수가 다정한 미소를 지었다.

맥은 화장실로 가서 손과 얼굴을 닦으면서 마음을 진정시키
려고 노력했다.

7
선착장의 하나님

인류가 그들의 죄를 다른 곳에 퍼트리기 위해
지구를 떠나는 일이 없게 해달라고 기도합시다.

- C. S. 루이스

맥은 화장실에서 수건으로 얼굴을 닦으면서 거울을 바라보았다. 자신을 빤히 쳐다보는 거울 속의 눈동자에 혹시 광기가 어려 있진 않은지 자세히 들여다보았다. 이게 현실일까? 그럴리는 없다. 불가능한 일이다. 하지만……. 그는 손을 뻗어서 천천히 거울을 어루만졌다. 자신의 슬픔과 절망이 한데 어우러진 환각일지도 모른다. 어딘가에서 잠이 들어 꿈을 꾸고 있거나 오두막에서 얼어 죽는 중인지도 몰랐다. 어쩌면……. 갑자기 쨍그랑하는 소리에 그의 몽상도 함께 산산조각이 났다. 부엌 쪽에서 들려온 그 소리에 그는 얼어붙고 말았다. 잠시 쥐 죽은 듯한 침묵이 흐르더니 뜻밖에도 요란한 웃음소리가 터져 나왔다. 그는 궁금한 마음에 화장실에서 나와 부엌 입구를 살짝 들여다보았다.

그는 자기 앞에 벌어진 광경에 깜짝 놀랐다. 예수가 반죽이나 소스가 들어 있던 커다란 사발을 떨어뜨린 모양인지, 내용물이 사방에 흩어져 있었다. 사발은 마침 파파 바로 옆에 떨어져서 파파의 치마 아랫단과 맨발을 끈적거리는 반죽투성이로 만들어 놓았다. 셋은 숨이 멎을 만큼 웃어댔다. 사라유가 인간들이란 원래 이런 일에 서투르다고 말하자 또 한 번 웃음보가 터졌다. 어느 틈엔가 예수가 맥 앞을 휙 지나쳐 가더니 얼마 후에 커다란 대야와 수건을 들고 돌아왔다. 사라유는 마룻바닥과 찬장에 들러붙은 것들을 닦아냈고, 예수는 곧장 파파의 발 앞에 무릎을 꿇고 치마의 앞자락을 닦은 후에 파파의 발을 하나씩 대야에 넣고는 깨끗하게 닦아가며 마사지를 해주었다.

"아, 기분 너무 좋은데!"

여전히 조리대에서 일하고 있던 파파의 입에서 감탄사가 절로 나왔다.

문간에 기대서서 그들을 바라보는 동안 맥의 머릿속에 온갖 생각이 떠올랐다. 관계 속의 하나님이란 바로 이런 것일까? 아름답고 매혹적인 모습이었다. 그는 사발의 내용물이 바닥에 쏟아지고 계획했던 요리를 나눠먹지 못한다 할지라도 그것이 누구의 잘못이었는지는 중요하지 않다는 걸 깨달았다. 서로에 대해 사랑을 품고 그로 인해 완전함을 얻는다는 사실만이 중요했다. 그는 고개를 절레절레 흔들었다. 자신이 사랑하는 사람들을 대하는 방식과는 얼마나 다른가!

저녁은 간단하긴 해도 정찬이었다. 오렌지나 망고류의 소스에 재어두었다가 구운 새 요리와 하나님만이 아는 양념을 가미한 신선한 채소는 향기롭고 얼얼하고 싸하면서 매콤했다. 맥이 맛본 그 어느 것보다 질이 좋은 밥은 한 끼 식사로 거뜬해 보였

다. 그는 식탁에 앉아 습관적으로 기도를 하려고 고개를 숙였다
가 여기가 어딘지를 깨닫고 혼자 머쓱해졌다. 그가 고개를 들자
셋 다 그를 바라보며 웃고 있었다. 그는 가능한 태연한 척하며
입을 열었다.

"음, 감사합니다. 모두에게……. 밥을 좀 먹어도 될까요?"

"그럼요. 끝내주는 일본식 소스를 뿌리려고 했는데 저쪽의
덜렁이가,"

파파가 예수를 향해 고개를 끄덕였다.

"소스가 과연 튀어오를 수 있는지 보고 싶어해서요."

예수가 변명하는 척하며 대꾸했다.

"음, 아까는 손이 좀 미끄러웠단 말이에요. 제가 뭘 어쨌겠어
요?"

파파가 맥에게 밥을 건네주면서 윙크했다.

"이 동네에서는 괜찮은 도우미를 구할 수 없다니까요."

다들 웃었다. 식사 중의 대화는 상당히 일상적인 내용으로 채
워졌다. 맥은 미시를 제외한 다른 아이들의 갈등과 성취에 대
해 들려주었다. 특히 케이트 때문에 걱정이라고 털어놓자 셋
다 걱정스러운 표정으로 고개만 끄덕일 뿐, 구체적인 충고나
지혜의 말은 건네지 않았다. 그는 친구들에 대해서도 대답했
다. 특히 사라유는 낸에 대해 관심을 많이 보였다. 그러다 결국
맥은 대화 내내 그를 괴롭히던 것을 불쑥 말해버렸다.

"난 지금 내 아이들과 친구들과 아내에 대해 이야기하고 있어요. 당신들은 내가 말하는 내용을 이미 알고 있지 않나요? 그런데도 마치 처음인 것처럼 듣고 있군요."

사라유가 식탁 너머로 손을 뻗어 그의 손을 잡았다.

"매켄지, 우리가 한계에 대해 말했던 거 기억해요?"

"우리가요?"

그는 고개를 끄덕이고 있는 파파를 힐끗 쳐다보았다. 사라유가 미소를 지으며 말했다.

"당신이 우리 중 하나와 이야기를 나누면 우리 모두와 나누는 것이지요. 이 땅에 머물기로 한 것은 관계를 원활하게 하고 그것을 존중하기 위한 선택이라는 점을 잊지 말아요. 매켄지, 당신도 그렇게 하고 있어요. 당신은 자신이 잘났다는 것을 과시하려고 어린아이와 놀거나 색칠놀이를 하진 않겠죠. 오히려 그 관계를 쉽게 만들고 존중하기 위해 자신의 능력을 제한하려고 할 거예요. 사랑을 위해서라면 일부러 게임에서 지기도 하겠죠. 이기고 지는 것이 문제가 아니라 사랑과 존중이 중요하니까요."

"내가 내 아이들에 대해 말할 때 당신들이 취한 태도가 바로 그런 것이었나요?"

"그때 우리는 당신을 존중하려는 뜻에서 우리 자신을 제한했어요. 우리는 당신의 아이들에 대해 우리가 알고 있다는 것을 상기시키려고 하지 않았죠. 당신의 말을 들을 때 우리는 아이들에 대해 처음 알게 된 거나 마찬가지고, 당신의 눈을 통해 아이들을 보면 무척 즐거워요."

"맘에 드는데요."

맥이 의자에 편하게 몸을 기대며 말했다. 사라유는 그의 손을 꼭 잡으며 자신도 몸을 기대는 것 같았다.

"나도 그래요! 관계란 결코 힘에 대한 것이 아니죠. 자신을 제한하고 봉사하겠다고 선택하는 것도 권력으로 향하는 의지를 피하는 한 방법이에요. 이런 선택을 하는 사람들은 많아요. 병자들을 보살피고, 정신적으로 방황하는 이들을 돌보고, 가난한 자들에게 말을 걸고, 노인이나 어린이를 사랑하고, 심지어는 그들에게 권력을 행사하는 이들까지 사랑하죠."

파파가 자부심으로 눈을 반짝이며 말했다.

"사라유가 제대로 말해줬네요. 접시는 나중에 치울게요. 기도 시간부터 갖고 싶어요."

맥은 하나님도 기도드린다는 생각에 터져 나올 듯한 웃음을 참아야 했다. 어린 시절 가족예배 시간이 떠올랐으나 그다지 좋은 기억은 아니었다. 진부한 성경 퀴즈에 판에 박힌 대답을 하고, 가혹할 정도로 긴 아버지의 기도 중에 졸지 않으려고 사력을 다해야 하는 따분하고 지루한 시간이었다. 아버지가 술에 취한 날이면 가족예배는 무시무시한 지뢰밭이 되었고, 잘못된 대답이나 부적절한 시선 하나만으로도 그 지뢰밭은 폭발하고 말았다. 그는 예수가 커다랗고 낡은 킹 제임스 성경을 꺼낼지도 모른다고 생각했다.

그러나 예수는 식탁 너머로 손을 뻗어 파파의 손을 잡았다. 예수의 손목에 난 상처가 선명하게 드러났다. 맥은 예수가 자기 아버지의 손에 입을 맞추고 아버지의 눈을 깊이 들여다보다가 "파파, 오늘 당신이 맥의 고통을 당신의 것으로 완전히 받아들이고 그에게 자신만의 타이밍을 선택할 여유를 주는 모습을 보면서 아주 참 좋았어요. 당신은 맥을 존중하고 또 나를 존중했어요. 당신이 그의 마음에 사랑과 안정을 속삭이는 모습은 정말 굉장했답니다. 당신의 아들인 것이 정말 기뻐요"라고 말하는 모습을 뭔가에 홀린 듯 지켜보았다.

맥은 자기가 끼어야 할 자리가 아닌데 불쑥 끼어든 기분이 들었으나 아무도 상관하지 않는 것 같았고, 사실 어떻게 해야 할지도 알 수 없었다. 이렇게 사랑이 표현되는 자리에 함께하다니 꽁꽁 묶였던 감정이 풀어지는 것 같았다. 그는 자신의 마음이 정확히 어떤지 잘 몰랐지만 어쨌거나 기분이 좋아졌다. 지금 자기가 과연 무엇을 목격하고 있는 것일까? 단순하고 따뜻하고 친근한 진실, 바로 거룩함이었다. 거룩함이란 언제나 차갑고 메마른 개념이라고 여겨왔는데, 지금 이 순간은 차갑지도 메마르지도 않았다. 그는 조금이라도 몸을 움직였다가는 이 순간이 깨질까봐 가만히 두 눈을 감고 깍지를 꼈다. 그렇게 집중하고 있으니까 예수가 의자를 움직이는 소리가 들렸다. 잠시후에 예수가 부드러운 목소리로 말했다.

"사라유, 당신이 설거지해요. 내가 닦을 테니."

그가 눈을 번쩍 떠보니 예수와 사라유가 서로 환하게 미소를 지으면서 접시를 들고 부엌으로 가고 있었다. 맥은 자기는 뭘 해야 하나 싶어 잠시 앉아 있었다. 파파는 어딘가로 갔고 남은 둘은 바쁘게 설거지를 하고 있었다……. 결정을 내리기란 쉬웠다. 그는 은식기와 유리잔을 들고 부엌으로 향했다. 그가 사라유에게 식기와 잔을 건네주자 예수가 행주를 던져 주었고 둘은 함께 접시의 물기를 닦았다.

아까 전에 파파가 부르던 콧노래를 사라유가 부르기 시작했다. 그는 예수와 함께 접시의 물기를 닦으면서 노래에 귀 기울였다. 그 멜로디는 그의 마음 깊숙한 곳을 울리며 또 한 번 마음의 문을 두드렸다. 게일어 가사에 맞춰 입으로 부는 파이프 반주 소리가 들리는 것 같았다. 맥은 강력하게 용솟음치는 감정을 그대로 받아들이긴 어려웠지만 그 멜로디에 완전히 사로잡혔다. 사라유의 노래를 들을 수만 있다면 평생 설거지만 한다고 해도 신바람이 날 것 같았다.

설거지는 십여 분 후에 끝났다. 예수가 사라유의 뺨에 입맞춤하자 그녀는 모퉁이를 돌아 사라졌다. 예수가 고개를 돌리며 맥에게 미소를 지었다.

"선착장에 별 보러 가요."

"다른 이들은 어떻게 하죠?"

맥이 물었다.

"나는 여기 있어요. 나는 항상 여기 있죠."

예수의 대답이었다.

맥이 고개를 끄덕였다. 하나님 존재에 대한 개념은 이해하기 어려웠지만 그의 이성을 넘어 마음속으로 꾸준히 뚫고 들어왔다. 그는 그냥 이 상태로 놔두기로 했다.

"얼른 가요. 당신이 별 보는 걸 아주 좋아한다는 건 이미 알고 있으니까요. 기대되지 않아요?"

예수가 맥의 생각을 끊으며 물어보았다. 예수는 설렘과 기대로 넘치는 어린아이 같았다.

"예, 가고 싶네요."

맥은 예수의 질문에 대답하다가 그 불행한 야영 때 아이들과 별을 본 것이 마지막이었다는 것을 깨달았다. 조금씩 위험을 감수해볼 때가 온 것인지도 몰랐다.

그는 예수를 따라 뒷문으로 나갔다. 점점 빛이 바래가는 석양 속에서 바위가 많은 호숫가가 보였다. 수풀이 무성했었다는 기억과는 달리 조경이 잘되어 있었고, 그림처럼 완벽한 곳이었다. 근처에는 마치 콧노래를 부르듯 샛강이 졸졸 흐르고 있었다. 호수 쪽으로 15미터 정도 선착장이 뻗어 있었고, 선착장 길을 따라 카누 세 대가 일정한 간격으로 묶여 있는 것이 어스름한 빛에 간신히 드러나 보였다. 밤은 빠르게 찾아왔고, 멀리 어둑어둑한 곳에서 귀뚜라미와 개구리가 시끄럽게 울어대고 있었다. 예수가 그의 팔을 잡고 이끌어주는 사이에 그의 눈은 어둠에 적응되었다. 그는 달도 없는 캄캄한 밤하늘에 하나씩 나타나는 별들을 경이롭게 바라보았다.

그들은 선착장의 4분의 3 정도를 들어가서 바닥에 누워 하늘을 올려다보았다. 선착장 바닥이 약간 들려 있어서 하늘이 더욱 가까이 보였다. 맥은 수많은 별들이 선명하게 빛나는 광경을 보고 있자니 황홀할 지경이었다. 잠시 눈을 감고 있으면 황혼의 잔영이 사라지고 밤에 익숙해질 것이라고 예수가 말했다. 맥이 그의 말대로 눈을 감았다가 다시 떴더니 하늘의 웅장한 장관에 현기증이 날 지경이었다. 자신은 우주 속으로 빨려들고 있고, 별들이 그를 껴안으려고 전력 질주하고 있다는 느낌마저 들었다. 그는 손만 뻗으면 검은 벨벳 같은 하늘에서 다이아몬드라도 딸 수 있을 것 같아 자기도 모르게 두 손을 높이 쳐들었다.

"아!"

그가 나지막이 감탄했다.

"굉장해요. 아무리 봐도 질리지 않아요."

옆에 나란히 누워 있던 예수가 어둠 속에서 속삭였다.

"당신이 창조한 것인데도요?"

맥이 물었다.

"나는 말씀이 육신이 되기 전에, 말씀을 통해 창조했어요. 내가 창조하긴 했어도 지금 나는 한 인간의 눈으로 바라보고 있어요. 정말 대단한 경관이에요!"

"맞아요."

맥은 자신의 느낌을 뭐라 표현해야 할지 몰랐지만, 침묵 가운데 천상의 아름다움을 올려다보면서 이 역시 거룩하다는 것을 깨달았다. 경외심에 사로잡혀 하늘을 바라보는 동안, 유성들이 가끔씩 검은 하늘을 가로질러 짧은 길을 만들면서 타올랐다. 그때마다 예수나 맥이 외쳤다.

"봤어요? 끝내주는데요!"

오랜 침묵이 흐른 후에 맥이 말했다.

"당신 옆에 있으면 더욱 편안해져요. 당신은 다른 이들과는 다른 것 같아요."

"다르다니, 무슨 뜻이죠?"

어둠 속에서 예수의 부드러운 목소리가 들렸다. 맥은 그의 질문을 곰곰이 생각해보았다.

"음, 더욱 실제적이거나 만질 수 있다는 뜻일까요? 나도 잘 모르겠어요."

그가 적당한 단어를 생각해내느라 고민하는 동안 예수는 아무 말 없이 기다려주었다.

"당신을 항상 알아왔던 것 같아요. 파파는 내가 예상했던 것과 전혀 다르고 사라유는 정말 하나도 모르겠어요."

어둠 속에서 예수가 웃었다.

"아무래도 내가 인간이니까 우선 공통점이 많겠죠."

"아직도 이해가 되지 않는 게……."

"어느 인간이라도 파파나 사라유와 관계를 맺고 싶다면 나를 통하는 것이 최고의 방법이죠. 나를 보는 것이 바로 그들을 보는 것이니까요. 당신이 나에게서 느끼는 사랑은, 그들이 당신을 사랑하는 방식과 다르지 않아요. 당신은 무척 다르다고 여기겠지만 파파와 사라유도 나만큼 실제적이죠."

"사라유에 대해 궁금한 게 있는데, 사라유는 성령인가요?"

"그래요. 창조력이고 행동이며 생명의 숨이죠. 사라유는 그 이상이기도 해요. 바로 나의 영이죠."

"사라유라는 이름은요?"

"우리 인간의 한 언어에서 따온 단순한 이름이죠. '바람', 실제로 평범한 바람을 뜻해요. 사라유는 그 이름을 아주 좋아해요."

"흠. 그녀는 전혀 평범하지 않은데요!"

"그건 사실이에요."

예수가 대꾸했다.

"또 파파가 언급했던 엘로, 아니 엘……."

"엘루시아죠."

어둠 속에서 존경을 담은 목소리가 들려왔다.

"훌륭한 이름이죠. 엘은 창조주 하나님으로서 나의 이름이고, 우시아는 '존재'나 '진실로 실제적인 것'이라는 뜻이에요. 진정으로 실재하며 모든 존재의 근거가 되시는 창조주 하나님이라는 뜻을 지닌 아름다운 이름이죠."

맥은 예수의 말을 조용히 생각하다가 다시 물었다.

"그러면 우리는 어떻게 되는 거죠?"

마치 전 인류를 대신해서 질문하는 기분이 들었다.

"당신이 언제나 있기 원했던 바로 그곳에 있는 거죠. 우리 사랑과 목적의 바로 한가운데 말이에요."

다시 침묵이 흐른 후에 그가 대꾸했다.

"그런 거라면, 꽤 괜찮은 것 같은데요."

예수가 웃었다.

"그 말을 들으니 기쁜데요."

둘 다 크게 웃다가 입을 다물었다. 정적이 장막처럼 그들을 감쌌고, 선착장에 부딪치는 물소리만 들렸다. 마침내 맥이 침묵을 깨트리고 물었다.

"예수님?"

"네?"

"당신에 대해 한 가지 놀란 점이 있어요."

"그래요? 그게 뭐죠?"

"난 당신이 좀 더……."

그는 신중하게 말해야겠다고 스스로 다짐했다.

"음, 좀 더 인간적으로 멋있을 줄 알았어요."

예수가 웃었다.

"인간적으로 멋있다고요? 잘생겼다는 뜻이겠군요."

그도 함께 따라 웃었다.

"아, 그 말은 피하고 싶었지만, 맞아요. 당신을 체격도 좋고 외모도 출중한 이상적인 인간이라고 생각했던 것 같아요."

"코가 문제군요?"

그가 대답을 못하고 쩔쩔매자 예수가 크게 웃었다.

"알겠지만 나는 유대인이에요. 외할아버지가 코가 컸어요. 사실 어머니 쪽 남자들은 대부분 코가 커요."

"당신이 더 잘생겼을 거라고 생각했을 뿐이에요."

"무슨 기준으로 잘생겼다는 건가요? 일단 나를 알게 되면 그런 건 중요하지 않을 텐데요."

예수의 말투는 친절했지만 그 내용은 따끔했다. 정확히 무엇을 따끔하게 했을까? 맥은 아무 대꾸도 하지 않고 가만히 누워 있다가 자신이 예수님을 안다고 생각했지만 실은 잘 모를 수도 있겠다고 생각했다. 성상(聖像)이나 이상, 이미지를 통해 영성을 이해하려 했을 뿐, 실제적인 인간으로서는 잘 모르고 있었다.

맥은 잠시 후에 다시 질문을 던졌다.

"왜죠? 당신을 알게 되면 당신의 모습이 어떤지는 중요하지 않다는 당신의 이야기는……."

"실은 아주 간단한 문제에요. 존재는 겉모습에 불과한 외모를 항상 초월하죠. 자신의 편견에 따라 아주 예쁘다거나 못생겼다고 결정되는 얼굴 뒤에 있는 존재를 알고 나면, 표면적인 생김새는 점차 빛이 바래다가 결국은 전혀 중요하지 않게 되죠. 그래서 엘루시아라는 이름이 그토록 훌륭해지는 거예요. 모든 존재의 근원인 하나님은 모든 것 안에서, 그 모든 것을 둘러싸고 또한 그 모든 것을 통과하면서 궁극적인 실재로서 나타나지요. 그 실재를 가리는 겉모습은 전부 떨어져나가고요."

맥은 아무 말 없이 끙끙대며 예수의 말을 곱씹어보았다. 잠시 후에 그는 노력하길 포기하고 더 위험한 질문을 해보기로 했다.

"당신이 말하길, 내가 당신을 잘 모르는 것 같다고 했죠. 우리가 언제나 이런 식으로 이야기할 수 있다면 훨씬 좋을 텐데요."

"맥, 이런 만남은 아주 특별한 거예요. 당신은 몹시 헤매고 있었고, 우리는 당신이 그 고통에서 헤어 나오게 도와주고 싶었어요. 하지만 내가 보이지 않는다고 해서 우리 관계가 이만큼 실제적이지 못하다고 생각하지 말아요. 똑같진 않더라도 훨씬 더 실제적일 수 있어요."

“어떻게요?”

“처음부터 내 목적은 내가 당신 안에서 살고 당신이 내 안에서 사는 거였으니까요.”

“잠깐, 잠깐만요. 어떻게 그런 일이 가능하죠? 당신이 완전한 인간이라면 어떻게 내 안에 있을 수 있어요?”

“놀라운 일 아닌가요? 그게 바로 파파의 기적이죠. 사라유이자, 곧 나의 영이고 하나님의 영이 가진 힘이에요. 그녀는 오래전에 잃어버린 것을 결합하고 복구하는 힘을 지니고 있어요. 그리고 나는, 매 순간 철저하게 인간으로 살기로 선택하지요. 나는 완전히 하나님이면서 속속들이 인간이에요. 좀 전에 말한 대로 파파의 기적이죠.”

맥은 어둠 속에서 그의 말을 경청했다.

“추상적이거나 신학적인 것이 아니라 실제로 안에 거하는 것에 대해 말하는 거죠?”

“맞아요.”

예수의 목소리는 강하고 확신에 차 있었다.

“모든 게 바로 그것에 대한 거예요. 구체적이고 물질적인 천지창조를 통해 만들어진 인간 안에 다시 한 번 영적인 생명, 즉 나의 생명이 가득 있어요. 매우 실질적이고 역동적이며 행동적인 결합이 요구되는 일이죠.”

맥이 작은 목소리로 말했다.

"믿을 수 없어요. 전혀 상상도 못했어요. 이 문제에 대해 더 생각해봐야겠어요. 질문거리가 더 많이 생길지도 몰라요."

예수가 씩 웃었다.

"평생 동안 함께 알아가면 돼요. 지금은 이 정도로 충분해요. 다시 한 번 별이 빛나는 밤으로 빠져봐요."

다시 찾아온 정적 속에 조용히 누운 맥은 방대한 우주와 사방에 펼쳐진 별빛에 한없이 작아진 기분이 들었다. 별빛이 그의 의식을 사로잡았다. 이 모두가 자신에 대한 것이고 인류에 대한 것이며 결국 우리를 위한 것이라는 생각이 들었다. 한참 후에 예수가 침묵을 깨트렸다.

"이 광경은 아무리 봐도 지겹지 않아요. 그 모든 경이로움에 대해 어떤 형제는 '넘쳐나는 창조'라고 표현했죠. 지금 이 순간에도 기품과 열망과 아름다움이 넘쳐요."

맥은 예수님 옆에 누워 있는 이 상황이 얼마나 어처구니없는지 새삼 깨달으며 대꾸했다.

"그거 알아요? 당신은 너무나, 음, 말하자면 나는 전능하신 하나님 옆에 누워 있는 것인데 당신은 너무나……."

"인간적이라고요? 거기다가 못생겼고."

예수가 맥의 말을 가로채면서 낄낄대기 시작했다. 처음에는 간신히 웃음을 참더니 두어 번 쿡쿡대다가 이내 정신없이 웃어대기 시작했다. 전염력이 강한 그 웃음에 맥도 마음을 터놓고 함께 웃어댔다. 후련하게 웃어본 것도 참으로 오랜만이었다. 예수가 몸이 흔들릴 정도로 웃어대며 팔을 뻗어 맥을 껴안았다. 맥은 자신이 예전보다 깨끗해지고 생명력이 넘치며 좋아진 것 같다고 느끼면서도 '예전보다'가 도대체 언제인지는 기억도 나지 않았다.

결국 둘은 조용해졌고, 밤의 정적이 다시 찾아왔다. 개구리들조차 노래를 마친 모양이었다. 맥은 즐거워하며 웃은 것에 대해 죄책감이 들었고, 어둠 속에서 '거대한 슬픔'이 굴러들어와 자신을 덮치는 것이 느껴졌다.

"예수님, 완전 헤매고 있는 기분이에요."

그는 목이 메어 잘 나오지도 않는 목소리로 중얼댔다. 예수가 팔을 뻗어 그의 손을 꽉 잡아주었다.

"맥, 나도 알아요. 하지만 그건 사실이 아니에요. 난 당신과 함께 있고 길을 잃지 않았어요. 당신이 그런 기분이라니 안됐지만, 분명히 들어요. 당신은 길을 잃지 않았어요."

"당신 말이 맞기를 바랄게요."

그 말을 들으니 맥은 긴장이 완화되는 것 같았다. 예수가 일어나서 그를 향해 몸을 구부리며 말했다.

"내일은 당신에게 중요한 날이에요. 이제 자러 가요."

그가 맥의 어깨에 팔을 둘렀고, 둘은 오두막으로 되돌아갔다. 맥은 갑자기 피곤해졌다. 정말 긴 하루였다. 그는 자기가 현실

처럼 생생한 꿈을 꾸고 있는 것이며 내일이면 자기 집 침대에
서 일어날 것이라고 생각하면서도 한편으론 그러지 않기를 희
망했다.

8
챔피언들의 아침 식사

성장은 변화를 뜻하고 변화는 알려진 곳에서
미지의 곳으로 걸음을 옮기는 위험을 수반한다.

— 작자 미상

맥이 자기 방에 들어가 보니 자동차에 놔두었던 옷가지가 서랍장 위에 개켜 있거나 문 없는 벽장에 걸려 있었다. 재미있게도 침대 옆 탁자에는 기드온 성경(호텔 등에 무료로 배급되는 성경 – 옮긴이)까지 놓여 있었다. 그는 바깥의 밤공기가 실컷 들어오도록 창문을 활짝 열었다. 집에서라면 스멀스멀 기어다니는 벌레나 거미를 무서워하는 아내 때문에 엄두도 못 낼 일이었다. 그는 두툼한 오리털 이불 속에 어린애처럼 편안히 누워 성경 두어 구절을 읽었다. 어느샌가 그의 손에서 성경이 떠나고 불이 꺼지더니 누군가가 그의 뺨에 입맞춤했다. 그는 사뿐히 땅 위를 떠서 날아다니는 꿈을 꾸었다.

꿈속에서 날아본 적이 없는 사람은 날 수 있다고 믿는 사람들을 제정신이 아니라고 하면서도 아마 남몰래 시기했을 것이다. 그는 '거대한 슬픔'이 찾아온 지난 몇 년 동안 날아다니는 꿈을 꾼 적이 없었다. 하지만 오늘 밤 그는 맑고 서늘하고 편안한 대기와 별이 빛나는 밤 위로 높이 날아올랐다. 호수와 강 위로 솟아올랐고, 대양의 연안과 산호초로 둘러싸인 작은 섬을 가로지르며 날았다.

좀 이상한 이야기이긴 해도 그는 날아다니는 법을 꿈속에서 배웠다. 날개도, 항공기의 도움도 없이 혼자 힘으로 땅 위로 올라가는 법을 배운 것이다. 처음 날았을 때는 두려움 때문에, 좀 더 정확히는 떨어질까 두려워서 몇 센티미터밖에 날지 못했다. 50센티미터, 1미터 위로 올라가다가 더 높이 날게 되자 자신감이 붙었고, 땅에 부딪혀도 전혀 아프지 않고 살짝 팅기는 정도라는 것도 알게 됐다. 얼마 후에는 구름 속으로 올라갔고, 광대한 거리를 날아서 부드럽게 착지하는 법까지 배웠다.

그는 자유롭게 울퉁불퉁한 산을 지나고 수정처럼 새하얀 바닷가 위로 올라가면서, 그동안 잊고 있었던 꿈속 비행의 경이로움에 흠뻑 빠졌다. 바로 그때 무언가가 그의 발목을 잡고 하늘 밖으로 끌어냈다. 그는 순식간에 높은 곳에서 깊이 파인 흙투성이 도로를 향해 얼굴부터 내동댕이쳐졌다. 천둥소리에 땅이 울리고 급작스러운 비가 그를 뼛속까지 적셨다. "아빠"하며 소리 없는 비명을 지르다가 몸을 돌려 어둠 속으로 달려가는 딸아이의 얼굴과 빨간 드레스가 번개에 번쩍 비쳤다가 곧 사라졌다. 그는 진흙과 빗물에서 빠져나가려고 발버둥쳤으나 더욱더 깊이 빨려 들어갈 뿐이었다. 그는 땅속으로 묻혀 들어가려는 순간 숨을 몰아쉬며 깨어났다.

가슴이 벌렁대고 악몽의 이미지가 머리를 맴돌았다. 그는 몇 분 후에야 꿈이었다는 것을 알았다. 의식에서는 악몽이 걷혔지만 흥분된 감정은 그대로 남아 있었다. 꿈은 '거대한 슬픔'을 자극했고, 그는 오랜 세월 동안 자신을 삼켜온 절망과 다시 한 번 사투를 벌이다가 간신히 침대에서 빠져나왔다.

그는 얼굴을 찡그리며, 블라인드 틈새로 들어온 새벽의 어스름한 빛이 내려앉은 방 안을 둘러보았다. 낯선 느낌이 드는 것으로 보아 분명 그의 침실은 아니었다. 여기가 어디지? 맥, 생각해봐, 생각해! 마침내 기억이 떠올랐다. 그는 그 흥미로운 세 인물, 다들 하나님이라고 생각하는 이들과 함께 아직도 오두막에 머물러 있는 것이다.

"사실일 리가 없잖아."

맥은 침대 아래로 발을 내린 채 침대 가장자리에 앉아 손으로 머리를 감싸며 중얼댔다. 전날 밤 일이 떠오르고 점점 미쳐가는 게 아닌가 하는 생각에 문득 두려워졌다. 그는 원래 스킨십을 즐기는 사람이 아니었기에 파파라는 사람은 그를 늘 긴장하게 만들었다. 사라유에 대해서는 도저히 이해할 수 없었다. 그중에서는 가장 하나님 같지 않은 예수가 제일 맘에 들었다.

그는 무겁게 한숨을 내쉬었다. 하나님이 실제로 여기 계시다면 왜 그의 악몽을 거둬가지 않으셨을까?

그는 괜히 고민만 해봤자 소용이 없다고 여기고 화장실로 갔다. 샤워에 필요한 용품이 전부 갖춰져 있는 것을 보자 기분이 좋아졌다. 그는 천천히 시간을 들여 따뜻한 물에 몸을 씻고 면도를 한 다음, 침실로 돌아가서 옷을 갈아입었다.

매혹적이고 강한 커피 향이 올라오는 곳을 따라 시선을 옮겼더니, 문가의 작은 탁자 위에 뜨거운 김이 모락모락 오르는 커피잔이 놓여 있었다. 그는 커피를 한 모금 마시고 나서 블라인드를 열고 창문 너머 호수를 내다보았다. 전날 밤에는 그림자로만 힐끗 보았던 바로 그 호수였다.

호수는 유리알처럼 매끄럽고 완벽했다. 송어가 아침 먹잇감을 쫓아 튀어오를 때마다 작은 물결들이 원을 그리며 깊고 푸른 수면 위로 퍼져 나가다가 천천히 더 넓은 수면을 향해 사라졌다. 호수의 직경은 1킬로미터가 채 못 되는 것 같았다. 이른 아침의 이슬은 태양의 사랑을 반사하는 다이아몬드 모양의 눈물이 되어 사방에서 반짝였다.

선착장에 일정한 간격으로 정박된 카누 세 척이 그를 부르는 것 같았지만 맥은 어깨를 으쓱하며 무시했다. 카누는 더 이상 그에게 즐거움을 주지 못했다. 안 좋은 기억이 너무 많았다.

선착장을 보니 전날 밤이 생각났다. 우주를 만든 이와 함께 정말로 그곳에 누워 있었던 것일까? 맥은 정신이 멍해져서 고개를 저었다. 도대체 여기에서 무슨 일이 벌어지고 있는 거지? 그들은 누구이며, 자신에게서 무엇을 원하는 것일까? 무엇을 원하건 자신에게 줄 수 있는 것이 하나도 없는데.

계란과 베이컨에 다른 냄새까지 섞여 들어와 그의 생각을 방해했다. 이제는 방에서 나가봐야 할 것 같았다. 거실로 들어가자 귀에 익은 브루스 코번의 음악이 부엌 쪽에서 흘러나왔고, 흑인 여성의 목소리가 높은 음정으로 꽤 근사하게 따라 부르는 소리가 들려왔다.

"태양에 불 지르는 사랑이여, 나를 계속 타게 해줘요."

파파가 팬케이크와 감자튀김, 갖은 녹색 채소가 가득 담긴 접시들을 두 손 가득 들고 왔다. 길게 흘러내리는 아프리카풍의 옷을 입고 알록달록한 머리띠를 두른 그녀에게서 반짝반짝 빛이 나는 것 같았다.

"저 아이의 노래가 정말 좋아요! 내가 특히 브루스를 좋아하는 건 당신도 알죠?"

식탁에 막 앉은 맥을 바라보며 그녀가 말했다. 그는 고개를 끄덕였고, 불현듯 식욕이 일어나는 것을 느꼈다.

"당신도 그 사람을 좋아한다는 거 알아요."

그녀가 말하자 맥이 미소를 지었다. 사실이었다. 코번은 지난 몇 년간 가족 모두에게 최고의 인기를 누리고 있었다. 무엇보다 그가 좋아했고, 그 다음으론 아내도 좋아했다. 아이들도 정도의 차이는 있지만 다들 좋아하게 되었다.

파파가 분주하게 뭔가 일을 하며 물었다.

"어젯밤 꿈은 어땠어요? 꿈은 때때로 중요하죠. 창문을 열고 나쁜 공기를 내보내는 방법이 될 수 있으니까요."

맥은 그녀의 질문이 두려움을 향해 나 있는 문을 열어달라는 요청이라는 것을 알아차렸지만 아직은 파파와 함께 그 구멍 속으로 들어갈 준비가 되어 있지 않았다.

"잘 잤어요. 감사합니다."

그는 이렇게만 대꾸하고 얼른 화제를 바꾸었다.

"당신이 제일 좋아하는 사람인가요? 브루스 말이에요."

파파가 하던 일을 멈추고 그를 바라보았다.

"매켄지, 내가 제일 좋아하는 사람은 없어요. 그를 특히 좋아할 뿐이죠."

"당신이 특히 좋아하는 사람들이 많아 보이는데요. 당신이 특히 좋아하지 않는 사람도 있나요?"

그는 의혹이 가득한 시선으로 그녀를 바라보며 말했다. 파파는 지금까지 창조된 모든 존재의 목록을 머릿속으로 떠올려보기라도 하는 듯 고개를 들고 눈동자를 굴렸다.

"아뇨. 아무도 못 찾겠는데요. 그것이 나의 존재 방식인가봐요."

그가 흥미를 느끼며 물었다.

"그중 누구에게라도 화를 낸 적이 있나요?"

"그럼요! 어느 부모라고 그렇지 않겠어요? 내 아이들이 만든 혼란, 또 그들이 처한 혼란에 대해 화낼 것이 많았죠. 그들의 선택 중에서 많은 것들이 마음에 들지 않았어요. 하지만 나에게

화란 또 다른 사랑의 표현이죠. 나는 나를 화나게 하는 사람이
나 그렇지 않은 사람이나 똑같이 사랑한답니다."

"하지만,"

맥이 잠시 말을 멈추었다가 다시 이었다.

"당신의 분노는 어떤가요? 당신이 전능자인 척하려면 훨씬
더 많이 화를 낼 필요가 있지 않나요?"

"지금 내가 그런가요?"

"내 생각은 그래요. 성경에서 당신은 언제나 여기저기 돌아
다니며 사람들을 죽이지 않았나요? 뭔가 앞뒤가 맞지 않는 것
같은데요."

"맥, 이런 상황이 당신을 얼마나 헷갈리게 하는지 이해하지
만 여기서 어떤 척을 하고 있는 사람은 당신뿐이에요. 나는 있
는 그대로의 나이고, 누구의 입맛에도 맞추려 하지 않아요."

"당신은 자신이 하나님이라는 것을 나보고 믿으라고 하지만
난 단지……."

맥은 어떤 식으로 말을 끝내야 할지 몰라 그냥 입을 다물어
버렸다.

"나는 당신에게 뭔가를 믿으라곤 하진 않겠어요. 당신이 만
들어놓은 개념에 끼워 맞추려는 대신, 있는 그대로 받아들이는
것이 오늘 하루를 훨씬 즐겁게 만들 거라고만 말하겠어요."

"당신이 하나님이라면, 진노의 큰 대접을 쏟고 사람들을 유

황불로 던지는 그분 아닌가요?"

맥의 마음속 깊은 곳에서 새삼 분노가 치밀었다. 자신이 자제력을 잃고 이런 질문을 했다는 데 약간 후회가 되었으나 또다시 질문을 던졌다.

"솔직히 말해서 당신을 실망시키는 자들을 벌주는 게 즐겁지 않나요?"

그의 질문에 파파는 식사 준비하던 것을 멈추고 맥을 향해 고개를 돌렸다. 그녀의 눈에 깊은 슬픔이 어려 있었다.

"매켄지, 당신이 생각하는 나와 실제 나는 같지 않아요. 사람들이 죄를 지었다고 해서 내가 벌할 필요는 없어요. 죄는 그 자체가 벌이기 때문에 안에서부터 당신을 집어삼키죠. 내 목적은 죄를 벌하는 것이 아니에요. 오히려 그걸 치유하는 것이 나의 기쁨이죠."

"이해할 수 없어요……."

"그래요. 이해할 수 없겠죠."

파파는 미소를 지으며 말했지만, 거기엔 슬픔이 배어 있었다.

"그렇지만 우리 이야기는 아직 끝나지 않았어요."

그때 예수와 사라유가 대화에 정신이 팔린 채 웃으면서 뒷문으로 들어왔다. 예수는 전날과 거의 비슷하게 청바지에다 그의 진갈색 눈을 돋보이게 하는 단추가 달린 밝은 파란색의 셔츠를 입고 있었다. 사라유가 입은 레이스가 많고 섬세한 옷은 작은 산들바람이나 말 한마디에도 살랑살랑 흔들렸다. 그녀가 움직일 때마다 무지개무늬가 아롱거리며 모양을 바꾸었다. '그녀가 과연 완전히 움직임을 멈출 때가 있을까?' 아마 그런 일은 없을 것이다.

파파가 몸을 기대더니 맥과 눈높이를 맞추며 말했다.

"당신의 중요한 질문을 함께 해결해 나가기로 약속할게요. 우선은 아침부터 먹기로 해요."

맥이 고개를 끄덕였다. 다시 먹을 것에 관심이 쏠린다는 게 약간 당황스러웠으나 어쨌든 무척 배가 고팠고 먹을 것이 많았다.

"아침 잘 먹겠습니다."

예수와 사라유가 의자에 앉을 때 맥이 파파에게 말했다.

"이럴 수가? 고개를 숙이지도 않고, 눈을 감지도 않을 건가요?"

파파가 놀라는 척하며 말했다.

그녀는 부엌으로 걸어가면서 중얼댔다.

"쯧쯧. 세상이 어떻게 돌아가는지. 어쨌든 맛있게 들어요."

그녀가 어깨를 들썩이며 부엌으로 들어갔다가 잠시 후에 김이 모락모락 피어오르고 맛있는 냄새가 진동하는 그릇을 들고 돌아왔다.

그들은 음식을 서로 나누어주었다. 그리고 맥은 예수와 사라유의 대화에 파파가 동참하고 있는 모습을 마법에 걸린 듯이 지켜보았다. 대화는 사이가 틀어진 가족을 화해시키는 문제에 관한 것이었다. 그러나 그는 대화의 주제보다는 그들이 말하는 방식에 더욱 사로잡혔다. 그렇게 단순하고 아름답게 세 사람이 지내는 모습을 본 적이 없었다. 그들은 자신보다 상대방에 대해 더 잘 아는 것 같았다.

"맥, 당신은 어떻게 생각해요?"

예수가 그에게 손짓을 하며 묻자 맛나는 녹색 채소를 먹고 있던 맥이 대답했다.

"당신들이 무슨 이야기를 하고 있는지 전혀 모르는데요. 그래도 이야기하는 방식은 무척 맘에 들어요."

파파가 부엌에서 또 다른 요리를 갖고 오면서 말했다.

"이 녹색 채소를 조심해요, 젊은 양반. 조심하지 않았다가는 설사할지도 몰라요."

"알겠습니다. 기억할게요."

맥이 그녀의 손에 들린 접시에 손을 뻗으며 대답했다. 그러고는 예수에게 몸을 돌리며 덧붙였다.

"당신들이 서로를 대하는 방법이 맘에 들어요. 정녕 하나님이 그러리라고는 예상도 못했어요."

"무슨 뜻인가요?"

"음, 나는 당신이 하나이자 전부이며 셋이라는 건 알아요. 그런데 당신들은 서로 너무나 상냥하게 대하죠. 당신 중 하나가 다른 둘보다 지위가 더 높지 않나요?"

셋은 그런 질문은 생각도 못 해봤다는 듯이 서로를 바라보았다. 맥이 서둘러 말을 이었다.

"그동안 나는 하나님 아버지가 대장이고 예수는 명령을 따르는 자, 다시 말해서 복종하는 사람이라고 생각했어요. 성령은 그 위치가 정확히 어디쯤인지 잘 모르겠어요. 그는…… 아니…… 그녀는……."

맥은 적당한 표현을 쥐어짜내는 동안 되도록 사라유를 보지 않으려고 했다.

"음, 어쨌거나 영은 언제나 일종의…… 그러니까……."

"자유로운 영이라고요?"

파파가 적당한 표현을 제시했다.

"맞아요. 자유로운 영이긴 한데 여전히 아버지의 지시를 받고 있는 거죠. 제 말이 이해되셨나요?"

매우 진지한 표정을 지어보려고 노력하며 예수가 파파에게 말했다.

"파파는 이해할 수 있어요? 솔직히 말해서 이 사람이 무슨 말을 하는지 전혀 모르겠는데요."

파파도 힘들게 집중하는 척하며 얼굴을 찡그렸다.

"아니. 나도 이해해보려고 했는데, 이 사람의 말은 혼란스럽기만 해."

맥이 약간 짜증이 나서 말했다.

"내가 무슨 말을 하고 있는지 당신들은 알고 있잖아요. 그러니까 누가 책임자인가 하는 문제죠. 당신들에겐 명령 체계의 사슬 같은 것이 없나요?"

"명령 체계의 사슬이라고요? 소름끼치는데요!"

예수의 말에 예수와 파파가 함께 웃기 시작했다.

"그래도 우리를 같이 묶어주긴 했네요."

파파가 이렇게 덧붙이며 웃다가 맥을 바라보며 노래를 불렀다.

"사슬은 아무리 황금일지라도 사슬이죠."

그때 사라유가 손을 뻗어 맥을 진정시키고 위로해주었다.

"이 둘에 대해서는 신경 쓰지 말아요. 당신을 놀리고 있으니까요. 사실 이 문제는 우리에게도 흥미로운 주제죠."

맥이 고개를 끄덕였다. 또다시 침착성을 잃었다는 것이 후회됐다.

"매켄지, 우리는 우리 가운데 누가 최종 권위자인가 하는 개념은 없고 통일성만 갖고 있어요. 우리는 관계의 원이지 명령 계통이나 당신 조상들이 말하던 '존재의 대사슬'(고대 그리스에서 르네상스 및 17, 18세기의 여러 철학사상에 큰 영향을 미친 서양의 우주관 - 옮긴이) 같은 게 아니랍니다. 여기에서 당신은 어떤 힘도 다른 힘 위에 군림하지 않은 관계를 보고 있어요. 우리는 언제나 최선을 추구하기 때문에 다른 이들에게 군림할 필요가 없어요. 그러니 우리 사이에 서열이란 아무런 의미도 없죠. 사실 이건 당신들의 문제이지 우리 문제가 아니에요."

"정말인가요? 어떻게요?"

"인간들은 너무나 헤매고 상처도 많이 받았기 때문에 자신들이 책임자 없이 함께 일하거나 사는 것이 가능하다는 걸 거의 이해하지 못하죠."

"정치나 사업, 심지어 결혼 등 생각나는 인간의 모든 제도가 계급에 의해 지배되고 있어요. 우리 사회는 바로 이런 그물망으로 짜여 있는걸요."

맥이 단언했다. 파파가 빈 접시를 집어서 "그런 식으로 낭비를 하고 있다니!"라고 중얼대며 부엌으로 갔다. 예수가 덧붙였다.

"그래서 당신들이 진정한 관계를 경험하기가 힘든 거죠. 일단 서열이 정해지면 법과 규칙을 지켜야 하고 결국에는 일종의 명령 체계의 사슬이나 질서 체계가 되어버리기 때문에 관계가 증진되기보다 파괴되는 거예요. 당신은 권력과 분리된 관계를 경험하거나 보지 못해요. 위계질서 때문에 법과 규칙이 강요되면 마침내 당신은 우리가 당신을 위해 계획했던 경이로운 관계를 잃고 말 거예요."

맥이 의자에 등을 기대며 냉소적으로 말했다.

"음, 우리가 꽤 적응을 잘한 것 같은데요."

사라유가 얼른 그의 말을 받아쳤다.

"의도적으로 적응한 것과 현실에 유혹당한 것을 혼동하지 말아요."

"거기, 녹색 채소 좀 더 주시겠어요? 그러니까 우리가 권위에 몰두하도록 유혹당했다는 건가요?"

"어떤 의미에서는 그렇죠!"

파파는 녹색 채소가 담긴 접시를 내밀면서도 맥이 접시를 두 번이나 끌어당긴 후에야 "아무래도 당신이 걱정돼요"라고 말하며 접시를 넘겨주었다. 사라유가 말을 이었다.

"당신들이 관계를 버리고 독립을 택하면서 서로 위험한 존재가 되었죠. 다른 사람들은 당신의 행복을 위해 조종하거나 복종시켜야 할 존재가 되는 거예요. 당신들이 생각하는 권위란, 강한 자들이 다른 사람들을 자신이 원하는 대로 조종하기 위한 변명에 불과하죠."

"사람들이 끝없이 싸우고 다치는 것을 막는 데 권위가 도움이 될 때도 있지 않나요?"

"그럴 때도 있지만, 이기적인 세계에서 권위는 막대한 해를 끼치는 데도 사용되죠."

"당신은 악을 억제하려고 권위를 사용하지 않나요?"

"우리는 당신의 선택을 면밀히 존중해요. 그래서 우리는 당신을 자유롭게 해주려 하면서도 당신의 체계 안에서 일하죠.

세상은 우리가 바랐던 것과 영 딴판으로 치달아왔어요. 당신의 세계에서 개개인의 가치는 체계의 생존에 따라 가늠되죠. 정치, 경제, 사회, 종교 할 것 없이 체계의 이익과 유지를 위한다면서 처음에는 한 사람을, 다음에는 몇 사람이, 마지막에는 많은 사람들이 쉽게 희생시키죠. 이러한 가치는 형태를 달리 해서 모든 권력 투쟁과 편견, 전쟁, 그리고 관계 속에 내재되어 있어요. '권력과 독립성에의 의지'(독일 철학자 니체의 개념 - 옮긴이)가 만연하게 되면서 이제는 정상적인 것으로 여겨지게 되었어요."

"안 그런가요?"

파파가 음식을 더 갖고 돌아오며 덧붙였다.

"그것이 바로 인간의 패러다임이죠. 물고기에게 물과 같이, 너무 널리 퍼진 나머지 알아차리는 사람도, 의문을 품는 사람도 없어요. 당신은 그 존재에 대해 전혀 모르는 채 무력하게 잡혀 있어요. 악마의 계획이고 체계의 망이죠."

예수가 말을 이어갔다.

"창조의 최고 영광으로서 당신은 우리 형상대로 만들어졌고, 어떤 체계에도 구애받지 않으면서 나나 다른 사람들과의 관계에서 자유로이 '존재'할 수 있었어요. 당신들이 진정 서로에게 관심 갖는 법을 배웠다면, 위계질서가 필요하지 않겠죠."

맥은 그 함축된 의미에 휘청거릴 것 같아 의자에 등을 기댔다.

"다시 말해서 우리 인간들 스스로를 힘으로 보호할 때마다……."

"당신들은 우리가 아니라 체계의 망에 항복하는 거죠."

예수가 그의 말을 대신 끝내주었다. 사라유가 대화에 끼어들었다.

"이제 우리는 완전히 한 바퀴를 돌아서 내가 처음 했던 말로 돌아왔어요. 인간들은 너무 헤매고 상처도 많이 입은 나머지 위계질서 없이도 관계를 맺을 수 있다고는 깨닫지 못해요. 그래서 당신처럼 하나님도 위계질서 안에서 관계를 맺을 거라고 생각하는 거죠. 하지만 우리는 그렇지 않아요."

"어떻게 바꿀 수 있죠? 사람들이 우릴 이용하려 할 텐데요."

"대개는 그러겠죠. 그런데 다른 사람들과 하라는 게 아니라 우리와 함께 하자는 거예요. 바로 여기에서만 시작될 수 있어요. 우리는 당신을 이용하지 않아요."

파파의 집중된 목소리에 그는 더욱 정신을 모으고 경청했다.

"맥, 우리 안에 있는 사랑과 즐거움과 자유와 빛을 당신과 나누고 싶어요. 우리는 당신 인간들을 우리와 얼굴을 맞대고 우리 사랑에 함께하도록 창조했어요. 당신은 이해하기 어렵겠지만, 지금까지의 모든 일들은 정확히 이 목적에 따라 일어났죠. 선택이나 의지를 위반하지 않은 채로요."

"이 세상의 모든 고통, 수천 명의 목숨을 앗아간 전쟁과 재난을 두고 어떻게 그런 말을 할 수 있죠?"

맥의 목소리가 속삭이는 것처럼 조용해졌다.

"정신이상자가 어린 소녀를 죽인 것의 가치란 대체 뭔가요?"

그 문제, 그의 영혼을 태우고 괴롭혀온 바로 그 문제가 다시 찾아왔다.

"당신이 그 일을 벌이진 않았지만, 멈추게 하지도 않았죠."

그의 비난에도 전혀 화가 나지 않은 듯 파파가 부드럽게 말했다.

"매켄지, 고통과 아픔을 근절하는 대신 허용하는 데에는 수백만 가지의 이유가 있어요. 하지만 그 이유들 대부분은 오로지 각자의 이야기 안에서만 이해될 수 있죠. 나는 악이 아니에요. 당신들이야말로 관계 속에서 두려움과 고통, 권력, 권리를 쉽게 받아들이죠. 하지만 당신의 선택은 내 목적보다 강하지 못해요. 나는 당신의 모든 선택을 이용해서 궁극의 선을 이루고 가장 사랑스러운 결과를 얻겠어요."

사라유가 끼어들었다.

"망가진 인간들은 겉보기에 좋아 보이는 것을 추구하지만, 그런 것에선 만족도 자유도 얻을 수 없어요. 그들은 권력이나 권력이 제공하는 안정의 환각에 중독되어 있어요. 어떤 재난이 발생하면, 자신들이 신뢰하던 힘이 거짓이었다는 것을 알게 되겠죠. 그들은 실망한 나머지 내게 마음을 열거나 아니면 더욱 분명하게 나에게서 독립하겠죠. 이 모든 것이 어떤 식으로 끝나는지, 그리고 우리가 한 인간의 의지를 거스르지 않으면서도 무엇을 성취해내는지, 그것을 당신이 볼 수만 있다면 이해할 거예요. 언젠가는 그러겠죠."

"하지만 그 대가는요? 그 모든 고통과 괴로움은 너무 끔찍하고 불쾌해요."

그가 말을 멈추고 탁자를 내려다보았다.

"당신이 어떤 대가를 지불해야 했는지 한번 봐요. 과연 그럴 가치가 있었나요?"

"그럼요!"

셋 다 똑같이 즐겁게 대답했다.

"어떻게 그런 말을 할 수 있는 거죠? 결과가 수단을 정당화해도 좋고, 원하는 것을 얻으려면 수십억 인구의 목숨을 앗아가더라도 상관없다는 것처럼 들리는데요."

다시 파파의 목소리가 들렸다. 부드럽고 자상한 목소리였다.

"매켄지, 아직 제대로 이해하지 못한 것 같군요. 당신은 당신이 실제라고 생각하는 작고 불완전한 그림에 기초해서 당신이 사는 이 세계를 이해하려 하고 있어요. 상처와 고통, 자기중심, 권력으로 이루어진 작은 옹이구멍을 통해 퍼레이드를 엿보면서 자신은 혼자이고 보잘 것 없는 존재라고 생각하는 것과 같죠. 이 모든 것의 이면에는 강력한 거짓말이 숨어 있어요. 당신은 고통과 죽음을 궁극적인 악으로 여기고 있어요. 그리고 나를 궁극적인 배신자, 혹은 기껏해야 기본적으로 신뢰할 수 없는 존재라고 말하면서 내 행동을 심판하고 나를 단죄하고 있어요.

당신 인생의 근본적 결함은 나를 선하지 않다고 여기는 것이에요. 내가 선하다는 사실과 수단과 결과, 개인적인 삶의 모든 과정이 나의 선함으로 덮여 있다는 것을 깨닫는다면 당신은 내가 하는 일 전부를 이해하지는 못하더라도 신뢰할 수 있겠죠. 당신은 그러질 못해요."

"내가 못한다고요?"

맥이 질문했지만, 실은 그것은 질문이 아니라 사실을 진술한 것이었다. 다른 이들도 아는 눈치였고, 식탁은 조용해졌다.

사라유가 말했다.

"매켄지, 당신은 겸손을 '행하지' 못하는 것과 마찬가지로 신뢰를 만들어내지 못해요. 하거나 하지 않거나 둘 중 하나일 뿐이에요. 신뢰는 사랑받는다고 느끼는 관계 속에서 맺어지는 열매죠. 내가 당신을 사랑한다는 것을 당신은 모르고 있기 때문에 나를 신뢰하지 못하는 거예요."

다시 침묵이 흐른 후에 맥이 파파를 올려다보며 말했다.

"어떻게 바꿀 수 있는지 모르겠어요."

"당신 혼자서는 할 수 없어요. 하지만 우리가 함께 그 변화가 일어나도록 하겠어요. 지금은 당신이 나와 같이 있어주기만 하면 돼요. 그러면서 우리 관계가 행위의 문제, 혹은 당신이 나를 즐겁게 해주는 문제가 아니라는 것을 알아주길 바라요. 나는 골목대장도, 내 멋대로 하겠다고 우기는 자기중심적인 쩨쩨한 신도 아니죠. 나는 선하고, 당신을 위한 최선만을 바라요. 최선은 죄책감이나 비난, 강압이 아닌 오로지 사랑의 관계 속에서만 찾을 수 있어요. 나는 당신을 진심으로 사랑해요."

사라유가 식탁에서 일어나 맥을 정면으로 바라보았다.

"매켄지, 당신이 괜찮다면 내 정원 일을 도와주면 좋겠어요. 내일 축제 전에 오늘 해야 할 일이 있거든요. 거기 가서 관련된 이야기를 계속해요. 괜찮겠어요?"

"그럼요."

맥이 식탁에서 일어나며 말했다. 그러고는 몸을 돌리며 이렇게 덧붙였다.

"한마디만 할게요. 이 모든 것을 정당화할 최종 결과가 무엇일지 도무지 상상이 되지 않아요."

파파가 자리에서 일어나 식탁을 빙 돌아와서 그를 껴안았다.

"매켄지, 우리는 정당화하지 않아요. 구원해요."

9
오래전에 머나먼 정원에서

우리가 또 다른 에덴동산을 발견하더라도
우리는 그곳에서 완벽하게 즐기거나
영원히 머무는 데 익숙해질 수 없다.
- 헨리 반 다이크

맥은 젖 먹던 힘까지 다해서 사라유를 따라 뒷문으로 나가 전나무 숲을 통과했다. 사라유와 같은 존재의 뒤에서 걷는다는 것은 햇빛을 쫓아가는 것과 다름없었다. 빛이 그녀를 뚫고 퍼져나가면서 동시에 여러 장소에서 그녀의 존재를 반사하는 것 같았다. 그녀는 본성적으로 천상의 존재였고 역동적인 명암과 그림자, 색조와 움직임으로 가득했다. 맥은 이런 생각이 들었다.

'그녀와 연관되는 것에 대해 많은 사람들이 겁을 먹는 것도 놀라운 일이 아니야. 쉽게 예측될 수 있는 존재가 아닌 게 분명해.'

그는 길을 따라 걷는 것에만 집중하기로 했다. 나무숲을 돌자 1에이커(4,047㎡-옮긴이)를 밑도는 규모일 뿐인데도 웅장한 정원과 과수원이 나타났다. 그는 특별한 근거도 없으면서 왠지 잘 조경된 질서 정연한 영국식 정원을 보리라고 기대했었지만, 눈앞에 나타난 광경은 전혀 딴판이었다.

무엇보다 그곳엔 색채의 대혼란이 펼쳐져 있었다. 맥은 보란 듯이 확실성을 무시하고 있는 이 정원에서 뭐라도 질서를 찾아보려 했다. 그러나 마구 자라난 채소와 허브, 처음 보는 식물군들 사이로 군데군데 피어난 눈부신 꽃들은 혼란스럽고 놀라웠으며 믿을 수 없이 아름다울 뿐이었다.

"위에서 내려다보면 프랙털이죠."

사라유가 즐거운 기색으로 어깨 너머로 말했다.

"이게 뭐라고요?"

그가 얼빠진 사람처럼 물었다. 혼란스런 풍경, 그리고 색채와 그림자의 움직임을 이해하느라 제정신이 아니었던 것이다. 한 걸음을 옮길 때마다 방금 전에 봤다고 생각했던 패턴이 변했고 어느 것도 그전과 같은 것이 없었다.

"프랙털이요. 아무리 확대해봐도 반복된 패턴으로 이루어진, 단순하고 질서정연한 도형이죠. 프랙털은 거의 무한대로 복잡해요. 내가 워낙 프랙털을 좋아해서 사방에 퍼트렸답니다."

"내 눈에는 어수선해 보일 뿐인데요."

맥이 들릴락 말락 하게 중얼댔다. 사라유가 걸음을 멈추더니 영광스러운 표정으로 그를 향해 고개를 돌렸다.

"맥, 고마워요! 정말 좋은 칭찬이에요!"

그녀는 다시 한 번 정원을 둘러보더니, 맥을 향해 환하게 웃으며 말했다.

"정말 그래요, 어수선하죠. 그렇지만, 프랙털이기도 하죠."

사라유가 곧장 허브 앞으로 걸어가서 이파리 몇 개를 뽑더니 맥에게 고개를 돌리고 노래처럼 아름다운 목소리로 말했다.

"이것 받아요. 아침 식사 때 파파의 경고가 농담이 아니었다고요. 이 녹색 허브를 씹으면 당신이 아까 과식했던 음식의 자연적인 '이동'에 역반응할 거예요. 무슨 말인지 알죠?"

맥이 웃으면서 허브를 조심스럽게 씹기 시작했다.

"그래요, 그렇지만 아까 그 채소는 너무 맛있었다고요."

얼마 전부터 뱃속이 약간 부글거리기 시작한 데다가 이 녹색 우림에 발을 디딘 이후 정신이 어지러워진 것까지 더해져서 속이 말이 아니었다. 허브는 꽤 맛이 좋았고, 처음 맡는 어떤 향에 박하향이 섞여 있었다. 요동치던 뱃속은 사라유와 함께 걷는 동안 점차 진정되었고, 긴장됐던 마음도 차차 편해졌다.

말없이 사라유를 따라 정원을 다니려 했지만, 맥은 자주 여러 색채들에 정신이 팔렸다. 짙은 빨간색, 주홍색, 귤색, 연두색, 백금색, 자홍색은 물론이고 셀 수 없을 만큼 다양한 색조를 지닌 초록색과 갈색이 만발해 있었다. 모든 색이 눈부실 정도로 혼란스러우면서도 매혹적이었다.

사라유는 특정한 임무에만 열중하고 있는 것 같았다. 그렇지만 사라유라는 이름처럼 장난꾸러기 바람마냥 떠다니는 그녀를 보고 있노라면 다음엔 어느 방향으로 불어 갈지 전혀 알 수 없었다. 쇼핑몰에서 힘겹게 아내를 따라다니던 일이 떠올랐다.

사라유는 정원을 돌아다니면서 갖가지 꽃과 허브를 꺾어 맥에게 건네주었다. 진한 향기 덩어리의 꽃다발이 맥의 손 안에

서 점점 커져갔다. 꽃향기와 허브향이 뒤섞인 향기는 그로서는
처음 맡는 것이었고, 그 풍부한 향을 맡으니 마치 그 꽃다발을
직접 먹은 것만 같았다.

그들은 모은 꽃들을 작은 정원 가게의 문 안쪽에 내려놓았다.
잡초인 줄만 알았던 풀과 포도나무 등 야생 덤불에 깊이 묻혀
있던 터라 맥은 그런 가게가 있는지도 몰랐다.

"이제 한 가지 임무는 끝냈고, 하나가 더 남았어요."

사라유가 선언했다. 그녀는 맥에게 삽과 갈퀴, 낫, 장갑을 건
네주더니 정원의 먼 끝으로 이어져 있는, 나무가 무성한 길을
붕붕 떠가듯 내려갔다. 그녀는 전날 저녁에 맥을 매료시켰던
노래를 흥얼거리다가 가끔 걸음을 늦추고 식물이나 꽃을 매만
지곤 했다. 그는 그녀가 준 연장을 들고 얌전하게 따라갔고, 주
변에 종종 정신이 팔리면서도 그녀를 시야에서 놓치지 않으려
고 애썼다.

맥은 잠시 정신을 놓았다가, 그녀가 갑자기 걸음을 멈추는 것
도 알아채지 못하고 그만 부딪칠 뻔했다. 어쩐 일인지 그녀의
차림새가 거친 느낌의 청바지와 작업용 셔츠로 바뀌어 있었고,
거기다 장갑까지 끼고 있었다. 그들은 과수원이라고 볼 수 있
지만, 과수원은 아닌 곳에 서 있었다. 삼면이 복숭아나무와 벚
나무로 둘러싸인 너른 대지 한가운데로 자주색과 노란색의 꽃
덤불이 폭포수처럼 연이어 피어 있었다. 황홀할 정도로 아름다

운 꽃밭을 가리키며 사라유가 말했다.

"매켄지, 이 지역을 말끔하게 치우려고 하는데 도와주면 좋겠어요. 내일 여기에 특별한 것을 심어야 해서 미리 준비해두고 싶거든요."

그녀가 그를 바라보며 큰 낫을 향해 손을 뻗었다.

"농담이죠? 정말 아름다운 정원인 데다 다른 것들과는 뚝 떨어져 있는데요."

사라유는 그가 항의하는 것도 알아채지 못한 것 같았다. 그녀는 더 이상 아무 설명도 하지 않고, 예술적으로 배열되어 있던 꽃들을 자르기 시작했다. 그녀는 전혀 힘들이지 않고 말끔하게 일을 해나갔다. 맥은 어깨를 으쓱하며 장갑을 낀 후에 그녀가 잘라낸 더미를 갈퀴로 긁기 시작했다. 그녀의 보조를 맞추기는 어려웠다. 그녀에게는 가벼운 움직임도 그에게는 고역이었다. 20분 후에 식물들은 모두 뿌리에서 잘려 나갔고 그 구역은 폐허처럼 변모했다. 그는 한구석에 쌓아둔 나뭇가지에 팔목을 긁히기도 했고 땀범벅이 된 채 숨을 헐떡였지만 어쨌든 일을 끝내서 기뻤다. 사라유가 주위를 돌아보며 지금까지 한 일을 살펴보았다.

"기분이 상쾌하지 않나요?"

그녀가 물었다.

"지금까지 저는 더 나은 방식으로 기분이 상쾌해졌었죠."

맥이 빈정거렸다.

"아, 매켄지. 당신이 알 수 있으면 좋겠어요. 일 자체가 아니라 일을 하는 목적이 그 일을 특별하게 만드는 거죠. 또,"

그녀가 미소를 지으며 말을 맺었다.

"난 오로지 이런 종류의 일만 해요."

맥은 갈퀴에 몸을 기대고 정원을 둘러보다가 자기 팔뚝의 붉게 긁힌 자국을 보았다.

"사라유, 당신이 창조주라는 것은 알고 있어요. 그렇다면 독이 있는 식물이나 찌르는 쐐기풀, 모기도 당신이 만들었나요?"

마치 산들바람과 나란히 나부끼는 것 같아 보이는 사라유가 대답했다.

"매켄지, 창조된 존재는 이미 존재하는 것만을 이용해서 다른 것을 만들어내죠."

"그러니까 당신 말은, 당신이……."

"……실제로 존재하는 모든 것을 창조했고, 거기에는 당신이 나쁘다고 생각하는 것도 포함되어 있어요."

그가 시작한 말을 사라유가 끝맺어주었다.

"하지만 내가 창조했을 때 그것은 전적으로 선했어요. 내가 존재하는 방식이 그러하니까요."

그녀는 물결처럼 움직이다가 고개 숙여 인사하는 것 같더니 다시 일하기 시작했다. 맥은 그녀의 대답에 만족하지 못하고 다른 질문을 던졌다.

" '선한' 것이 '악해진' 경우가 왜 그렇게 많은 거죠?"

사라유가 잠시 뜸을 들이다가 대답했다.

"인간들은 스스로를 너무 작은 존재로 여기죠. 당신은 이 세상에서 자신의 위치가 어디인지 전혀 모르고 있어요. 황폐한 독립성의 길을 선택하고 난 이후로는, 당신이 이 모든 창조물들을 함께 끌고 간다는 것도 이해하지 못하게 되었어요."

그녀가 머리를 흔들자 바람이 근처 나무들 사이를 지나치며 한숨을 내쉬었다.

"매우 슬픈 일이죠. 하지만 이런 방식이 영원히 이어지진 않을 거예요."

그들은 잠시 아무 말도 하지 않았다. 맥은 그 자리에 서서 주위의 여러 식물들을 둘러보았다.

"이 정원에도 독을 품은 식물이 있나요?"

"그럼요. 내가 가장 좋아하는 것 중의 하나인데요. 만지기만 해도 위험한 것도 있어요. 바로 이것처럼."

그녀가 옆에 있는 작은 나무에 손을 뻗어 이파리가 몇 개밖에 붙어 있지 않은 죽은 가지 같은 것을 조금 잘라 맥에게 건넸다. 그 가지를 피하려고 맥이 두 손을 번쩍 들자 사라유가 크게 웃었다.

"맥, 내가 옆에 있잖아요. 만져도 괜찮을 때가 있고 또 조심해야 할 때가 있어요. 이것이야말로 탐험의 신비이고 뜻밖의 경험이죠. 우리가 미리 숨겨두었던 것을 식별하고 발견하는 것, 당신들이 바로 과학이라 부르는 것이죠."

"왜 숨겨둔 거죠?"

"아이들이 숨박꼭질을 왜 좋아할까요? 탐구하고 발견하고 창조하는 열정이 있는 사람 아무에게나 물어보세요. 경이로운 것들을 그렇게 많이 숨기겠다고 마음먹은 일은 사랑의 행동이죠. 또한 삶의 과정 속에 있는 선물과 같은 거예요."

맥은 조심스럽게 손을 뻗어 독성이 있는 가지를 만져보았다.

"만져도 괜찮다고 당신이 말하지 않았다면 나에게 독이 되었을까요?"

"물론이죠! 하지만 내가 만지라고 말했을 때는 달라지죠. 창조된 존재에게 자치권은 미친 짓이에요. 자유는 사랑의 관계 안에서 신뢰와 순종을 동반하죠. 그러니까 당신이 내 목소리를 들을 수 없는 경우라면 저 식물의 본성을 차근차근 이해하는 편이 현명하겠죠."

"도대체 독성이 있는 식물을 왜 만든 거죠?"

맥이 잔가지를 돌려주며 물었다.

"당신의 질문은 독이 나쁘다는 것을 전제하고 있어요. 또 그런 창조에는 목적이 없다고 여기고 있죠. 소위 나쁜 식물이라고 하는 것은 대개 치유력이 뛰어나거나 다른 것과 혼합되어 특별한 효력을 발휘하지요. 인간들은 진실로 알지도 못하면서 선하거나 악하다고 단정 짓는 대단한 재주가 있어요."

맥을 위한 휴식 시간은 끝난 모양이었다. 사라유는 맥에게 작은 삽을 건네고 자신은 갈퀴를 집었다.

"여기 있는 이 훌륭한 식물들의 뿌리를 전부 파내야겠어요. 힘든 일이긴 해도 그럴 만한 가치가 있죠. 뿌리가 남아 있지 않아야 우리가 심을 씨앗을 해치지 못할 거예요."

"알겠어요."

맥이 툴툴거리며 대답했다. 둘은 깨끗하게 갈아둔 땅에 무릎을 꿇었다. 사라유가 땅속 깊이 손을 뻗어 뿌리 끝을 찾아내서 가볍게 위로 끌어당겼다. 맥은 작은 삽으로 흙을 파낸 후에 그녀가 미처 파내지 못한 짧은 뿌리를 끄집어냈다. 그렇게 끄집어낸 뿌리는 흙을 털어낸 다음 갈퀴로 긁어 모아둔 더미에 던졌다.

"나중에 태울 거예요."

그녀가 말했다.

"당신은 인간들이 알지도 못하면서 선한 것과 악한 것을 단정 짓는다고 했죠?"

맥이 뿌리에서 흙을 털어내며 물었다.

"그래요. 특히 선악과에 대한 얘기였어요."

"선악과라고요?"

"그래요!"

그녀는 자기 말을 강조하려고 일부러 몸을 폈다가 움츠리는 것 같았다.

"매켄지, 당신은 그 나무의 치명적인 과일을 먹은 것이 인류에게 그토록 파괴적이었던 이유를 이해하기 시작했어요."

맥은 그들의 대화가 이런 식으로 전개되자 흥미가 당기기 시작했다.

"실은 그 문제에 대해 별로 생각해보지 않았는데요. 실제로 동산이 있었나요? 에덴동산이랑 그 모든 것들이?"

"물론이죠. 내가 정원과 관계가 있다고 했잖아요?"

"이 이야기를 들으면 불편해할 사람들이 꽤 있겠는데요. 그 이야기가 신화에 불과하다고 생각하는 사람들이 많으니까요."

"음, 그들의 실수가 그다지 치명적인 건 아니죠. 신화나 이야기라고 여겨지는 것 안에는 영광에 대한 소문이 숨겨진 경우가 많으니까요."

"아, 내 친구들 중에도 이 이야기를 좋아하지 않을 사람들이 몇 명 있어요."

맥은 유난히 억센 나무뿌리와 씨름하며 말했다.

"괜찮아요. 나는 그들을 무척 좋아하죠."

"거참 놀랍군요."

맥은 약간 놀리듯이 말하면서 그녀를 향해 미소 지었다. 그러고는 삽을 흙 속에 박고 뿌리를 위로 잡아당겼다.

"좋아요. 그럼 이제 선악과에 대해 말해줘요."

"아침 식사 때 이야기했던 것과 관련되는 것이죠. 우선 질문하나 해볼게요. 당신에게 어떤 일이 닥쳤을 때 그 일이 좋거나나쁜지 어떻게 결정하죠?"

맥은 잠시 생각하다가 대답했다.

"음, 별로 생각해보지 않았던 문젠데요. 아마도 내가 좋아하면, 다시 말해서 기분이 좋아지거나 마음이 안정되면 좋은 거라고 말할 것 같아요. 그와 반대로 나를 괴롭게 하거나 그 대가로 내가 원하는 것을 내줘야 한다면 악하다고 하겠죠."

"상당히 주관적이군요?"

"그런 거 같네요."

"선한 것과 악한 것을 식별하는 당신의 능력에 대해 어느 정도나 확신하죠?"

"솔직히 말해서, 나의 '선', 다시 말해서 내 마땅한 권리를 누군가가 위협한다면 당연히 화가 나겠죠. 하지만 실제로 어느것이 선하고 악한지를 결정하는 논리적인 근거가 나에게 있는지는 잘 모르겠어요. 어떤 사람이나 사물이 내게 미치는 영향을 제외하고는요."

그는 잠시 숨을 돌린 후에 말을 이었다.

"말해놓고 보니 죄다 이기적이고 자기중심적으로 보이네요.

지금까지 난 그다지 잘해오지 못했어요. 처음에는 선하다고 생각했던 것 중에 알고 보니 파괴적인 것도 있었고 또 악하다고 생각했던 중에서도……."

그가 잠시 주저하는 틈을 타고 사라유가 끼어들었다.

"그렇다면 당신이 선과 악을 결정하는군요. 스스로 심판관이 되는 셈이에요. 당신이 선하다고 결정했던 것이 시간과 환경이 지나면서 변하다니 더욱 혼란스럽겠군요. 무엇이 선이고 무엇이 악인지 결정할 이들이 수십억 명이나 된다는 건 더더욱 혼란스러운 일일 테고요. 결국 당신의 선과 악은 다른 이의 선과 악과 충돌하고 그 결과 싸움과 논쟁이 뒤따르고 전쟁까지 벌어지겠죠."

사라유가 말하는 도중에 그녀의 내부에서 움직이던 여러 색채의 무지개에 검은색과 회색이 섞여 어두워졌다.

"절대적인 선이 실재하지 않는다면 판단의 기초를 잃게 되겠죠. 단지 말의 문제에 불과하니 선이라는 단어를 악이라는 단어와 바꾸어도 상관없겠군요."

"무엇이 문제가 될지 알겠네요."

맥도 동의했다.

"문제라고요?"

사라유가 벌떡 일어나 그를 마주보며 그의 말을 받아쳤다. 그녀는 심기가 불편해 보였지만 맥은 그녀가 자기에게 화를 내는 건 아니란 걸 알았다.

"맞아요! 그들은 선악과를 먹어버림으로써, 결국 이 우주를 찢고 영적인 것과 육체적인 것을 분리시켰어요. 그들은 하나님의 숨결을 내쫓고, 그들 자신이 택한 숨을 내쉼으로써 영원한 생명을 잃고 말았어요. 그건 분명히 큰 문제라고 할 수 있겠죠!"

사라유는 자신의 강한 어조 때문인지 서서히 공중으로 떠올랐다가 다시 내려왔다. 이제 그녀의 목소리는 조용하지만 분명해졌다.

"대단히 슬픈 날이었죠."

그 후 10분 동안 둘은 아무 말 없이 일에만 전념했다. 맥은 뿌리를 파내서 더미에 던지는 내내 그녀의 말뜻을 이해하려고 노력했다. 마침내 그가 침묵을 깨트리며 고백했다.

"내 시간과 에너지 대부분을 소비해가면서 재정적인 안정이나 건강, 은퇴 등 나 스스로 선이라고 규정한 것들을 얻으려고 노력해왔다는 사실을 이제야 깨달았어요. 또 스스로 악이라고 규정한 것에 대해서도 엄청난 에너지를 쏟아부어 가며 두려워했었고요."

맥이 깊이 한숨을 내쉬자 사라유가 부드럽게 말했다.

"그런 진실이 숨어 있었던 거죠. 자의적으로 선악을 구별함으로써, 하나님 흉내를 내게 된다는 점을 잊지 말아요. 그 때문에 차라리 나를 보지 않으려는 사람들도 있어요. 또 당신은 선악의 목록을 만들 때는 나를 필요로 하지 않지만 독립을 향한 이 미친 욕망을 저지하고 싶은 소망이 조금이라도 있다면 내가 반드시 필요해요."

"고칠 방법이 있을까요?"

"당신은 자신의 편의에 따라 선과 악을 결정하려는 권리를 포기해야 해요. 내 안에서만 살겠다고 선택한다는 것이 당장은 쓰디쓴 약을 삼키는 것 같겠죠. 당신은 나를 잘 알고 신뢰하고 또 나의 고유한 선 안에서 사는 법도 배워야 해요."

그는 사라유가 자신을 향해 고개를 돌린다는 인상을 받았다.

"매켄지, 악이란 선의 부재를 묘사할 때 사용하는 단어죠. 빛의 부재를 묘사할 때 어둠이라는 말을 쓰거나 생명이 부재할 때 죽음이라는 말을 쓰는 것과 마찬가지예요. 악과 어둠은 실제로 존재하지 않는 것이기 때문에 선과 빛의 관계에서만 이해될 수 있어요. 나는 빛이고 선해요. 나는 사랑이고 내 안에는 어둠이 없어요. 빛과 선은 실제로 존재하죠. 그러나 나에게서 떨어져 나가면 당신은 어둠 속으로 빠져들게 돼요. 독립을 선언하면 결국 악에 이를 뿐이에요. 나에게서 떨어지면 자신에게만 의지해야 하니까요. 당신이 나, 즉 생명에서 분리되면 죽음이 찾아오겠죠."

맥이 잠시 뒤로 물러앉았다.

"아, 무슨 말인지 알겠어요. 하지만 나의 독립에 대한 권리를 포기하기는 쉽지 않을 것 같아요. 그건……."

사라유가 다시 끼어들었다.

"예컨대 선이라는 것이 암의 발병이나 소득의 상실, 심지어 죽음에 이르게 할 수도 있겠죠."

"맞아요. 그래도 암에 걸린 사람이나 딸아이를 잃은 아버지에게 그런 이야기를 하는 건……."

맥은 원래 의도했던 것보다 더 냉소적으로 말했다.

"오, 매켄지. 우리가 그들도 신경 쓸 거라고 생각하지 않나요? 그들은 당신이 모르는 이야기의 주인공이랍니다."

사라유가 그를 확신시켰다. 맥은 더 이상 못 참겠다고 느끼면서 삽을 흙 속에 세게 박았다.

"미시는 보호받을 권리가 없었나요?"

"없었어요. 아이는 사랑받기 때문에 보호받는 것이지 처음부터 보호받을 권리가 있는 건 아니에요."

사라유의 대답에 그는 일손을 멈추었다. 그녀의 말에 온 세계가 뒤집히는 것 같았고, 그는 아무 버팀목이라도 찾고 싶었다. 그가 정당하게 주장할 수 있는 권리가 분명히 있었다.

"하지만……."

"권리란 애써 관계를 만들 필요가 없다고 생각하는 사람들이 내세우는 개념이죠."

그녀가 끼어들었다.

"하지만 내가 권리를 포기하면……."

"당신은 내 안에서 사는 경이로움과 놀라운 경험에 대해 알게 되겠죠."

그녀가 또다시 끼어들었다. 맥의 불만은 점점 더 커졌고, 그는 더 큰 목소리로 말했다.

"하지만 나에게도……."

"방해받지 않고 문장을 완성할 권리가 있지 않느냐고요? 아뇨, 없어요. 그렇지만 당신에게 그럴 권리가 있다고 생각하는 한 틀림없이 화가 나겠죠. 아무리 하나님이라도 당신 말을 자른다면 말이죠."

그는 정신이 멍해져서 일어나 그녀를 빤히 처다보았다. 화를 내야 할지 웃어야 할지 판단이 서지 않았다. 사라유가 그를 향해 미소를 지었다.

"매켄지, 예수는 어떤 권리도 주장하지 않아요. 그는 기꺼이 봉사하는 자가 되어 파파와의 관계 속에서 살죠. 그는 모든 것을 포기하고 헌신함으로써, 당신이 권리를 주장하지 않고도 충분히 자유롭게 살 수 있도록 여건을 마련해주었어요."

그때 파파가 종이 꾸러미 두 개를 든 채 미소를 지으며 다가왔다.

"음, 좋은 대화를 나누고 있는 것 같은데요."

"최고의 대화죠! 게다가 맥이 우리 정원을 보고 엉망이래요. 정말 완벽하지 않아요?"

사라유의 대답이었다. 둘은 맥을 향해 환하게 미소를 지었지만 그는 자신이 놀림받고 있는 게 아니라는 것을 여전히 확신할 수 없었다. 그의 분노는 잦아들었지만 여전히 뺨이 벌겋게 달아오르는 것이 느껴졌다. 그러나 둘은 전혀 신경 쓰지 않는 것 같았다. 사라유가 다가가서 파파의 뺨에 입맞춤했다.

"언제나처럼 당신의 타이밍은 완벽해요. 여기에서 매켄지가 도와줄 일은 전부 끝났어요."

사라유가 맥을 향해 고개를 돌렸다.

"매켄지, 당신 정말 괜찮은 사람인데요! 힘들게 일해줘서 고마워요."

"별로 한 일도 없는데요. 아직도 엉망진창이에요."

그가 변명하면서 주위를 둘러싸고 있는 정원을 바라보았다.

"그래도 정말 아름다워요. 사라유, 당신의 손길이 가득해요. 아직 해야 할 일이 많아 보이지만, 여기 있으니 이상하게도 마음이 편하고 안정되는데요."

사라유와 파파가 서로 바라보며 싱글거렸다. 사라유는 그가 불편하다고 느낄 정도로 바싹 다가왔다.

"그럼요. 여기는 바로 당신의 영혼이니까요. 이 혼란스러운 정원이 바로 당신인 거죠! 당신의 마음 밭에서 우리가 함께 목적을 갖고 일했어요. 비록 거칠지만 아름답고 완벽하게 진행되고 있어요. 당신이 보기에는 엉망 같아도 나에게는 완벽한 패턴이 형성되고 있는 게 보이고, 생기가 넘치는 게 느껴져요. 그야말로 살아 있는 프랙털이죠."

그녀의 충격적인 발언에 맥은 거의 무너져내릴 지경이었다. 그는 다시 그들의 정원, 그러니까 그의 정원을 바라보았다. 엉망진창인 동시에 믿을 수 없을 정도로 훌륭했다. 더군다나 파파가 여기 있고 사라유는 이 혼란스러움을 사랑한다. 이해하기 힘들 정도로 과분한 일이었고, 조심해서 가둬둔 감정들이 또다시 쏟아질 것만 같았다.

"매켄지, 예수가 당신과 함께 산책을 가고 싶어하는군요. 배고플지 몰라서 점심 도시락을 싸뒀으니까 차 마시는 시간까지는 괜찮을 거예요."

맥이 도시락 가방을 받으려고 몸을 돌리자, 사라유가 그의 뺨에 입맞춤하고 스쳐 지나가는 것 같았다. 그녀의 모습은 보이지 않았지만 식물들이 경배하듯 차례차례 몸을 구부리는 모습이 보였다. 파파 역시 사라졌기 때문에 그는 예수를 찾으려고 작업실로 향했다. 그들은 미리 약속을 해둔 것 같았다.

10
물 위를 걷다

새로운 세계 - 드넓은 지평선 눈을 뜨고 이 진실을 보라.
새로운 세계 - 무시무시한 파란 파도를 가로지르고.

- 데이비드 윌콕스

예수는 작업실 탁자에 앉아 관처럼 보이는 물건의 모서리를 사포로 문지르고 있었다. 그는 매끄러워진 가장자리를 만지더니 만족스러운 표정으로 고개를 끄덕이고는 사포를 내려놓았다. 그가 문밖으로 나가 청바지와 셔츠에 묻은 먼지를 털어내고 있는 동안 맥이 다가갔다.

　"아, 맥! 왔군요. 내일을 위한 계획에 마지막 손질을 하던 중이었어요. 좀 걸을래요?"

　맥은 지난밤 별 아래에서 함께 보냈던 시간을 떠올렸다.

　"당신이 간다면 기쁘게 따라가죠. 왜 다들 내일에 대해서 이야기하는 건가요?"

　"내일은 당신에게 중요한 날이고 또 당신이 여기까지 온 이유 중의 하나니까요. 이제 나가요. 호수 맞은편에 있는 특별한 곳을 보여주고 싶어요. 정말 말로 표현할 수 없을 정도의 장관이죠. 거기에선 더 높은 산 정상도 보일걸요."

　"멋지겠는데요!"

　맥이 신이 나서 대답했다.

　"당신이 점심도 가져온 것 같으니 곧바로 출발하면 되겠네요."

맥은 호수의 왼편이나 오른편에 길이 있을 거라고 생각했지만, 예수는 어느 한쪽으로 가는 대신 선착장을 향해 똑바로 걷기 시작했다. 밝고 아름다운 날이었다. 태양은 따사로웠지만 따가울 정도는 아니었고, 신선하고 향기로운 산들바람이 부드럽고 기분 좋게 얼굴을 어루만졌다.

선착장에 정박되어 있는 카누 중 하나를 타고 갈 거라고 예상했으나, 놀랍게도 예수는 마지막 카누까지 지나치고 방파제 끝까지 계속 걸어갔다. 그는 선착장의 막바지에 도착해서 맥을 향해 몸을 돌리고 씩 웃더니 과장된 몸짓으로 고개를 숙였다.

"먼저 가요."

"지금 놀리는 거죠? 수영이 아니라 산책하는 줄 알았는데요."

맥이 말했다.

"맞아요. 호수를 빙 둘러가는 것보다 곧장 가는 편이 빠를 것 같아서요."

"나는 수영도 잘 못하는 데다가, 젠장! 물까지 더럽게 차가워 보이는데요."

투덜거리던 맥은 자신이 욕을 했다는 것을 깨닫고 얼굴을 붉혔다.

"그러니까 내 말은 정말, 물이 정말 차가워 보인다는 뜻이었어요."

그는 얼굴을 찌푸리며 예수를 올려다보았다. 예수는 그가 난처해하자 오히려 즐거워하는 것 같았다. 예수가 팔짱을 끼며 말했다.

"당신이 수영을 잘한다는 건 우리 모두 알고 있는 사실이에요. 내 기억이 맞다면 당신은 수영장의 구조대원 일도 했었죠. 물은 차가운 데다가 깊어요. 하지만 지금 수영을 하자는 건 아니에요. 당신과 함께 걸어서 호수를 건너가고 싶어요."

마침내 맥은 예수의 제안을 알아챘다. 물 위를 걸어서 건너자는 것이었다. 맥이 주저할 줄 알고 있던 예수가 강한 어조로 말했다.

"이봐요, 맥. 베드로가 할 수 있다면……."

맥은 제정신이 아닌 것처럼 크게 웃고는 다시 한 번 물었다.

"나보고 물 위를 걸어서 건너편까지 가자고요? 지금 그렇게 말하는 건가요?"

"맥, 금방 알아듣는군요. 그 누구도 여간해선 당신을 못 속이겠는데요. 얼른 해봐요. 재미있어요."

예수가 크게 웃었다.

맥은 선착장 끄트머리까지 걸어가서 호수를 내려다보았다. 그가 서 있는 곳에서 겨우 30센티미터 아래에서 물결이 일고 있었지만 마치 30미터는 되는 것처럼 느껴졌다. 물속으로 뛰어드는 건 천 번도 더 해봤으니 훨씬 쉬울 터였다. 하지만 선착장에서 물 위로 어떻게 발을 내딛지? 콘크리트에 발을 내딛는 것처럼 뛰어내리나? 아니면 배에서 내릴 때처럼 선착장 가장자리 너머로 발을 내딛나? 그가 다시 예수를 쳐다보자 예수는 여전히 웃고 있었다.

"베드로도 똑같은 문제로 고민했죠. 보트에서 어떻게 내리느냐가 문제였으니까요. 30센티미터 높이의 계단을 내려가는 것과 똑같아요. 다를 바가 없어요."

"발이 젖을까요?"

맥이 물었다.

"물론이죠. 물은 축축하니까요."

맥이 다시 물을 내려다보다가 예수를 돌아보았다.

"이 일이 왜 이렇게 힘들게 느껴지죠?"

"뭐가 두려운지 말해줘요."

"음, 글쎄요, 내가 뭘 두려워하고 있을까요? 아, 바보처럼 보일까봐 두려워요. 당신이 나를 놀리고 있고 내가 돌덩이처럼 가라앉을까봐 두려워요. 내가 상상하기로는……."

"그래요, 바로 당신의 상상이죠. 상상력은 정말 대단한 능력이죠! 그 힘만으로도 당신을 우리와 같게 하죠. 하지만 지혜가 없다면 상상력은 잔인한 감독관이 될 뿐이랍니다. 인간이 현재나 과거, 미래 중에서 어디에 살도록 계획되었다고 생각해요?"

맥이 주저하다가 대답했다.

"음, 우리가 현재에 살도록 계획되었다는 것이 당연한 대답이겠죠. 틀렸나요?"

예수가 웃었다.

"맥, 편하게 생각해요. 이건 시험이 아니라 대화랍니다. 어쨌든 당신 말이 딱 맞아요. 그렇다면 당신은 마음이나 상상 속에서 현재, 과거, 미래 중 어디에 가장 많은 시간을 쓰고 있나요?"

맥은 잠시 생각한 뒤에 대답했다.

"현재에 대해서는 거의 생각 안 하고 지내는 것 같아요. 저는 과거를 돌아보는 데 많은 시간을 할애해요. 하지만 나머지 시간 중 제일 많은 시간은 앞으로 무슨 일이 일어날까 조바심내며 지내는 것 같고요."

"다른 사람들과 비슷하군요. 나는 당신과 함께 머무르면서 현재에 살고 있죠. 나는 과거에 살지 않아요. 과거를 되돌아보면서 많은 것을 기억하고 배우지만 잠시 들를 뿐이지 오래 머물지는 않아요. 또 당신이 생각하거나 상상하는 미래에 살지도 않죠. 맥, 언제나 두려움이 지배하는 미래에 대한 당신의 상상 속에서 내가 함께한 적은 거의 없어요. 알고 있었나요?"

맥은 또다시 생각해보았다. 사실이었다. 그는 많은 시간 동안 미래에 대해 안달하고 걱정하며 살았다. 상상 속에서 그의 미래는 완전히 무서운 곳은 아니더라도 대개 우울하고 절망적인 편이었다. 미래에 대한 그의 상상 속에 늘 하나님이 존재하지 않았다는 예수의 말 또한 사실이었다.

"대체 내가 왜 그랬던 거죠?"

맥의 질문이었다.

"당신이 통제하지 못하는 것을 통제하려고 안간힘을 쓰고 있으니까요. 당신은 미래를 통제할 수 없어요. 미래란 실제가 아니며 또한 실재하지도 않을 거예요. 당신은 스스로 하나님 흉내를 내면서 당신이 두려워하는 악이 실제로 존재하게 될 거라고 상상해요. 그러고는 두려움을 피하기 위한 계획을 짜고 있죠."

"아, 사라유가 했던 이야기와 통하는군요. 하지만 왜 나는 내 삶에 대해 두려워할까요?"

"믿지 못하니까요. 우리가 당신을 사랑한다는 것을 당신은 알지 못해요. 두려움으로 사는 사람들은 나의 사랑 안에서 자유를 찾을 수 없어요. 합당한 위험에 맞서 응당 갖게 되는 두려움에 대해 말하는 건 아니에요. 상상하는 두려움, 특히 미래로 투영된 두려움에 대한 이야기죠. 이런 두려움이 당신의 삶을 많이 차지할수록 당신은 나의 선함을 믿지 못하고, 내가 얼마나 당신을 사랑하는지도 믿지 못하게 되죠. 당신은 내 사랑에 대해 찬양하고 이야기하지만 사실은 모르고 있어요."

맥은 또다시 물을 내려다보며 영혼 깊은 곳에서부터 한숨을 내쉬었다.

"갈 길이 먼데요."

"30센티미터면 되겠는데요."

예수가 웃으면서 그의 어깨에 손을 얹자 그는 힘을 얻어 첫
발을 내디뎠다. 물결에 의해 단념하지 않고, 수면이 단단하다
고 인식하기 위해 호수 건너편을 내다보았다. 만약의 경우에
대비해서 점심 도시락 가방도 높이 쳐들었다. 발을 내디뎠더니
예상했던 것보다 물이 말랑말랑했다. 곧 신발이 젖었지만 물은
발목까지도 차오르지 않았다. 그의 몸을 둘러싼 호숫물이 일렁
이자 그는 균형을 잃을 뻔했다. 기이한 경험이었다. 아래를 내
려다보니 두 발이 눈에 보이지 않지만 단단한 무언가를 딛고
서 있는 것 같았다. 고개를 돌렸더니 옆에서 예수가 한 손에 신
발과 양말을 든 채 미소를 짓고 있었다.

"우리는 물 위를 걷기 전에 미리 신발과 양말을 벗어둔답니
다."

예수가 크게 웃었다. 맥은 선착장의 끄트머리로 돌아와서 고
개를 흔들며 웃었다.

"나도 그래야겠는데요."

그는 신발과 양말을 벗고 양말의 물기를 짜낸 후에 혹시나
해서 바지까지 접어올렸다.

그들은 신발과 양말, 점심 가방을 손에 들고 800미터가 채 안

되는 호수 건너편을 향해 걷기 시작했다. 물은 시원하고 상쾌했으며 냉기가 그의 등을 타고 올라왔다. 예수와 함께 물 위를 걷는 것이야말로 호수를 건너는 가장 자연스런 방법인 것 같았다. 맥은 자기가 지금 뭘 하고 있는지를 생각하며 이를 활짝 드러내고 웃었고, 호수 속의 송어를 볼 수 있을까 싶어 자주 아래를 내려다보았다.

"완전 터무니없고, 또 불가능한 일이에요!"

그가 큰 소리로 외쳤다.

"물론이죠."

예수도 그를 바라보며 웃었다. 마침내 그들은 호수 건너편에 도착했다. 물살이 밀려오는 소리가 더 크게 들렸지만, 그 근원은 보이지 않았다. 그는 호숫가에서 20미터 정도 떨어진 곳에서 걸음을 멈추었다. 왼쪽의 높다란 암석 뒤편에서 흘러내리는 아름다운 폭포수가 절벽 아래로 최소한 30미터 정도 쏟아져 내려 협곡 마루의 웅덩이로 모여들고 있었다. 폭포수는 커다란 시내를 이루면서 눈에 보이지 않는 어딘가에서 호수와 합류하는 것 같았다. 폭포와 그들 사이에는 풍매화들이 만개해 있는 초원이 넓게 펼쳐져 있었다. 어지러울 정도로 황홀한 장관에 맥은 잠시 서서 숨을 들이마셨다. 마음속으로 미시의 모습이 반짝 떠올랐다가 다시 사라졌다.

조약돌이 깔린 호숫가가 그들을 기다리고 있었고, 얼마 전에 내린 눈으로 정상이 하얗게 변한 산 어귀에서부터 울창한 숲이 이어져 있었다. 왼쪽 편에는 작은 개간지의 끝자락이 보였고, 졸졸대며 흐르는 작은 시내 건너편으로 작은 길이 나무가 우거진 어둠 속으로 이어져 있었다. 맥은 호수에서 나와 조약돌 위를 걸어 쓰러져 있는 통나무를 향해 갔다. 그는 통나무 위에 앉아 양말의 물기를 짠 다음, 정오 무렵의 햇볕에 물기를 말리려고 양말과 신발을 내려놓았다.

그때 그는 처음으로 호수 건너편과 그 위를 올려다보았다. 눈부시게 아름다운 풍경이었다. 오두막이 시야에 들어왔다. 초록의 과수원과 숲을 등지고 있는 빨간 벽돌 굴뚝에서 연기가 한 가로이 피어오르고 있었다. 그렇지만 보초병처럼 우뚝 솟아 웅장하게 펼쳐져 있는 거대한 산맥 앞에 오두막은 한없이 작아 보였다. 맥은 예수 옆에 나란히 앉아 교향악 같은 그 풍경을 음미하다가 조용히 말했다.

"대단한 작품이에요!"

"맥, 고마워요. 하지만 이것은 극히 일부일 뿐이죠. 지금은 이 세상에 존재하는 대부분의 것들을 마치 화가가 화실 뒤편에 놔둔 특별한 캔버스를 보듯, 나만 보고 즐기고 있어요. 그래도 언젠가는…… 만약 지구가 살아남으려고 그렇게 버둥대면서 싸우지 않았다면, 이런 광경을 상상할 수 있을까요?"

"정확히 무슨 뜻인가요?"

"우리 지구는 부모 없이, 지도하고 이끌어줄 사람 없이 자라난 아이 같아요."

고뇌를 억누르는 예수의 목소리가 더욱 강하게 들렸다.

"그 아이를 도와주려고 한 사람도 있었지만 대부분은 이용하려고만 했어요. 인간들은 사랑으로 이 세계를 이끌어 나가야 할 임무를 맡았지만 성급한 욕구 때문에 아무 생각 없이 지구를 약탈했죠. 그들은 그 결과를 물려받을 자기 자식에 대해서는 신경쓰지 않고 아무 생각 없이 지구를 소비하고 또 악용하고 있어요. 그러다가 지구가 몸을 떨거나 숨을 크게 내쉬기라도 하면 인간들은 화를 내면서 하나님께 주먹을 휘두르죠."

"당신은 생태학자인가요?"

맥은 반쯤 비난이 담긴 어조로 물었다.

"검은 우주 속의 이 청록색 공은 지금도 아름다워요. 학대받고 남용되었지만 그래도 사랑스럽죠."(브루스 코번의 노래 「광대들의 행성」의 가사 – 옮긴이)

"그 노래 알아요. 당신은 이 세상에 대해 깊이 염려하고 있는 게 분명하네요."

맥이 미소를 지었다.

"음, 검은 우주의 이 청록색 공은 나에게 속해 있으니까요."

예수가 목소리에 힘을 실으며 대꾸했다. 잠시 후에 그들은 점심 도시락을 펼쳤다. 파파가 마련해준 샌드위치며 그 외 맛있는 것들을 둘은 실컷 먹었다. 맥은 고기인지 채소인지도 모르면서 맛있게 먹었다. 어떤 음식에 대해서는 아예 묻지 않는 편이 낫겠다고 생각했다. 그가 샌드위치를 먹으면서 질문을 던졌다.

"왜 당신이 손보지 않는 거죠? 지구 말이에요."

"우리가 당신들에게 주었으니까요."

"되찾을 수 없나요?"

"물론 그럴 수 있지만 그랬다가는 이야기가 완성되기도 전에 끝나겠죠."

맥은 멍하니 예수를 바라보았다.

"당신들은 나를 주님으로, 심지어는 왕으로 부르기도 하죠. 하지만 난 결코 당신들과 같은 방식으로 힘을 행사한 적은 없었어요. 당신의 선택을 통제한 적도, 당신에게 뭘 하라고 강요한 적도 없어요. 당신이 하려는 일이 당신 자신과 다른 이들에게 해가 되거나 파괴적인 결과를 가져오는 경우라도 말이죠."

맥이 호수를 바라보다가 말했다.

"가끔씩은 당신이 통제해주면 좋겠어요. 그러면 나와 내 사랑하는 사람들이 고통에서 구원받을 수 있을 테니까요."

"내 의지를 당신에게 강요한다는 건 사랑으로서는 할 수 없는 일이죠. 진정한 관계는 비록 당신의 선택이 쓸모없고 건전하지 않더라도 순종하는 특징이 있어요. 파파와 사라유와 나의 관계에서 당신이 아름답다고 했던 것이 바로 그거예요. 우리는 진실로 서로에게 순종해요. 지금까지 늘 그랬고 앞으로도 그러겠죠. 파파가 나에게 순종하는 만큼 나도 파파에게 순종해요. 사라유와 나, 파파와 사라유의 관계도 마찬가지죠. 순종은 권위에 관한 것도 복종도 아니에요. 순종은 사랑과 존중의 관계에 대한 거죠. 마찬가지로 우리는 당신에게도 순종해요."

그의 말에 맥은 깜짝 놀랐다.

"어떻게요? 우주의 하나님이 왜 나에게 순종하려고 하죠?"

"당신이 우리 관계의 원 안에 들어와 주길 바라니까요. 나는 내 의지에 굴복하는 노예를 원하지 않아요. 나와 생명을 공유할 형제자매를 원해요."

"우리가 서로 사랑하기를 바라는 방법이 바로 그것이겠군요. 남편과 아내, 부모와 자식 간에요. 어떤 관계라도 그렇겠죠?"

"그래요. 내가 당신의 생명일 때, 순종은 나의 인성과 본성의 가장 자연스러운 표현이기에, 순종은 관계 속에서 새로워질 당신의 본성을 가장 잘 표현하는 것이 되겠죠."

"그런데도 나는 아무도 다치지 않게 하고 그냥 모든 것을 주관하는 신만을 원했던 거군요."

맥이 깨닫고는 고개를 저었다.

"아내와 달리 나는 관계에 대해선 영 서툴러요."

예수가 샌드위치를 다 먹고 나서 점심 가방을 옆의 통나무에 내려놓았다. 그는 콧수염과 턱수염에 남아 있는 빵부스러기를 털어내더니 옆에 있던 막대를 집어서 모래에 낙서하기 시작했다.

"대부분의 남자들처럼 당신은 자신이 해낸 일에서 성취감을 찾고 있어서 그래요. 또 대부분의 여자들처럼 낸은 관계에서 성취감을 찾아요. 관계는 여자들에게 더 자연스러운 언어죠."

예수는 20미터도 채 안 되는 거리에서 물수리 한 마리가 호수로 뛰어들었다가 도망치려고 버둥대는 송어 한 마리를 낚아채서 날아가는 모습을 쳐다보았다.

"내가 가망이 없다는 뜻인가요? 당신들 셋과 같은 관계를 나도 진심으로 바라지만 어떻게 해야 할지 모르겠어요."

"맥, 지금은 당신을 가로막는 많은 장애물이 있어요. 하지만 그 장애물들은 버려도 괜찮아요."

"미시가 없어진 지금, 장애물이 많다는 것을 더 잘 알고 있어요. 하지만 나로서는 쉬운 적이 없었어요."

"미시의 죽음에만 골몰해 있지 말아요. 우리와 생명을 나누는 일이 힘든 것은 더 큰 왜곡 때문이니까요. 에덴동산에서 자신의 독립을 주장하기 위해 우리와의 관계를 저버림으로써 이 세계는 망가지고 말았어요. 대부분의 남자들은 직접 손으로 해낸 일과 이마에 맺힌 땀을 통해 자신의 정체성과 가치, 건재함을 표현해왔죠. 스스로 선악을 판단하겠다고 결정한 이후, 자신의 운명마저 결정하려 해왔어요. 바로 그 전환 때문에 이렇게 많은 고통이 일어난 거죠."

예수가 막대에 의지해 몸을 일으켰다. 맥이 샌드위치를 마저 먹고 일어난 다음 둘은 함께 호숫가를 따라 걸었다.

"그게 전부는 아니죠. 여자들의 욕망, 아니 실은 '전환'이 있었어요. 여자들은 자신이 아니라 남자들에게로 전환했어요. 그러자 남자들은 여자를 지배하고 권력을 행사하며 군림하기까지 했죠. 이런 선택을 하기 전에는 여자들도 오로지 나에게서 자신의 정체성과 안전성, 선과 악의 이해를 추구했었죠. 남자들이 그랬던 것처럼요."

"낸과 같이 있을 때 내가 패배자 같은 기분이 드는 것도 놀라운 일이 아니군요. 아내에게 그렇게 못해줄 것 같아요."

"당신은 그렇게 만들어지지 않았어요. 만약 그런 식의 노력을 한다면 그것이야말로 하나님 흉내를 내는 것이죠."

맥은 납작한 돌멩이를 집어서 호수에 물수제비를 떴다.

"이 상태에서 빠져나갈 길이 있을까요?"

"아주 간단하지만 당신에게는 쉽지 않겠죠. 재전환, 다시 말해서 나에게 돌아오는 거죠. 당신만의 힘과 조절 방법을 포기하고 나에게 돌아오는 거예요."

예수의 목소리는 마치 탄원하는 사람의 목소리 같았다.

"대부분의 여자들은 남자들을 통해 욕구를 충족하고, 안전을 제공받고, 정체성을 보호받아왔던 것을 그만두고 나에게 돌아오기가 힘들 거예요. 또 대부분의 남자들은 자신의 일을 통해 힘과 안정과 의미를 추구하던 것에서 전환해서 나에게 돌아오기가 힘들겠죠."

"왜 남자들이 책임을 지는지 늘 궁금했어요. 이 세계의 많은 고통이 바로 남자에게서 비롯되는데도 말이에요. 대부분의 범죄를 남자들이 저질렀고, 여자에게 나쁜 짓을 한 남자도 많아요. 또,"

그가 잠시 말을 멈추었다가 다시 이었다.

"아이들에게도요."

예수가 돌멩이를 집어서 물수제비를 뜨며 말을 이었다.

"남자들이 자기 자신과 땅으로 전환한 사이, 여자들은 우리에게서 멀어져서 다른 관계로 방향을 전환했어요. 여자들이 이 세계를 지배했다면 여러 면에서 훨씬 조용하고 부드러웠겠죠. 탐욕과 권력의 신들에게 희생되는 아이들도 적었을 테고요."

"그러면 자기 역할들을 더 잘 수행했을 텐데요."

"더 잘했을진 몰라도 충분하지 않았을걸요. 남자건 여자건 독립적인 인간의 손에 쥐어진 권력은 타락하게 마련이니까요. 맥, 역할을 수행한다는 것이 관계의 반대라는 것을 모르겠어요? 우리는 남자와 여자가 각기 특이하고 다르면서도 얼굴과 얼굴을 맞대는 동등한 관계가 되길 바라고 있어요. 각기 성은 다르더라도 서로 보완할 줄 알고, 모든 힘과 권위의 근원인 사라유에게서 독특한 힘을 부여받기를 바라요. 기억해요, 나는 성과를 중시하지 않고 인간이 만든 구조에 맞춰 움직이지 않아요. 나는 존재할 뿐이죠. 나와의 관계에서 성장할 때 당신의 행동들은 자신이 누구인지를 가식 없이 드러내게 될 거예요."

"당신은 남자의 모습으로 왔어요. 거기에 무슨 의미가 있는 건 아닌가요?"

"맞긴 하지만 많은 사람들이 예상했던 그런 의미는 아니죠. 나는 우리가 당신들을 창조한 방식 안에서 훌륭한 그림을 완성하기 위해 남자의 모습으로 왔어요. 우리는 첫날부터 남자 안에 여자를 숨겼다가 적당한 때에 여자를 남자 안에서 꺼냈었죠. 남자는 혼자 살아가도록 창조되지 않았어요. 처음부터 여자도 함께 계획되었으니까요. 남자 안에서 여자를 꺼냄으로써 어떤 의미에서 남자가 여자를 낳았다고 할 수 있죠. 우리는 우리 것과 비슷하지만 인간을 위한 관계의 원을 창조했어요. 여자는 남자에게서 나왔고, 나를 포함해서 모든 남자는 여자에게서 나왔죠. 그리고 태초에 우리 모두는 하나님에게서 태어났고요."

맥이 감탄하며 중간에 끼어들었다.

"아, 이해하겠어요. 여자가 먼저 창조되었다면 관계의 원이 없었을 테고, 그 결과 남녀 간에는 완전히 동등한 관계의 가능성도 없었겠군요. 그런 건가요?"

예수가 그를 바라보며 씩 웃었다.

"맥, 아주 정확해요. 우리는 전적으로 동등한 존재이자 강력한 상대, 바로 남자와 여자를 창조하고 싶었어요. 하지만 당신들 인간은 권력과 성취를 추구하고 독립하면서 당신이 갈망하는 그런 관계를 파괴했어요."

"다시 시작이군요."

맥이 물수제비를 뜨기 위해 가장 납작한 돌멩이를 고르며 말했다.

"당신과 파파와 사라유의 관계와는 정반대로 다른, 권력의 문제로 늘 돌아오는군요. 나도 당신과 함께, 또 낸과 함께 그런 관계를 경험해보고 싶어요."

"바로 그 이유 때문에 우리가 여기 있는 거죠."

"아내도 함께 왔으면 좋았겠어요."

"그럴 수도 있었을 텐데요."

예수가 의미심장하게 말했지만 맥은 그의 의도가 무엇인지 알 수 없었다.

그들은 잠시 아무 말도 하지 않았다. 물수제비를 뜨는 소리를 제외하면 주위는 조용했다. 예수가 또다시 돌멩이를 던지려다 말고 말했다.

"이 대화에서 당신이 기억해주었으면 하고 바라는 것이 하나 있어요. 당신이 떠나기 전에요."

그리고 나서 예수가 돌멩이를 던졌다. 맥이 놀라 그를 올려다보았다.

"내가 떠나기 전이라뇨?"

예수는 그의 질문을 무시하고 말을 이었다.

"맥, 사랑과 마찬가지로 순종 역시 쉬운 일이 아니에요. 특히 당신만의 의지로는 되지 않아요. 당신 안에 내 생명을 머물게 하지 않고서는 당신은 아내나 자녀, 또는 파파를 포함해서 그 누구에게도 순종할 수 없어요."

맥이 냉소적으로 대꾸했다.

"'예수님이라면 어떻게 하실까?' 하고 질문할 수 없다는 뜻인가요?"

예수가 씩 웃었다.

"의도는 좋은데 아이디어는 별로네요. 그 방식을 택했다면 어떻게 작용하는지도 알려줘요."

예수가 좀 더 진지한 표정으로 말을 이었다.

"정말로요, 나의 삶은 그대로 따라해야 할 본보기로 의도된 것이 아니죠. 나를 따른다는 것은 '예수처럼' 되려 애쓰는 것이 아니라 당신의 독립성이 소멸된다는 뜻이죠. 생명, 진정한 생명, 바로 나의 생명을 당신에게 주려고 내가 왔어요. 우리는 당신 안에서 우리 삶을 살 것이고, 당신은 우리 눈을 통해서 보고, 우리 귀로 듣고, 우리 손으로 만지고, 우리처럼 생각하게 돼요. 하지만 우리는 절대로 당신에게 그런 통합을 강요하진 않아요. 당신 편한 대로 해요. 시간은 우리 편이니까요."

"사라유가 이야기하던 '매일 죽는 것'에 관한 것이군요."

맥이 고개를 끄덕였다. 예수가 고개를 돌려 개간지의 끝에서 숲으로 이어지는 길을 가리켰다.

"시간 얘기가 나와서 말인데, 당신에겐 약속이 있어요. 저 길을 따라가다가 길이 끝나는 곳 안으로 들어가요. 나는 여기에서 기다릴게요."

맥은 자신이 이 대화를 계속하려고 노력해봤자 소용없다는 것을 깨달았다. 그는 아무 말 없이 생각에 잠긴 채 양말과 신발을 다시 신었다. 아직 다 마르진 않았어도 크게 불편하지 않았다. 그는 조용히 일어나서 아직도 질퍽거리는 걸음으로 호숫가의 끝으로 걸어갔다. 그는 잠시 걸음을 멈추고 폭포를 바라보다가 작은 시내를 건너서 잘 닦이고 표지판도 갖춘 길을 따라 숲 속으로 들어갔다.

11 — 여기 심판관이 오시다

누가 진리와 지식의 심판관이 되건 간에
그는 신들의 웃음소리에 파괴된다.
- 알베르트 아인슈타인

오 내 영혼이여… 질문하는 법을 아는 사람을 위해 준비하라.
-T. S. 엘리엇

맥은 오솔길을 따라 폭포를 지나 점차 호수에서 멀어져서 삼나무가 울창한 지역을 통과했다. 5분도 되지 않아서 길은 끝났다. 길 앞을 바위가 가로막고 있었고 바위 표면에 희미한 문의 윤곽선이 살짝 드러나 있었다. 그곳으로 들어가라는 표시인 것 같아, 그는 주저하면서도 손을 뻗어 문을 밀어보았다. 마치 그곳에 아무것도 없는 듯 그의 손이 암벽을 쉽게 통과했다. 맥은 계속해서 걸음을 옮겼고, 그의 몸은 단단한 암벽처럼 보이는 것을 그대로 통과해서 그 안으로 들어갔다. 바위 속은 어두침침해서 아무것도 보이지 않았다.

그는 심호흡을 하고 앞으로 두 손을 뻗고 칠흑 같은 어둠 속으로 두어 걸음 옮겼다가 멈추었다. 계속 가야 할지 확신이 서지 않아 숨을 내쉬려 할 때 두려움이 그를 엄습했다. 긴장 때문에 속이 뒤틀리고 '거대한 슬픔'이 온 힘으로 그의 어깨를 눌러대서 거의 질식할 지경이었다. 그는 빛이 있는 곳으로 돌아가고 싶어 안달이 나면서도 예수가 선한 목적 없이 자신을 여기로 보냈을 리가 없다고 확신했다. 그는 힘들게 더 깊이 나아갔다.

갑자기 엄습한 어둠에 장님처럼 헤매던 두 눈에 서서히 시력이 돌아왔다. 얼마 후에는 왼쪽으로 구부러진 길이 보이기 시작했다. 그 길을 따라가는 동안 뒤쪽 입구의 환한 빛은 사라지고 벽에 반사되는 흐릿한 발광체가 그 빛을 대신했다.

길은 30미터 앞에서 갑자기 왼쪽으로 휘어졌다. 맥은 처음에는 넓고 광막한 허공이라 여겼던 거대한 동굴의 가장자리에 자신이 서 있다는 것을 알아챘다. 그 안의 유일한 빛이자 그를 둘러싸며 3미터 반경으로 퍼져나가는 어렴풋한 광채 때문에 그런 착시현상이 심해진 것이다. 그 이상으로는 아무것도 보이지 않고 칠흑 같은 어둠뿐이었다. 내부의 공기는 무겁고 위압적이었으며 차가운 냉기는 그의 숨을 앗아갈 것 같았다. 아래쪽의 바닥 표면이 희미하게 반짝이는 것을 보고 그는 안도했다. 동굴의 흙과 바위가 아니라 연마된 운모처럼 매끄럽고 어두운 바닥이었다.

그는 과감하게 한 걸음 더 내디뎠다가 자신을 둘러싼 빛이 함께 이동하면서 앞쪽 시야를 조금 더 밝혀주는 것을 알아챘다. 좀 더 자신감이 붙은 그는 조심스럽게 앞으로 나아갔다. 갑자기 발밑이 푹 꺼질지 모른다는 두려움 때문에 바닥에 온 신경을 집중했다. 이로 인해 앞에 있던 무언가에 부딪혀서 거의 넘어질 뻔했다.

아무것도 없는 한가운데 편안해 보이는 나무 의자 하나가 놓여 있었다. 맥은 의자에 앉아 기다리기로 마음먹었다. 그를 감싸며 따라오던 빛은 그가 의자에 앉는 것도 아랑곳하지 않고 계속 앞으로 나아갔다. 그는 바로 앞에 텅 빈 커다란 흑단 책상이 있다는 것을 알아챘다. 그는 빛이 모인 지점에, 한 여인이 서 있는 것을 보고 깜짝 놀랐다. 키가 크고 아름다운, 올리브색 피부의 여인이 책상 뒤에 앉아 있었다. 라틴아메리카계의 조각 같은 이목구비에 어두운 색의 긴 가운을 걸친 모습이었다. 마치 고등법원의 판사처럼 곧고 위엄이 넘치는 수려한 미인이었다.

'정말 아름다워. 최고로 관능적이라는 말로는 한참 부족할 만큼 아름다워.'라고 맥은 생각했다. 빛이 어둑어둑해서 여인의 머리칼과 가운이 테두리처럼 얼굴 쪽으로 합해졌기 때문에 어디부터가 얼굴인지 알아보기 힘들었다. 여인의 두 눈은 별이 빛나는 너른 밤하늘로 들어가는 입구처럼 반짝이면서 내부에 있는 미지의 빛의 근원을 반사했다.

그는 입을 열어봤자 여인에게로 완전히 집중된 방에 자기 목소리가 삼켜질 것 같아 그냥 가만히 있었다. '나는 파바로티에게 말을 걸어보려는 미키마우스야.' 그는 이렇게 생각하며 미소를 지었다. 엽기적이지만 재미있는 그 이미지를 자기도 보고 있다는 듯이 여인이 미소를 짓자 방 안이 환해졌다. 이에, 맥은 자신의 방문이 이미 예상되었으며 환영받고 있다는 것을 알았다. 과거 어딘가에서 그 여인을 알았거나 어디서 얼핏 본 것처럼 그녀가 낯설지 않았다. 하지만 실제로 그녀를 보거나 만난 적은 없다는 걸 알았다.

"저기, 혹시…… 누구신가요?"

맥이 더듬거렸다. 그는 자기 목소리가 미키마우스와 똑같다고 생각했다. 그의 목소리는 고요한 방에 거의 아무런 울림도 주지 못한 채 메아리의 그림자처럼 떠돌았다. 여인이 그의 질문을 무시하면서 그에게 질문을 던졌다.

"당신이 여기 왜 왔는지 알고 있나요?"

그녀의 목소리는 먼지를 날려버리는 산들바람처럼 그의 질문을 부드럽게 몰아냈다. 맥은 그녀의 말들이 빗방울이 되어 자기 머리에 내렸다가 척추로 녹아들어 온몸을 떨리게 만든다고 느낄 정도였다. 그는 몸을 부르르 떨면서 다시는 말하고 싶지 않다고 생각했다. 그는 이 자리에 머물 수 있는 동안만이라도 그녀만이 말하기를, 자신이나 그 누구에게라도 말을 걸어주기를 원했다. 그러나 그녀는 그의 대답을 기다리고 있었다.

"당신은 알고 있겠죠."

그가 조용히 입을 열었다. 자기 목소리가 불현듯 성량이 깊고 풍부하게 들려서 자기가 아닌 다른 사람이 말을 하고 있는지 뒤돌아보고 싶을 정도였다. 왠지 그는 자기 입에서 나온 모든 말이 진실이라는 것을 알고 있었다.

"저는 전혀 몰라요. 아무도 말해주지 않았어요."

그는 더듬대며 덧붙이고 나서 마루로 시선을 돌렸다.

"음. 매켄지 앨런 필립스."

여인의 웃음소리에 맥은 얼른 그녀를 올려보았다.

"나는 당신을 도와주기 위해 여기 있어요."

무지개가 소리를 내거나 꽃이 자랄 때 소리가 난다면 바로 그녀의 웃음소리 같을 것이다. 그녀의 목소리는 빛의 소나기이자 대화로의 초대였다. 그는 영문도 모른 채 그녀를 따라 함께 웃었다.

곧 침묵이 찾아왔다. 여인의 표정은 여전히 부드러웠지만 불처럼 강렬해졌다. 그의 내면 깊숙이, 겉치레와 표면을 지나 거의, 또는 전혀 드러나지 않는 곳까지 깊이 엿보는 것 같았다.

"오늘은 대단히 중요한 결과를 가져올 중대한 날이죠."

그녀는 손으로 만질 수 있을 정도로 중량감 있는 자신의 말에 무게를 더하려는 듯이 잠시 말을 멈추었다.

"매켄지, 당신은 당신의 아이들 때문에 여기 왔지만 또한……."

"내 아이들 때문이라고요? 내가 내 아이들 때문에 여기 왔다니 무슨 뜻이죠?"

맥이 끼어들었다.

"매켄지, 당신은 당신의 아버지가 당신과 당신 여동생들에게 결코 하지 못했던 방식으로 당신의 아이들을 사랑하고 있어요."

"당연히 내 아이들을 사랑하고 있어요. 모든 부모들은 자기 아이들을 사랑하는 법이죠."

그가 단언했다.

"하지만 그것과 내가 여기 온 것이 무슨 상관이죠?"

"어떤 의미에서 모든 부모는 자기 아이들을 사랑하죠."

그녀는 그의 두 번째 질문을 무시하며 말했다.

"몸과 마음이 모두 피폐해져서 자기 아이들을 잘 사랑하지 못하는 부모도 있고, 또 자기 아이들을 거의 사랑하지 않는 부모도 있다는 점을 고려해야 해요. 하지만 당신은 아이들을 아주 잘 사랑하고 있어요."

"아내에게서 많이 배웠어요."

"우리도 알아요. 어쨌든 당신은 배우지 않았나요?"

"그런 것 같은데요."

그녀가 바람 한 점 불지 않는 바다처럼 고요하게 말했다.

"배우고 변화를 허용하는 것은 망가진 인간성이 지닌 놀라운 신비 중 하나죠. 자, 그러면 당신의 아이들 중에서 누구를 가장 사랑하느냐고 물어봐도 될까요?"

맥은 속으로 미소를 지었다. 아이들이 태어날 때마다 그도 바로 이 질문에 대답하려고 노력해왔다.

"한 아이를 다른 아이보다 더 사랑하지는 않아요. 그들 각각을 다른 방식으로 사랑하죠."

그는 신중하게 단어를 골라가며 대답했다.

"매켄지, 좀 더 설명해줘요."

그녀가 관심 있게 묻자 그는 의자에 등을 기대며 대답했다.

"음, 내 아이들은 모두 독특해요. 아이들의 독특함과 특별한 인성이 내게서 개별적인 반응을 요구하죠. 맏아들인 존이 태어났던 때가 기억나요. 나는 그 작은 생명에 완전히 매혹된 나머지 혹시 둘째가 태어나더라도 더 이상 사랑이 남아있을까 걱정했어요. 하지만 타일러는 이 세상에 태어나면서 나에게 특별한 재능을 가져다준 것 같았어요. 그것은 바로 그 아이를 특별하게 사랑하는, 전적으로 새로운 능력이었죠. 그러고 보니 파파가 특히 누구를 좋아한다고 말했던 게 생각나는데요, 내 아이들을 생각해보면 나도 특히 각자를 좋아한다는 것을 알겠어요."

"매켄지. 아주 잘 대답했어요!"

그녀가 약간 과장되게 칭찬했다. 그녀는 몸을 앞으로 살짝 기울이고 여전히 부드럽지만 진지한 어조로 물었다.

"아이들이 말을 안 듣거나 당신이 원하는 것과 다른 선택을 하거나 버릇없게 굴거나 거친 태도를 보일 땐 어떻죠? 혹은 다른 사람들 앞에서 당신을 당황하게 하면? 그럴 때는 아이들에 대한 당신의 사랑이 흔들리나요?"

맥은 천천히 조심스럽게 대답했다.

"실은 그렇지 않아요."

케이트는 가끔 믿지 못할 때도 있었지만 그는 자신의 대답이 진심인 것을 알았다.

"아이들이 어떻게 하느냐에 따라 기분이 달라지고 당혹스럽거나 화가 날 때도 있다는 점은 인정해요. 하지만 아무리 버릇없이 행동하더라도 여전히 내 아들이나 딸이고, 조시나 케이트라는 건 영원하겠죠. 아이들이 한 일이 내 자존심을 상하게 하더라도, 아이들에 대한 내 사랑은 전혀 변함이 없어요."

그녀가 의자에 등을 기대며 환하게 웃었다.

"매켄지, 당신은 진정한 사랑의 방법을 현명하게 잘 알고 있군요. 사랑이 성장한다고 믿는 사람들이 많지만 아는 것이야말로 성장하는 것이고, 사랑은 그것을 포함하기 위해 확장할 따름이죠. 사랑은 단지 안다는 것의 거죽일 뿐이죠. 매켄지, 당신은 자신의 아이들에 대해 잘 알고 있고, 놀랍고 구체적인 방식으로 사랑하고 있어요."

그녀의 칭찬에 맥은 약간 멋쩍어서 아래를 내려다보았다.

"음, 고맙습니다만 다른 사람들은 그렇게 사랑하진 못해요. 상당히 조건적으로 사랑하죠."

"그래도 거기서 시작하는 게 아닐까요? 더군다나 당신은 무능했던 당신의 아버지를 오직 당신만의 힘으로 초월한 것이 아니에요. 하나님이 함께 당신을 변화시키셨죠. 이제 당신은 하나님 아버지가 그의 자녀들을 사랑하는 것처럼 당신의 아이들을 사랑하고 있어요."

맥은 그녀의 이야기를 듣다가 자기도 모르게 이를 악물었다. 분노가 치밀어 올라왔다. 확실한 칭찬처럼 들렸던 그녀의 말이 어느새 쓰디쓴 약처럼 여겨졌다. 그는 감정을 숨기려고 노력했지만 그녀의 눈에 비친 표정으로 보아 이미 늦은 것 같았다.

"음, 내 말이 불편했나요?"

그녀의 시선에 맥은 발가벗은 느낌이 들어 거북해졌다.

"매켄지, 하고 싶은 말이 있나요?"

그녀의 질문 뒤로 침묵이 따라왔다. 맥은 침착함을 유지하려고 노력했고, 오래전 어머니의 충고가 귓가를 맴돌았다.

'좋은 말이 떠오르지 않으면, 침묵하는 편이 낫단다.'

"음……. 아뇨! 전혀 없어요."

"매켄지, 지금은 당신 어머니의 상식적인 이야기에 귀를 기울일 때가 아니라 정직하게 진실을 말할 시간이에요. 하나님 아버지가 자신의 아이들을 지극히 사랑한다는 걸 믿지 못하는 거죠? 하나님이 선하다는 것을 진정으로 믿지 못하는 것 아닌가요?"

"미시가 하나님의 아이인가요?"

그가 되물었다.

"물론이죠!"

그녀가 대답했다.

"그렇다면 당신 말이 맞아요!"

그가 벌떡 일어났다.

"하나님이 하나님의 아이들을 지극히 사랑한다는 걸 믿지 못하겠어요!"

맥의 비난은 방을 둘러싸고 있는 사방 벽에 부딪혀 끊임없이 메아리쳤다. 그는 화가 나서 폭발하기 일보직전이었는데도, 여인은 한결같이 침착했다. 그녀는 등받이가 높은 의자에서 일어나 천천히 조용히 의자 뒤로 걸어가더니 가까이 오라고 손짓했다.

"여기 앉아요."

"정직의 결과가 그곳인가요? 전기의자요?"

그는 냉소적으로 중얼대면서 가만히 서서 그녀를 노려보았다. 그녀는 여전히 의자 뒤에 서 있었다.

"매켄지, 아까 당신이 여기 온 이유에 대해 설명했었죠? 당신은 당신의 아이들뿐만 아니라 심판 때문에 여기 왔어요."

그녀의 말이 방 안에 울리자, 맥의 내면에서 점점 높아지는 조수처럼 공포심이 솟구쳤다. 그는 즉시 죄의식을 느꼈고, 그의 마음속 기억들이 홍수를 피해 도망오는 쥐처럼 사방에서 흘러들어왔다. 그는 몰려드는 이미지와 감정 사이에서 균형을 찾으려고 의자 팔걸이를 부여잡았다. 갑자기 인간으로서의 패배감이 밀려오고 마음 뒤편에서 그가 저지른 죄들을 읊조리는 소리가 들리는 것 같았다. 죄의 목록이 길어질수록 그의 두려움도 깊어갔다. 그는 방어할 힘이 없었다. 그는 자기가 졌다는 것을 깨달았다.

"매켄지?"

그녀가 입을 열자마자 맥이 끼어들었다.

"이제 알겠어요. 내가 죽은 거죠? 죽었으니까 예수와 파파를 볼 수 있었던 거군요."

그는 속이 쓰려오는 것을 느끼며, 뒤로 물러앉아 암흑 속을 올려다보았다.

"믿을 수 없어요! 아무것도 느끼지 못했는데 말이에요."

그는 참을성 있게 자기를 주시하고 있는 여인을 바라보며 물었다.

"죽은 지 얼마나 된 거죠?"

"매켄지, 당신을 실망시켜서 미안하지만 당신은 당신의 세계에서 아직 잠들지 않았고 당신은……."

그가 다시 그녀의 말을 끊었다.

"죽은 게 아니라고요?"

이제 그는 도저히 믿을 수 없다는 듯 벌떡 일어났다.

"이 모든 상황이 실제이고 내가 아직 살아 있다는 말인가요? 하지만 심판 때문에 내가 여기 왔다고 당신이 말하지 않았나요?"

"그랬죠."

그녀가 당연하다는 투로 말했다. 그러고는 재미있다는 표정을 지었다.

"하지만 매켄……."

"심판이라고요? 그런데 나는 아직 죽지 않았다고요?"

그가 세 번째로 그녀의 말을 가로막았다. 그녀의 말이 이해되고 나자 두려움은 분노로 바뀌었다.

"다른 사람들에게도 이런 일이 벌어지나요? 그러니까 죽기도 전에 심판받는 거 말입니다. 내가 변화할 수도 있잖아요? 남은 시간 동안 더 잘하게 되면 어떻게 되나요? 내가 회개한다면 그 후는 어떻게 되죠?"

"매켄지, 당신에게 회개할 일이 있나요?"

그가 화를 내는데도 그녀는 당황하지 않고 물었다.

맥이 천천히 다시 의자에 앉았다. 그는 매끄러운 바닥을 바라보며 고개를 흔들다가 더듬거리며 대답했다.

"어디에서부터 시작해야 할지도 모르겠어요. 내가 꽤 엉망이죠?"

"그래요."

그가 올려다보니 그녀는 미소를 짓고 있었다.

"당신은 영광스러우면서도 파괴적이고 엉망이에요. 하지만 당신은 여기 회개하러 온 게 아니죠. 적어도 당신이 이해하는 방식으로는 아니에요. 당신은 여기 심판받으려고 온 게 아니랍니다."

"하지만, 당신 말로는 내가······."

그가 다시 끼어들었다.

"여기 심판 때문에 왔다고 했다고요?"

그녀는 여름 바람처럼 여전히 서늘하고 침착하게 그의 말을 이었다.

"그렇게 말했죠. 하지만 당신이 심판받는 건 아니죠."

그녀의 말에 맥은 안도하며 깊은 숨을 내쉬었다.

"당신이 심판관이 되는 거랍니다!"

그가 그녀의 말뜻을 드디어 이해하자 다시 속이 쓰리기 시작했다. 결국 그는 자기를 기다리고 있는 의자를 향해 시선을 고정했다.

"말도 안 돼요! 내가요? 그러고 싶지 않아요. 나는 심판할 능력이 없어요."

냉소 섞인 대답이 곧장 돌아왔다.

"아, 그건 사실이 아닐 텐데요. 당신은 나와 함께 있던 짧은 시간에도 뛰어난 심판 능력을 벌써 입증했어요. 게다가 평생 동안 많은 사람들을 심판해왔죠. 다른 사람들의 행동은 물론이고 그들의 동기마저 당신이 전부 아는 것처럼 심판했어요. 당신은 피부색과 몸짓, 체취까지 심판했고, 역사와 관계도 심판했죠. 심지어는 당신만의 미의식에 따라 한 인간의 인생관까지도 판단했어요. 이런 사실을 모두 고려하면 당신은 꽤 많은 심판을 해왔어요."

맥은 수치심에 얼굴이 붉어졌다. 평생 많은 심판을 해왔다는 점은 인정해야 했다. 하지만 다른 사람들도 다 그렇지 않은가? 자신에게 미치는 영향에 따라 다른 이들에 대해 결론을 내리지 않는 사람이 누가 있던가? 또다시 같은 이야기였다. 그를 둘러싼 세계를 자기중심적인 시각으로 보는 이야기. 그는 위를 올려다봤다가 자신을 바라보는 그녀의 강렬한 시선에 부딪혀 얼른 다시 바닥을 내려다보았다.

"질문해도 괜찮다면, 당신이 심판하는 잣대가 무엇인지 말해줄래요?"

그녀가 물었다. 그는 그녀의 시선을 마주하려 했지만, 그녀를 직시하면 자기 생각이 흔들렸다. 그녀의 눈을 똑바로 바라보면서 일관성 있게 논리적으로 생각하기란 불가능해보였다. 그는 시선을 돌려 어두운 구석을 바라보며 생각을 모으려 했다.

"지금은 잘 모르겠는데요. 심판을 할 당시에는 나름대로 상당히 정당하다고 느꼈지만 지금은……."

그가 더듬대며 인정했다.

"물론 그랬겠죠."

그녀는 관례처럼 사실을 진술하듯 말했다. 그의 명백한 수치심이나 괴로움을 조금도 이용하려 하지 않았다.

"심판을 하려면 심판받는 사람보다 자신이 우월하다고 생각해야 하죠. 오늘 당신은 당신의 모든 능력을 사용할 기회를 얻었어요."

그녀가 의자 등을 두드렸다.

"자, 당신이 여기 앉기를 바라요. 지금."

그는 주저하면서도 자신을 기다리고 있는 의자와 여인 쪽으로 걸어갔다. 한 걸음씩 옮길 때마다 자신이 작아지는 것인지 아니면 의자와 여인이 커지는 것인지 분간할 수 없었다. 그는 의자로 기어 올라갔고, 거대한 책상과 바닥에 닿을락 말락 하는 자기 발을 보면서 어린아이가 된 듯한 기분을 느꼈다.

"그럼, 이제…… 내가 무엇을 심판해야 하죠?"

맥은 고개를 돌려 그녀를 올려다보며 물었다.

"무엇이 아니라 누구예요."

그녀가 책상 옆으로 가서 서며 말했다.

그의 불안은 급속히 커져갔다. 위풍당당한 커다란 의자에 앉아 있다는 것은 이를 가중시켰다. 자신에게 과연 어떤 사람을 심판할 권리가 있을까? 분명 그는 지금까지 만났던 거의 모든 사람들은 물론이고 만나지 못했던 많은 사람들을 심판한 죄를 지었다. 그는 자신이 자기중심적이라는 데 의심할 여지 없이 죄가 있다는 것을 알았다. 그런 자신이 감히 또 누구를 심판한단 말인가? 그는 지금까지 외모나 행동, 그때그때의 마음 상태, 지극히 주관적인 편견, 안정감, 소속감 등에 근거해서 피상적인 심판을 해왔다. 그는 자기가 공포를 느끼기 시작했다는 것도 알아챘다.

"지금 당신의 상상력은 그다지 필요하지 않아요."

그녀가 이어지는 그의 생각들을 방해했다. 그는 '셜록 홈즈, 그만 좀 놀려요.'라고 생각하면서 "정말이지 이 일을 할 수 없어요."라고 가느다란 목소리로 말했다.

"당신이 할 수 있는지 없는지는 아직 결정되지 않았어요. 그리고 내 이름은 셜록 홈즈가 아니랍니다."

그녀가 미소를 지으며 말했다. 그는 방이 어두워서 자신의 당혹스러운 표정이 보이지 않는다는 데 새삼 감사했다. 그 후 얼마 동안 침묵이 찾아왔다. 몇 초밖에 안 되는 그 침묵이 실제보다 훨씬 더 길게 느껴졌다. 마침내 목소리를 되찾은 그가 질문을 던졌다.

"내가 심판하기로 예정된 사람이 누구죠?"

"하나님이죠."

그녀가 잠시 뜸을 들이다가 다시 말을 이었다.

"그리고 인류요."

그녀는 대수롭지 않다는 식으로 말했다. 그녀의 말은 매일의 일상사인 양 그녀의 입에서 굴러 나왔다. 맥은 멍해졌다.

"놀리는 거 아니죠?"

그가 외쳤다.

"놀리다니요? 당신 세계에서 심판받아 마땅하다고 생각되는 사람들이 분명 많겠죠. 적어도 몇몇은 수많은 고통과 괴로움을 야기한 탓으로 비난받아야 해요. 가난한 이들의 것을 먹어치우는 탐욕스러운 자들, 어린아이들을 전쟁에 희생시키는 자들, 자기 아내를 때리는 남자들, 단지 자신의 화풀이를 위해 아들을 때리는 아버지들……. 매켄지, 그들은 심판받을 만하지 않나요?"

맥은 해결하지 않고 묵혀뒀던 자신의 분노가 격노한 홍수처럼 올라오는 것을 감지했다. 그는 몰려오는 이미지들에 맞서 균형을 잡으려고 의자에 깊이 몸을 기댔다. 그러나 그의 자제심은 서서히 무너지기 시작했다. 속이 뒤틀리고, 숨이 가빠오는 가운데, 그는 주먹을 불끈 쥐었다.

"또 순진한 어린 여자아이를 희생양으로 삼는 자는요? 매켄지, 그자는 어떻게 하죠? 유죄인가요? 심판받아야 하나요?"

"그래요! 그놈은 지옥으로 떨어지라고 해요!"

맥이 소리쳤다.

"당신 딸을 잃은 것이 그의 탓인가요?"

"그래요!"

"그의 아버지는, 아들을 잘못 키워서 무시무시한 인간으로 만들어버린 그 아버지는 어떻게 하죠?"

"그래요. 그자도요!"

"매켄지, 우리가 어디까지 가야 할까요? 이 망가짐의 유산은 아담으로 거슬러 올라가는데, 아담은 어떻게 하죠? 또 거기에서 멈출 이유가 있을까요? 하나님은 어떤가요? 하나님이 이 모든 것을 시작했어요. 하나님도 비난받아야 하나요?"

맥은 현기증이 났다. 자신이 심판관이라는 느낌은 전혀 없었고 오히려 자신이 심판을 받는 것 같았다. 여인은 가차 없이 몰아쳤다.

"매켄지. 이게 당신이 벗어날 수 없는 생각 아닌가요? 이것이 바로 '거대한 슬픔'의 연료가 아니었나요? 하나님을 신뢰할 수 없다는 것이? 당신 같은 아버지라면 분명 하나님 아버지를 심판할 수 있어요!"

그의 분노가 타오르는 불길처럼 솟구쳤다. 그는 그녀를 맹렬히 비난하고 싶었지만 그녀의 말은 정확했고 부인할 도리가 없었다. 그녀가 말을 이었다.

"매켄지, 그것이 당신의 정당한 원망 아닌가요? 하나님이 당신과 미시를 저버렸다는 것이? 하나님은 언젠가 폭력에 희생될 것을 알면서도 미시를 창조했어요. 그 비뚤어진 자가 당신 품 안에서 사랑하는 미시를 빼앗아가게 놔두었고요. 하나님은 그 자를 멈추게 할 힘이 있었는데도 말이에요. 매켄지, 그러니 하나님도 비난받아야 하지 않나요?"

맥은 바닥을 내려다보았다. 사방에서 온갖 이미지들이 돌풍처럼 그의 감정을 몰아붙였다. 마침내 그는 손가락으로 여인을 가리키며 의도했던 것보다 더 크게 말했다.

"그래요! 하나님도 비난받아야 해요!"

그의 마음속에서 의사봉이 탕탕 울림과 동시에, 방 안에 그의 목소리가 울려 퍼졌다. 그녀가 단호하게 말했다.

"당신이 하나님을 그렇게 쉽게 심판할 수 있다면 분명 이 세상도 심판할 수 있겠네요."

다시 그녀는 아무 감정도 드러내지 않으며 말을 이었다.

"당신은 당신의 자녀 중에서 하나님의 새로운 하늘과 땅에서 영원히 살아갈 두 아이를 선택해야 해요. 딱 두 명만."

"뭐라고요?"

귀를 의심케 하는 그 말에, 그는 그녀 쪽으로 고개를 돌리며 외쳤다.

"또 당신의 자녀 중에서 영원히 지옥에서 살아갈 세 아이를 선택해야 해요."

맥은 자기가 들은 말을 차마 믿을 수가 없었고 공포감이 몰려오기 시작했다. 그녀는 처음처럼 차분하고 아름다운 목소리로 말을 이었다.

"매켄지, 나는 당신이 하나님이 하는 일이라고 믿고 있는 그 일을 당신에게도 하라고 요구했을 뿐이에요. 하나님은 지금까지 잉태된 모든 인간들을 알고 있어요. 당신이 당신의 아이들을 아는 것보다 훨씬 더 깊고 분명하게 알고 계시죠. 하나님은 아들이나 딸의 존재를 아는 만큼 각각 사랑해요. 그런데도 당신은 하나님이 대부분의 인간을 하나님의 존재와 사랑에서 멀리 떨어뜨리고 영원한 고통을 선고한다고 믿고 있어요. 그렇지 않은가요?"

그는 충격 때문에 말을 더듬거렸다.

"그런 것 같은데요. 하지만 이런 식으로 생각해본 적은 없었어요. 아마도 그러리라고 추측만 했죠. 지옥이란 늘 추상적인 이야기 같았고, 내가 진정으로……."

맥은 자신이 하려는 말이 추악하게 들릴 것을 깨닫고 잠시 머뭇거렸다.

"내가 진정으로 사랑하는 사람들에게 해당되는 이야기는 아니라고 여겼으니까요."

"하나님이라면 쉽게 하겠지만 당신은 그렇게 못한다는 뜻인가요? 매켄지, 이제 결정해요. 당신의 다섯 아이 중 어느 셋을 지옥으로 보내겠어요? 요즘 당신은 케이트와 가장 갈등이 심해요. 당신에게 버릇없이 굴고 상처가 되는 말들을 했지요. 케이트야말로 첫 번째이자 가장 타당한 선택이겠죠. 케이트가 어떻겠어요? 매켄지, 당신이 심판관이니 당신이 선택해야 해요."

"심판관이 되고 싶지 않아요."

그가 일어나며 말했다. 마음이 어지러웠다. 이건 현실일 리 없다. 하나님이 어떻게 그에게 아이들 중에서 선택하라고 할 수 있는가? 케이트나 그 어떤 아이라도 자신에게 잘못을 저질 렀다고 해서 영원히 지옥에서 살라고 선고할 수는 없다. 설령 케이트나 조시, 존, 타일러가 흉측한 죄를 저질렀다고 해도 그 럴 수는 없다. 불가능하다! 아이들이 한 일 때문이 아니라, 아이 들에 대한 사랑 때문에 그럴 수 없는 것이다.

"이 일을 할 수 없어요."

그가 조용히 말했다.

"해야 해요."

그녀가 대꾸했다.

"할 수 없어요."

이번에는 그가 크고 격렬한 목소리로 말했다.

"해야 해요."

그녀의 목소리는 더욱 조용해졌다.

"나는…… 하지…… 않겠어요!"

그가 소리를 질렀다. 안에서 피가 뜨겁게 끓어올랐다.

"해야 해요."

그녀가 속삭였다.

"할 수 없어요. 할 수 없다고요. 하지 않겠어요!"

그가 고함을 질러댔다. 이제는 말과 감정이 마구 쏟아져 나왔다. 여인은 그를 지켜보며 기다렸고, 마침내 그가 그녀를 바라보며 눈으로 탄원했다.

"대신 내가 가면 안 될까요? 영원히 고문받을 사람이 필요하다면 내가 대신 가겠어요. 그래도 될까요? 내가 그렇게 해도 될까요?"

그는 그녀의 발치에 쓰러져 울면서 호소하기 시작했다.

"내 아이들 대신 내가 가게 해줘요. 제발. 기꺼이 그렇게 할게요……. 제발, 이렇게 빌게요. 제발…… 제발…….."

"매켄지, 매켄지."

그녀가 속삭였다. 그녀의 말은 지독하게 무더운 날의 시원한 물 한 바가지 같았다. 그녀가 두 손으로 그의 뺨을 어루만지며 그를 일으켜 세웠다. 그의 시야는 눈물로 흐려졌지만, 반짝이는 그녀의 미소를 볼 수 있었다.

"이제 당신은 예수님 같은데요. 매켄지, 당신은 심판을 잘했어요. 당신이 몹시 자랑스러워요!"

"난 아무것도 심판하지 않았는데요."

맥이 어리둥절해하며 중얼댔다.

"아, 당신은 했어요. 당신의 전부를 희생한다고 해도 당신의 아이들은 사랑받을 가치가 있다고 심판했어요. 예수님의 사랑이 바로 그런 것이었죠."

그는 여인의 말을 들으면서 호숫가에서 기다리고 있을 예수를 떠올렸다.

"이제 당신은 파파의 마음도 알게 됐어요. 자기 아이들을 완벽하게 사랑하는 그 마음을."

그녀가 덧붙였다. 순간 그의 마음에 미시의 모습이 번쩍였고, 그는 솜털이 바짝 곤두서는 것을 느꼈다. 그는 무심결에 벌떡 일어나 의자로 돌아갔다.

"매켄지, 왜 그래요?"

그녀가 물었다. 그는 숨기려 해보았자 소용이 없다는 걸 알았다.

"예수님의 사랑은 이해하지만 하나님은 달라요. 나는 둘이 전혀 다르다고 생각해요."

"당신은 파파와의 시간을 즐기지 않았나요?"

그녀가 놀라서 물었다.

"아뇨, 나는 파파를 사랑해요. 파파는 놀라운 분이지만 그녀는 내가 알아온 하나님과는 전혀 다른 인물이에요."

"당신이 그동안 하나님을 잘못 이해한 건 아닐까요?"

"그럴 수도 있겠죠. 하지만 하나님에게서 미시를 전적으로 사랑하는 모습을 찾아볼 수 없어요."

"심판이 계속되는군요?"

그녀가 슬픔이 밴 목소리로 물었다. 맥은 잠시 멈칫했지만 곧 말을 이었다.

"대체 어떻게 받아들여야 하는 건가요? 미시를 사랑한다면 서 어떻게 그 아이가 그런 무서운 일을 당하게 놔두었는지 도 무지 이해가 안 돼요. 그 아이는 무고했어요. 그런 일을 당할 만 한 일은 전혀 하지 않았죠."

"나도 알아요."

맥이 말을 이었다.

"하나님은 그 아이를 이용해서 내가 내 아버지에게 저지른 일을 벌주려고 했나요? 그건 공정하지 않아요. 그 아이가 그런 일을 당해서는 안 되었어요. 아내도 마찬가지고요."

그의 얼굴에서 눈물이 줄줄 흘렀다.

"차라리 내가 당했어야 했죠. 내 딸아이와 아내는 아니에요."

"당신의 하나님이 바로 그런 분이군요? 당신이 슬픔에 허덕 이다가 죽는다고 해도 놀랍지 않겠어요. 매켄지, 파파는 그런 분이 아니에요. 파파는 당신을 벌주지도, 미시나 낸을 벌주지 도 않아요. 그건 파파의 일이 아니죠."

"파파는 멈추게 하지도 않았어요."

"그래요. 파파는 그 자신을 고통스럽게 만드는 많은 일들을 멈추지 않아요. 당신들의 세계는 심하게 망가졌지요. 당신들 은 독립성을 요구했었죠. 그래놓고는 이제 와서 화를 내고 있어요. 당신들에게 독립성을 내어줄 만큼 당신을 사랑했던 분께 말이죠. 파파가 바라는 대로, 마땅히 되어야 하는 바대로 되는 일도 없어요. 지금 당신의 세계는 어둠과 대혼란에 갇혀 있고 파파가 특히 좋아하는 사람들에게 무서운 일들이 벌어지고 있어요."

"파파는 왜 아무런 조치도 취하지 않는 거죠?"

"그는 이미 하셨는 걸요……."

"예수님이 했던 일을 말하는 건가요?"

"파파도 상처 입은 것을 보지 않았나요?"

"이해할 수 없어요. 어떻게 그가……."

"사랑 때문이죠. 그는 사랑 때문에 십자가의 길을 선택해서 자비가 정의를 이기게 했어요. 파파가 모든 사람을 위해 정의를 선택했다면 더 좋았겠어요? '심판관이신' 당신은 정의를 원하나요?"

그녀가 미소를 지으며 물었다. 그가 고개를 숙이며 대답했다.

"아뇨. 나를 위해서도 내 아이들을 위해서도 그건 아니죠."

그녀는 그가 말을 잇기를 기다렸다.

"그래도 미시가 왜 죽어야 했는지는 아직도 이해되지 않아요."

"매켄지, 미시가 죽어야 했던 건 아니었어요. 그건 파파의 계획이 아니었죠. 파파는 악을 이용해서 자신의 선한 의도를 실행하지 않아요. 당신들 인간이 악을 끌어안아도 파파는 선으로 응답하죠. 미시에게 벌어졌던 일은 악의 소행이었고, 당신 세계의 어느 누구도 그것을 면할 수 없어요."

"하지만 너무 고통스러워요. 더 좋은 방법은 정말 없나요?"

"좋은 방법이 있지만 지금 당신이 보지 못할 뿐이죠. 매켄지, 당신의 독립성을 놓아버리도록 해요. 파파를 심판하는 것을 그만두고 있는 그대로의 그를 알도록 해요. 그러면 당신은 자기중심적인 우주관으로 그를 밀어내는 대신 당신의 고통 중에서도 그의 사랑을 받아들일 수 있어요. 파파는 당신과 함께, 그리고 미시와 함께 있으려고 당신의 세계 안으로 기어 들어갔어요."

맥이 의자에서 일어났다.

"나는 더 이상 심판관이 되고 싶지 않아요. 진심으로 파파를 믿고 싶어요."

그가 책상을 지나 모든 것이 시작되었던 그 평범한 의자로 돌아가는 동안 어느새 방 안이 환하게 밝아졌다.

"하지만 난 도움이 필요해요."

그녀가 팔을 뻗어 맥을 끌어안았다.

"이제 집으로 돌아가는 여행이 시작되었다는 말처럼 들리는데요. 확실히 그런 것 같아요."

조용하던 동굴 안에 갑자기 아이들의 웃음소리가 울려 퍼졌다. 방 안이 점점 밝아지며 분명히 보이는 웃음소리가 벽 한쪽을 통해 들려왔다. 그 벽을 유심히 쳐다보자 바위의 표면이 점점 투명해졌고, 햇볕은 아지랑이가 되어 동굴 안으로 스며들었다. 그가 깜짝 놀라 아지랑이 너머를 내다보자 멀리서 놀고 있는 아이들의 모습이 흐릿하게 드러났다.

"내 아이들 목소리 같은데요!"

맥은 놀라서 입을 딱 벌렸다. 아지랑이는 벽 쪽으로 움직여 가다가 마치 커튼을 연 것처럼 양쪽으로 갈라졌고, 뜻밖에도 초원을 가로질러 호수 쪽이 보였다. 정상은 하얀 눈으로 덮였고 울창한 수풀 옷을 차려입은 웅장한 산들이 모습을 보이고 있었다. 산의 발치에는 오두막의 전경이 분명하게 드러났다. 파파와 사라유는 오두막에서 자신을 기다리고 있을 것이다. 어딘가에서 커다란 시냇물이 흘러나와 그의 앞을 지나 고원지대의 풀과 잔디가 자란 들판을 따라 호수로 흘러들었다. 사방에서 새들이 노래를 부르고 여름의 달콤한 향기가 대기 속에 가득 찼다.

맥은 한순간에 이 모든 정경을 보고 듣고 냄새 맡았다. 그때 그의 시선은 무언가 움직임이 있는 곳으로 이끌려갔다. 40미터 정도 거리에 있는, 시내가 흐르는 호숫가 근처에서 아이들이 놀고 있었다. 그의 아이들이었다. 존과 타일러, 조시, 케이트. 그런데 잠깐, 한 명이 더 있다!

그는 숨이 막힐 지경이었으나 좀 더 시선을 집중했다. 자기 앞의 돌벽이 눈에 보이지 않는 힘으로 버티고 있다는 듯 온몸에 힘을 주고 밀어 아이들에게 다가갔다. 시야가 좀 더 분명해졌다.

"미시!"

미시가 맨발로 물을 차고 있다가 그의 목소리를 들었는지 무리에서 뛰어나왔다. 그러고는 곧장 맥의 발 앞에서 끝나는 길을 향해 달려왔다.

"오, 하나님! 미시!"

그는 둘 사이를 가로막는 베일을 뚫고 앞으로 나가려고 했으나 그를 막는 어떤 힘에 부딪쳤다. 그 힘은 같은 극의 자석처럼 그가 애를 쓰면 쓸수록 더욱더 그를 굴 안쪽으로 밀쳤다.

"저 아이는 당신의 목소리를 듣지 못해요."

맥은 개의치 않고 "미시!"라고 외쳤다. 미시가 바로 앞에 있었다. 붙잡으려고 그토록 노력했건만 천천히 사라져갔던 과거의 기억이 돌아왔다. 그는 어떤 손잡이라도 붙잡고 열어서 딸에게 갈 수 있는 방법을 찾아보려 했으나 아무것도 없었다.

그러는 동안 미시가 바로 맥의 앞까지 와서 멈춰 섰다. 그러나 미시의 시선은 그를 향하지 않고 둘 사이에 있는 무언가, 그 아이에게는 분명하게 보이지만 그에게는 전혀 보이지 않는 어떤 큰 물체에 고정되어 있었다. 마침내 맥은 자력 같은 힘에 굴복하고 말았다. 맥은 여인에게 반쯤 고개를 돌리고는 정신 나간 사람처럼 물었다.

"미시가 나를 볼 수 있나요? 내가 여기 있다는 걸 알아요?"

"저 아이는 당신이 여기 있다는 걸 알지만 당신을 보지는 못해요. 저 아이가 보고 있는 건 아름다운 폭포지만 당신이 그 폭포 뒤에 있다는 건 알아요."

맥이 혼자 웃으면서 소리쳤다.

"폭포라고요! 또다시 폭포 이야기인가요!"

맥은 미시에게 온 신경을 집중하고 그 아이의 모든 표정과 머리칼과 손의 세세한 부분까지 기억해두려고 애썼다. 미시의 얼굴에서 커다란 미소가 터져 나오고 보조개가 깊게 패었다. 미시의 입이 천천히 크게 벌어졌고, 그는 "괜찮아요, 나는…… 아빠를 사랑해요."라는 입 모양을 보고 감격에 차 눈물을 흘렸다. 맥은 폭포처럼 흘러내리는 눈물 사이로 하염없이 미시를 지켜보았다. 미시와 이렇게 가깝게 있다는 것이 이토록 괴로울 줄 몰랐다. 미시가 자기만의 독특한 포즈로 한 다리를 앞으로 내밀고 손목을 안쪽으로 구부린 채 엉덩이에 한 손을 얹고 있는 모습을 다시 보게 될 줄이야.

"미시는 정말 괜찮은 거죠?"

"당신이 아는 것보다 더 괜찮아요. 지금의 삶은 앞으로 다가올 더 큰 현실의 대기실일 뿐이죠. 당신의 세계에서는 어느 누구도 자신의 잠재력을 완전히 발휘하지 못해요. 그 세계는 파 파가 늘 마음에 품어온 것을 준비하는 과정에 불과하죠."

"미시에게 다가갈 수 있을까요? 딱 한 번만 품에 안고 뽀뽀할 수 있을까요?"

그가 나지막하게 애원했다.

"안 돼요. 이것은 미시가 원하는 방식이죠."

"미시가 이런 방식을 원했다고요?"

그는 혼란스러웠다.

"그래요. 미시는 아주 현명한 아이죠. 나는 특히 미시를 좋아 해요."

"내가 여기 있다는 것을 미시가 아는 게 확실한가요?"

"그래요, 확실해요. 미시는 언니 오빠들과 놀고 당신 옆에 올 수 있는 오늘을 아주 흥분하며 기다렸어요. 엄마도 여기 왔다 면 훨씬 더 좋아했겠지만 그건 다음으로 미뤄야죠."

맥은 여인에게 고개를 돌렸다.

"내 다른 아이들도 정말 여기 있나요?"

"그 아이들은 여기 있으면서도 여기 있지 않아요. 미시만 진 정으로 여기 있지요. 다른 아이들은 꿈을 꾸는 중이고 각자 희 미하게 기억할 거예요. 더 자세히 기억하는 아이들도 있겠지만 아무도 완전히 기억하지는 못해요. 아이들 각자에겐 무척 평화 로운 수면시간이지만 케이트에겐 다르겠죠. 이 꿈은 케이트에게 힘들지도 몰라요. 미시만은 완전히 깨어 있어요."

맥은 소중한 미시의 모든 동작들을 주시하다가 질문을 던졌다.

"미시가 나를 용서했나요?"

"무엇 때문에 당신을 용서한다는 거죠?"

"내가 미시를 놓치고 말았으니까요."

그가 속삭였다.

"용서할 것이 있었다면 용서하는 것이 저 아이의 본성이겠지만 용서할 건 없었어요."

"나는 그자가 미시를 데려가는 것을 막지 못했어요. 내가 정신을 빼앗긴 동안 그자가 미시를 데려갔어요……."

그의 목소리가 잦아들었다.

"당신 아들을 구하던 중이지 않나요? 당신이 벌을 받아야 한다고 믿는 사람은 온 우주에서 당신밖에 없어요. 미시도 또 낸이나 파파도 그렇게 생각하지 않아요. 이제 그 기만에서 벗어날 때가 되었어요. 매켄지, 설사 당신이 비난받아야 하더라도 미시의 사랑은 당신의 결점을 끌어안고도 남아요."

바로 그때 누군가가 미시의 이름을 불렀다. 맥도 아는 목소리였다. 미시가 기쁘게 소리를 지르며 다른 아이들을 향해 달리기 시작했다. 그러다가 미시가 갑자기 걸음을 멈추고 아빠에게로 다시 달려왔다. 미시는 아빠를 껴안는 것처럼 두 손으로 크게 허공을 껴안으며 눈을 감고는 과장되게 뽀뽀하는 시늉을 했다. 그도 폭포 뒤편에서 미시를 껴안았다. 미시는 얼마 동안 꼼짝 않고 서 있었다. 미시는 아버지에게 좋은 기억을 선물로 주겠다는 듯 손을 흔들더니 몸을 돌려서 아이들에게로 달려갔다.

이제 맥은 미시를 부르던 목소리의 주인공을 분명하게 볼 수 있었다. 예수님이 그의 아이들과 함께 놀고 있었다. 미시가 조금도 망설이지 않고 예수의 품으로 뛰어들었다. 예수는 미시를 두 번 빙빙 돌리다가 내려놓았고 모두 함께 웃으면서 호수 위로 던질 물수제비용 돌멩이를 고르기 시작했다. 그들의 즐거운 목소리는 교향악 같았고, 그 광경을 바라보는 그의 눈에서는 눈물이 마구 흘러내렸다.

갑자기 아무 경고도 없이 폭포수가 쏟아져 내리고 아이들의 모습과 소리가 모두 사라졌다. 그는 본능적으로 뒤로 펄쩍 물러섰다. 어느새 동굴 벽들이 사라지고 그는 호수 뒤쪽의 석굴에 서 있었다. 여인의 손길이 어깨에 닿는 것이 느껴졌다.

"다 끝난 건가요?"

그가 물었다.

"지금은 그래요. 매켄지, 심판은 파괴가 아니라 모든 일들을 제자리에 놓는 것이죠."

그녀가 부드럽게 대답했다. 맥이 미소를 지었다.

"더 이상 길을 잃고 헤매는 기분은 들지 않아요."

그녀가 그를 폭포수 옆으로 부드럽게 이끌었고, 그는 호숫가에서 여전히 물수제비를 뜨고 있는 예수를 보았다.

"누군가가 당신을 기다리는 것 같은데요."

그녀의 손이 그의 어깨를 살짝 잡았다가 놓는 것이 느껴졌다. 맥은 뒤를 돌아보지 않고서도 그녀가 사라진 것을 알았다. 그는 미끄러운 돌들을 기어오르고 축축한 바위를 넘어서 폭포 가장자리로 돌아가는 길을 찾아냈다. 그는 쏟아져 내리는 폭포수에서 올라오는 신선한 안개 속을 뚫고 햇볕 속으로 나아갔다.

맥은 피곤하지만 깊은 만족감을 느끼면서 걸음을 멈추고 잠시 눈을 감았다. 미시의 세세한 모습 하나하나를 마음속에 새겨보면서 앞으로도 그 아이의 모든 변화와 움직임을 다시 떠올릴 수 있기를 바랐다.

갑자기 아내가 너무나 보고 싶었다.

12
짐승의 뱃속에서

사람들은 종교적 신념이 있을 때
더욱더 철저하게 기쁨에 넘쳐 악을 행한다.
— 블레즈 파스칼

신을 제거한 후에는 정부(政府)가 신이 된다.
— G. K. 체스터턴

맥은 호수를 향해 걸어오면서 무언가를 잃었다는 것을 불현 듯 깨달았다. 그와 항상 함께였던 '거대한 슬픔'이 사라진 것이다. 폭포의 장막 뒤에서 바깥으로 걸어 나올 때 폭포의 물안개 속으로 씻겨 나간 것 같았다. '거대한 슬픔'이 더 이상 없다니 기분이 이상하고 불편하기까지 했다. 지난 몇 년 동안 당연하게 여겨온 존재가 뜻밖에도 사라진 것이다.

"슬픔이 당연하다는 생각은 헛된 거였어."

그가 혼잣말로 중얼댔다. '거대한 슬픔'은 더 이상 그의 정체성이 되지 못할 것이다. 그는 자신이 그 짐을 짊어지지 않는다 하더라도 미시가 섭섭해하지 않을 것을 깨달았다. 그가 그 짐을 짊어지고 괴로워한다면, 오히려 미시는 슬퍼할 것이다. 그는 이 모든 것을 내려놓고 나면 자신이 어떤 사람이 될지, 또한 모든 것을 야금야금 갉아먹어 온 죄책감이나 절망감이 없는 일상은 어떨지 궁금해졌다.

빈터에 도착했더니 예수가 여전히 물수제비를 뜨며 그를 기다리고 있었다. 예수가 웃으면서 그를 향해 걸어오더니 이렇게 말했다.

"나는 열세 번이 기록인 것 같아요. 타일러는 나보다 세 번이나 더 갔고, 조시가 던진 돌멩이는 너무 빨라서 다들 숫자를 세다가 포기했죠."

예수가 그를 안으며 덧붙였다.

"맥, 당신 아이들은 특별해요. 당신과 낸은 아이들을 아주 잘 사랑해왔어요. 케이트가 요즘 힘들어하고 있지만 그건 천천히 해결하도록 해요."

그는 예수가 자기 아이들에 대해 무척 친근하게 말하는 것에 몹시 감동했다.

"아이들은 돌아갔나요?"

예수가 물러서며 고개를 끄덕였다.

"그래요. 각자의 꿈속으로 돌아갔죠. 물론 미시는 빼고."

"그 아이는……?"

"미시는 당신과 이렇게 가까이 있게 된 걸 몹시 좋아했어요. 그리고 당신이 나아졌다는 것에 감격하고 있어요."

맥이 애써 침착하려 하자 예수가 화제를 바꾸었다.

"소피아와의 시간은 어땠어요?"

"소피아라고요? 아, 그 여인이 소피아였군요!"

맥이 외쳤다. 그의 얼굴에 혼란스러운 표정이 번져나갔다.

"그렇다면 하나님이 넷인가요? 소피아도 하나님인가요?"

예수가 크게 웃었다.

"아뇨. 우리는 셋뿐이죠. 소피아는 파파의 지혜가 인격화된 모습이에요."

"아, 잠언에 나오는 여인이군요. 자기 말을 경청할 자를 찾으려고 거리에서 소리치는 그 여인이요."

"맞아요."

"하지만,"

그는 허리를 구부리고 신발 끈을 푸느라 잠시 말을 멈추었다.

"하지만 실제 인물처럼 보이던데요."

"아, 그녀는 정말 실재해요."

예수가 대답했다. 그러고는 주변에서 누가 지켜보기라도 하는 것처럼 주변을 둘러보더니 속삭였다.

"그녀는 사라유를 둘러싸고 있는 신비의 일부죠."

"나는 사라유가 아주 좋아요."

맥이 허리를 펴면서 말하다가 자신이 이렇게 솔직해진 것에 약간 놀랐다.

"나도 그래요!"

예수도 강조하며 말했다. 그들은 호숫가로 돌아가서 조용히 건너편의 오두막을 바라보았다.

"무섭지만 굉장했어요. 소피아와 보낸 시간 말이에요."

예수가 조금 전에 물었던 질문에 맥은 이제야 대답했다. 문득 그는 아직도 하늘 높이 태양이 떠 있는 것을 알아차렸다.

"정확히 얼마 동안의 시간이 흐른 거죠?"

"채 15분도 되지 않았어요. 그다지 긴 시간은 아니었죠."

예수는 맥의 놀란 표정을 보고는 이렇게 덧붙였다.

"소피아와 함께한 시간은 정상적인 시간과 같지 않아요."

"흠. 그녀와 함께한 어느 것도 정상적이지 않은 것 같은데요."

맥이 중얼댔다.

"사실,"

예수가 말하다 말고 마지막으로 호수에 돌멩이를 던졌다.

"그녀와 함께 있으면 모든 게 정상적이고 우아하고 단순하죠. 당신은 꼬여 있는 데다가 독립성이 강해서 그녀를 복잡하게 만들었어요. 그래서 당신은 그녀의 단순성조차 심오하다고 여기게 된 거죠."

"나는 복잡하고 그녀는 단순하군요. 휴! 내 세계는 온통 거꾸로 되어 있군요."

맥은 어느새 통나무에 앉아 신발과 양말을 벗으며 돌아갈 준비를 하고 있었다.

"설명 좀 해줄 수 있나요? 여기는 한낮인데 어떻게 내 아이들이 꿈속에서 여기서 놀 수 있었죠? 어떻게 이런 일이 가능하죠? 그중에 실제적인 것도 있나요? 아니면 나도 꿈을 꾸고 있는 건가요?"

예수가 다시 웃었다.

"어떻게 이런 일이 가능하냐고요? 묻지 말아요. 다소 혼란스럽고 시간적 차원과 관련되어 있는 문제니까요. 이것도 사라유의 분야죠. 당신도 알다시피 시간을 창조한 유일자에게 시간은 아무런 제약이 되지 않아요. 궁금하면 그녀에게 물어봐요."

"아뇨. 그냥 놔둘래요. 좀 궁금했을 뿐이죠."

맥이 씩 웃었다.

"하지만 '그중에 실제적인 것도 있나요?'라는 질문에 대해서는 당신이 상상하는 이상으로 있다고 대답하겠어요."

예수는 맥이 완전히 집중할 때까지 잠시 뜸을 들였다.

"'실재라는 게 뭔가요?'가 더 나은 질문이겠죠."

"이제는 전혀 모르겠어요."

맥이 말했다.

"만약 그것이 꿈속에서 일어난 일이라면, 덜 '실제적'인 걸까요?"

"글쎄, 좀 실망할 것 같은데요."

"왜죠? 맥, 당신이 인식하는 것보다 훨씬 많은 일이 여기에서 이루어지고 있어요. 이 모든 것은 당신이 알아온 인생보다 훨씬 더 실제적이라고 확신해도 좋아요."

맥은 주저하다가 또 다른 질문을 던졌다.

"아직도 날 괴롭히는 문제가 있어요. 미시에 대해서요."

예수가 통나무에 앉아 있는 그의 옆에 와서 앉았다. 맥은 무릎에 두 팔꿈치를 얹고 발치의 자갈들을 내려다보면서 말했다.

"미시 생각이 계속 나요. 트럭에서 혼자 무서워하면서······."

예수가 팔을 뻗어 맥의 어깨를 잡으며 부드러운 목소리로 말했다.

"맥, 미시는 절대 혼자가 아니었어요. 내가 그 아이 곁에 있었으니까요. 우리는 한순간도 그 아이를 떠나지 않았어요. 내가 나 자신을 버릴 수 없는 것처럼 그 아이나 당신도 버릴 수 없어요."

"당신이 그 자리에 있었다는 것을 미시도 알았나요?"

"그래요. 그 아이도 알고 있었죠. 처음엔 아니었어요. 워낙 두려운 상황이고 미시도 충격을 받았으니까요. 야영장에서 여기까지 올라오는 데 꽤 시간이 걸렸어요. 미시는 사라유가 자기를 감싸주자 마음을 놓았어요. 그 긴 여행 동안 우리는 대화를 나누었죠."

맥은 이 모든 것을 그저 받아들이려 했다. 더 이상 아무 말도 할 수 없었던 것이다.

"미시는 겨우 여섯 살이지만 우리는 친구랍니다. 대화를 나누는 사이지요. 그때 미시는 무슨 일이 벌어질지 전혀 몰랐어요. 사실 그 아이는 아빠와 언니, 오빠에 대해 더 걱정했어요. 아빠가 자기를 찾지 못할 거라는 것을 알았으니까요. 미시는 당신을 위해, 당신의 평화를 위해 기도드렸어요."

뺨을 타고 눈물이 흘러내렸으나 맥은 신경 쓰지 않았다. 예수가 부드럽게 그를 안았다.

"맥, 자세한 내용을 전부 알고 싶진 않을 거예요. 그건 당신에게 아무런 도움도 되지 못할 테니까요. 하지만 우리는 한시도 그 아이에게서 떨어져 있지 않았어요. 그 아이는 나의 평화를 알고 있었고 당신은 그 아이를 자랑스러워했을 거예요. 정말 용감했어요!"

눈물이 마구 흘러내렸으나 맥은 이번 눈물은 다르다고 느꼈다. 더 이상 외롭지 않았다. 그는 자신이 사랑하게 된 이 남자의 어깨에 얼굴을 묻은 채 부끄러움 없이 울었다. 흐느낄 때마다 긴장이 서서히 빠져나가고 깊은 안도감이 빈자리를 채웠다. 마침내 그는 깊이 숨을 들이마셨다가 내쉬며 고개를 들었다.

그리고 한마디 말도 없이 자리에서 일어나 어깨에 신발을 둘러매고 물 안으로 걸어들어갔다. 첫 걸음에 발목까지 쑥 빠져서 놀라긴 했지만 신경 쓰지 않았다. 그는 바지를 무릎 위로 말아 올리고 차디찬 물에 또 한 걸음을 내디뎠다. 물이 종아리 중간까지 차올랐고 그 다음에는 무릎까지 올라왔다. 두 발은 여전히 호수 바닥을 밟고 있었다. 뒤돌아보니 예수가 팔짱을 끼고 호숫가에 서서 그를 지켜보고 있었다.

맥은 고개를 돌려 호수 건너편을 바라보았다. 왜 이번에는 안 되는 건지 의아했지만, 그래도 계속 가보겠다고 결심했다. 예수가 옆에 있으니 걱정할 건 없었다. 차가운 물에서 오랫동안 헤엄을 쳐야 할지도 모른다는 생각이 썩 내키진 않았지만 필요하다면 그렇게 해서라도 호수를 건너가면 그만이었다.

그가 다시 한 걸음을 내디뎠을 때, 다행히도 물이 더 깊어지는 대신 발이 약간 위로 떠올랐다. 매 걸음마다 발이 점점 올라가다가 마침내 완전히 수면 위로 떠올랐다. 예수가 옆에 다가왔고 둘은 오두막을 향해 계속 걸어갔다.

"함께할 때 더 잘되는 것 같아요. 그렇지 않나요?"

예수가 미소를 지으며 물었다.

"아직 배울 게 많네요."

그도 예수에게 미소를 지어 보였다. 그는 호수를 헤엄치건 물 위를 걸어가건 상관없다는 것을 깨달았다. 물 위로 걸어가는 것이 더 근사하겠지만, 결국 중요한 건 예수님이 함께한다는 것이었다. 이제 그도 예수님을 신뢰하기 시작한 모양이었다. 아직은 걸음마 단계이긴 하지만.

"함께 있어줘서 고맙습니다. 미시에 대해 이야기해줘서 고맙고요. 누구와도 그녀에 대해 진정으로 대화해본 적이 없었어요. 너무 엄청나고 무서웠어요. 하지만 이젠 좀 나아진 것 같아요."

"어둠 속에서는 두려움과 거짓말과 후회의 실제 크기가 가려지죠. 그런 것들은 실재하는 것이 아니라 그림자이기 때문에 어둠 속에서 더 크게 보일 뿐이에요. 당신 안에 있는 그런 것들에게 빛을 비추면 실제 모습이 보이겠죠."

예수의 설명이었다.

"우리 안에 왜 그런 쓰레기를 가지고 있는 거죠?"

맥이 물었다.

"그 안이 더 안전하다고 믿으니까요. 또 살아남으려고 애쓰는 어린애에 불과할 때는 실제로 거기가 더 안전하기도 해요. 당신은 외면적으로는 성장했더라도 내면적으로는 여전히 어두운 동굴 속 괴물들에게 둘러싸여 지내는 어린애인 셈이죠. 그리고 당신은 습관적으로 괴물들을 더 수집하죠. 우리 모두 가치 있는 것을 수집하고 있다는 거 알고 있어요?"

예수의 마지막 질문에 맥이 미소를 지었다. 사라유의 눈물 수집에 대한 이야기가 생각났기 때문이다.

"나처럼 어둠 속에서 헤매는 사람이 어떻게 변할 수 있죠?"

"변화는 천천히 일어나는 경우가 많아요. 당신 혼자서는 못한다는 것을 잊지 말아요. 온갖 방어기제와 두뇌 게임을 동원해서 변화하려는 사람도 있어요. 그래도 괴물은 여전히 그 안에 도사리고 앉아 기회만 노리고 있지요."

"이제 나는 무엇을 해야 하죠?"

"당신이 이미 하고 있는 걸 하면 돼요. 사랑받으며 사는 법을 배우는 거죠. 인간에게는 쉬운 개념이 아니에요. 당신들은 함께 하는 것을 어려워하니까요."

예수가 웃으면서 말을 이었다.

"우리는 당신이 우리에게 돌아오길 바라고 있어요. 그러면 우리는 당신 안에 집을 짓고 함께할 거예요. 이 우정은 상상이 아니라 실재하는 것이에요. 우리는 당신과 대화를 나누며 여행처럼 이 삶, 즉 당신의 삶을 함께 경험하기로 되어 있어요. 당신은 우리의 지혜를 나누고 사랑하는 법을 배울 수 있어요. 그리고 우리는…… 당신이 툴툴대며 괴로워하고 불평하는 소리를 듣고 또…….'

맥이 크게 웃으면서 예수를 살짝 밀쳤다. 예수가 갑자기 걸음을 멈추고 큰 소리로 "조용히 해요!"라고 말했다. 맥은 자기 때문에 예수가 화가 난 모양이라고 생각했는데, 다시 보니 예수는 물속 깊은 곳을 주시하고 있었다.

"봤어요? 봐요, 그가 또 오네."

"뭐라고요?"

맥은 가까이 다가가서 손으로 햇볕을 가리면서 예수가 바라보는 것을 함께 들여다보았다. 예수가 낮은 목소리로 외쳤다.

"봐요, 보시라고요! 아름답죠? 60센티미터는 되겠어요!"

커다란 호수 송어 한 마리가 수면 50센티미터 정도 아래에서 미끄러지듯 헤엄치고 있었다.

"몇 주 동안 저놈을 잡으려고 했는데 이렇게 나를 유혹하러 왔네요."

예수가 웃었다. 맥은 예수가 이리저리 움직이며 물고기를 따라가다가 결국 포기하는 모습을 신기한 눈으로 바라보았다. 그는 어린애처럼 흥분해서 맥에게 말했다.

"정말 근사하지 않나요? 저 녀석은 절대로 잡히지 않을 것 같아요."

맥은 이 모든 광경에 어리둥절해졌다.

"예수님, 물고기에게 당신의 보트로 뛰어들라거나 미끼를 물라고 명령하면 될 텐데……. 당신은 창조주 아니시던가요?"

예수가 몸을 구부리고 손으로 수면을 훑었다.

"맞죠. 하지만 그러면 무슨 재미가 있겠어요?"

예수가 그를 올려다보며 씩 웃었다. 맥은 웃어야 할지 울어야 할지 몰랐다. 자기가 이 사람을, 하나님이기도 한 이 사람을 얼마나 사랑하게 되었는지를 다시금 깨달았다. 예수가 구부리고 있던 허리를 쭉 폈고, 둘은 선착장을 향해 다시 걸음을 옮겼다. 맥은 또 다른 질문을 시도해보았다.

"왜 좀 더 일찍 미시에 대해 말해주지 않았어요? 어젯밤이나 일 년 전이나 아니면……."

"우리가 노력하지 않았다고는 생각하지 말아요. 당신은 고통 속에서 나를 최악의 존재로 가정했었죠. 그렇게 오랫동안 말을 걸었는데도 당신은 오늘에서야 처음 우리 목소리를 들었어요. 그래도 그전의 시간들이 헛된 것은 아니었어요. 당신의 오늘은 벽에 조금씩 균열이 생기듯 서서히 준비되어온 것이랍니다. 씨를 뿌리기 전에 미리 밭을 갈아두어야 하는 법이죠."

"우리가 왜 저항하는지, 왜 그렇게 당신을 저항하는지 모르겠어요. 지금 돌이켜보니 멍청해 보여요."

"그것이 바로 은혜의 타이밍이라는 거죠. 우주에 한 인간만 살고 있다면 타이밍은 꽤 단순하겠죠. 하지만 한 명만 더 늘어나도 어떻게 되는지는 당신도 짐작할 수 있겠죠? 각각의 선택은 시간과 관계 사이를 퍼져 나가면서 다른 선택에 영향을 미치게 돼요. 파파는 거대한 뒤죽박죽 속에서 장엄한 직물들을 짜내죠. 오직 파파만이 이 일을 해낼 수 있고, 파파는 우아하게 그 일을 해내죠."

"그러니까 내가 할 일은 파파를 따르는 것뿐이군요."

맥이 결론을 내렸다.

"그래요. 그게 바로 핵심이죠. 이제 당신은 진정한 인간의 의미를 이해하기 시작했어요."

그들은 선착장의 끄트머리에 도착했다. 예수는 선착장 위로 먼저 올라간 다음 몸을 돌려 맥이 올라오도록 도와주었다. 둘은 선착장 끝에 앉아 맨발을 수면 위로 달랑거리며 바람이 만드는 호수의 놀라운 그림을 감상했다. 맥이 정적을 깨트렸다.

"내가 미시를 볼 때, 천국을 본 것인가요? 여기와 비슷해 보이던데요."

"맥, 우리의 최종적인 운명은 당신의 머릿속에 박혀 있는 천국의 이미지, 다시 말해서 진주 문과 황금 길과는 달라요. 그보다는 이 우주를 새로이 정결하게 만든 곳이라 할 수 있어요. 이곳과 많이 비슷하죠."

"진주 문과 황금 길은 어떻게 된 건가요?"

예수가 환하고 따사로운 햇살을 즐기며 눈을 감고 선착장에 누웠다.

"아, 그건 나와 내가 사랑하는 여인을 그린 그림이죠."

농담인가 싶어 그를 쳐다보았지만 분명 농담은 아니었다.

"나의 신부인 교회의 그림이에요. 그곳엔 함께 영적인 도시를 이루는 사람들이 살고 있지요. 길 한가운데로 생명의 강이 흐르고, 강 양쪽에 있는 나무들은 여러 공동체의 고통과 슬픔을 치유해줄 열매를 맺어요. 이 도시는 언제나 열려 있고, 이 도시로 들어가는 각각의 문은 하나의 진주로 만들어져 있지요……."

예수가 한쪽 눈만 뜨고 그를 쳐다보았다.

"그건 다름 아닌 나죠!"

예수는 맥의 얼굴에 담긴 궁금한 표정을 알아채고 설명했다.

"그러니까, 진주 말이에요. 고통과 괴로움, 그리고 마지막엔 죽음으로 만들어진 유일한 보석이죠."

"알겠어요. 당신은 안으로 들어가는 문이지만……."

맥이 적당한 단어를 찾기 위해 잠시 말을 멈추었다.

"당신은 교회를 마치 당신이 사랑하는 여인처럼 말하는데,

그렇다면 난 아직 그녀를 못 만난 것 같네요."

맥은 약간 고개를 돌리며 말을 이었다.

"일요일마다 내가 찾아가는 그곳은 아니에요."

그는 이렇게 말해도 되나 싶어 혼잣말처럼 중얼댔다.

"맥, 그건 당신이 인간이 만든 체계인 제도만 보기 때문이죠. 나는 그런 걸 세우러 온 게 아니에요. 나는 사람들과 그들의 삶을 봐요. 교회란 나를 사랑하는 모든 사람들의 살아 숨 쉬는 공동체이지 어떤 건물이나 프로그램이 아니에요."

맥은 예수가 '교회'에 대해 이런 식으로 말하는 것을 듣고 조금 놀랐다. 그러나 다시 생각해보니 예수의 말은 그를 놀라게 하기보다는 안도하게 했다.

"내가 어떻게 그 교회의 일부가 될 수 있죠? 당신이 푹 빠진 것 같은 그 여인 말이에요."

"맥, 그건 간단해요. 단지 삶을 나누는 것과 관계들, 그게 다예요. 우리가 지금 하고 있는 일, 바로 이 일을 주변 사람들과도 나누는 것이죠. 나의 교회는 사람에 대한 것이며 삶이란 결국 관계에 대한 것이랍니다. 당신들이 세울 수는 없어요. 그건 내 일이고 또 내가 꽤 잘하는 일이랍니다."

예수가 씩 웃었다. 그의 말은 신선한 공기 같았으며, 단순했다. 고된 일들과 긴 요구사항도, 잘 알지 못하는 앞사람의 뒤통수나 노려보며 지루한 모임에 앉아 있는 것도 아니다. 그저 삶을 나눌 뿐이라니.

"잠깐만요……."

맥의 머릿속에 수많은 질문들이 떠오르기 시작했다. 그가 오해한 것일지도 모른다. 지나치게 간단하지 않은가! 그는 다시 자제심을 발동시켰다. 인간들이 방황하며 독립성만 주장하다가 이 간단한 것을 복잡하게 만들어버린 것일까? 그는 마침내 이해하기 시작한 것을 죄다 엉망으로 만들까 싶어 다시 생각해 보았다. 지금 이 순간 혼란스러운 질문을 던진다면 작고 깨끗한 물웅덩이에 진흙을 던지는 꼴이 되겠지.

"아니, 됐어요."

결국 그는 이렇게만 말했다.

"맥, 전부 이해할 필요는 없어요. 나와 함께 있기만 해요."

그는 그렇게 하기로 결정하고 예수 옆에 누웠다. 그러고는 햇빛을 손으로 가리며 이른 오후의 햇살을 몰아내는 구름을 바라보았다.

"솔직히 말해서 '황금 길'이라는 상품이 주어지지 않는다고 해서 그다지 실망하진 않았어요. 나로서는 좀 따분한 소리였고, 여기 당신과 함께 있는 것에 전혀 못 미치죠."

맥이 그 순간을 음미하는 동안 적막이 찾아왔다. 바람이 나무를 어루만지는 소리와 근처 시냇물이 호수로 내려가면서 터트리는 웃음소리가 들렸다. 위엄이 넘치는 하루, 숨이 막힐 정도로 아름다운 경치였다.

"진심으로 이해하고 싶어요. 당신은 내가 알던 선의로 만들어졌을 종교적인 것들과 정말 달라요."

"아무리 좋은 의도라 해도 종교 기관이 사람들을 집어삼킬 수 있죠!"

예수가 신랄하게 말했다.

"내 이름으로 이루어지는 것들 중에는 나와 아무 관계가 없는 것도 많아요. 또 의도하지 않았다 하더라도 내 목적과 정반대되는 것도 있고요."

"당신은 종교와 제도를 그다지 좋아하지 않는군요?"

맥은 자기가 질문을 하는 건지 관찰하는 것인지 확신하지 못하면서 말했다.

"나는 제도를 창조하지 않았어요. 지금까지도 아니었고 앞으로도 아닐 거예요."

"결혼 제도는요?"

"결혼은 제도가 아니라 관계죠."

예수가 잠시 말을 멈추었다. 그는 끈기 있고 참을성 있는 목소리로 말을 이었다.

"방금 말한 대로 나는 제도를 창조하지 않았어요. 그건 하나님 흉내를 내고 싶어하는 자들의 소관이에요. 그러니까 나는 종교를 그다지 좋아하지 않죠."

예수가 약간 냉소적으로 말했다.

"정치나 경제도 그다지 좋아하지 않죠."

예수의 표정이 눈에 띄게 어두워졌다.

"내가 왜 좋아하겠어요? 이 셋은 지구를 파괴하고 내가 사랑하는 사람들을 기만하는, 인간이 만들어낸 공포의 삼위일체죠. 인간이 직면하고 있는 정신적인 고통이나 근심 중에서 이들과 관련되지 않은 것이 뭐가 있죠?"

맥은 무슨 말을 해야 할지 몰라 가만히 있었다. 그의 이해력을 뛰어넘는 이야기였다. 그의 시선이 흐려지는 것을 보고 예수가 방향을 바꾸었다.

"간단히 말해서 이런 공포는 안전과 통제에 대한 환상을 지지하기 위해 많은 이들이 사용하는 도구죠. 사람들은 불확실한 것과 미래를 두려워해요. 제도나 구조, 이념은 확실성과 안전이 없는 곳에서 그것을 부여잡으려 하는 헛된 노력이죠. 모두 거짓이에요! 체제는 당신을 보호하지 못해요. 오직 나만이 할 수 있어요."

맥은 속으로 '세상에!' 하며 중얼댔다. 자신을 비롯한 모든 이들이 삶을 운영하고 이끌어가는 방법이 쓰레기에 불과하다니.

"그런데,"

맥은 머리를 굴려보았지만 특별히 떠오르는 게 없어서 다시 질문을 던졌다.

"그런데요?"

"맥, 나는 행동 강령을 내리려고 여기 온 게 아니에요. 정반대죠. 나는 당신에게 완전한 삶, 그러니까 나의 생명을 주려고 왔어요."

맥은 계속 머리를 굴려보았다.

"성장해가는 관계를 단순하고 순수하게 즐기는 것이라고 할까요?"

"아, 알 것 같아요!"

"만약 당신이 이 여행에서 대화 없이, 다시 말해서 나 없이 혼자 살려 한다면 그건 당신 혼자 물 위를 걸으려 하는 것과 마찬가지겠죠. 당신은 할 수 없어요. 아무리 의도가 좋다 하더라도 결국은 가라앉을 거예요. 물에 빠지는 사람을 구하려고 애써본 적이 있어요?"

예수는 이미 그 대답을 알면서도 질문을 던졌다. 맥의 가슴과 근육이 본능적으로 긴장되었다. 그는 카누와 조시에 대해 떠올리고 싶지 않았다. 기억 속에서 갑자기 공포감이 엄습해왔다.

"당신을 신뢰하지 않는 사람을 구하기란 몹시 힘들죠."

"맞아요. 정말 그래요."

"내가 당신에게 부탁할 건 그뿐이에요. 당신이 가라앉기 시작할 때 내가 당신을 구하게 해줘요."

간단한 요구 같았다. 하지만 맥은 예전에 구조대원이었지, 물에 빠지는 사람은 아니었다.

"예수님, 내가 어떻게 해야 할지⋯⋯."

"가르쳐줄게요. 당신이 가진 작은 것들을 나에게 계속 주면
돼요. 그러면 우리는 그것이 성장하는 모습을 함께 볼 수 있을
거예요."

맥이 양말과 신발을 신기 시작했다.

"당신과 함께 앉아 있으니 지금 이 순간에는 그렇게 어려워
보이진 않아요. 그래도 집과 일상으로 돌아갈 때를 생각해보
면 당신 말처럼 그렇게 간단할지는 잘 모르겠어요. 나는 다른
사람들과 마찬가지로 통제의 손아귀에 사로잡혀 있어요. 정치,
경제, 사회 체계, 청구서, 가족, 약속⋯⋯. 모두 나를 압도하죠.
그걸 어떻게 바꿔야 할지 모르겠어요."

예수가 부드럽게 말했다.

"아무도 당신에게 그러라고 요구하지 않아요! 그건 사라유
가 할 일이고, 그녀는 누구도 괴롭히지 않으면서 그 일을 잘 다
룰 거예요. 이 모든 건 하나의 사건이 아니라 과정이랍니다. 나
는 당신이 할 수 있는 만큼 나를 신뢰하고, 나와 당신이 나누고
있는 사랑의 방식대로 주변 사람들을 사랑하며 성장하기만을
바랄 뿐이죠. 그들을 변화시킨다거나 확신시키는 건 당신이 할
일이 아니에요. 당신은 어떤 의무도 없이 자유로이 사랑하면
돼요."

"바로 그걸 배우고 싶은데요."

"당신은 배우고 있어요."

예수가 윙크했다. 그가 일어나서 몸을 뻗자 맥도 따라했다.

"그동안 거짓말을 너무 많이 들어왔어요."

그가 말했다. 예수가 그를 쳐다보더니 한 팔로 끌어안았다.

"맥, 나도 알아요. 나도 그랬어요. 하지만 나는 그런 거짓말을 믿지 않았죠."

그들은 함께 선착장을 따라 걸었고, 호숫가에 도착할 무렵에는 점점 걸음이 느려졌다. 예수가 그의 어깨를 잡고 부드럽게 돌이켜 세운 다음, 얼굴을 마주 댔다.

"맥, 이 세계의 체제는 있는 그대로랍니다. 제도, 체계, 이념과 여기 수반되는 인간의 모든 헛된 노력은 어디에나 있고, 우리는 어쩔 수 없이 이 모든 것과 상호작용하게 되어 있어요. 하지만 나는 당신이 속해 있는 그 어떤 권력체제나 종교, 경제, 사회, 정치도 극복할 수 있는 자유를 주겠어요. 당신은 모든 체계의 내부나 외부에서 머무르고, 자유롭게 그들 사이에서 돌아다닐 수 있는 자유 속에서 성장할 거예요. 당신과 나는 그것의 일부가 되지 않으면서도 그 안에 머무를 수 있어요."

"내가 사랑하는 많은 사람들은 그 안에 머무름과 동시에 소속되어 있는 것 같은데요!"

맥은 자신과 가족들에게 사랑을 표현하던 교회 사람들과 친구들을 떠올렸다. 그는 그들이 예수님을 사랑하면서도 종교행위나 애국주의에 팔려 있다는 것을 알았다.

"맥, 나도 그들을 사랑해요. 당신은 그중 많은 사람들을 잘못 판단하고 있어요. 그 안에 머물러 있고, 또 소속되어 있는 사람들에 대해선 그들을 사랑하고 섬기는 법을 찾아야 해요. 그렇게 생각하지 않아요? 나를 진실로 알고 있는 사람들은 아무런 속박 없이 자유로이 살고, 또 사랑하며 살고 있다는 사실을 잊지 말아요."

"크리스천이 된다는 것이 그 뜻인가요?"

맥은 자신의 질문이 약간 멍청하게 들린다고 느꼈지만, 그 질문은 그의 마음속의 모든 것을 요약하는 하나의 방법이었다.

"크리스천이 되는 것에 대해 누가 뭐라고 말했나요? 나는 크리스천이 아니랍니다."

맥은 예수의 대답이 뜻밖이며 기이하다고 생각하면서 자기도 모르게 씩 웃었다.

"그래요, 당신은 아닌 것 같네요."

작업실 문 앞에 도착하자, 예수가 다시 걸음을 멈추었다.

"나를 사랑하는 사람들은 이 세상에 존재하는 모든 체계 출신들이랍니다. 불교신자, 모르몬교도, 침례교인, 이슬람교도, 민주당원, 공화당원, 투표하지 않는 사람, 주일 아침 예배나 특정 종교 제도에 속해 있지 않은 사람도 있었죠. 나를 따르는 사람 중에는 살인범이나 독선가였던 이들도 많아요. 은행원, 책벌레, 미국인, 이라크인, 유대인, 팔레스타인 사람도 있어요. 그들을 크리스천으로 만들겠다는 생각은 없지만, 그들이 파파의 아들과 딸로, 내 형제자매로, 내가 사랑하는 이로 변화할 때 함께하고 싶어요."

"모든 길이 당신에게로 이어진다는 의미인가요?"

맥이 물었다.

"천만에요."

예수가 미소를 지으며 작업실 문으로 손을 뻗었다.

"대부분의 길은 어디로도 이어지지 않아요. 당신을 찾기 위해서라면 어느 길이라도 가겠다는 뜻이죠."

그가 잠시 말을 멈추었다.

"맥, 작업실에서 일을 마무리해야 해서요. 이따가 다시 봐요."

"좋아요. 이제 내가 뭘 하길 바라나요?"

"당신이 하고 싶은 건 뭐든지요. 오후는 당신만의 시간이에요."

예수가 그의 어깨를 만지며 웃었다.

"마지막으로 해줄 말이 있어요. 미시를 보게 해줘서 고맙다고 했었죠? 그건 파파의 아이디어였어요."

예수는 몸을 돌려 어깨 너머로 손을 흔들고는 작업실로 들어갔다. 맥은 무엇을 하고 싶은지 깨닫고는 파파를 찾기 위해 오두막으로 향했다.

13 ─ 마음들의 만남

거짓에는 무한한 조합이 있지만 진실의 존재 방식은 하나뿐이다.

─ 장 자크 루소

오두막이 점차 가까워질수록 스콘과 머핀의 맛있는 냄새가 풍겨왔다. 사라유의 시간 차원 덕분인지 점심시간이 지난 지 한 시간밖에 안 됐는데도 몇 시간이나 굶은 것 같았다. 설령 눈이 멀었다 할지라도 부엌을 쉽게 찾을 수 있었을 것이다. 하지만 그는 뒷문으로 들어갔다가 부엌에 아무도 없는 것에 놀라고 실망했다.

　"누구 없어요?"

　그가 큰 소리로 외쳤다.

　"맥, 현관이에요."

　열린 창 너머로 파파의 목소리가 들렸다.

　"마실 걸 챙겨서 이리 와요."

　맥은 커피를 따른 후에 현관 앞으로 나갔다. 파파는 눈을 감고 낡은 애디론댁 의자(주로 야외에서 사용하는 팔걸이가 넓고 등받이와 좌석이 평평한 의자 - 옮긴이)에 앉아 일광욕을 즐기고 있었다.

　"이게 뭐죠? 하나님이 햇볕이나 즐기고 있다니? 오늘 오후엔 뭔가 좋은 계획이 없어요?"

"맥, 내가 지금 무얼 하고 있는지 당신은 상상도 못해요."

그가 맞은편 의자에 앉자 그녀가 한쪽 눈만 뜨며 말했다. 두 의자 사이의 작은 탁자에 신선한 버터와 맛있는 과자, 잼, 젤리가 나란히 늘어서 있었다.

"와, 냄새가 끝내주는데요!"

그가 감탄했다.

"많이 먹어요. 당신의 고조할머니에게서 얻은 비법대로 요리한 거예요. 물론 처음부터 직접 했죠."

파파가 방긋 웃었다. 맥은 하나님이 '처음부터 직접'이라고 말하는 것이 정확히 뭘 뜻하는 것인지 궁금했지만 그냥 놔두기로 했다. 그는 스콘 한 개를 집어서 아무것도 바르지 않고 한 입 먹어보았다. 오븐에서 방금 꺼냈는지 아직도 따끈하고 입에서 사르르 녹았다.

"와! 정말 맛있는데요! 고마워요!"

"음, 고조할머니를 만나면 그때 고맙다고 해요."

"너무 일찌감치 뵙고 싶진 않네요."

그가 스콘을 먹으면서 대꾸했다.

"그게 언제일지 알고 싶지 않아요?"

파파가 장난스럽게 윙크하더니 다시 두 눈을 다 감았다. 맥이 스콘 한 개를 더 먹고 용기를 내서 마음을 털어놓기로 했다.

"파파?"

하나님을 파파라고 부르는 것이 처음으로 어색하지 않았다.

"무슨 일이죠?"

그녀는 눈을 뜨고 즐겁게 미소 지었다.

"제가 지금껏 당신을 꽤 힘들게 한 것 같아요."

"흠, 소피아가 당신에게 꽤 영향을 준 모양이군요."

"맞아요! 내가 당신을 심판하려 했었다고는 전혀 생각지 못
했어요. 말해놓고 보니, 몹시 건방지게 들리네요."

"사실이 그러니까요."

파파가 미소를 지으며 대꾸했다.

"정말 죄송해요. 전혀 몰랐어요……."

맥이 슬프게 고개를 저었다.

"이제 그 일은 과거에 속해 있어요. 당신이 그 일에 대해 슬퍼
하지 않으면 좋겠어요. 그 일 없이 우리와 함께 성장하길 바랄
뿐이죠."

"저도 그래요."

맥이 스콘에 또다시 손을 뻗으며 말했다.

"안 드세요?"

"아, 많이 먹어요. 요리를 시작하고 이것저것 맛을 보다 보면
어느새 식욕이 떨어진다니까요. 맛있게 먹어요."

그녀가 접시를 그에게 밀어주었다. 그는 스콘 하나를 더 집어
서 의자에 편히 앉아 먹었다.

"예수님이 그러시는데, 오늘 오후에 미시와 시간을 보내게 한 것이 파파의 아이디어였다면서요. 뭐라고 감사해야 할지 모르겠어요!"

"아, 천만에요. 나도 아주 기뻤는걸요. 당신과 미시가 함께 있기를 나 역시 무척이나 바랐어요."

"아내도 여기 같이 왔으면 좋았을 텐데요."

"그랬다면 완벽했겠죠!"

파파가 들뜨듯이 동의했다. 맥은 파파의 의도가 무엇인지, 어떻게 반응해야 할지 몰라서 가만히 있었다.

"미시는 정말 특별하죠?"

파파가 고개를 끄덕였다.

"정말, 정말로 난 그 아이가 특히 좋아요."

"나도요!"

맥이 환하게 웃으면서 폭포 뒤에 있던 자신의 공주님을 떠올렸다. 공주? 폭포? 잠깐! 파파는 맥의 생각이 차례차례 맞아떨어져 가는 것을 지켜보았다.

"내 딸아이가 폭포와 특히 멀노마 공주의 전설을 몹시 좋아했던 거 알죠?"

파파가 고개를 끄덕였다.

"이 모든 일이 다 그 때문인가요? 미시가 죽어야만 당신이 나를 변화시킬 수 있었나요?"

"맥, 진정해요. 나는 그런 방식으로 일하지 않아요."

파파가 앞으로 몸을 기울였다.

"미시는 그 이야기를 정말 좋아했는걸요."

"맞아요. 그래서 미시는 예수님이 자신과 모든 인류를 위해 한 일에 대해 감사하게 되었죠. 다른 사람을 위해 기꺼이 자기 목숨을 내놓는 사람에 대한 이야기는 당신의 필요와 나의 마음 둘 다를 선명하게 드러내주죠."

"그래도 딸아이가 죽지 않았다면 내가 지금 이 자리에 없을 것이고……."

"맥, 참담한 비극에서 놀라운 선을 행했다고 해서 내가 그 비극을 연출했다는 뜻이 성립되진 않아요. 내가 어떤 것을 이용했다고 해서 내가 그 일을 초래했다거나 혹은 내 목적을 이루기 위해 그 일을 필요로 했다고는 생각하지 말아요. 결국 당신은 나에 대한 잘못된 생각을 갖게 될 뿐이니까요. 은혜가 꼭 고통의 도움을 받아서 존재하는 것은 아니에요. 고통이 있는 곳에서 여러 가지 색채의 은혜가 발견되는 것뿐이죠."

"마음이 놓이는 이야기네요. 내 고통 때문에 딸아이의 생명이 단축되었다고 생각하면 너무 괴로워요."

"맥, 그 아이는 당신의 희생양이 아니에요. 지금도 앞으로도 언제나 당신의 기쁨이 될 거예요. 그것이 그 아이의 충분한 목적이랍니다."

맥은 의자에 등을 기대고 현관에서 바라다보이는 경치를 만
끽했다.

"아주 충만한 기분인데요!"

"스콘을 거의 다 먹어치웠으니까요."

그가 크게 웃었다.

"그 뜻이 아니라는 건 당신도 알잖아요? 이 세계가 천 배나
더 밝아지고 몸이 천 배나 가벼워진 기분이에요."

"그래요! 전 세계의 심판관이 된다는 게 쉬운 일은 아니죠."

파파의 미소를 보며 맥은 이 새로운 땅이 안전하다는 것을
새삼 확신했다.

"당신의 심판관이 되는 것도 힘든 일이죠. 나는 정말 엉망이
었어요. 내가 생각했던 것보다 더 형편없었죠. 내 삶에서 당신
이 어떤 존재인지 완전히 잘못 알고 있었어요."

"맥, 완전히는 아니죠. 우리에게는 근사한 시간도 있었어요.
그러니 너무 비약하지는 말아요."

"언제나 당신보다 예수님이 좋았어요. 예수님은 은총이 넘쳐
보이지만 당신은 너무……."

"심술궂다고요? 슬픈 이야기 아닌가요? 예수는 내가 누구인
지 보여주려고 왔는데 사람들은 대부분 예수만을 믿어요. 사람
들, 특히 종교인들은 아직도 우리를 나쁜 경찰과 좋은 경찰로
편 가르고 있어요. 종교인들은 자신이 옳다고 판단하는 것들을

설득하려 할 때는 근엄한 하나님을 필요로 하지만 용서가 필요해지면 예수에게 달려가요."

"맞아요."

맥이 손가락을 들어 강조하며 대꾸했다.

"하지만 우리는 모두 예수 안에 거했고, 예수는 나의 마음을 정확하게 반영했어요. 나는 당신을 사랑하고 당신도 나를 사랑해달라고 청하지요."

"왜 나인가요? 그러니까 왜 하필이면 매켄지 앨런 필립스죠? 이렇게 엉망인 사람을 왜 사랑해요? 그동안 당신에 대해 오해하고 있었고 또 당신에게 비난까지 퍼부었는데 왜 굳이 나에게 다가오려고 그렇게 노력하는 거죠?"

"사랑이 바로 그 일을 하니까요. 매켄지, 당신이 무엇을 하건, 어떤 선택을 할지 내가 궁금해하지 않는다는 걸 잊지 말아요. 나는 이미 알고 있어요. 예를 들어서, 내가 당신에게 거짓말 속에 숨지 않는 방법을 가르쳐준다고 해봐요. 물론 가정일 뿐이죠."

파파가 한쪽 눈을 찡긋했다.

"그리고 당신이 마흔일곱 번의 상황을 거친 후에야 실제로 내 말을 듣는다고, 다시 말해서 나의 말을 분명히 알아듣고 동의하고 변화한다고 가정해봐요. 그러면 당신이 처음에 내 말을 경청하지 않더라도 나는 좌절하거나 실망하지 않고 오히려 가슴이 두근거리겠죠. 마흔여섯 번만 더 가면 되니까요. 그리고 그 첫 번째 상황은 언젠가 당신이 건너갈 치유의 다리를 세울 기초가 되겠죠. 바로 오늘 당신이 그랬던 것처럼요."

맥이 인정했다.

"무슨 말인지 알겠어요. 이제 죄책감이 드네요."

파파가 웃었다.

"어떤 식으로 이해하는지 알려줘요. 아니, 정말로요, 매켄지, 그것은 죄책감에 대한 게 아니에요. 당신이 내 안에서 자유를 찾는 데 있어서 죄책감은 전혀 도움이 안 돼요. 죄책감의 최고 열매는 열심히 노력해서 바깥으로 어떤 윤리에 순응하게 되는 것이 아닐까요? 하지만 내가 관심 있는 건 안쪽이에요."

"당신 말대로 난 평생 거짓말 안에 숨어 지냈던 것 같아요."

"맥, 당신은 시련을 이겨냈으니 부끄러워하지 말아요. 당신의 아버지는 당신에게 심한 상처를 주었어요. 삶도 당신에게 상처를 주었고요. 거짓말은 상처받은 사람들이 손쉽게 달려갈 수 있는 장소죠. 안정감과 더불어 자기 자신에게만 의지하면 되는 장소를 제공해주니까요. 그렇지만 어둡지 않던가요?"

"정말 어두웠어요."

맥이 고개를 한 번 흔들며 중얼댔다.

"그곳이 보장해주는 힘과 안전을 기꺼이 포기할 수 있겠어요? 바로 그게 문제죠."

"무슨 뜻인가요?"

맥이 파파를 올려다보며 물었다.

"거짓말은 힘과 안전을 느끼게 해주는 작은 요새죠. 당신은 거짓말이라는 작은 요새를 통해 자기 삶을 영위하고 다른 이들의 삶을 조정하려고 해요. 요새에는 경계가 필요하니까 담장도 세우게 되죠. 그 담장이 당신의 거짓말을 정당화해주죠. 당신은 자신이 사랑하는 사람을 고통에서 보호하기 위해 거짓말을 한다고 해요. 그러면 거짓말을 해도 괜찮다고 느끼게 되죠."

"하지만 나는 아내에게 너무 큰 상처를 줄까봐 쪽지에 대해 말하지 않았던 거예요."

"그것 봐요, 매켄지. 바로 그거예요. 자신을 정당화하는 거죠. 당신은 뻔뻔한 거짓말을 해놓고도 깨닫지 못하고 있어요."

그녀가 앞으로 몸을 기울였다.

"진실이 무엇인지 듣고 싶어요?"

맥은 파파가 깊이 파고들어가려 한다는 것을 알아차렸다. 이 일에 대해 이야기하게 되어 마음 한구석에선 안도감이 일었고, 크게 웃어버리고 싶다는 생각도 들었다. 그는 이 상황이 더 이상 당혹스럽지 않았다.

"아-뇨."

그는 느리게 끌면서 대답한 다음, 파파를 향해 능글맞게 웃으며 덧붙였다.

"어쨌거나 해보세요."

그녀도 그에게 미소를 보이더니 다시 진지해졌다.

"맥, 당신이 낸에게 말하지 않는 진짜 이유는 낸의 고통을 덜어주기 위해서가 아니었어요. 당신이 낸이나 당신 안에서 직면하게 될 감정을 다루는 게 두려웠던 거죠. 맥, 감정은 당신을 두렵게 만들지요. 당신은 낸이 아니라 자신을 보호하려고 거짓말한 거예요!"

그가 뒤로 물러앉았다. 파파의 말이 절대적으로 옳았다.

"더욱이 그런 거짓말에는 사랑이 결핍되어 있어요. 그녀를 배려한다는 명목의 거짓말은 결국 당신과 그녀의 관계, 또한 나와 그녀의 관계를 방해했어요. 당신이 그녀에게 솔직히 말했더라면 지금 그녀도 여기에 함께 있을 수 있었겠죠."

그는 파파의 말에 한 대 얻어맞은 기분이었다.

"당신은 그녀도 오기를 바랐죠?"

"그건 당신의 결정이었고, 만약 그녀에게 선택할 기회가 주어졌다면 그녀의 결정이기도 했겠죠. 맥, 중요한 점은 당신은 낸을 보호하는 데 급급한 나머지, 어떤 일이 벌어졌을지 모른다는 거죠."

죄책감에 그는 또다시 더듬거렸다.

"이제 어떻게 해야 하죠?"

"매켄지, 아내에게 말해요. 두려움에 맞서서 그녀에게 말하

고 용서를 구해요. 그리고 그녀의 용서가 당신을 치유하게 놔
둬요. 당신을 위해 기도해달라고 부탁해요. 정직이라는 위험을
택해봐요. 당신이 또 실수하면 또다시 용서해달라고 부탁해요.
그건 과정일 뿐이니까요. 인생은 거짓말로 가려져야 할 필요없
이 충분히 현실적이에요. 또 내가 당신의 거짓말보다 큰 존재
라는 점을 잊지 말아요. 나는 당신의 거짓말을 초월해서 일할
수 있어요. 그렇다고 해서 거짓이 참이 되는 것은 아니고, 거짓
말 때문에 일어나는 고통이나 해악이 멈추는 것도 아니죠."

"아내가 용서해주지 않으면 어떻게 하죠?"

맥은 이 점이야말로 그를 늘 따라다니던 깊은 두려움이라는
것을 깨달았다. 쌓여가는 오래된 거짓말의 무더기에 새로운 거
짓말을 더하는 편이 더 안전하다고 느끼게 된다.

"아, 그건 믿음에 따르는 위험 요소지요. 믿음은 확실성의 집
에서 성장하지 않아요. 낸이 당신을 용서해줄 거라는 걸 말해
주려고 내가 여기 있는 건 아니에요. 낸은 용서할 수도 있고, 용
서하지 않을 수도 있어요. 하지만 당신 내부의 내 생명은 위험
과 불확실성을 이용해서, 당신의 선택에 의해서 당신을 정직한
사람으로 변화시킬 거예요. 그것은 죽은 사람을 일으키는 것보
다 더 큰 기적일 테죠."

그는 몸을 뒤로 젖히고 파파의 말을 곰곰이 생각한 끝에 마
침내 이렇게 말했다.

"나를 용서해주시겠어요?"

"오래전에 당신을 용서했어요. 날 못 믿겠다면 예수에게 물어봐요. 용서할 때 그도 거기 있었거든요."

맥이 커피를 한 모금 마셨다. 커피는 놀랍게도 처음 마셨을 때와 똑같이 뜨거웠다.

"하지만 당신을 내 삶의 바깥에 묶어두려고 꽤나 노력해온 것 같은데요."

"가공의 독립성이라는 자기만의 보물에 관해서라면 사람들은 고집불통이 되죠. 그들은 그들의 병을 꼭 붙들어 쥐고 있어요. 망가진 자신 속에서 정체성과 가치를 발견하고는 온 힘을 다해 그걸 지키려는 거죠. 은혜에 그렇게 매력이 없다는 것도 놀라운 일이 아니에요. 그런 의미에서 당신은 안에서부터 마음의 문을 잠그려고 노력했어요."

"결국은 성공하지 못했는걸요."

"내 사랑이 당신의 우둔함보다 훨씬 크니까요."

파파가 한쪽 눈을 찡긋했다.

"나는 당신의 선택을 내 목적에 부합되게 했어요. 당신처럼 스스로를 비좁은 장소에 가둬두려는 사람은 많아요. 그 비좁은 곳에는 기어이 그들을 배신하고 그들이 원하는 것을 이루거나 전달하지 못하게 하는 괴물도 함께 지내고 있죠. 그토록 공포스러운 상황에 갇혀, 그들은 나에게 돌아올 기회를 다시 한 번

얻어요. 그들이 악착같이 보물이라고 믿는 것이 결국 그들을 파멸시킬 거예요."

"당신은 고통을 이용해서 강제로 사람들을 돌아오게 만드나요?"

맥은 파파의 말을 인정하지 못하고 물었다. 파파가 몸을 기울여 부드럽게 맥의 손을 어루만졌다.

"내가 그런 식으로 행동할 수 있으리라고 믿는 당신의 생각조차 이미 용서했어요. 실재에 대한 자신의 관념에 사로잡혀서 자신만의 판단을 확신하는 당신으로서는 누가 진정한 사랑과 선인지에 대해 상상하는 것은 물론이고, 인식하는 것조차 버겁겠죠. 진정한 사랑은 절대로 강요하지 않아요."

그녀가 그의 손을 한 번 꽉 잡은 다음 의자에 등을 기댔다.

"내가 당신의 말을 제대로 이해했다면, 이기주의는 궁극적으로 우리를 환각의 파국으로 몰고 가고, 우리로 하여금 당신을 찾게 만들겠죠. 바로 그런 이유 때문에 당신이 이 세상 모든 악을 방관하고 있는 것 아닌가요? 미시가 위험하다고 경고하지도, 그 아이를 찾을 수 있게 도와주지 않았던 것도 바로 그 때문이에요?"

맥의 목소리에는 더 이상 비난이 섞여 있지 않았다.

"그렇게 간단하기만 하다면 좋겠어요. 사람들은 일어나지 않은 일을 보지 못하기 때문에 내가 이 세상을 어떤 두려움에서 구했는지 아무도 몰라요. 모든 악은 독립성에서 흘러나오고 독립성은 당신의 선택이었죠. 내가 당신들의 선택을 간단히 철회시키고 만다면, 당신이 아는 세계는 사라지고 사랑은 의미를 잃고 말겠죠. 이 세계는 내가 내 아이들을 악에서 지켜줄 수 있는 놀이터가 아니에요. 악은 당신들이 내게 가져다준 이 시대의 혼란이지만, 악에겐 최종 결정권이 없어요. 이제 악은 내가 사랑하는 모든 사람들, 나를 따르는 사람들과 따르지 않는 사람들 모두를 오염시키고 있어요. 내가 사람들이 택한 결과를 거둬들인다면 사랑의 가능성도 파괴되고 말겠죠. 강요된 사랑은 사랑이 아니니까요."

맥은 두 손으로 머리카락을 문지르며 한숨을 내쉬었다.

"너무 어려워서 이해가 안 돼요."

"맥, 당신이 이해하지 못하는 이유를 하나 말해줄게요. 그건 인간이 어떤 의미를 지니는지에 대한 당신의 시야가 너무 좁기 때문이에요. 당신이 이해하든 못하든 당신과 천지창조는 놀라운 일이에요. 당신은 상상을 뛰어넘을 정도로 훌륭한 존재죠. 당신이 파괴적이고 무시무시한 선택을 했다고 해서 당신의 고유한 존재가 존중을 덜 받게 되는 것은 아니에요. 당신은 나의 창조의 정점이자 내 애정의 중심이죠."

"하지만……."

맥이 말을 시작하려는데 파파가 끼어들었다.

"고통받고 상심하는 가운데서도 당신은 아름다움과 창조의 경이로움, 예술, 음악과 문화, 웃음과 사랑의 소리, 희망과 축하의 속삭임, 새로운 생명과 변화, 화해와 용서에 둘러싸여 있다는 점을 잊지 말아요. 이것들 역시 당신이 선택한 결과죠. 선택은, 심지어 숨겨진 선택까지도 중요해요. 그러니 누구의 선택을 반대해야 할까요? 내가 아예 창조를 하지 말았어야 했나요? 아담이 독립성을 선택하기 전에 그를 말렸어야 했나요? 딸을 하나 더 갖겠다는 당신의 선택이나 아들을 때리겠다는 당신 아버지의 선택은 어떻게 하죠? 당신은 독립성을 요구하면서도 내가 당신을 너무 사랑한 나머지 독립성을 주었다며 또 불평하는군요."

맥이 미소를 지었다.

"바로 그런 이야기를 들은 적이 있어요."

파파도 미소를 지으면서 페스트리 한 조각을 향해 손을 뻗었다.

"소피아가 당신에게 해준 말이죠. 매켄지, 나와 당신의 안락을 내 목적으로 삼은 적은 한 번도 없었어요. 내 목적은 오로지 사랑을 표현하는 것뿐이죠. 죽음에서부터 생명을 만들려는 것이 나의 목적이에요. 부서진 데서 자유를 가져오고 어둠을 빛으로 바꾸는 것이 나의 목적이죠. 당신이 혼돈이라고 보는 데서 나는 프랙털을 봐요. 내가 사랑하는 사람을, 가장 사랑하는 사람을 처절한 비극의 세계 한가운데로 밀어 넣는다 하더라도 이 모든 것을 펼칠 수밖에 없어요."

"예수님에 대해 말하는 건가요?"

맥이 부드럽게 물었다. 파파가 먼 곳을 바라보며 고개를 끄덕였다.

"그래요. 나는 그 아들을 사랑하죠. 모든 것은 예수에 대한 것이에요. 그가 무엇을 포기했는지 언젠가는 당신들도 이해하겠죠. 말로는 표현이 안 돼요."

맥은 자신의 감정이 끓어오르는 것을 느꼈다. 파파가 자신의 아들에 대해 말하는 모습에 그는 깊은 감동을 받았다. 그는 질문을 해도 될까 주저하다가 결국 입을 열었다.

"파파, 이해가 잘 안 돼서 그러는데, 예수님의 죽음으로 정확히 무엇이 이루어졌죠?"

여전히 숲을 바라보던 파파가 손사래를 쳤다.

"아, 대단한 건 아니에요. 창조의 기반 이전부터 사랑이 목적으로 삼은 모든 것이죠."

파파는 당연하다는 듯이 대답하더니 고개를 돌려 미소를 지어 보였다.

"음, 너무 엉성한데요. 좀 더 자세하게 말해줄 수 있어요?"

맥은 질문을 던지고 나서 자기가 꽤 대담했다는 생각이 들었다. 그러나 파파는 화를 내는 대신 환하게 웃어 보였다.

"이런, 금세 건방져지네요? 조금만 잘해주면 다들 기어오른다니까요."

그도 같이 웃었지만 입 안이 먹을 것으로 가득 차서 아무 대꾸도 할 수 없었다.

"아까 말한 대로 만물이 그에 대한 것이죠. 창조와 역사는 모두 예수에 대한 것이에요. 그는 우리 목적의 중심이고, 예수 안에서 우리는 완전한 인간이 되죠. 그래서 우리의 목적과 당신의 운명은 영원히 연결되어 있어요. 당신은 우리가 예수라는 단 한 인간에게 모든 걸 걸었다고 말할지도 몰라요. 하지만 애초부터 두 번째 계획 따윈 없었으니까요."

"꽤 위험하게 들리는데요."

맥이 말했다.

"당신에게는 그럴지 몰라도 나에게는 아니죠. 처음부터 내가 원하는 걸 얻을 것이라는 데에는 재론의 여지가 없었어요."

파파가 몸을 숙여 탁자 위에 팔을 포갰다.

"맥, 당신은 십자가에서 예수가 무엇을 이루었냐고 물었죠. 내 말 잘 들어요. 그의 죽음과 부활을 통해 나는 이 세계와 완전히 화해했어요."

"전 세계와요? 당신을 믿는 사람들을 뜻하는 거겠죠?"

"맥, 전 세계예요. 그렇지만 내가 말하는 화해는 상호적인 것이고 나는 모조리, 완전히, 최종적으로 내 역할은 다했어요. 사랑의 본성은 관계를 강요하는 대신 길을 열어주죠."

파파가 일어나더니 부엌으로 가져가려고 접시들을 모았다.

맥이 고개를 저으며 그녀를 올려다보았다.

"그러니까 나는 화해가 뭔지 잘 모르겠고 감정을 대하는 게 두려워요. 그 정도가 다죠?"

파파는 아무 대답도 없이 고개를 설레설레 흔들며 부엌으로 갔다. 맥은 파파가 혼잣말처럼 중얼대는 것을 들었다.

"이런! 가끔은 정말 바보 같다니까."

"지금 하나님이 날더러 바보라고 하는 건가요?"

그는 자기 귀를 믿지 못하고 방충망 너머로 외쳤다. 파파는 어깨를 으쓱하고 모퉁이를 돌아 사라지면서 큰소리로 외쳤다.

"할 만하니까 하죠. 그래, 할 만하니까……."

맥이 웃으면서 의자에 등을 기댔다. 다 끝난 느낌이었다. 그의 머릿속은 꽉 찼고 뱃속도 역시 꽉 찼다. 그는 남은 접시들을 부엌으로 가져가서 조리대의 접시 더미에 올려놓은 다음 파파의 뺨에 입맞춤하고 뒷문으로 나갔다.

14
동사와 그 밖의 자유

하나님은 동사다.
- 버크민스터 풀러

맥은 오후 중엽의 햇살 속으로 걸어나갔다. 온몸을 비틀어 짠 것처럼 노곤하면서도 동시에 활력이 넘치는 기이한 기분이 들었다. 이 믿기 힘든 하루가 채 절반도 지나지 않았다. 그는 뭘 할까 고민하다가 호수 쪽으로 걸어갔다. 선착장에 묶여 있는 카누를 보며 이 달콤 쌉쌀한 기분은 결코 사라지지 않을 거라고 생각했다. 그래도 카누를 저어서 호수를 건널 생각이 몇 년 만에 그에게 활력을 불어넣었다.

　그는 선착장 끝에 정박된 카누의 끈을 풀고 조심스레 호수 쪽으로 민 다음 노를 저어 건너편으로 향했다. 그 후 두어 시간 동안 그는 호수 구석구석을 탐험했다. 강 두 갈래를 발견했고, 상류로부터 물을 받거나 하류의 웅덩이로 물을 흘려보내는 시내도 두어 군데 있었다. 한가로이 떠다니면서 폭포를 감상할 만한 완벽한 장소도 찾아냈다. 사방에 만개한 고산지대의 꽃들이 이 아름다운 장면에 색채를 더해주었다. 오랜만에, 아니 처음으로 고적하고 변함없는 평화가 느껴졌다.

　맥은 괜히 노래를 부르고 싶은 마음에 오래된 찬송가와 포크송도 두어 곡씩 불러보았다. 노래를 부르는 것도 정말 오랜만이었다. 그는 오래전 기억을 떠올리면서 케이트에게 불러주었던 바보 같은 노래를 부르기 시작했다.

"케, 케, 케, 케이트…… 예쁜 케이트. 내가 사랑하는 사람은 너뿐이야……."

그는 억센 것 같으면서도 연약한 딸아이를 생각하며 고개를 저었다. 어떻게 해야 그 아이의 마음을 열 수 있을지 고민이었다. 눈물이 얼마나 쉽게 나오는지, 이제는 더 이상 놀랍지도 않았다.

호수의 어느 지점에서 노를 저을 때 생기는 소용돌이를 바라보다가 문득 고개를 돌렸더니 뜻밖에도 사라유가 뱃머리에 앉아 그를 쳐다보고 있었다. 그녀의 갑작스러운 출현에 그는 혼비백산하여 소리쳤다.

"이런! 정말 놀랐어요."

"매켄지, 미안해요. 저녁 식사가 거의 다 준비되었어요. 오두막으로 돌아가는 길에 같이 가고 싶어서요."

그녀가 사과했다.

"내내 여기 있었나요?"

그는 놀란 가슴으로 다소 흥분한 채 물어보았다.

"그럼요. 나는 언제나 당신과 함께 있는걸요."

"내가 왜 몰랐죠? 요즘은 당신이 내 옆에 있을 때 알아차렸는데요."

"당신이 알아보는 것과 내가 실제로 여기 있는 것은 아무 관계도 없어요. 나는 언제나 당신과 함께 있어요. 가끔은 당신이 특별한 방법으로, 좀 더 의식적으로 나를 알아봤으면 하고 바라긴 하죠."

맥은 이해한다는 뜻으로 고개를 끄덕이고는 오두막이 있는 호수 쪽으로 배를 돌렸다. 척추 아래가 욱신거리며 그녀의 존재를 똑똑히 알려주었다. 둘 다 동시에 미소를 지었고 맥이 질문을 던졌다.

"집으로 돌아간 후에도 언제나 지금처럼 당신을 보고 들을 수 있을까요?"

사라유가 미소를 지었다.

"매켄지, 당신이 내 존재를 느끼건 아니건 간에 당신은 언제나 나에게 말을 걸 수 있고 나는 언제나 당신과 함께 있을 거예요."

"이제 그건 알겠는데, 당신의 목소리는 무슨 수로 듣죠?"

"당신의 생각 안에서 내 생각을 듣는 법을 배울 거예요."

그녀가 그를 안심시켜주었다.

"확실해요? 당신의 목소리와 다른 목소리를 혼동하면 어쩌죠? 혹시 내가 실수라도 하면?"

사라유가 웃었다. 그녀의 웃음소리는 음악에 맞춰 흘러내리는 물소리 같았다.

"물론 당신은 실수하겠죠. 모두가 실수를 하니까요. 하지만

우리의 관계를 계속 성장시키면 당신은 내 목소리를 더 잘 알
아듣게 될 거예요."

"실수하고 싶지 않은데요."

맥이 투덜거렸다.

"아, 매켄지. 실수는 삶의 일부이고 파파는 그 속에서도 자신
의 목적을 완수하죠."

그녀가 즐거워하는 모습을 보면서 맥도 웃지 않을 수 없었다.
그는 그녀가 무슨 말을 하려는 것인지 잘 알 것 같았다.

"사라유, 이건 내가 지금까지 알아온 것과 너무 달라요. 오해
하지 말아요. 이번 주말에 당신들 모두가 나에게 준 것을 사랑
해요. 하지만 내 삶으로 어떻게 돌아가야 할지 모르겠어요. 하
나님을 강압적인 감독으로 여길 때나 '거대한 슬픔'의 고독에
대처하던 때가 더 쉬웠던 것 같아요."

"정말 그렇게 생각해요? 그래요?"

"적어도 그때는 내가 통제력을 쥐고 있는 것 같았죠."

"'같았다'는 것은 정확한 표현이에요. 그래서 당신은 어떻게
되었죠? '거대한 슬픔'과 참을 수 없을 정도의 고통이, 당신이
가장 사랑하는 사람들에게 퍼져 나갔죠."

"파파가 말하기를, 내가 감정을 두려워하기 때문이래요."

그가 털어놓자 사라유가 크게 웃었다.

"아까 주거니 받거니 하던 거 웃겼어요."

"나는 감정이 두려워요."

맥은 이렇게 인정하면서도 사라유가 자신의 감정을 가볍게 여기는 것 같아 약간 서운했다.

"감정을 느끼는 게 싫어요. 감정 때문에 다른 사람들에게 상처도 줬었죠. 대체 감정은 못 믿겠어요. 당신은 모든 감정을 창조했나요? 아니면 좋은 감정만 창조했나요?"

"매켄지."

사라유가 조금씩 대기 중으로 떠오르는 것 같았다. 그는 아직도 그녀를 정면으로 보기가 힘들었고, 물에 반사되는 늦은 오후의 햇볕 때문에 더더욱 그랬다.

"감정은 영혼의 색깔이죠. 감정은 아름답고 훌륭해요. 당신에게 아무 감정도 없다면 이 세계는 색을 잃고 지루해져요. '거대한 슬픔' 때문에 당신의 삶의 색채가 회색과 검은색의 단색으로 줄어든 것에 대해 생각해봐요."

"그러니 내가 감정을 이해할 수 있게 도와줘요."

맥이 간청했다.

"사실 이해할 것도 별로 없어요. 있는 그대로죠. 감정은 악하지도 선하지도 않고 그저 존재할 뿐이죠. 당신이 이해하기 좋게 설명해볼게요. 패러다임은 지각(perception)을 작동시키고 지각은 감정을 작동시키죠. 감정은 지각, 다시 말해서 주어진 상황에서 당신이 진실이라고 믿는 것에 대한 반응이죠. 만약 당신이 잘못 지각한다면, 그에 대한 감정적 반응도 왜곡되겠죠. 그러니 당신의 지각을 점검해보고 그 다음으로 당신의 패러다임의 진실성, 즉 당신이 믿는 것의 진실성을 점검해봐요. 당신이 어떤 것을 굳게 믿는다고 해서 그것이 진실인 건 아니죠. 당신이 믿고 있는 것을 되돌아봐요. 당신이 진리 안에서 살수록 당신의 감정은 당신이 훨씬 선명하게 볼 수 있도록 도와줄 거예요. 그렇다고 나보다 감정을 더 신뢰하진 말고요."

맥이 노를 잡고 있던 손에서 힘을 빼자 물결의 움직임에 따라 노가 함께 움직였다.

"관계, 다시 말해서 당신을 신뢰하고 당신과 대화하는 그런 관계 속에서 사는 것이 규칙을 따르는 것보다 훨씬 복잡하게 느껴지는데요."

"무슨 규칙을 말하는 거죠?"

"성경에서 우리에게 지시하는 것들이요."

"그렇군요."

그녀가 약간 주저하다가 말을 이었다.

"어떤 것들이죠?"

그가 냉소적으로 대답했다.

"당신도 알잖아요? 선한 일을 하고, 악을 피하고, 가난한 자에게 베풀고, 성경을 읽고, 기도하고, 교회에 가는 것들이죠."

"알겠어요. 그것이 당신에게 어떻게 작용하죠?"

그가 큰 소리로 웃었다.

"음, 한 번도 잘해본 적이 없어요. 그럭저럭 괜찮을 때도 있었지만, 힘들게 하거나 죄책감을 느끼게 만드는 요소가 항상 있었어요. 더 열심히 노력해야 한다고 생각하면서도 그 동기를 유지하기가 힘들었어요."

책망과 애정이 뒤섞인 말들이 그녀의 입에서 흘러나왔다.

"매켄지! 성경은 규칙을 따르라고 가르치지 않아요. 성경은 예수에 대한 그림이죠. 성경은 하나님이 어떤 존재인지, 그가 당신에게서 무엇을 원하는지도 알려주죠. 하지만 당신 스스로는 아무 것도 할 수 없어요. 생명과 삶은 오로지 하나님 안에만 있어요. 설마 당신 스스로 하나님의 공정함 안에서 살 수 있다고 착각한 건 아니죠?"

그가 부끄러워하며 대답했다.

"음, 그렇게 생각했던 것 같기도 해요……. 그래도 규칙과 원칙이 관계보다 더 간단하다는 건 당신도 인정해야 해요."

"사실, 규칙보다 관계가 훨씬 복잡하긴 하죠. 하지만 규칙은 마음의 깊은 질문에는 절대 답하지 않고 당신을 사랑하지도 않아요."

맥은 손을 물에 담그고 손을 움직일 때 퍼져 나가는 잔물결을 바라보았다.

"내가 제대로 알고 있는 게 얼마나 없는지 깨닫고 있어요. 당신은 내 앞뒤와 안팎 모두를 뒤집어놓았어요."

"매켄지, 종교란 올바른 대답을 얻는 것이고, 그중에는 물론 옳은 대답도 있어요. 그러나 나는 당신을 '살아 있는 대답'으로 데려가는 과정이죠. 당신이 일단 파파에게 의탁하면 그는 당신을 안에서부터 변화시킬 거예요. 세상에는 머리를 굴려가며 옳은 이야기를 하는 똑똑한 사람들이 많아요. 그들은 정답만을 말하도록 주입받아 왔죠. 하지만 그들은 나를 전혀 몰라요. 그러니까 그들이 설령 옳다 하더라도, 그 대답이 옳을 수가 없죠. 내 말이 이해가 되나요?"

그녀가 자기의 말장난에 미소를 지었다.

"그래서 그들이 옳을지라도 여전히 틀린 거예요."

"당신의 말을 이해하겠어요. 신학교를 졸업하고 몇 년간은 나도 그랬었죠. 가끔은 옳은 대답을 알 때도 있었지만 당신을 알지 못했어요. 이번 주말에 당신과 함께 삶을 나누고 있는 것이 지금까지의 어떤 답보다 훨씬 더 많은 깨달음을 주고 있어요."

배는 잔잔한 호수를 마냥 떠다녔다.

"음, 당신을 다시 볼 수 있을까요?"

맥이 주저하며 물었다.

"물론이죠. 예술작품이나 음악, 과학, 사람들, 창조, 그리고 당신의 기쁨과 슬픔에서 나를 볼 수 있어요. 나의 소통능력은 무한하고 살아 있고 변화해요. 그리고 언제나 파파의 선과 사랑에 공명하고 있죠. 성경에서도 새로운 방식으로 나를 보고 들을 수 있을 거예요. 규칙과 원칙만 보지 말고 관계를 봐요. 그게 바로 우리와 함께 있게 되는 방법이죠."

"그래도 지금처럼 내 뱃머리에 당신이 앉아 있는 것과는 다르겠죠."

"아뇨, 당신이 지금까지 알아온 것보다 훨씬 좋을걸요. 그리고 당신이 이 세상에서 마지막 잠이 들 때 우리는 얼굴을 맞대며 함께 영원을 누릴 거예요."

그 말과 함께 사라유는 홀연히 사라졌으나 맥은 실제로 사라진 게 아니라는 것을 알았다.

"그러니 제발 내가 진리 안에서 살게 해줘요."

그는 큰 소리로 말하고 나서 '이것도 기도로 여겨질까?' 하고 생각해보았다.

맥이 오두막에 들어가 보니 예수와 사라유는 벌써 식탁에 앉아 있었다. 파파는 여느 때처럼 맛있는 냄새를 풍기는 접시들을 분주하게 나르고 있었다. 맥이 아는 요리는 몇 개밖에 되지 않았고, 그나마도 두어 번 다시 본 후에야 잘 아는 요리라는 것을 확인할 수 있었다. 녹색 음식은 찾아볼 수도 없었다. 그가 욕실에서 손을 씻고 돌아왔더니 셋은 벌써 식사를 시작했고, 그도 네 번째 의자를 끌어당기고 앉았다.

"사실 당신들은 먹을 필요가 없죠?"

맥이 오징어와 생선, 그 외 잘 모르는 재료가 들어간 말간 해물수프 같은 것을 국자로 뜨면서 물었다.

"우리는 그 어느 것도 할 필요가 없어요."

파파가 다소 강한 어조로 말했다.

"그러면 왜 먹는 건가요?"

"당신과 함께 있으려고요. 당신은 식사를 해야 하니까 그보다 더 좋은 핑계가 있겠어요?"

파파의 말에 예수가 이렇게 덧붙였다.

"어쨌든 우리는 요리하는 걸 좋아해요. 또 나는 음식을 아주 즐기죠. 샤오마이, 우갈리, 니플라, 코리 보난제(샤오마이는 여러 가지 재료를 넣은 중국식 만두, 우갈리는 아프리카에서 주식으로 먹는 일종의 흰 떡, 코리 보난제는 인도식 닭고기 요리 - 옮긴이)만 있으면 우리 혀는 행복해져요. 식사 후에 끈적거리는 토피 푸딩이나 티라미수 케이크와 뜨거운 차를 마신다면, 음! 그보다 더 좋을 수는 없죠."

모두들 크게 웃은 후에 서로의 접시를 돌리며 음식을 먹었다. 맥은 식사를 하면서 셋이 즐겁게 이야기하는 광경을 바라보았다. 그들은 서로 잘 아는 오랜 친구들처럼 떠들고 웃었다. 돌이켜보니 창조의 안이나 밖에 있는 그 누구보다도 그를 초대한 이들이 친밀한 관계를 갖는 것이 당연했다. 그는 여유로우면서도 서로를 존중하는 대화 방식이 부러웠고, 어떻게 하면 낸이 나 다른 친구들과도 저런 모습을 닮을 수 있을지 궁금해졌다.

맥은 이 경이로운 순간의 완전한 황당함에 새삼 충격을 느꼈다. 지난 24시간 동안 그와 연관되었던 놀라운 대화들이 머리를 스치고 지나갔다. '아니, 여기 온 지 겨우 하루밖에 되지 않았나? 집에 돌아가면 어떻게 해야 할까?' 그는 아내에게 모든 것을 말하겠다고 결심했다. 아내가 믿지 못하더라도 탓할 수는 없었다. 자신 역시 전혀 믿지 못할 테니 말이다.

머릿속으로 온갖 생각이 들었고 위축감을 느꼈다. 지금 이 상황 중 어느 것도 사실일 리가 없다. 그는 눈을 감고 주변에서 벌어지는 대화들을 듣지 않으려고 노력했다. 갑자기 주위가 쥐 죽은 듯이 조용해졌다. 그는 자신의 집에서 깨어나기를 반쯤 예상하며 천천히 한쪽 눈만 떴다. 파파와 예수, 사라유가 천진한 미소를 지으며 자기를 쳐다보고 있었다. 그는 굳이 변명하려들지 않았다. 그들은 이미 알고 있을 터였다. 대신 그는 한 가지 요리를 가리키며 물었다.

"좀 먹어도 될까요?"

대화가 다시 이어졌다. 그는 또다시 움츠러드는 기분에 맞서 질문을 던졌다.

"왜 당신은 우리 인간들을 사랑하죠? 내 생각에…….."

그는 질문을 던지면서도 어떤 질문을 하려는 건지 스스로도 잘 모르고 있다는 것을 깨달았다.

"내 생각에, 어, 내가 묻고 싶은 것은, 대체 왜 나를 사랑하는 건가요? 나는 아무것도 드릴 게 없는데요?"

"맥, 생각해봐요. 당신이 우리에게 아무것도 줄 것이 없다는 게 무척 자유로울 거예요. 적어도 우리에게 더할 것도, 앗아갈 것도 없죠……. 무언가를 해내야 한다는 부담감이 줄어들 거고요."

예수의 대답에 이어 파파가 그에게 질문을 던졌다.

"당신은 아이들이 말을 잘 들을 때 그 애들을 더 사랑하나요?"

"아뇨. 무슨 뜻인지 알겠어요."

맥이 잠시 말을 멈추었다가 다시 이었다.

"내 삶에 아이들이 있기 때문에 더 충만한 기분이 들어요. 당신도 그런가요?"

"아뇨, 우리는 이미 우리 자신 안에서 완전히 충만해요. 당신은 우리의 모습으로 만들어진 만큼 공동체 속에 함께 있도록 만들어졌어요. 그러니 당신이 당신의 아이들에 대해 그런 기분을 느낀다거나 '더해졌다'고 느끼는 것은 완전히 마땅하고 옳죠. 매켄지, 우리가 이번 주말에 당신과 이렇게 함께 있다고 해서 나를 인간 존재로 착각하지 말아요. 나는 예수 안에서 완전한 인간이지만 내 본성은 그것과 완전히 다르죠."

"그 개념에 대해서 너무 멀리 나가면 나는 헤매고 뇌는 곤죽처럼 된다는 거 당신도 알고 있죠? 당연히 알 거예요."

맥이 변명조로 말했다.

"이해해요. 당신이 경험하지 못하는 것은 마음의 눈으로도 보지 못하죠."

파파도 인정했다. 맥은 잠시 생각하다가 중얼댔다.

"나도 그렇다고 생각했어요……. 아니면 말고요……. 알겠죠? 이것 봐요, 곤죽이라니까요."

셋이 모두 웃어댄 후에 맥이 말을 이었다.

"이 모든 일에 대해 내가 무척 감사하고 있다는 것은 다들 알 거예요. 그렇지만 이번 주말에 나는 너무 많은 것을 받았어요. 집에 돌아간 뒤에는 무얼 해야 하죠? 내가 어떻게 하기를 바라죠?"

예수와 파파 둘 다 사라유를 쳐다보았다. 마침 음식을 잔뜩 찌른 포크를 입으로 가져가던 사라유가 천천히 포크를 내려놓고 혼란스러워 보이는 맥의 표정에 대답했다.

"맥, 이들 두 명에 대해선 대신 사과할게요. 인간은 자신의 독립성과 무언가 해내고자 하는 욕구에 따라 언어를 재구조화하는 경향이 있지요. 나는 우리와 함께 삶을 나누기보다 규칙을 선호하는 이야기를 듣게 되면 도저히 입을 다물고 있기가 힘들어요."

"맞아요."

파파도 거들었다.

"내가 정확히 뭐라고 물었는데요?"

맥은 자기가 대체 무슨 말을 했기에 이러는지 궁금해졌다.

"맥, 먹던 거나 마저 먹어요. 당신이 식사하는 동안 우리가 이야기할게요."

맥은 자신 역시 포크를 입으로 가져가던 중이라는 것을 깨달았다. 그가 감사하며 음식을 입에 넣자 사라유가 말을 시작했다. 그녀는 공중으로 떠올라 미묘한 색채와 그림자의 춤을 추며 반짝거렸고, 방 안은 향을 피운 것처럼 어지러운 냄새로 가득 찼다.

"질문을 통해 설명해줄게요. 우리가 왜 십계명을 만들었다고 생각하죠?"

또다시 포크를 입으로 가져가던 맥은 얼른 한입 먹으면서 사라유의 질문에 뭐라고 대답할지 생각해보았다.

"내 생각에, 적어도 내가 배운 바로는, 사람들이 당신의 선한 은총 안에서 정의롭게 살기를 바라며 복종해야 할 규칙을 만든 것이 아니었나요?"

"당신 말이 맞지는 않지만, 맞는다고 가정할 경우 우리의 선한 은총 안에 들어올 정도로 정의롭게 사는 사람이 과연 몇 명이나 된다고 생각해요?"

"그렇게 많지는 않겠죠. 사람들이 전부 나와 같다면요."

"실은 한 명뿐이었어요. 바로 예수죠. 예수는 그 율법에 문자그대로 복종했을 뿐만 아니라 그 정신까지 완전하게 구현했어요. 하지만 그가 그렇게 하기 위해 전적으로 내게 의지했다는 걸 당신도 이해해야 해요."

"그러면 우리에게 그 계명들을 왜 준 거죠?"

"사실 우리는 당신들이 스스로 정의로워지기 위한 노력을 포기하길 바랐어요. 그 율법은 당신들이 우리와 분리된 채 살아갈 때, 얼마나 더러운 꼴이 되는지를 보여주는 거울이죠."

"그래도 그 율법을 지키면서 정의로워졌다고 생각하는 사람들이 많다는 것을 당신도 알잖아요?"

맥의 질문이었다.

"그렇지만 자신이 얼마나 더러운지를 보여주는 거울로 과연 얼굴을 닦을 수 있을까요? 규칙은 단 한 번의 실수에도 자비나 은총을 베풀지 않아요. 그래서 예수가 당신들을 대신해서 그 모든 것을 이뤄내고 더 이상 당신들을 심판받지 않게 만들었죠. 한때 불가능한 요구를 포함했던 율법, '해선 안 된다'는 그 율법은 이제 우리가 당신 안에서 실현시킬 약속으로 대체되었어요."

사라유는 물결치듯 움직이며 말을 이었다.

"하지만 당신이 우리와 분리된 채 살아갈 때 그 약속은 헛되다는 점을 잊지 말아요. 예수는 율법의 요구를 잠재웠어요. 이제 율법에는 비난하거나 명령할 힘이 더 이상 없어요. 예수야말로 약속이자 이행이죠."

"내가 더 이상 규칙을 지킬 필요가 없다는 뜻인가요?"

이제 맥은 먹던 것을 완전히 멈추고 대화에 집중했다.

"그래요. 당신은 예수 안에서 어떤 법에도 지배되지 않아요. 그 안에선 모든 것이 합당하죠."

"농담이겠죠! 또 나를 혼란에 빠뜨리고 있어요."

맥이 끙끙대자 파파가 끼어들었다.

"당신은 아직 다 듣지 않았어요."

"매켄지, 자유를 두려워하는 자들은 우리가 그들 안에 살 수 있다는 걸 믿지 못하는 자들이에요. 율법을 지키려고 노력한다는 것은 독립성을 선언하고 통제를 지속한다는 뜻이죠."

"우리가 그토록 율법을 좋아하는 이유가 바로 그 때문인가요? 우리 스스로를 통제하려고?"

맥이 물었다.

"그 이상이죠. 율법은 다른 사람들을 심판하고 자신이 그들보다 우월하다고 믿게 하죠. 당신은 다른 사람들보다 자신이 더 높은 기준에 맞춰 산다고 믿고 있어요. 책임이니 기대니 하는 난해한 표현을 이용해서 규칙을 강화하는 것은 불확실성에서 확실성을 이끌어내려는 헛된 시도에 불과하죠. 당신이 생각하는 바와는 달리 나는 불확실성을 아주 좋아해요. 규칙은 자유를 가져오기는커녕 남을 비난하는 힘만 갖고 있어요."

맥이 불현듯 사라유의 말뜻을 깨닫고 외쳤다.

348

"아! 그러니까 책임이나 기대는 우리를 더 이상 지배하지 못하는 규칙의 또 다른 형태라는 건가요? 내가 제대로 이해했나요?"

"그래요. 이제 됐네요. 사라유, 맥은 이제부터 당신이 책임져요!"

또다시 파파가 끼어들었다. 쉬운 일은 아니었지만 맥은 파파의 말을 무시하고 사라유에게만 집중하기로 했다. 사라유가 파파에게 미소를 짓고 나서 다시 맥을 바라보았다. 그녀는 천천히 그리고 신중하게 말을 이어갔다.

"매켄지, 나는 언제라도 명사보다 동사를 취할 거예요."

그녀는 이렇게만 말하고 입을 다물었다. 이 암호 같은 이야기를 어떻게 이해해야 할지 몰라 맥은 "예?"라고만 대꾸했다.

"나는,"

그녀가 두 손을 벌려 예수와 파파까지 포함하며 말했다.

"나는 동사예요. 나는 스스로 존재하는 자예요. 미래에도 마찬가지죠. 나는 동사예요! 나는 살아 있고 역동적이며 늘 활동적이고 또 움직이죠. 나는 생명체가 있는 동사예요."

맥은 자기 얼굴이 멍해 보일 거라고 느꼈다. 사라유의 말을 알아듣긴 했지만 제대로 와 닿지 않았다.

"나의 본질이 동사이기 때문에 나는 명사보다 동사에 맞춰져 있어요. 고백하기, 회개하기, 살기, 반응하기, 성장하기, 도약하

기, 변화하기, 씨 뿌리기, 달리기, 춤추기, 노래하기 등의 동사
죠. 그런데 인간들에겐 은총이 가득하고 생명력이 넘치는 동사
를 죽은 명사나 규칙 탓에 냄새가 나는 원칙으로 바꾸는 재주
가 있어요. 그러고 나면 성장하고 살아 있는 것은 죽게 되죠. 명
사는 창조된 우주와 물리적인 실재로 인해 존재할 수 있어요.
하지만 우주가 명사 덩어리라면 그건 죽은 거나 마찬가지죠.
'내가 존재'하지 않으면 동사도 사라져요. 동사야말로 이 우주
를 살아 있게 만드는 거죠."

"그게,"

마음속으로 희미한 빛이 들어오는 것 같았지만 그래도 맥은
여전히 이해하려고 노력하며 물었다.

"그게 의미하는 바가 정확히 뭐죠?"

그가 이해를 하지 못하는데도 사라유는 전혀 동요하지 않는
것 같았다.

"어떤 것을 죽음에서 생명으로 이동시키려면 살아 움직이는
것을 도입해야 해요. 명사이기만 한 것을 역동적이고 예측할
수 없는 것으로 이동시키는 것, 살아 있는 현재 시제로 이동시
키는 것은 율법에서 은총으로 이동시키는 것과 마찬가지인 거
죠. 예를 들려줄까요?"

"부탁이에요. 열심히 들을게요."

맥이 애원하자 예수가 쿡쿡 웃었다. 맥은 그를 흘겨보고 나서

다시 사라유를 쳐다보았다. 그녀의 얼굴에도 희미한 미소가 스쳐 지나갔다.

"그러면 당신들이 좋아하는 단어인 책임과 기대를 이용해볼 게요. 이 단어들은 당신의 명사가 되기 이전에는 움직임과 경험이 내재되어 있는 명사, 나의 단어였죠. 그러니까 적절히 대응하는 능력과 기대하는 능력이 내재된 단어였어요. 내 단어는 살아 있고 역동적이어서 생명과 가능성이 가득하지만 당신의 단어는 죽어 있고 율법과 두려움, 심판이 가득해요. 그래서 성경에는 책임이라는 단어가 없어요."

"아, 이런. 우리는 그 단어를 아주 많이 사용하고 있는 것 같은데요."

맥은 얼굴을 찌푸렸다. 그는 대화가 어디로 흘러가는지 이제야 알아듣기 시작했다.

"종교는 법으로써 스스로 힘을 부여해 자신이 생존하기 위해 필요로 하는 사람들을 통제해야 해요. 나는 당신에게 부름받을 능력을 주었는데, 그것은 다름 아닌 자유롭게 사랑하고 매 순간 섬기는 일이지요. 그 매 순간은 각기 다르고 독특하고 훌륭해요. 내가 바로 그 부름 받는 능력이기 때문에 나는 당신 안에 존재해야 해요. 내가 만약 당신에게 책임감만 부여한다면 나는 당신과 함께 있을 수 없어요. 책임감이란 수행해야 할 임무이자 충족되어야 할 의무가 되고 결국 실패할 수밖에 없어요."

"아, 이런, 이런."

맥은 별 열의 없이 다시 말했다.

"이번에는 우정을 예로 들어서, 명사에서 생명의 요소를 제거하면 극단적으로 관계가 바뀌고 만다는 것을 보여줄게요. 맥, 나와 당신이 친구라면, 우리 관계 속에는 기대감이 존재해요. 서로를 마주 보고 있을 때나 떨어져 있을 때도 우리에겐 함께 웃고 떠들 거라는 기대감이 있죠. 이런 기대감은 구체적으로 정의되지 않아요. 그것은 살아 있고 역동적이죠. 더욱이 우리가 함께 있음으로 생겨나는 모든 것은 다른 누구와도 나눌 수 없는 독특한 선물이죠. 그런데 내가 그 '기대감'을 '기대'로 바꾸면 어떻게 될까요? 말로 표현하건 안 하건 간에요. 그러면 우리 관계에 갑자기 계율이 들어오죠. 당신은 이제 나의 기대를 충족시킬 수 있어야 한다는 기대를 받게 돼요. 그리고 살아 있는 우리의 우정은 규칙과 요구사항이 딸린 죽은 것으로 급속히 변질되죠. 이제 우정은 당신과 나에 대한 것이 아니라 친구라면 의당 해야 할 것, 혹은 좋은 친구의 책임에 대한 것이 되겠죠."

"또는 남편이나 아버지, 직원의 책임이 되겠군요. 알겠어요. 기대감 안에 사는 편이 훨씬 좋겠어요."

맥이 말했다.

"나도 그래요."

사라유가 맞장구를 쳤다.

"하지만 아무런 기대와 책임이 없다면 모든 것이 무너져버리지 않을까요?"

"당신이 나와는 별개로 율법이 지배하는 세계에 속한다면 그렇겠죠. 책임과 기대는 죄책감과 수치심, 심판의 기본이 되죠. 또한 성취를 정체성과 가치의 기초로 여기게 하는 본질적인 뼈대가 돼요. 당신은 다른 이의 기대에 못 미치는 삶이 어떤지 잘 알고 있을 거예요."

"아, 알다마다요! 그다지 유쾌한 시간은 아니죠."

그가 중얼댔다. 그때 그의 마음속에 새로운 생각이 퍼뜩 찾아왔다.

"당신이 나에 대해 아무런 기대도 하지 않는다는 뜻인가요?"

이제 파파가 나서서 대답했다.

"나는 당신뿐 아니라 그 누구에게도 무엇을 기대해본 적이 없어요. 기대라는 말에는, 미래나 결과를 모르면서 바라는 결과를 얻기 위해 행동을 통제하려 한다는 뜻이 전제되어 있어요. 인간은 대개 기대를 통해 행동을 통제하려고 애쓰죠. 우리는 당신과 당신에 대한 모든 것을 이미 알고 있는데 또 무엇을 기대하겠어요? 그야말로 바보 같은 짓이죠. 더군다나 내가 아무런 기대도 하지 않기 때문에 당신은 한 번도 나를 실망시킨 적이 없었죠."

"뭐라고요? 나에게서 실망한 적이 한 번도 없다고요?"

맥은 이 말 또한 이해해보려고 열심히 생각했다.

"한 번도요!"

파파가 강조해서 말했다.

"나는 우리 관계 안에서 끊임없이 살아 있는 기대감만 갖고 있을 뿐이에요. 나는 어떤 상황, 어떤 환경에서도 적절히 대응할 수 있는 능력을 당신에게 주죠. 당신이 기대와 책임감에 의지할 만큼. 당신이 나를 알지도 신뢰하지도 못할 만큼."

이때 예수가 끼어들었다.

"또한 당신이 두려움 안에서 살 만큼."

"하지만 당신은 우리가 우선권을 가지길 바라지 않나요? 당신도 알겠지만 하나님이 최우선이고 그 다음엔 누구이고 하는 식으로 말이에요."

맥은 여전히 확신을 갖지 못한 채 질문을 던졌다.

"우선권을 갖고 살면 모든 것을 위계질서나 피라미드로 보게 되죠. 이 문제에 대해 우리는 이미 이야기했죠. 하나님을 최우선으로 둔다는 것이 실제로 어떤 의미가 되고 또 어느 정도가 되어야 충분할까요? 당신의 최우선 관심사를 실행하기 전에 나에게 과연 얼마나 많은 시간을 할애해야 하죠?"

사라유가 말을 마치자 파파가 다시 끼어들었다.

"매켄지, 나는 당신의 일부, 당신의 삶의 일부를 원하는 게 아니에요. 당신은 나에게 가장 큰 부분을 줄 수 없고, 만약 그렇게 한다더라도 그건 내가 원하는 바가 아니에요. 나는 당신의 전부, 당신의 모든 부분과 당신의 시간 전부를 원해요."

예수도 거들었다.

"맥, 나는 여러 가치를 나열한 목록 중에서 첫 번째가 되고 싶은 게 아니라 모든 것의 중심이 되고 싶은 거예요. 내가 당신 안에서 살 때 우리는 당신에게 일어나는 모든 것을 함께 겪으면서 살 수 있어요. 나는 피라미드의 꼭대기보다 모빌의 한가운데가 되고 싶어요. 친구와 가족, 직장, 생각, 행동 등 당신 삶의 모든 것이 나와 연결되어 존재의 춤 안에서 바람과 함께 안과 밖, 앞과 뒤로 움직이죠."

"그리고 내가 바로 그 바람이죠."

사라유가 결론을 내리고 환한 미소를 지으며 고개를 숙여 절했다.

맥이 생각을 정리하는 동안 정적이 흘렀다. 그는 몰려드는 생각과 이미지 앞에서 만질 수 있는 것을 붙잡으려는 사람처럼 두 손으로 식탁의 모서리를 부여잡고 있었다.

파파가 의자에서 일어나며 말했다.

"음, 이걸로 됐어요. 이제 재미있게 놀 시간이에요! 내가 음식을 정리할 동안 먼저 나가요. 설거지는 나중에 할게요."

"감사기도는 어떻게 하고요?"

맥이 물었다.

"맥, 틀에 박힌 건 아무것도 없어요. 오늘 밤 우리는 뭔가 다른 일을 할 거예요. 당신도 아주 좋아할걸요!"

파파가 접시 몇 개를 집으며 말했다. 맥은 일어나서 예수를 따라 뒷문으로 가려다가 어떤 손이 어깨에 닿는 것을 느끼고 몸을 돌렸다. 사라유가 가까이에서 그를 뚫어져라 바라보고 있었다.

"매켄지, 허락한다면 오늘 저녁을 위해 선물을 주고 싶어요. 당신의 눈을 만져서 치유해도 될까요? 오직 오늘 밤만을 위한 것이랍니다."

맥이 놀랐다.

"내가 꽤 잘 보는 편인 줄 알았는데요?"

"인간으로서는 꽤 잘 보는 편이지만 실제로 많은 것을 보지는 못해요. 오늘 밤엔, 우리가 보는 것을 당신에게 조금만이라도 보여주고 싶어요."

사라유가 설명하듯 말했다.

"좋아요. 그렇다면 눈은 물론이고 그 이상을 만져도 좋아요."

사라유가 손을 뻗자 그는 눈을 감으며 몸을 내밀었다. 뜻밖에도 그녀의 감촉은 얼음처럼 차가우면서도 기운이 넘쳤다. 즐거운 떨림이 그의 온몸을 관통했다. 그는 그녀의 손을 잡아 얼굴에 대려고 팔을 뻗쳤으나 아무것도 손에 잡히지 않자 천천히 눈을 떴다.

15
—
친구들의 축제

가족과 친구들에게 작별의 입맞춤을 하고 멀리 떨어져 지내더라도
우리는 마음과 정신, 그리고 뱃속에 가족과 친구들을 품을 수 있다.
우리가 어떤 세계 안에 사는 것이 아니라
어떤 세계가 우리 안에 살기 때문이다.

- 프레더릭 부흐너, 『진실을 말하기』

맥은 눈을 뜨려다가 눈이 멀 것처럼 강한 빛에 압도되어 얼른 눈을 가려야 했다. 그때 어디선가 목소리가 들렸다.

"이제 나를 직접 쳐다보기가 무척 힘들 거예요. 파파를 보기도 힘들겠죠. 그렇지만 당신의 마음이 이 변화에 익숙해지면 훨씬 쉬워질 거예요."

사라유였다. 그가 눈을 감고 있었던 사이에 오두막과 선착장, 작업실은 모두 사라지고 그는 달빛 하나 없지만 눈부신 밤하늘 아래 작은 언덕 꼭대기에 서 있었다. 천상의 위대한 지휘자의 지휘를 받고 있기라도 한 듯 별들은 서두르지 않고 유연하고 정확하게 움직이고 있다. 가끔씩 큐 사인을 받은 듯 혜성과 유성들이 밤하늘을 스치면서 별들의 군무에 변화를 주곤 했다. 또 어떤 별은 신성이나 백색 왜성으로 변하는 듯 커지고 또 색을 바꾸었다. 시간까지도 역동적이고 즉흥적인 것으로 변해, 혼란스러워 보이면서도 정확하게 운영되는 이 천상의 전시에 다채로움을 더하는 것 같았다.

맥이 사라유가 서 있던 쪽으로 고개를 돌렸더니 그녀는 여전히 그의 옆에 있었다. 아직은 그녀를 똑바로 쳐다보기가 힘들

었지만 이제 전체적인 균형과 패턴 안의 색채 정도는 구별할
수 있었다. 온갖 종류의 작은 다이아몬드와 루비, 사파이어가
빛의 의복에 짜여 들어가 파도처럼 움직이다가 미립자로 흩어
지는 것 같았다.

"믿을 수 없이 아름다워요."

그는 성스럽고 장엄한 광경에 둘러싸여 중얼댔다.

"정말 그렇죠. 매켄지, 주위를 둘러봐요."

빛에서부터 사라유의 목소리가 들렸다. 그는 사방을 둘러보
다가 숨이 멎는 줄 알았다. 어두운 밤인데도 모든 것이 다양한
색조와 음영 안에서 빛의 후광을 받아 선명하게 반짝이고 있었
다. 숲 전체가 빛과 색채로 불타오르면서도 나무와 나뭇가지,
나뭇잎 하나하나가 또렷하게 각자의 모습을 드러냈다. 새와 박
쥐들은 하늘을 날거나 서로 쫓아다니면서 색채를 지닌 불의 길
을 만들었다. 저 멀리에 있는 피조물들의 무리도 보였다. 사슴
과 곰, 산양, 장엄한 엘크는 숲 가장자리에, 수달과 비버는 호수
에서 각자 자신의 색과 광채로 빛을 발했다. 수많은 작은 생물
들이 각자의 영광 안에서 생명력을 발산하며 사방을 돌아다니
고 있었다.

복숭아와 자두, 까치밥열매의 불길이 올라오는 가운데 물수
리 한 마리가 호수 수면으로 하강하다가 마지막 순간에 다시
날아올라 수면을 스치듯 지나갔다. 녀석의 날개에서 인 불꽃이

눈 내리듯 물에 떨어졌고, 그 뒤쪽으로 무지개 비늘 옷을 입은 커다란 송어가 지나가는 사냥꾼을 놀리듯 수면을 박차고 튀어 올랐다가 다시 색채의 물결 속으로 쑥 들어갔다.

맥은 자신이 실제보다 훨씬 커져서 어디를 둘러봐도 자기가 그 자리에 있는 것 같았다. 어미 곰의 발치에서 놀고 있는 새끼 곰 두 마리가 그의 시선을 사로잡았다. 황토, 박하, 개암나무 열매가 굴려 다녔고 녀석들은 자기만의 언어로 까불며 놀았다. 그는 그냥 팔만 뻗어도 녀석들을 만질 수 있을 것 같아 별 생각 없이 팔을 쭉 뻗었다가 자신도 불길에 휩싸여 있었다는 것을 깨닫고 화들짝 놀라 손을 뺐다. 잘 빚은 공예품 같은 자신의 손에 다채로운 빛의 폭포수가 장갑처럼 감싸여 있었다. 그의 온몸 역시 빛과 색채의 옷에 완전히 감싸여 있었다. 자유, 적절함을 허용하는 순수한 옷이었다.

늘 쑤시던 관절은 물론이고 온몸에 아무런 고통도 느껴지지 않았다. 사실 이만큼 온몸이 가뿐하고 머릿속이 맑은 적도 없었다. 그는 밤의 향기를 가득 들이마셨다. 정원에서 잠들어 있다가 이 축제 때문에 다시 깨어나기 시작한 꽃들의 향도 깊이 들이마셨다.

미칠 듯이 기쁘고 기분 좋은 환희가 내면에서부터 솟구쳐 올라 그는 펄쩍 뛰었고, 천천히 공중을 떠다니다가 다시 부드럽게 착지했다.

'날아다니는 꿈과 정말 비슷해.'

그때 숲에서 점들이 하나씩 나타나더니 그와 사라유가 서 있는 곳 아래쪽의 초원으로 모여들었다. 점들은 주변을 둘러싼 산 위에서 보이지 않는 오솔길을 따라 보였다가 사라졌다가 하면서 그가 있는 쪽으로 다가왔다.

초원에 들어온 점들은 수많은 아이들이었다. 촛불 하나 없었지만 아이들 자체가 빛이었다. 아이들은 각자의 광휘 안에서 모든 종족과 언어를 대표하는 듯한 옷을 입고 있었다. 아이들의 옷 중에서 일부만 알아볼 수 있었지만 그런 건 중요하지 않았다. 아이들은 지구의 아이들, 파파의 아이들이었다. 어린 아이들이 더 어린 아이들의 손을 잡고 조용한 위엄과 품위를 갖춘 태도와 만족과 평온함이 넘치는 표정으로 초원으로 들어왔다.

맥은 아이들 중에 미시가 있을까 궁금해져서 1분 정도 아이들을 찬찬히 바라보다가 포기했다. 미시가 그 자리에 있다면, 그리고 자신에게 달려오고 싶을 때 그렇게 할 것이라며 마음을 달랬다. 초원에서 아이들은 거대한 원형을 이루었고, 그가 서 있는 자리 근처부터 원의 중심부까지만 통로처럼 트여 있었다. 아이들이 낄낄대거나 속삭일 때면 천천히 터지는 섬광전구처럼 빛이 발했다.

그는 앞으로 어떤 일이 벌어질지 전혀 모르고 있었지만, 아이들은 분명하게 알고 있었고 그 기대감으로 출렁이고 있었다.

아이들 뒤쪽의 빈터에 어른들이 나타나서 아이들의 원보다 더 큰 빛의 원, 다채롭고 찬란하면서도 어딘가 차분한 느낌의 원을 이루었다. 그때 원의 한 부분에서 갑자기 유별나고 큰 움직임이 일어나는 것이 그의 시선을 사로잡았다. 바깥쪽 원을 이루는 빛 중에서 유독 하나의 빛이 힘들어하는 것 같았다. 보라색과 상아색의 빛들이 한순간 아치 모양을 그리더니 맥이 서 있는 쪽을 향해 쏟아져 나왔다. 이 빛들이 물러난 후에는 연자주색과 금색, 타오르는 주홍색의 빛이 어둠 속에서 눈부신 광휘로 타올라 그가 있는 쪽을 향해 솟아올랐다가 다시 원래의 자리로 가라앉았다. 사라유가 그 광경을 보며 미소를 지었다.

"무슨 일이죠?"

맥이 속삭였다.

"감정 조절을 힘들어하는 사람이 있어요."

그 사람은 자신의 감정을 주체하지 못하고 옆에 있는 사람들까지 흔들리게 만들었다. 번쩍이는 빛은 아이들의 원까지 확장되며 분명한 파동 효과를 보여주었다. 힘들어하는 사람 바로 옆에 있는 사람들도 그를 향해 색채와 빛을 발산하며 반응을 보였다. 각자에게서 나온 조합은 독특했고, 그 조합은 동요를 일으키는 자에게 각자 독특한 반응을 보이는 것 같았다.

"이해가 되지 않아요."

맥이 다시 속삭였다.

"매켄지, 색채와 빛의 패턴은 저마다 독특해요. 똑같은 건 하나도 없고 어떤 패턴도 반복되지 않아요. 우리는 여기서 서로를 진실로 보게 되죠. '본다'의 의미에는 각자의 인격과 감정이 색채와 빛으로 보인다는 뜻도 포함되어 있어요."

"정말 놀라워요! 그렇다면 아이들의 색채는 왜 주로 흰색인가요?"

"아이들 가까이 가보면 개별적인 색채가 많이 있어서 모든 색채를 포함하는 흰색으로 통합되는 것을 볼 수 있어요. 아이들이 성장하고, 또 진정한 자신의 모습으로 성숙하면 좀 더 분명하고 독특한 색채를 갖게 되죠."

맥은 "정말 놀라워요!"라고만 중얼대며 원들에 시선을 고정했다. 어른들의 원 뒤로 다른 이들이 나타나서 일정한 간격을 이루며 자리를 잡았다. 그들은 앞의 원들보다 더 큰 불길을 이루었고 바람의 방향에 따라 움직이는 것처럼 보였다. 이들은 청옥과 물색으로 비슷해 보였지만 각자의 안에는 저마다 독특한 색채가 들어 있었다.

"천사들이죠. 봉사자들과 파수꾼들."

맥이 질문하기도 전에 사라유가 먼저 말했다.

"정말 놀라워요!"

맥이 세 번째로 말했다.

"매켄지, 이게 다가 아니에요. 또 이 광경은 저 사람의 문제를 잘 이해하도록 도와줄 거예요."

사라유는 문제가 일어나는 쪽을 가리키며 말했다. 맥이 보기에도 그 남자는 여전히 힘들어하는 것 같았다. 빛과 색채가 마치 창처럼 갑자기 맥이 있는 쪽으로 더 길게 튀어나오기도 했다.

"우리는 빛과 색채에서 각자의 독특성을 볼 수 있고, 또한 빛과 색채를 통해 서로 반응할 수 있어요. 그런데 이런 반응은 통제하기가 무척 힘들고, 저 사람이 시도하는 것과는 달리 억제할 필요가 없어요. 그 표현을 그대로 놔두는 것이 더욱 자연스럽죠."

"이해가 안 돼요. 우리가 서로에게 색채로 반응할 수 있다는 뜻인가요?"

맥이 주저하며 물었다.

"그래요."

사라유가 고개를 끄덕이는 것 같은 몸짓을 해보였다.

"두 사람의 관계는 절대적으로 독특해요. 그런 이유 때문에 어떠한 두 사람도 같은 방법으로 사랑할 수는 없어요. 당신은 그들의 존재와 그들이 당신에게서 끌어내는 독특성 때문에 각자를 다르게 사랑해요. 서로에 대해 많이 알아갈수록 그 관계의 색채는 더욱 풍요로워지죠."

맥은 사라유의 말을 경청하면서도 눈앞에 펼쳐진 광경에서 눈을 떼지 못했다. 사라유가 말을 이었다.

"예를 들어줄 테니까 잘 들어봐요. 당신이 동네 카페에 친구와 함께 있다고 상상해봐요. 당신은 당신의 친구에게만 관심을 집중할 것이고, 볼 줄 아는 눈이 있다면 당신들이 색채와 빛의 배열에 둘러싸여 있는 모습을 볼 수 있겠죠. 그 빛과 색채는 개인으로서 당신의 독특성을 표시할 뿐만 아니라 두 사람의 관계의 독특성과 그 순간 당신이 경험하는 감정들을 나타내주죠."

맥이 "하지만"이라고 입을 열었으나 사라유에게 선수를 빼앗겼다.

"하지만 당신이 사랑하는 또 다른 사람이 카페로 들어온다고 가정해봐요. 당신은 먼저 와 있던 친구와 대화하던 중에도 이 사람이 들어오는 것을 알아차리겠죠. 더 큰 실재를 볼 수 있는 눈이 있다면, 원래의 대화를 계속하면서도 독특한 조합의 빛과 색이 당신을 떠나서 방금 전에 들어온 사람을 감싸면서 또 다른 형태의 사랑을 표시하고, 환영하는 걸 볼 수 있을 거예요. 매켄지, 당신은 그 독특함을 두 눈으로 보는 것은 물론이고 감촉을 느끼고 냄새도 맡고 심지어 맛을 볼 수도 있어요."

"딱 맘에 드는데요! 그런데,"

그가 어른들의 원에서 혼자 방황하는 빛을 가리키며 말을 이었다.

"저기 저 사람을 제외한 나머지 사람들은 왜 저렇게 차분하죠? 사방에 색이 있을 거라고 생각했는데요. 서로 모르는 사이인가요?"

"대부분은 서로 아주 잘 아는 사이죠. 지금은 자신에 대한 것도, 서로의 관계에 대한 것도 아닌 다른 것을 축하하러 왔기 때문에 기다리는 중이에요."

사라유의 대답이었다.

"뭘 말인가요?"

맥이 물었다.

"곧 알게 될 거예요."

사라유가 더 이상 설명하지 않을 것 같아서 맥은 문제를 일으키고 있는 자에게 다시 관심을 돌렸다.

"저 사람은 왜 저렇게 힘들어하면서 우리에게 집중하고 있나요?"

"매켄지, 그는 우리에게 집중하고 있는 게 아니에요. 당신에게 집중하고 있는 거죠."

사라유가 부드럽게 말했다.

"예?"

맥은 놀라서 멍해졌다.

"자신을 억제하지 못하고 있는 저 사람은 바로 당신 아버지예요."

분노와 그리움이 뒤섞인 여러 감정이 파도처럼 그에게 밀려들었다. 그때 무슨 지시라도 받은 것처럼 아버지의 색채가 초원을 가로질러 퍼져 나와 그를 감쌌다. 진홍색과 주홍색, 자주색, 보라색의 빛과 색이 소용돌이처럼 그를 휘감았다. 그는 폭발적인 폭풍 사이 초원을 가로질러 아버지에게로, 빛과 감정의 근원으로 달려가는 자신의 모습을 발견했다. 그는 처음으로 아무런 두려움 없이 아빠를 기다리는 어린 소년이 되었다. 그는 오로지 자기 마음이 이끌리는 대로 달려가서 아버지를 찾았다. 빛에 사로잡힌 아버지가 무릎을 꿇고 있었고, 얼굴을 가린 그의 양손에서 다이아몬드와 보석의 폭포수인 듯한 반짝이는 눈물이 흘러내렸다.

차마 아들의 얼굴을 보지 못하는 그 사람에게 맥은 "아빠!"라고 외치며 몸을 던졌다. 바람과 불길이 용솟음치는 중에 맥은 두 손으로 아버지의 얼굴을 붙잡아 자기 얼굴을 보게 하고 늘 하고 싶었던 말을 더듬거리며 했다.

"아빠, 정말 죄송해요! 아빠, 사랑해요!"

그의 말은 빛이 되어 아버지의 여러 색채 중에서 어둠을 몰아낸 다음, 피처럼 붉게 만들었다. 둘은 흐느끼며 서로 잘못을 뉘우치고 용서했고, 그들보다 더 큰 사랑이 그들을 치유해주었다.

마침내 아버지는 아들과 손을 잡고 함께 일어났다. 예전에는 단 한 번도 해보지 못했던 일이었다. 맥은 그제야 비로소 어떤 노랫소리가 점차 커지면서 아버지와 함께 서 있는 그 성스러운 곳을 관통해서 둘을 깨끗이 씻어내리는 것을 알아챘다. 둘은 어깨동무를 하고 눈물 때문에 말도 잇지 못하는 채로 밤하늘을 밝게 비추는 화해의 노래를 들었다. 영롱한 색채의 분수가 아이들 사이에서, 특히 심하게 고통받았던 아이들 사이에서 둥글게 뿜어져 나왔다. 그러고는 바람에 날리는 물결처럼 옆에서 옆으로 퍼져 나가 마침내 온 들판이 빛과 노래로 넘쳐났다.

맥은 지금은 대화할 시간이 아니며, 아버지와의 시간이 빠르게 지나가고 있다는 것을 느꼈다. 이 순간이 자신과 아버지 모두에게 소중하다는 것을 어떤 신비로운 힘이 깨우쳐주는 것 같았고, 새롭게 느껴지는 이 가뿐함에 도취될 것 같았다. 그는 아버지의 입술에 입맞춤하고 몸을 돌려서 사라유가 기다리고 있는 작은 언덕으로 돌아갔다. 아이들 사이를 헤치고 지나가는 동안, 아이들의 감촉과 색채가 빠르게 자신을 안았다가 멀어져 가는 것을 느꼈다. 다들 그를 알고 있고 사랑하는 것 같았다.

그는 사라유에게 다가가서 그녀의 품에 안겨 한참을 울었다. 어느 정도 마음을 추스른 후에 초원과 호수, 밤하늘을 돌아보았다. 그새 다들 조용해져서 무언가를 잔뜩 기대하는 것이 느껴졌다. 갑자기 그들 오른쪽의 어둠 속에서 예수가 나타나고 사방이 떠들썩해졌다. 광휘가 넘치는 소박한 흰옷을 입고 단순한 황금 왕관만 쓴 그는 모든 차원에서 전 우주의 왕이었다.

하나님인 인간과 인간인 하나님인 그는 자기 앞으로 열려 있는 길을 통해 중앙으로, 모든 창조물들의 중앙으로 걸어 나왔다. 빛과 색이 춤을 추며 사랑의 직물로 엮여 예수의 발밑에 깔렸다. 사랑을 외치는 이도, 그저 두 손을 들고 서 있는 이도 있었다. 가장 풍요롭고 깊은 색채를 지닌 많은 이들이 얼굴을 바닥에 대고 엎드렸다. 숨결이 있는 모든 만물이 끝없는 사랑과 감사의 노래를 불렀다. 오늘 밤 우주는 태초의 목적 바로 그대로였다.

예수는 중앙에 도착해서 걸음을 멈추고 주변을 둘러보았다. 그의 시선은 바깥쪽 가장자리의 작은 언덕에 서 있는 맥에게서 멈추었고, 맥은 예수가 자기 귀에 속삭이는 소리를 들었다.

"맥, 나는 특히 당신을 좋아해요."

그는 더 이상 참지 못하고 바닥에 쓰러져서 기쁨의 눈물을 흘렸다. 그러고는 사랑과 온화함이 넘치는 예수의 포옹에 사로잡혀 꼼짝하지 못했다.

예수가 크고 또렷하면서도 너무나 부드럽게 "이리 와요!"라고 말하자, 모두들 그에게로 갔다. 아이들이 앞장서고 어른들이 뒤따르며 각자 필요한 만큼 차례차례 예수와 웃고 이야기하고 포옹하며 노래했다. 천상의 춤과 별들의 행진이 이어지는 동안 시간은 완전히 멈춘 것 같았다. 모두 차례차례 떠나가고 불길로 타오르는 푸른 파수꾼들과 동물들만 남았다. 예수가 그쪽으로 걸어가서 각자의 이름을 부르자 동물들도 새끼들과 함께 굴과 둥지와 초원으로 돌아갔다.

맥은 자신이 이해하기에는 너무 벅찬 이 경험을 다 받아들이려고 애쓰며 꼼짝 못하고 서 있었다. 그는 멀리 시선을 고정시킨 채 고개를 저으며 약속했다.

"나는 상상도 못했어요. 믿을 수 없이 놀라워요."

사라유는 색채가 쏟아져 내리는 듯이 웃었다.

"상상해봐요, 매켄지. 내가 당신의 눈만이 아니라 혀와 코, 귀까지 만졌다면 어땠겠어요."

다시 그들뿐이었다. 호수에 울려 퍼지는 물새의 거칠고 기묘한 울음소리가 이 축제가 끝났음을 알리는 것 같았고, 파수꾼들마저 모두 사라졌다. 물가와 초원에서 평소처럼 경배하는 귀뚜라미와 개구리의 합창소리만 들렸다. 셋은 한마디 말도 없이 오두막을 향해 걸어갔다. 이제 맥의 눈에 다시 오두막이 보였다. 두 눈에 커튼이 드리워진 것처럼 갑자기 눈이 멀고, 시력은 예전으로 돌아왔다. 그는 상실감과 그리움을 함께 느꼈고 약간 슬퍼졌지만, 예수가 옆으로 다가와서 그의 손을 꼭 잡으며 모든 것이 제자리라고 일러주었다.

16
—
슬픔의 아침

무한한 신은 자신의 모든 것을 자녀들 하나하나에게 줄 수 있다.
그는 각각의 자녀에게 자신의 일부를 나눠주는 것이 아니라
더 이상의 자녀가 없는 것처럼 자녀들 모두에게
자신의 전부를 완전히 내준다.

-A. W. 토저

꿈도 꾸지 않고 깊은 잠에 이제 막 빠져든 순간, 맥은 누군가
가 자신을 흔들어 깨우는 것 같다고 느꼈다.

"맥, 일어나. 갈 시간이다."

귀에 익은 목소리였으나 그녀 역시 막 잠에서 깨어난 것처럼
낮은 목소리였다.

"예? 몇 시나 됐죠?"

그는 여기가 어디인지, 자기가 뭘 하는 중인지 생각해보려고
애쓰면서 중얼댔다.

"갈 시간이야!"

그는 그 속삭임이 자기 질문에 대한 대답이라고 생각하지 않
으면서도 투덜대며 잠자리에서 나왔다. 그러고는 더듬거리다
가 스탠드의 스위치를 찾아 불을 켰다. 칠흑처럼 어두웠던 터
라 그 빛에 눈이 멀 것 같았고 그는 잠시 후에야 한쪽 눈을 껌뻑
이며 이 이른 아침의 방문객을 힐끗 쳐다보았다.

파파와 비슷해 보이는 남자가 옆에 서 있었다. 위엄이 있고
나이도 꽤 들고 강단이 있어 보이는 데다가 맥보다 키가 컸다.
은백의 머리칼은 뒤로 넘겨 하나로 묶고 있었고, 머리칼과 어

울리는 반백의 턱수염과 콧수염을 기르고 있었다. 그는 소매를
걷어올린 체크무늬 셔츠와 청바지에 등산용 장화까지 신은 완
벽한 산행 차림을 하고 있었다.

"파파?"

맥이 물었다.

"그래."

맥이 고개를 저었다.

"날 또 놀리는 거죠?"

"늘 그렇지."

그는 따사로운 미소를 지으면서 맥이 다음 질문을 하기도 전
에 먼저 대답했다.

"오늘 아침에는 너에게 아버지가 필요할 거다. 이제 준비하
자. 침대 발치의 탁자와 의자에 필요한 것들을 전부 놔두었어.
준비하고 부엌에 와서 뭘 좀 먹고 출발하자."

맥은 어디로 가느냐고 물어보지도 않고 고개만 끄덕였다. 파
파가 알려주려 했다면, 진작 말해주었을 터였다. 그는 파파의
옷차림과 비슷한, 몸에 잘 맞는 옷으로 갈아입고 등산화까지
신은 후에 화장실에 잠시 들렀다가 부엌으로 갔다.

파파가 예수와 함께 조리대 옆에 서 있었다. 맥보다 훨씬 더
잘 쉬었는지 여유로운 표정이었다. 그가 막 입을 열려는 순간
사라유가 둘둘 만 커다란 꾸러미를 들고 뒷문으로 들어왔다.

침낭을 길게 만 모양의 꾸러미에는 메고 다니기 편하게끔 양 끝에 끈이 고정되어 있었다. 그녀에게서 꾸러미를 받아 들자마자 여러 가지의 그윽한 향기가 풍겨 나왔다. 맥은 알싸한 허브 향기와 꽃향기가 섞인 그 속에서 계피와 박하, 소금, 과일 향을 구별할 수 있었다.

"나중을 위한 선물이에요. 언제 필요한지는 파파가 알려줄 거예요."

사라유가 미소를 지으며 그를 포옹했다. 사실 그녀의 행동을 포옹 말고는 딱히 뭐라고 표현할 수 없었다. 그녀에 대해서는 뭐든 구체적으로 말하기 힘들었다.

"네가 들고 가면 되겠다. 어제 너와 사라유가 함께 고른 거야."

"내 선물은 당신이 돌아온 후에 줄게요."

예수가 미소를 지으며 그를 안아주었다. 예수의 포옹은 진짜 포옹 같았다.

예수와 사라유가 뒷문으로 나가고 이제 맥과 파파만 남았다. 파파는 계란 두 알로 스크램블 에그를 만들고 베이컨도 두 조각 굽고 있었다.

맥은 "파파"라고 불렀다가 그렇게 부르기가 너무 쉬워졌다는 데 스스로 놀랐다.

"파파는 안 드세요?"

"매켄지, 정해진 것은 없단다. 너는 먹을 필요가 있지만 나는 괜찮아. 급하게 먹지는 말아라. 아직 우리에겐 시간이 많고, 급하게 먹으면 소화가 잘 안 되니까."

그가 미소를 지었다. 맥은 파파가 함께한다는 것 자체를 즐기면서 별말 없이 천천히 식사를 했다. 중간에 예수가 식당으로 머리만 내민 채 필요한 연장을 문밖에 두었다고 파파에게 알렸다. 파파가 고맙다고 하자 예수는 파파에게 입맞춤하고 다시 나갔다.

맥은 얼마 되지 않는 설거지를 도와주며 물었다.

"당신은 진정으로 그를 사랑하는군요. 예수님 말이에요."

"누구를 말하는지 이미 알고 있었어."

파파가 프라이팬을 닦다 말고 웃으면서 말했다.

"온 마음을 다해서 사랑하지! 하나뿐인 아들이라는 것엔 아주 특별한 점이 있나봐."

파파는 그에게 한쪽 눈을 찡긋한 다음 말을 이었다.

"내가 아는 그의 고유성 가운데 하나이지."

설거지를 마친 후에 맥과 파파는 밖으로 나갔다. 산꼭대기에서부터 동이 트기 시작했고, 달아나는 밤의 잿빛 위로 이른 아침의 색채가 겹치기 시작했다. 맥은 사라유가 준 선물을 어깨에 짊어졌다. 파파는 문 옆에 놓여 있던 작은 곡괭이를 그에게 건네준 후에 자신의 배낭을 멨다. 파파는 한 손으로 삽을, 다른 손으로는 지팡이를 쥔 채 아무 말 없이 정원과 과수원을 지나 호수 오른쪽으로 향했다.

오솔길의 입구에 들어섰을 무렵에는 길을 찾기 쉬울 만큼 빛이 밝아졌다. 파파가 걸음을 멈추고 오솔길 옆의 한 나무를 지팡이로 가리켰다. 맥은 나무에 작고 빨간 원이 표시되어 있는 것을 보았지만 어떤 의미인지 전혀 알 수 없었고 파파도 아무런 설명을 하지 않았다. 파파는 몸을 돌리고 편한 걸음으로 길을 따라가기 시작했다.

사라유의 선물은 크기에 비해 비교적 가벼웠다. 맥은 곡괭이의 자루 부분을 지팡이 삼아 걸었다. 길은 시내를 지나쳐서 숲으로 깊이 이어져 있었다. 실수로 바위에서 미끄러져 발목까지 물에 빠지기도 했지만 방수 등산화 덕분에 발이 젖지는 않았다. 파파는 그가 모르는 곡조를 콧노래로 불렀다.

맥은 걸음을 옮기면서 지난 이틀간 경험했던 수많은 일들을 돌이켜보았다. 셋과 함께 나눈 대화, 그들 각자와 나눈 대화, 소피아와의 시간, 자신도 일부가 되어 참여했던 예배, 예수와 함께 밤하늘을 바라본 것, 호수를 걸어서 건너간 것. 무엇보다 어젯밤의 축제와 아버지와의 화해가 절정이었다. 거창한 말 없이도 그토록 큰 치유를 받을 수 있다니. 이 모든 것을 받아들이기가 벅찼다.

그는 이 모든 것들을 통해 배운 것들을 곰곰이 생각하다가 아직도 질문거리가 태산이라는 것을 깨달았다. 그중 일부는 물어볼 기회가 따로 생기겠지만 지금은 그럴 때가 아닌 것 같았다. 그는 결코 예전과는 같은 모습으로 살지 않으리라는 것만은 확신했고, 이런 변모가 자신과 아내, 아이들, 특히 케이트에게 어떤 의미가 될지 궁금해졌다. 그래도 꼭 물어보고 싶은 질문이 계속 마음에 걸려 맥은 결국 침묵을 깨고 물어보았다.

"파파?"

"말하렴."

"어제 미시에 대해 이해하는 데 소피아가 큰 도움이 되었어요. 파파와 이야기하는 것에도 도움이 되었고요. 아니, 그러니까, 당신과 이야기하는 것 말이에요."

맥은 말하면서도 혼란스러웠지만, 파파는 이해한다는 듯이 미소를 지어주었다.

"당신에게도 그 일에 대해 말하고 싶어요. 왜 그런 걸까요? 음, 이해할지 모르겠지만 당신은 더 아버지다운 아버지 같아요."

"이해한다. 우리는 완전한 원을 이루는 중이야. 어제 네가 너의 아버지를 용서했기 때문에 오늘 나를 아버지로 여길 수 있는 거야. 더 이상 설명할 필요는 없어."

맥은 이 긴 여행도 막바지에 다다르고 있으며 파파가 그의 마지막 걸음을 도와주고 있다는 것을 느낄 수 있었다.

"대가 없는 자유란 없단다."

파파가 아래쪽을 내려다보았다. 그의 팔목에 지울 수 없는 또렷한 상처가 드러나 있었다.

"나는 내 피조물들이 나를 거역하고 독립성과 죽음을 선택하리라는 것을 알고 있었어. 또 화해의 길을 열어주려면 어떤 대가를 치러야 하는지도 알고 있었지. 바로 인간들의 그 독립성 때문에 예측할 수 없고 두려운 혼란의 세계가 닥쳐온 것처럼 보이는 거야. 미시에게 벌어졌던 사고를 내가 과연 예방할 수 있었을까? 물론 있었지."

맥은 굳이 말로 할 필요가 없는 질문이 담긴 시선으로 파파를 올려다보았다. 파파가 말을 이었다.

"내가 애초에 창조를 하지 않았다면 이런 질문들은 생기지도 않았을 거야. 또 나는 미시의 상황에 능동적으로 끼어드는 선택을 할 수도 있었지. 처음 것은 아예 생각해볼 필요도 없고, 두 번째 역시 네가 지금은 이해 못 하겠지만, 내 목적을 위해선 선택의 여지가 없었지. 이 시점에서 나는 사랑과 선함과 우리 관계 말고는 다른 답을 줄 수가 없어. 내가 미시의 죽음을 의도하지 않았지만, 나는 그 아이의 죽음을 선하게 사용할 수 있어."

맥이 슬프게 고개를 저었다.

"파파의 말이 맞아요. 잘 이해하지 못하겠어요. 대강 이해하는 것 같다가도 그리움과 상실감이 솟구쳐 오르면 이해한 것이 사실일 리가 없다고 여기게 돼요. 하지만 진심으로 당신을 믿어요……."

불현듯 그것이 새로운 생각, 놀랍고 훌륭한 생각 같았다.

"파파, 진심으로 당신을 믿어요!"

"아들아, 나도 안단다. 나도 알아."

파파가 그에게 환한 표정을 지어 보이고 몸을 돌려 다시 걷기 시작했다. 맥은 좀 더 편안하고 가벼워진 마음으로 파파의 뒤를 따라갔다. 그들은 곧 비교적 완만한 경사로를 오르기 시작했고 걸음이 느려졌다. 파파는 가끔씩 걸음을 멈추고 길가의 돌이나 큰 나무를 두드리며 거기 새겨진 작고 빨간 원을 가리켰다. 맥이 당연한 질문을 할라치면 파파는 어느덧 몸을 돌리고 계속 걸어갔다.

시간이 지나면서 울창하던 나무들이 줄어들었고, 오솔길이 만들어지기 전에 산사태로 형성되었던 혈암의 벌판이 보이기도 했다. 걸음을 멈추고 잠시 쉬는 동안 맥은 파파가 가져온 수통의 차가운 물을 조금 마셨다.

휴식이 끝난 후에 경사는 좀 더 가팔라졌고 걸음도 더욱 느려졌다. 두 시간 정도 걸었다고 생각했을 즈음 수목한계선이 끝났다. 앞의 산을 향해 오솔길이 나 있었지만 그쪽으로 가려면 우선 커다란 암석과 자갈밭을 지나야 했다. 파파가 다시 걸음을 멈추고 배낭을 내려놓더니 손을 뻗어 수통을 찾았다.

"거의 다 왔구나."

파파가 맥에게 수통을 내밀었다.

"그래요?"

맥은 그들 앞의 외롭고 황량한 자갈밭을 바라보며 물었다.

"그렇단다!"

파파가 짧게 대답했고, 맥은 정확히 어디에 거의 다 온 거냐고 물어볼까 말까 망설였다. 파파는 오솔길 옆에서 작은 바윗돌을 골라 배낭과 삽을 옆에 내려놓은 다음 거기에 앉았다. 그의 표정이 심란해 보였다.

"너에게 곧 보여줄 것은 아마 많이 고통스러울 거야."

"그래요?"

맥의 위가 경련하기 시작했다. 그는 곡괭이를 내려놓고 자리에 앉으며 무릎에는 사라유의 선물을 올려놓았다. 아침 햇볕에 한결 짙어진 향기가 그의 감각을 아름다움으로 채우며 평온함을 선사해주었다.

"뭔데요?"

"그걸 보기 전에 네 마음을 어둡게 하는 것을 하나 더 없애주고 싶어."

맥은 파파의 의도를 즉시 알아챘다. 그는 파파에게서 시선을 돌리고 두 발 사이의 땅바닥만 뚫어지게 보았다. 파파가 안심시키는 목소리로 부드럽게 말했다.

"너를 부끄럽게 하려는 게 아니야. 나는 굴욕이나 죄책감을 주지도 비난하지도 않아. 그런 건 완전함이나 공정함을 전혀 이끌어내지 못해. 그렇기 때문에 예수가 십자가에 못 박힐 때 그것들을 함께 못박았지."

파파는 자신의 말을 통해 맥의 수치심이 어느 정도 씻기기를 기다렸다가 말을 이었다.

"오늘 우리는 너의 이번 여행을 마무리하는 치유의 길을 나선 거야. 이건 너뿐만 아니라 다른 사람들을 위한 것이기도 해. 오늘 우리가 호수에 돌을 던지면 네가 예상치 못했던 곳까지 그 물결이 퍼져 나갈 거야. 이미 내 말이 무슨 말인지 눈치챘겠지?"

"그런 것 같아요."

맥이 더듬거리며 대답했다. 그의 마음속에 봉인되어 있던 감정들이 새어나와 솟구쳐 올랐다.

"아들아, 네 입으로 직접 말해야 해."

뜨거운 눈물이 맥의 얼굴로 흘러내렸고 그는 더 이상 참지 못하고 흐느껴 울면서 고백하기 시작했다.

"파파, 나의 미시를 죽인 그 더러운 놈을 어떻게 용서할 수 있을까요? 오늘 그놈이 여기 있다면 내가 어떻게 반응할지 모르겠어요. 옳지 않다는 건 알지만 내가 당한 만큼 그놈에게 고스란히 돌려주고 싶어요. 정의를 이루지 못할 바엔 복수라도 하고 싶어요."

맥에게서 감정의 급류가 뿜어져 나와 파도가 일었다. 파파는 그 파도가 모두 물러날 때까지 기다려주었다.

"맥, 네가 그 사람을 용서한다는 것은 그 사람을 나에게로 놓아주고 나로 하여금 그를 속죄하게 한다는 의미야."

"놈을 속죄하신다고요?"

맥은 분노와 상처의 불길이 활활 타오르는 것을 다시 느꼈다.

"속죄는 바라지 않아요! 파파가 놈을 괴롭히고 벌주고 지옥에 보내주길 바라죠……."

그의 목소리가 점차 잦아들었다. 파파는 그의 감정이 누그러질 때까지 기다렸다.

"파파, 모르겠어요. 놈이 한 짓을 도저히 잊을 수 없어요. 과연 내가 잊을 수 있을까요?"

맥이 탄원했다.

"맥, 용서는 잊는다는 것과 달라. 용서는 다른 사람의 목을 놓아주는 거야."

"파파가 우리 죄를 잊으신 줄 알았는데요?"

"맥, 나는 하나님이야. 그 어느 것도 잊지 않고 모든 것을 알고 있어. 그러니 내가 잊는다는 것은 나를 제한하는 선택인 거지, 아들아."

파파의 목소리가 조용해지자 맥은 고개를 들고 그의 깊은 갈색 눈을 쳐다보았다.

"너의 죄를 상기해야 한다고 요구하는 율법은 예수로 인해 소멸됐어. 죄는 나와 너 사이에서는 없어졌고 우리 관계를 방해할 수 없지."

"하지만 그 사람은……."

"그도 내 아들이다. 그를 속죄하고 싶어."

"그러면 어떻게 되는 거죠? 내가 그 사람을 용서하면 모든 게 괜찮아지고 우리는 친구라도 되는 건가요?"

맥이 부드럽지만 냉소적인 말투로 물었다.

"아직까지 너와 그 사람 사이에는 아무 관계도 없어. 용서했다고 해서 관계가 이루어지는 건 아니지. 나는 나를 거스르는 모든 인간의 죄를 예수 안에서 용서했지만, 그중 일부만이 나와의 관계를 선택했어. 매켄지, 용서에 놀라운 힘이 있다는 것을 이해 못 하겠어? 네가 우리와 나누고 있는 힘이고 예수가 자신과 함께 머무르는 모든 이들에게 주며 화해가 자라나도록 하는 힘이지. 예수가 자신을 십자가에 못 박은 자들을 용서했을 때 그들은 더 이상 그에게도 나에게도 빚이 없어졌어. 그들과의 관계에서 난 결코 그들이 저지른 일을 끄집어내거나 수치심이나 당혹감을 주지 않을 거야."

"용서할 수 있을지 모르겠어요."

맥이 누그러진 목소리로 말했다.

"네가 용서하길 바란다. 용서란 너를 산 채로 갉아먹는 것으로부터 너 자신을 해방시키는 일이야. 또한 완전히 터놓고 사랑할 수 있는 너의 능력과 기쁨을 파괴하는 것으로부터 너 자신을 해방시키는 일이지. 지금껏 그 사람이 네가 얼마나 괴로워하고 고통당했는지 신경이라도 썼을까? 오히려 고소해하면서 잘 살아갔겠지. 그걸 끊어버리고 싶지 않아? 또한 너는 그 사람이 알지도 못한 채 짊어지고 있는 짐을 내려놓게 할 수 있어. 어떤 사람을 용서한다는 것은 그 사람을 제대로 사랑한다는 의미야."

"그 사람을 사랑하지 않아요."

"물론 오늘은 아니겠지. 하지만 나는 그를 사랑해. 그의 현재 모습이 아니라 고통에 의해 비틀리고 망가진 아이의 모습을 보고 그를 사랑하는 거야. 증오보다는 사랑과 용서에서 더욱 큰 힘을 찾는 그 본성을 네가 갖도록 도와주고 싶어."

맥은 대화가 이런 쪽으로 흘러가는 것에 슬그머니 화가 나기 시작했다.

"내가 그 사람을 용서하면 케이트나 나의 첫 번째 손녀딸이 그 자와 함께 놀아도 된다고 허락하는 셈이 되는 거 아닌가요?"

파파가 단호한 목소리로 대답했다.

"매켄지, 용서에서 관계가 만들어지는 건 아니라고 이미 말했었지. 그 사람이 지금까지 해온 일에 대해 진실을 말하고 자기 마음과 태도를 바꾸지 않는 한 신뢰의 관계를 이룰 수 없어. 누군가를 용서하면 그를 심판에서 풀어준다는 건 분명해. 하지만 진정한 변화 없이는 실질적인 관계란 결코 이루어질 수 없어."

"용서한다고 해서 그 사람이 저지른 일을 모른 척하라는 건 아니라는 거죠?"

"네가 어떻게 그럴 수 있겠어? 어젯밤 넌 네 아버지를 용서했어. 하지만 네 아버지가 너에게 한 일을 잊을 수 있겠어?"

"아뇨."

"그럼에도 불구하고 넌 이제 네 아버지를 사랑할 수 있어. 아버지가 변화했기 때문에 가능해진 거지. 용서한다고 해서 네가 그 사람들을 신뢰하게 된다는 건 절대로 아니야. 하지만 마침내 그들이 고백하고 회개한다면, 그들과의 사이에 화해의 다리를 놓게 하는 기적을 네 마음속에서 발견하게 될 거야. 지금은 이해할 수 없겠지만, 그 길은 완벽한 신뢰를 회복시키는 기적으로 이어질 때도 있지."

맥은 바위에서 스르르 바닥으로 미끄러져 내려왔다. 그러고는 앉아 있던 바위에 등을 기대고 두 발 사이의 땅을 들여다보았다.

"파파, 당신 말을 이해할 것 같아요. 하지만 내가 용서해주면 그 사람은 자유롭게 풀려나겠죠. 대체 그 사람이 저지른 짓을 내가 어떻게 봐주죠? 과연 미시에게 공평한 일일까요?"

"매켄지, 용서는 어떤 것을 봐주는 게 아니야. 그 사람은 절대로 자유로울 수 없어. 또 여기서 네가 정의를 행사할 의무는 없지. 그건 내가 알아서 할 일이야. 그리고 미시는 이미 그를 용서했어."

"미시가요? 어떻게 그 아이가?"

맥은 차마 고개를 들 수 없었다.

"그 아이 안에 내가 거하기 때문이지. 그것만이 진정한 용서가 이루어질 수 있는 방법이야."

맥은 파파가 자기 옆의 땅바닥에 내려와 앉는 것을 느끼면서도 여전히 고개를 들지 않았다. 그러나 파파의 두 팔이 자기를 감싸자 저절로 눈물이 흘러내렸다.

"전부 털어내봐."

그는 파파의 속삭임을 들었고, 드디어 모든 것을 털어낼 수 있었다. 눈물이 쏟아져 내려서 아예 눈을 감아버렸다. 미시에 대한 추억이 홍수처럼 밀려왔다. 색칠공부 책과 크레용, 피로 물들고 찢어진 드레스까지. 그는 큰 소리로 울며 그동안의 모든 어두움과 그리움, 상실감을 토해냈고, 결국은 아무것도 남지 않았다. 그는 눈을 감은 채 앞뒤로 몸을 흔들며 탄원했다.

"파파, 도와주세요, 도와줘요! 뭘 해야 하죠? 어떻게 그를 용서하죠?"

"그에게 말해."

맥은 한 번도 본 적이 없었던 사람을 보게 될지도 모른다고 생각하며 고개를 들었으나 아무도 없었다.

"어떻게요?"

"그냥 소리내서 말해. 내 자녀의 선언에는 힘이 있어."

그는 처음에는 마지못해서 중얼댔으나 점차 확신이 생겨서 크게 말했다.

"당신을 용서한다. 당신을 용서한다. 당신을 용서한다."

파파가 그를 꽉 끌어안았다.

"매켄지, 정말 잘했어."

마침내 맥이 정신을 추스르자 파파가 얼굴을 닦으라며 물에 적신 수건을 주었다. 그는 약간 휘청하며 자리에서 일어났다.

"휴!"

그는 지금 막 헤치고 건너온 감정 여행에 대해 뭐라 표현할지 생각하며 쉰 목소리로 말했다. 살아 있다는 느낌이 들었다. 그는 파파에게 수건을 돌려주면서 말했다.

"아직도 화가 가라앉지 않는데 그래도 괜찮은가요?"

파파가 얼른 대답했다.

"물론이지. 그는 끔찍한 짓을 저질렀어. 많은 사람들에게 크나큰 고통을 안겨주었지. 잘못된 일에 대해 분노하는 건 정당한 반응이야. 하지만 너의 분노와 고통과 상실감 때문에 그의

목을 감고 있는 네 손을 치우지도 못하고 그를 용서하지 못해
선 안 되겠지."

파파가 베낭을 멨다.

"아들아, 첫날과 두 번째 날에는 용서한다고 백 번을 선언해
야 할지도 몰라. 셋째 날부터는 횟수가 점점 줄어들고 언젠가
는 완전히 용서했다고 깨닫게 될 거야. 또 그 사람의 온전함을
위해 기도드릴 수 있을 거야. 그리고 나의 사랑으로 그의 삶에
서 타락의 모든 흔적을 태울 수 있도록 나에게 넘겨주겠지. 지
금은 이해할 수 없겠지만 언젠가는 그 사람을 다른 상황에서
만나게 될지도 몰라."

맥은 자신도 모르게 신음을 내뱉었다. 파파의 이야기를 듣자
니 속이 메스꺼웠지만, 마음속으로는 파파의 말이 진리라는 것
을 알았다. 그는 왔던 길을 다시 가려고 몸을 돌렸다.

"맥, 아직 끝나지 않았어."

파파의 말에 맥이 걸음을 멈추고 고개를 돌렸다.

"그래요? 이것 때문에 여기까지 왔다고 생각했는데요."

"맞아. 하지만 너에게 보여줄 게 있다고도 했지. 네가 부탁
했던 일이야. 우리는 미시를 집으로 데려가려고 여기 온 거야."

갑자기 모든 것을 이해할 수 있었다. 그는 사라유의 꾸러미를
다시 쳐다보며 그제야 선물의 용도를 깨달았다. 그들은 이 황
량한 곳 어딘가에 살인범이 숨겨둔 미시의 시신을 수습하러 온

것이다.

끝도 없는 저수지에서 흘러나오듯 폭포수 같은 눈물이 다시 한 번 그의 뺨을 타고 주르르 흘러내렸다. 그는 파파에게 "고맙습니다"라고만 거듭 말했다.

"눈물범벅인 채로 울고 바보처럼 더듬거리다니 정말 싫어요." 그가 신음했다.

"눈물의 경이로움을 무시하지 말아야지. 눈물은 치유의 물이고 기쁨의 샘물이야. 또 마음으로 말하는 최고의 언어이기도 하지."

파파가 부드럽게 말했다. 맥은 몸을 뒤로 젖히고 파파를 정면으로 바라보았다. 그토록 순수한 친절과 사랑, 희망, 살아 있는 기쁨은 처음 보는 것이었다.

"언젠가는 더 이상 눈물이 없을 거라고 약속했죠? 기다릴게요." 파파가 미소를 지으며 맥의 얼굴에 난 눈물자국을 손등으로 부드럽게 닦아주었다.

"매켄지, 이 세계는 눈물로 가득하지. 네 눈에서 눈물을 닦아줄 이는 나뿐이라는 약속을 잊지 마."

그는 아버지의 사랑 안에서 자신의 영이 녹아내리고 치유되는 것을 느끼며 미소를 지었다. 파파가 수통을 내밀었다.

"자, 물 좀 마셔. 일이 다 끝나기 전에 건포도처럼 쪼그라드는 건 바라지 않아."

맥은 자기도 모르게 웃음을 터트렸다. 지금 상황과 너무나 어울리지 않는 것 같았지만 다시 생각해보니 그것은 희망과 회복된 기쁨을 표출해주는 웃음, 완벽한 웃음이었다. 어느덧 일이 마무리되어가는 시점이었다.

앞장서서 길을 걷던 파파가 돌무더기 사이의 오솔길로 들어서기 전에 걸음을 멈추더니 지팡이로 커다란 돌멩이를 탁탁 쳤다. 그가 맥을 돌아보더니 자세히 살펴보라고 신호를 보냈다. 그 돌멩이에도 빨간 원이 새겨져 있었다. 지금까지 유괴범이 표시해둔 길을 따라왔다는 사실을 맥은 비로소 깨달았다. 지금까지 누구의 시신도 발견되지 않았던 것은 범인이 범행 몇 개월 전부터 시신을 은닉할 장소를 알아봐 두었기 때문이라고 파파가 설명했다.

파파는 자갈밭 사이의 좁은 길을 반쯤 걸어가다가 길에서 벗어나 돌과 산의 벽들이 미로처럼 얽혀 있는 곳으로 들어갔다. 들어서기 직전에 그는 또다시 인근의 바위 표면에 새겨진, 이제는 낯익은 표시를 가리켰다. 의도적으로 찾지 않는 한, 눈에 잘 뜨이지 않을 것 같았다. 10분쯤 후에 파파는 암석의 단면 두 개가 만나는 틈 앞에서 걸음을 멈추었다. 바닥에 작은 돌무더기가 있었고 그중 하나에 살인범의 표식이 새겨져 있었다. 파파가 큰 돌부터 치우면서 말했다.

"돌 치우는 것 좀 도와줘. 여기 동굴 입구가 숨겨져 있어."

그들은 바깥을 가리고 있는 돌들을 다 치운 후에 입구를 막고 있는 단단한 흙과 자갈을 곡괭이와 삽으로 파내기 시작했다. 얼마 후, 남아 있던 흙과 자갈이 갑자기 무너져내리고 작은 동굴 입구가 드러났다. 겨울잠을 자던 짐승들의 동굴 같았다. 매캐하게 썩어가는 냄새에 맥이 구역질을 하자 파파는 사라유가 준 꾸러미에서 커다란 손수건 크기의 리넨 천을 꺼냈다. 파파가 그 천으로 맥의 입과 코를 감싸주자 곧 향기로운 냄새가 동굴의 악취를 막아주었다.

거기엔 간신히 기어서 들어갈 정도의 공간만 있었다. 파파가 배낭에서 밝기가 센 회중전등을 꺼내 먼저 안으로 기어들어가고 맥은 사라유의 선물을 멘 채 바로 뒤따라갔다.

몇 분 후에 그들은 슬프지만 소중한 보물을 찾아냈다. 맥은 작은 바위에 눕혀진 시신을 보고 그의 미시일 거라고 직감했다. 똑바로 누운 미시의 시신 위에 더럽고 썩어가는 시트 한 장이 덮여 있었다. 생기를 불어 넣어줄 손이 들어 있지 않은 낡은 장갑과 마찬가지로 그 시신 안에는 미시가 들어 있지 않다는 것을 그는 깨달았다.

사라유가 준 꾸러미를 파파가 펼치자 생기가 넘치는 아름다운 향이 동굴 안에 가득 퍼졌다. 미시의 시신 아래에 깔려 있던 시트가 올이 풀릴 지경이긴 했어도 맥은 그 시트로 시신을 들어 꽃과 향료 한가운데 내려놓았다. 파파가 시신을 부드럽게 감싸 안은 채 입구까지 들고 갔다. 맥이 먼저 밖으로 나가서 파파가 건네주는 그들의 보물을 받았다. 파파가 배낭을 어깨에 메는 동안 맥은 그 자리에 서서 "당신을 용서한다. 당신을 용서한다"라고 작게 중얼댔다.

그곳에서 떠나기 전에 파파는 빨간 원이 새겨진 돌을 집어서 입구에 올려놓았다. 그러나 맥은 심장 가까이에 딸의 시신을 고이 안고 이런저런 상념에 잠겨 있느라 파파의 행동에 특별히 주목하지 않았다.

17
—
마음의 선택

이 지구상에 하늘이 치유할 수 없는 슬픔이란 존재하지 않는다.

- 작자 미상

맥이 미시의 시신을 오두막까지 들고 오는 사이에 시간은 빠르게 지나갔다. 오두막에 도착하자, 예수와 사라유가 뒷문에서 기다리고 있었다. 예수가 그가 들고 온 시신을 조심스럽게 받았고 두 사람은 예수가 일하던 작업실로 향했다. 맥은 작업실에 처음 들어와 봤다가 그 단순함에 놀라고 말았다. 커다란 창문을 통해 스며든 빛 사이로 공중을 떠도는 톱밥이 보였고, 효율적으로 일할 수 있도록 벽과 작업대마다 각종 도구들이 잘 정리되어 있는 모습이 눈에 들어왔다. 그야말로 명장의 성역이라 할 만했다.

그들 바로 앞에 미시의 시신이 놓이게 될 예수의 걸작이 놓여 있었다. 맥은 관 둘레를 한 바퀴 돌면서 나무판에 새겨진 그림들을 보았다. 자세히 보니 미시의 생애가 꼼꼼하게 새겨져 있었다. 미시가 고양이 주다스와 노는 장면이며 맥이 의자에 앉아 미시에게 『수스 박사』를 읽어주는 모습 등이었다. 관의 옆면과 위쪽에는 가족들 모습이 모두 들어 있었다. 낸과 미시가 과자를 굽는 그림, 왈로와 호수에 놀러 갔다가 케이블카로 산에 올라가는 그림, 심지어 야영장 탁자에서 미시가 색칠하는 그림도 있었는데, 거기엔 살인범이 남긴 무당벌레 핀까지 정확하게 묘사되어 있었다. 폭포 건너편에 아빠가 있다는 것을 알고 미시가 미소 짓는 모습이 세세하게 묘사된 장면도 있었고, 각각의 그림에는 미시가 가장 좋아했던 꽃과 동물들이 군데군데 들어가 있었다.

맥이 몸을 돌려 예수를 껴안자 예수가 그의 귓전에 속삭였다.

"미시가 도와줬죠. 자기가 원하는 그림을 골랐어요."

맥은 예수를 껴안은 손에 더욱 힘을 주면서 오랫동안 그렇게 있었다.

"미시의 시신에 딱 맞는 완벽한 장소를 준비해두었어요. 매켄지, 우리들의 정원 안이에요."

사라유가 스치듯 지나가며 말했다.

그들은 부드러운 잔디와 이끼가 깔린 관 안에 미시의 시신을 조심스럽게 내려놓은 후에 사라유의 꾸러미에서 가져온 꽃과 향료로 가득 채웠다. 예수와 맥은 관 뚜껑을 닫은 후에 양 모서리를 붙잡고는 맥이 미리 깨끗하게 치워두었던 과수원 쪽으로 사라유를 따라갔다. 벗나무와 복숭아나무를 사이에 두고, 난초와 백합에 둘러싸인 그곳, 전날 맥이 꽃나무를 직접 뽑아냈던 그곳에 구덩이가 파져 있었다. 파파가 벌써 와서 기다리고 있었다. 아름답게 조각된 관이 살포시 땅에 닿자 파파가 그를 안아주었고 그도 파파를 안았다.

사라유가 앞으로 걸어나와 유려한 몸짓으로 절을 하며 말했다.
"나는 미시가 오늘을 위해 특별히 쓴 노래를 부르는 영예를 얻었어요."
사라유가 가을바람 같은 목소리로 노래를 부르기 시작했다. 나뭇잎에 단풍이 들고 숲이 서서히 잠드는 소리, 밤이 다가오고 새로운 날이 동튼다는 약속의 목소리였다. 사라유와 파파가 콧노래로 불렀던 익숙한 가락에 딸아이가 가사를 붙인 노래였다. 맥은 귀를 기울였다.

내 안에서 숨을 쉬어요…… 깊이
내가 숨을 쉬고…… 그리고 살 수 있게
나를 꼭 안아서 잠들게 해줘요
당신이 주는 모든 것에 부드럽게 안겨서

나에게 바람의 입맞춤을 해주고 내 숨을 가져가요
당신과 내가 하나가 되고
우리는 무덤 사이에서 춤을 출 거예요
모든 죽음이 사라질 때까지

우리가 서로의 품에 안겨
존재한다는 걸 아무도 몰라요

나를 위험에서 안전하게 숨겨주는
숨을 불어넣은 분만 알고 있죠

나에게 바람의 입맞춤을 해주고 내 숨을 가져가요
당신과 내가 하나가 되고
우리는 무덤 사이에서 춤을 출 거예요
모든 죽음이 사라질 때까지

사라유가 노래를 마치자 하나님 셋이 동시에 "아멘"이라고
말했다. 맥도 "아멘"이라고 따라한 후에 예수의 도움을 받아 미
시의 시신이 담긴 관 위를 흙으로 덮고 구덩이를 막았다.

모든 일이 끝나고 나자 사라유가 옷 안에서 깨지기 쉬운 작은
병을 꺼냈다. 그녀는 자신의 소중한 수집품인 눈물 몇 방울을
손에 따른 후에 미시의 시신을 덮고 있는 윤기 나는 검은 흙에
다가 맥의 눈물을 흩뿌렸다. 눈물방울은 다이아몬드나 루비처
럼 굴러 떨어졌고, 그 자리마다 싹이 솟아올라 밝은 햇볕을 받
으며 꽃을 피웠다. 사라유는 잠시 멈춰 서서 손에 쥐고 있던 진
주처럼 특별한 한 방울의 눈물을 바라보다가 무덤의 한가운데
뿌렸다. 곧바로 흙을 뚫고 작은 나무가 올라와 가지를 펼치더니
젊고 풍요롭고 아름답게 자라나 꽃을 피웠다. 사라유가 산들바
람이 부는 것 같은 자신만의 방식으로 고개를 돌렸다. 그러고는

꼼짝 못 하고 자기만 쳐다보던 맥에게 미소를 지었다.

"맥, 이건 당신 마음의 정원에서 자라는 생명의 나무예요."

파파가 옆으로 다가와서 그의 어깨에 팔을 둘렀다.

"네가 아는 대로 미시는 놀라운 아이야. 그 아이는 진정으로 너를 사랑해."

"그 아이가 정말 그리워요……. 마음이 너무 아파요."

"매켄지, 나도 안다. 나도 알아."

태양이 지나간 경로로 보아 정오가 조금 지났을 즈음에 넷은 오두막으로 돌아왔다. 부엌이나 식탁에 따로 마련된 음식은 없었다. 파파가 일행을 거실로 데려갔다. 커피 테이블에 포도주 한 잔과 갓 구운 빵 한 덩어리가 놓여 있었다. 파파만 서고 나머지는 앉았다. 파파가 맥에게 말했다.

"매켄지, 결정해야 할 것이 있어. 우리와 함께 지내면서 넌 많이 치유되고 또 많이 배웠지."

"그 정도 표현으로는 부족하죠."

맥이 씩 웃자 파파도 미소를 지었다.

"너도 알겠지만 우리는 특히 너를 좋아해. 지금 네가 선택해야 할 게 있어. 너는 여기에서 우리와 함께 지내면서 계속 성장하고 배울 수 있어. 아니면 낸과 아이들과 친구들이 있는 집으로 돌아갈 수도 있지. 어느 쪽이건 우리가 언제나 함께 있겠다고 약속할게. 물론 이쪽이 좀 더 명시적이고 분명하지만."

맥은 의자에 등을 기대고 곰곰이 생각하다가 질문을 던졌다.

"미시는 어떻게 하죠?"

"여기 머물기로 선택한다면 오늘 오후에 만날 수 있을 거야. 그 아이도 여기 오니까. 그렇지만 여기를 떠나겠다고 선택한다면 미시를 떠난다는 선택도 함께 하는 것이지."

"쉬운 문제가 아닌데요."

맥이 한숨을 내쉬었다. 파파는 맥이 자기 생각과 바람을 정리하도록 몇 분간 기다려주었다. 마침내 맥이 물었다.

"미시라면 무엇을 원할까요?"

"오늘 너와 함께 있게 되면 무척 좋아하겠지. 하지만 그 아이가 사는 곳에는 조급함이란 없으니 기다린다고 해서 지루해하진 않을 거야."

"딸아이와 함께 있고 싶어요."

그는 생각만으로도 기분이 좋아서 씩 웃었다.

"하지만 그렇게 되면 아내와 남은 아이들은 무척 힘들어하겠죠. 물어보고 싶은 것이 있어요. 내가 집으로 돌아가서 무엇을 하는지가 중요한가요? 정말 그것이 상관이 있나요? 내 가족과 친구들을 위해 일하고 봉사하는 것 이상으로는 별로 할 수 있는 일이 없어서……."

사라유가 그의 말에 끼어들었다.

"맥, 어느 하나라도 중요하다는 건 모든 것이 다 중요하다는 뜻이죠. 당신이 중요하기 때문에 당신이 하는 모든 일도 중요해요. 당신이 용서할 때마다 이 지구는 변해요. 당신이 팔을 뻗어서 누군가의 마음이나 삶을 어루만질 때마다 이 세계는 변해요. 눈에 드러나건 아니건 모든 친절과 봉사를 통해 내 목적은 이루어지고 어느 것도 예전 같지 않게 되죠."

맥이 결론을 내렸다.

"좋아요, 돌아가겠어요. 아무도 내 이야기를 믿지 않겠지만, 돌아가면 아무리 사소하더라도 차이를 만들어낼 거예요. 어쨌든 내가 해야만 하는, 그러니까 하고 싶은 일들이 좀 있어요."

그가 말을 멈추고 그들 각각을 바라보며 씩 웃었다.

"당신들도 알겠지만……."

그들 모두 함께 웃었다.

"당신들이 나를 절대로 떠나지도 버리지도 않을 거라는 걸 진심으로 믿어요. 그러니 돌아간다고 해도 두렵지 않아요. 음, 조금은 두려울지도 모르지만요."

"선택을 아주 잘했어."

파파가 그에게 환하게 웃어 보이며 옆에 앉았고, 사라유는 맥 앞에 서서 말했다.

"매켄지, 돌아가겠다고 하니 당신이 가져갈 선물을 하나 더 주겠어요."

"그게 뭐죠?"

사라유가 주는 거라면 어떤 것이든 궁금했다.

"케이트를 위한 거죠."

"케이트요? 얼른 말해주세요."

맥은 케이트가 아직도 마음의 짐이었다는 것을 깨달았다.

"케이트는 미시의 죽음이 자기 탓이라고 믿고 있어요."

맥은 할 말을 잃었다. 사라유의 말은 너무나 명백했다. 케이트가 자책하리라는 것을 완벽하게 이해할 수 있었다. 그 아이가 노를 쳐들었던 것을 시작으로 여러 사건이 연달아 벌어졌고 결국 미시가 유괴되었다. 그는 자기가 한 번도 그런 생각을 하지 못했다는 것을 믿을 수가 없었다. 사라유의 조언은 케이트와의 갈등을 새로운 시각으로 보게 해주었다.

"정말 고맙습니다!"

그는 감사함으로 충만해졌다. 케이트만을 위해서라도 반드시 돌아가야 했다. 사라유가 미소를 지으며 고개를 끄덕이더니 다시 앉는 것 같은 몸짓을 했다. 마지막으로 예수가 선반에서 맥의 작은 양철상자를 꺼냈다.

"맥, 당신이 이걸 원할 것 같아서……."

맥은 예수가 건네주는 상자를 잠시 받아 들었다.

"실은 더 이상 필요하지 않을 것 같아요. 나 대신 가지고 있어줄래요? 나의 최고의 보물은 이제 당신 안에 숨겨져 있어요. 당신이 내 생명이 되어주길 바라요."

"내가 당신의 생명이죠."

분명하고 진실하며 확신에 찬 목소리가 대답했다.

그들은 특별한 예식이나 의식 없이 따뜻한 빵과 포도주를 나누며 주말의 기이했던 순간들에 대해 이야기하며 웃었다. 그는 이 모든 시간이 끝났으며, 집으로 돌아가서 아내에게 어떻게 말해야 할지 생각할 때가 되었다는 것을 깨달았다.

짐은 꾸릴 만한 게 없었다. 그의 방에 있었던 몇 개 안 되는 짐은 벌써 차로 옮겨진 것 같았다. 그는 등산복을 벗은 후에 그새 세탁되어 깔끔하게 개켜진 원래 옷으로 갈아입었다. 그러고 나서 벽에 걸려 있던 외투를 집어 들고는 마지막으로 방을 둘러보고 나갔다.

'하나님, 봉사하시는 이.'

그는 씩 웃었다. 자신의 생각을 곱씹어보니 또다시 감격이 밀려 올라왔다.

'보다 진실하신 하나님, 나를 위해 봉사하시는 이.'

맥이 거실로 들어가 보니 아무도 없었고, 김이 나는 커피만 한 잔 난롯가에 놓여 있었다. 작별 인사도 못했다는 생각이 들었지만 돌이켜보니 하나님과의 작별 인사라는 게 우스운 일 같아 미소를 지었다. 맥은 난로를 등지고 마루에 앉아 커피를 한 모금 마셨다. 향기로운 커피의 따뜻한 온기가 가슴으로 전해졌다. 갑자기 수많은 감정이 몰려들고 온몸이 피곤해졌다. 자신만의 의지를 가진 듯이 두 눈이 저절로 감겼고, 그는 편안한 잠으로 나른하게 빠져들었다.

그는 얼음처럼 차디찬 손가락이 그의 옷을 뚫고 들어와 피부까지 차갑게 만드는 듯한 감촉을 느끼며 잠에서 번쩍 깨어났다. 빨리 일어나려고 했지만 마루에서 잠이 든 탓인지 온몸의 근육이 뭉치고 뻣뻣했다. 그는 얼른 주위를 둘러보다가 모든 것이 이틀 전으로 돌아갔다는 것을 깨달았다. 그가 잠들었던 난롯가 근처의 핏자국까지 그대로였다.

그는 낡은 문을 열고 다 망가진 현관 베란다로 달려 나갔다. 오두막은 예전처럼 부서지고 황폐한 상태였고, 문과 창문마다 녹이 슬어 있었다. 윌리의 지프차가 주차된 곳까지 이어진 오솔길과 숲은 겨울 색이 완연했다. 엉킨 가시나무와 덤불 너머로 간신히 호수가 드러나 있었다. 선착장은 거의 다 물에 가라앉고 다리탑과 부속물 몇 개만 서 있었다. 드디어 현실세계로 돌아온 것이다. 하지만 그는 비현실의 세계로 돌아온 것만 같아 혼자 씩 웃었다.

그는 외투를 걸치고 아직도 눈밭에 선명하게 찍혀 있는 자신의 발자국을 거슬러 차로 돌아갔다. 차에 도착하자 다시 눈발이 휘날리기 시작했다. 그는 조셉 마을을 향해 순조롭게 차를 몰았고, 늦은 저녁 무렵 도착했다. 기름을 가득 채우고 시원찮은 음식이나마 그럭저럭 먹은 후에 낸에게 전화하려고 했으나 통화가 되지 않았다. 아내는 운전 중인 것 같았고, 휴대전화 통신 상태마저 좋지 않았다. 맥은 경찰서에 들러 토미라도 만나려다가 서 안이 한산한 것을 보고는 들어가지 않기로 했다. 그동안 일어났던 일을 토미는 말할 것도 없고 낸에게 어떻게 설명한단 말인가?

다음 교차로에서 신호등이 빨간색으로 바뀌자 그는 브레이크를 밟았다. 몸은 피곤했지만 마음만은 편안했고 신기할 정도로 힘이 넘쳤다. 집까지의 장거리 운전도 아무 문제가 없을 것 같았다. 식구들, 특히 케이트가 있는 집으로 얼른 돌아가고 싶었다.

그는 깊은 생각에 잠겨 있다가 신호등이 녹색으로 바뀌자마자 곧장 교차로를 향해 차를 출발시켰다. 맞은편에서 어떤 차가 빨간 신호등을 어기고 돌진하는 것을 전혀 보지 못한 채였다. 빛이 환하게 터지고 정적과 함께 칠흑 같은 어둠이 찾아왔다.

윌리의 빨간 지프차는 순식간에 찌그러지고 말았다. 몇 분 후에 응급구조대와 경찰이 도착했고, 여기저기 부러지고 의식을 잃은 맥은 몇 시간 후 응급구조 비행기로 오리건 주 포틀랜드 시의 임마누엘 병원으로 이송되었다.

18
퍼져 나가는 물결

믿음은 어디로 이끌려갈지 전혀 모르면서도
자신을 이끄는 분을 알고 사랑한다.
- 오스왈드 체임버스

그는 멀리서부터 낯익은 목소리가 기쁨에 넘쳐 외치는 소리를 들었다.

"내 손가락을 잡았어요! 느꼈어요! 정말이에요!"

그는 눈을 뜰 수도 없었지만 조시가 자기 손을 잡고 있다는 것을 알았다. 다시 잡아보려고 했지만 어둠이 그를 집어삼켜 다시 기절하고 말았다. 꼬박 하루 만에 그는 의식을 되찾았고 간신히 근육 하나를 더 움직일 수 있었다. 눈꺼풀을 드는 데도 초인적인 노력이 필요했지만 사람들이 웃고 소리치며 보답해주니 보람이 있었다. 한쪽만 간신히 뜬 그의 눈 속으로 사람들이 한 명씩 행진해 들어왔다. 그들은 놀라운 보물을 숨기고 있는 깊고 어두운 구멍을 들여다보듯 그의 눈을 바라보았다. 그리고 자신이 목격한 것을 무척 기뻐하며 그 소식을 전하러 바삐 나갔다. 자기를 바라보는 얼굴 중에는 아는 얼굴도 있었고 모르는 얼굴도 있었다. 모르는 얼굴들은 의사와 간호사라는 것을 맥은 곧 알아차렸다. 그는 자꾸 잠이 들었지만 깨어날 때마다 주위 사람들은 환호했다.

'내가 혀를 내밀 때까지 기다려봐. 정말 끝내줄걸.'

그가 생각했다. 사지가 쑤시고 아팠다. 물리치료와 욕창 방지 때문에 간호사가 이리저리 자기 몸을 움직일 때마다 심한 고통이 몰려왔다. 이틀 이상 의식불명이었던 환자에 대한 일상적인 치료라는 것을 이해하긴 했지만 그렇다고 아픔이 나아지는 건 아니었다.

처음에 맥은 자기가 어디에 와 있는지, 어쩌다가 이런 위험한 상태에 이르렀는지 전혀 모르고 있었다. 단지 자신이 누군지만 간신히 알 수 있었다. 약은 이런 상태를 더욱 악화시켰지만 그나마 모르핀 덕택으로 통증이 둔해져서 다행이었다. 그 후 이틀 동안 그의 의식은 천천히 돌아왔고 다시 말도 할 수 있게 되었다. 가족과 친구들은 빨리 회복하길 바라고 경과도 지켜보고 싶은 마음에 계속 모여들었지만 새로운 정보랄 건 별로 없었다. 조시와 케이트는 꼬박꼬박 찾아와서 맥이 잠든 동안 옆에서 숙제를 하기도 했다. 또 처음 이틀간 그 애들은 맥이 묻고 또 묻는 똑같은 질문에 계속 대답해주었다.

그는 여러 번 듣고 또 들은 후에 자신이 조셉에서 큰 사고를 당하고 거의 나흘이나 의식불명인 상태로 있었다는 사실을 마침내 이해했다. 낸은 반드시 그의 해명을 들어야겠지만 당분간은 회복에 치중하겠다고 단단히 밝혀두었다. 하지만 그녀가 당장 듣고자 했단들 그의 기억은 안개처럼 흐릿했고, 단편적으로 기억할 수 있었지만 그 단편적인 기억들을 모아 전체적인 그림을 그릴 정도는 되지 못했다.

오두막까지 운전해서 찾아간 것은 어렴풋이 기억났으나 그 이후는 모든 것이 흐릿했다. 파파와 예수의 모습, 호숫가에서 노는 미시, 동굴의 소피아, 초원에서 벌어졌던 빛과 색채의 축제가 깨어진 거울의 파편처럼 꿈속에 나타났다. 각각의 장면마다 즐거움과 기쁨이 파도처럼 일렁였지만 그는 그것이 진짜인지, 아니면 불안정하고 손상된 뉴런과 정맥을 흐르는 약으로 인한 환각인지 확신할 수 없었다.

의식이 돌아온 후 세 번째 날 오후였다. 맥이 다시 눈을 뜨자 윌리가 언짢은 표정으로 그를 내려다보고 있었다.

"이 멍청이!"

윌리가 퉁명스럽게 말했다.

"윌리, 나도 만나서 반갑네."

맥이 하품을 했다.

"도대체 운전을 어디서 배운 거야! 그래, 시골뜨기라 교차로에 익숙지 못했나보지? 1킬로미터 전부터 상대 운전자의 술 냄새가 났었다고 하던데."

윌리가 마구 퍼부었다. 맥은 친구의 입에서 나오는 단어들을 하나하나 경청하고 이해하려 했지만 잘되지 않았다.

"자네 부인이 화가 나서 펄펄 뛰었고, 나랑은 말도 하지 않네. 내 차를 빌려주고 또 그 오두막에 가게 했다고 날 원망하고 있어."

"내가 왜 오두막에 갔었지? 모든 게 흐릿해."

맥이 정신을 차리려고 애쓰며 말했다. 윌리는 절망감에 신음 소리를 냈다.

"내가 자네를 말리려고 엄청 애를 썼다고 부인에게 말해주게."

"자네가 그랬나?"

"이러지 말게. 나도 노력했네……."

맥은 윌리가 화내는 것을 보면서 미소를 지었다. 다른 기억은 못 해도 이 친구가 자기를 많이 걱정했었다는 건 기억이 났고 그가 옆에 있다는 것만으로도 미소가 지어졌다. 맥은 윌리가 자기 얼굴에 바싹 몸을 들이대자 깜짝 놀랐다.

"진실을 알려주게. 그가 거기 있었나?"

윌리는 주위에 아무도 없는지 얼른 둘러보고 나서 속삭였다.

"누구? 그런데 우리가 왜 소곤거리고 있는 거지?"

맥도 속삭이며 물었다.

"자네도 알잖아. 하나님 말이야. 하나님이 오두막에 계시던 가?"

윌리가 다시 묻자 맥은 재미있어하며 속삭였다.

"윌리, 그건 비밀도 아니네. 하나님은 어디에나 계셔. 맞아, 내가 오두막에 갔었지."

"그건 나도 아네. 이 얼간이 같으니. 아무것도 기억나지 않나? 그 쪽지도 기억나지 않는다는 뜻인가? 자네가 얼음판에 미끄러져서 머리를 다쳤던 날, 우편함에 들어 있던 파파가 보낸 쪽지 말일세."

그때 갑자기 맥의 머리가 맑아지고 따로따로 떨어져 있던 이야기가 하나로 합해지기 시작했다. 그의 두뇌가 쪽지, 지프차, 총, 오두막으로 가는 여행, 영광스러운 주말의 모든 장면 등 세부적인 것들의 점을 이어가고 빈칸을 채워나가면서 모든 상황을 이해할 수 있었다. 그때의 여러 이미지와 기억이 강렬하게 몰려들어, 그를 침대에서 가뿐히 들어올려 이 세상 밖으로 데려갈 것 같았다. 그는 그 시간을 떠올리며 울기 시작했다. 그의 뺨으로 눈물이 줄줄 흘러내렸다.

"맥, 미안하네. 내가 뭘 잘못 말했나?"

윌리가 미안해서 어쩔 줄 몰라하자 맥이 손을 뻗어 친구의 얼굴을 어루만졌다.

"윌리, 아무것도 아니야……. 이제 전부 기억할 수 있어. 쪽지와 오두막, 미시, 파파. 전부 기억이 나."

윌리는 뭐라고 말해야 할지, 어떻게 생각해야 할지 몰라서 그냥 가만히 있었다. 너무 몰아붙인 나머지 맥이 헛소리를 하는 게 아닌가 싶었다. 마침내 윌리가 물었다.

"그러니까 거기 있었다는 건가? 하나님 말일세."

맥은 울다가 웃으며 대답했다.

"윌리, 그분이 거기 계셨네! 아, 거기 계셨지! 조금만 기다려

보게. 다 말해주겠네. 절대로 믿지 못할 거야. 아, 나조차도 믿기 힘들어.”

맥은 기억에 사로잡혀 잠시 말을 멈추었다가 이렇게 말했다.

“아, 그래. 자네에게 할 말이 있다고 하셨지.”

“뭐? 나에게?”

맥은 윌리의 얼굴에서 근심과 의심이 교차되는 것을 보았다.

윌리가 몸을 기울이며 물었다.

“그래, 뭐라고 하시던가?”

맥은 기억을 잠시 되새기다가 대답했다.

“‘내가 특별히 좋아한다고, 윌리에게 전해주게’라고 하셨네.”

맥은 친구가 이를 악무는 모습과 그의 눈가에 눈물이 차오르는 모습을 바라보았다. 친구의 입술과 턱이 바르르 떨리는 것을 보고 맥은 그가 애써 참고 있다는 것을 알아챘다. 친구가 쉰 목소리로 말했다.

“가봐야겠네. 나중에 모두 다 말해주게.”

윌리는 몸을 돌려서 병실에서 나가버렸고, 맥은 기억을 떠올리며 경탄에 빠졌다.

다음으로 낸이 병실에 들어왔다가 맥이 침대에 앉아 벙글거리는 모습을 보았다. 그는 어디서부터 시작해야 할지 몰라 아내에게 먼저 말해보라고 했다. 그녀는 남편이 이 정도로 정신을 되찾은 것을 보고 기뻐하며 그가 아직도 헷갈려하는 부분에 대해 설명해주었다. 음주 운전자가 모는 차와 충돌해서 거의 죽을 뻔했고, 여러 군데 골절상과 내상을 입고 응급수술을 받았다고 했다. 장기간 혼수상태에 빠질 것이라는 우려가 있었지만 그가 의식을 되찾으면서 모든 걱정은 잦아들었다고도 했다.

아내의 설명을 들으면서, 하나님과 주말을 보낸 직후에 사고가 나다니 기이한 노릇이라고 맥은 생각했다.

'삶은 겉으로 보기에 예측할 수 없는 혼돈이라고 파파가 설명하지 않았었나?'

그때 낸이 사고는 금요일 밤에 일어났다고 말했다.

"일요일이 아니라?"

그가 물었다.

"일요일이라니? 내가 사고 난 요일도 모를 것 같아? 당신은 금요일 밤에 비행기로 여기로 호송되었어."

아내의 설명을 들으니 잠시 혼란스러워졌다. 오두막에서의 시간이 결국은 꿈이 아니었나 하는 의심마저 잠깐 들었다. 하지만 그는 아마 사라유의 시간 왜곡 비스무레한 것이리라고 확신했다.

낸의 설명을 들은 후에 맥은 자신이 겪은 일에 대해 말하기 시작했다. 우선 그는 자기가 거짓말을 했던 이유에 대해 고백하고 용서를 구했다. 그의 고백에 낸은 깜짝 놀랐지만 사고로 인한 부상과 모르핀 때문에 저렇게 솔직해진 모양이라고 여겼다.

주말 동안의 일, 아내의 설명대로라면 하루 동안의 모든 일이 여러 다른 이야기들 속에서 천천히 드러났다. 그는 말을 하던 도중에 약 기운에 취해 깊은 잠에 빠지거나 비몽사몽이 되기도 했다. 처음에 낸은 참을성 있게 그저 들어주려고만 했다. 남편의 헛소리를 신경 손상으로 인한 후유증 탓이라고 여기고 판단은 되도록 유보하려 했다. 그러나 생생하고 깊이 있는 그의 이야기에 그녀는 감동을 받았고, 방관자적인 태도를 유지하자는 결심도 차차 수그러들었다. 그의 이야기에는 생명력이 있었다. 어떤 일이 일어났건 간에 그 일이 남편에게 큰 영향을 주었고 남편을 변화시켰다는 것을 그녀는 깨달았다.

낸의 의심은 점차 사라졌고, 결국 그녀는 남편과 함께 케이트와의 시간을 마련해보기로 했다. 맥이 그 이유에 대해 설명하려 하지 않아 신경이 쓰였지만 그래도 남편에게 모든 걸 맡기기로 했다. 심부름을 핑계로 조시를 내보낸 후에 드디어 셋만 병실에 남게 되었다.

맥이 손을 내밀자 케이트가 그 손을 잡아주었다. 맥은 쇠약해지고 잠긴 목소리로 말했다.

"케이트, 온 맘을 다해 널 사랑한다는 걸 알아주면 좋겠다."

"아빠, 나도 아빠를 사랑해요."

아버지의 병약한 모습에 케이트의 마음이 누그러진 모양이었다. 그는 미소를 지었다가 다시 진지한 표정을 지으며 여전히 딸의 손을 붙잡은 채 말했다.

"미시에 대해 말하고 싶구나."

케이트가 말벌에 쏘인 것처럼 움찔했고, 얼굴 표정이 어두워졌다. 케이트는 본능적으로 손을 빼려고 했으나 맥은 얼마 안 되는 힘으로나마 딸의 손을 꼭 잡았다. 케이트가 주위를 둘러보자 낸이 다가가서 어깨를 감싸주었다. 케이트는 떨리는 목소리로 되물었다.

"왜요?"

"케이트, 그건 네 잘못이 아니란다."

케이트는 비밀을 들킨 것처럼 멈칫했다.

"뭐가 내 잘못이 아니라는 거죠?"

"우리가 미시를 잃은 것 말이다."

이 간단한 말과 사투를 벌이는 동안 눈물이 그의 뺨을 타고 흘러내렸다. 케이트는 또다시 몸을 움츠리며 그에게서 고개를 돌렸다.

"딸아, 그 일에 대해 아무도 너를 탓하지 않는단다."

케이트는 몇 초 동안 아무 말도 않다가 그만 감정이 폭발하고 말았다.

"내가 카누에서 경솔하게 굴지만 않았더라면 아빠가 물에 뛰어들 필요가 없었고…….."

자기혐오로 가득한 목소리였다. 맥이 한쪽 손을 딸아이의 팔에 얹으며 말을 막았다.

"내가 하려는 말이 바로 그거란다. 그건 네 잘못이 아니야."

아버지의 그 말이 피폐해진 자신의 가슴을 꿰뚫고 들어오자 케이트는 흐느껴 울기 시작했다.

"언제나 내 잘못이라고 생각했는걸요. 아빠와 엄마가 날 원망한다고 생각했고요. 나는 그럴 의도가 아니었는데⋯⋯."

"케이트, 그 일을 의도한 사람은 아무도 없었어. 그 사건은 그냥 일어났을 뿐이고 우리는 그 사건을 버텨내며 살아가는 법을 배울 거야. 우리 모두 함께. 알겠지?"

케이트는 뭐라고 말해야 할지 모른 채 감정에 압도되어 울다가 아버지의 손을 뿌리치고 뛰쳐나갔다. 낸 역시 눈물을 흘리고 있었다. 그녀는 무력하지만 격려하는 눈빛으로 맥을 쳐다보고는 얼른 딸을 쫓아나갔다.

맥이 깨어보니 케이트가 자신의 바로 옆에 바싹 누워 편안한 표정으로 잠들어 있었다. 케이트가 고통을 이겨낼 수 있도록 아내가 도와준 것이 분명했다. 그가 눈을 뜬 것을 보고, 낸이 딸을 깨우지 않으려고 조용히 다가와서는 그에게 입맞춤했다.

"당신을 믿어."

아내의 속삭임에 그도 고개를 끄덕이며 미소를 지었다. 아내의 그 말이 얼마나 큰 힘이 되는지 새삼 놀라웠다. 그는 약 때문에 감정적이 된 모양이라고 생각했다.

맥의 증세는 그 후 몇 주간 빠르게 호전되었다. 퇴원하고 한 달이 지난 후에 그와 낸은 조셉의 신임 부보안관인 토미 돌턴에게 오두막 너머 지역으로 등반할 수 있는지 문의해보았다. 오두막과 그 주변이 다시 황폐한 상태로 돌아갔기 때문에 맥은 미시의 시신이 아직 동굴에 있을지도 모른다는 생각이 들었다. 딸의 시신이 숨겨진 장소를 어떻게 알게 되었는지 경찰에게 설명하기 힘들겠지만 이 친구라면 속는 셈치고 믿어주리라는 확신이 있었다.

실제로 토미는 호의적인 반응을 보였다. 그는 맥의 경험담을 들으며 아직도 비통함에서 벗어나지 못한 나머지 악몽을 꾸었을 거라고 여기면서도 오두막에 다시 가주겠다고 했다. 어쨌거나 그도 다시 맥을 만나고 싶었던 것이다. 완전히 파손된 윌리의 지프차에서 건져낸 물건들을 돌려주겠다는 것이 다시 만나기 위한 좋은 구실이 되었다. 그렇게 하여 이른 11월의 청명한 토요일 아침, 윌리는 새로 구입한 중고 SUV에 맥과 낸을 태우고 토미와도 합류한 후에 보호구역으로 출발했다.

토미는 맥이 오두막을 지나 오솔길 입구 근처의 나무로 곧장 걸어가는 것을 보고 약간 놀랐다. 맥은 자동차 안에서 설명한대로 나무 아래에 새겨진 빨간 원을 찾아내서 가리켰다. 그는 여전히 불편한 다리를 약간 절면서 두 시간 동안 일행을 숲길로 안내했다. 낸은 한마디 말도 하지 않았지만 한 걸음 한 걸음을 옮길 때마다 그녀의 얼굴에 고통스러운 표정이 또렷이 드러났다. 그는 나무나 바위에 새겨진 빨간 원을 따라 계속 걸었다. 마침내 돌무더기가 쌓인 곳에 도착했을 무렵, 토미는 맥의 황당한 이야기가 진실인지는 몰라도 자신들이 살인범이 주도면밀하게 표시해둔 길을 따라가고 있다는 데에는 확신을 얻었다. 맥은 조금도 망설이지 않고 곧장 바위와 암벽의 미로로 들어갔다.

파파가 아니었더라면 정확한 장소를 찾아내지 못했을 것이다. 동굴 앞의 돌무더기 꼭대기에 빨간 표시가 새겨진 돌멩이가 바깥쪽으로 놓여 있었다. 맥은 파파가 어떤 일을 해놓았는지 알아차리고 웃음을 터트릴 뻔했다.

마침내 그들은 발견했다. 토미는 어떤 결과가 나올지 확신한 순간 일행에게 멈추라고 지시했다. 맥은 중요한 상황이라는 것을 이해하고 증거 보존을 위해 동굴을 다시 닫아두기로 했다. 토미는 조셉으로 돌아가서 과학수사대와 관련 당국에 보고하기로 했다. 그리고 내려오는 길에 맥의 이야기를 다시 들었다. 이제 그의 마음은 새롭게 열려 있었다. 토미는 또한 맥이 곧 받게 될 여러 조사에 잘 대처하는 방법도 일러주었다. 맥의 알리바이는 흠 하나 없이 완벽했지만 그래도 심각한 질문들이 이어질지도 모르는 일이었다.

다음 날 독수리처럼 몰려든 전문가들이 미시의 시신을 발견하고 시트와 그 밖의 찾을 수 있는 모든 물건들을 수거했다. 몇 주 후 그들은 충분한 증거를 확보해서 꼬마숙녀 살인마를 추적, 마침내 체포했다. 경찰은 살인범이 미시의 동굴에 남긴 단서를 이용해서 그가 살해한 다른 소녀들의 시신도 찾아낼 수 있었다.

　내가 들은 이야기는 여기까지다. 이 모든 것이 맥이 회상한 대로 실제로 일어난 일인지, 아니면 교통사고와 모르핀 때문에 그의 정신이 약간 이상해진 결과인지 궁금해하는 사람들이 분명 있을 것이다. 요즈음 맥은 예전과 마찬가지로 생산적인 삶을 살고 있으며, 자신의 이야기가 토씨 하나도 틀리지 않고 모두 사실이라는 것을 굳게 확신하고 있다. 그는 자신의 삶에 일어난 모든 변화야말로 충분한 증거라고 했다. '거대한 슬픔'이 사라진 지금, 그는 대부분의 시간에 기쁨의 심오함을 경험하고 있다.

　그의 이야기를 글로 옮기면서 '도대체 이런 이야기는 어떻게 끝을 맺어야 할까'라는 고민에 빠졌다. 이 이야기가 나에게 어떤 영향을 주었는지 말하는 것이 아마도 최선일 것이다. '시작하는 말'에서 이야기한 대로 맥의 이야기는 나를 변화시켰다. 내 삶의 모든 측면들(특히 나의 관계들)에서 깊고 진실된 영향을 받았고, 변화했다. 나는 과연 이 이야기를 사실이라고 생각하는가? 사실이기를 바란다. 그중에는 어떤 의미에선 사실이 아닌 것도 있겠지만, 당신이 내 말뜻을 이해했다면, 그럼에도 불구하고 여전히 사실이다. 그 점에 대해서는 당신과 사라유가 함께 생각해봐야 할 것이다.

또 맥은 어떤가? 그는 우리들과 마찬가지로 변화의 과정 속에 있는 인간이다. 하지만 나는 대개 변화의 과정에 저항하는 반면, 그는 기꺼이 받아들인다. 나는 그가 대부분의 사람들보다 더 많이 사랑하고 먼저 용서하며 더 빨리 용서를 구한다는 사실을 알게 되었다. 그의 변모된 모습은 그와 관계를 맺는 사람들 사이에서 상당한 파장을 일으켰고, 그중에는 이를 쉽게 받아들이지 못하는 사람도 많았다. 그래도 맥처럼 단순하고 즐겁게 삶을 영위하는 성인을 본 적이 없다는 말은 꼭 해두어야겠다. 어떤 면에서 그는 다시 아이가 되었다. 좀 더 정확히 말하자면, 그는 과거의 그가 되지 못했던 모습의 아이가 되어 단순한 신뢰와 경이로움 안에 살게 되었다. 마치 보이지 않는 사랑의 손길을 가진 거장이 짠 풍요롭고 심오한 직물을 안듯이, 심지어 인생의 어두운 부분까지도 그 일부로 끌어안게 되었다.

이 글을 쓸 당시 맥은 꼬마숙녀 살인마의 재판에서 증언 중이었다. 그는 범인을 만나고 싶어했지만 아직 허락을 받지 못한 상태다. 그는 판결이 내려지고 한참 후에라도 그를 꼭 만나겠다고 마음먹었다.

당신이 맥과 함께 시간을 보내게 된다면 그가 사랑과 친절의 새로운 혁명을 바라고 있다는 사실을 알게 될 것이다. 화해와 가정이라 불릴 만한 곳을 갈망하는 사람들을 위해 예수님이 지금까지 해왔고 또 앞으로도 할 일을 중심으로, 그리고 예수님을 중심으로 일어나는 그런 혁명을 바라는 것이다. 그의 혁명은 어떤 것도 전복시키지 않으며, 혹시 그런다고 해도 우리가 절대로 생각하지 못할 방법이 될 것이다. 그의 혁명은 자아를 죽이고 타인을 섬기고 사랑하며 웃는, 단순한 부드러움과 보이지 않는 친절로 이루어진 조용한 일상의 힘이다. 어느 하나라도 중요하다면 그건 모든 것이 다 중요하다는 뜻이기 때문이다. 모든 것이 드러나는 날, 우리는 무릎을 꿇고 사라유의 힘 안에서 예수님이 모든 창조물의 주님이며 파파의 영광이라고 고백할 것이다.

마지막으로 덧붙일 말이 있다. 나는 맥과 낸이 둘만의 시간을 위해 가끔씩 그곳, 오두막에 간다고 확신한다. 맥이 그 낡은 선착장에서 신발과 양말을 벗고 물에 발을 담근다고 해도 나는 놀라지 않을 것이다.

- 윌리

지상에는 하늘나라로 가득 차있다.
모든 평범한 나무들이
하나님과 함께 불타오른다.
그러나 볼 줄 아는 자만이
신발을 벗으며,
다른 이들은 나무 주변에 몰려 앉아
검은 딸기나 줍는다.

- 엘리자베스 배럿 브라우닝

2005년 초에 우리 가족은 오리건주 이글크리크의 와일드캣 산길의 임대지에서 살게 되었다. 그 전년도인 2004년에 19년 간 살았던 집과 자동차, 재산을 대부분 잃고 거의 빈곤상태로 몰려 참으로 괴로운 시간을 보내야 했다. 사실 가족과 친구들을 따로 떼어놓고 한걸음 물러서서 내 인생만 돌아본다면 그것은 연쇄 열차사고라고 할 만했다. 성폭행과 유기, 밤의 공포로 얼룩졌던 어린 시절에서부터 중독행위와 비밀스런 청소년기를 지나고 성인이 된 이후에는 적절함과 영성, 건강이라는 가면 아래에서 거짓말과 강요된 완벽주의, 만연한 수치심에 자살과 도피의 줄타기를 해왔다. 1994년에 나의 열차는 탈선했으며 결국 파국을 맞이하고 말았다. 하나님의 은혜와 아내 킴의 분노, 몇몇 친구의 사랑이 아니었다면 나는 결코 살아남지 못했을 것이다. 하나님은 이 모든 것을 통해 나의 전 생애를 처음부터 해체하고 다시 세워주셨다.

2005년 초에 나는 하나님이 내 마음에 속삭이는 소리를 들었다. "폴, 올해는 네가 쉰 살이 되는 해이다. 복구와 화해의 시간이 될 너의 희년을 맞이하거라. 모든 일들이 네가 바라는 대로 돌아갈 것이다."

그 무렵 나는 오로지 하나님의 은혜로 인해 걸을 수 있다는 사실을 완전하게 이해하며 한 발씩 떼는 것밖에는 할 줄 아는 일이 없었다. 당시 나는 자동차로 25분 거리의 그레샴으로 가서 다시 40분 동안 맥스(지하철)로 갈아타고 포틀랜드 시내까지 나간 다음 웹 회사에서 일했다. 집안 경제 사정이 너무 좋지 않아서 출퇴근에 드는 기름값이라도 아끼려고 8월에는 그레섬의 임대주택으로 이사할 계획까지 세우기도 했었다. 나는 맥스로 이동하는 시간을 킴이 10년 전부터 권하던 글 쓰는 일에 투자하기로 결심했다. 아내는 "당신은 사물에 대해 특이하게 생각하는 편인데 우리 아이들이 그런 면을 배우게 되면 글 쓰는 데 좋을 것 같아."라고 늘 말해왔다. 사실 나는 2005년 이전에는 영적으로나 감정적으로 글 쓸 준비가 전혀 되어 있지 못했다.

처음에는 책을 쓸 생각이 없었고 이 이야기의 초고를 쓸 때만 해도 출판에 대해서는 아무 관심도 없었다. 직업적인 용도를 제외하고 내가 써본 글이라고는 시와 노래, 가족 연보, 사람들 앞에서 연설할 때 사용하던 교육용 자료가 전부였다. 창의적인 글을 써본 경험도 친구와 가족에게 특별한 날을 위한 선물로 준비한 경우가 고작이었다. 그런데 책이라니? 말도 안 되었다. 뭐라도 끼적거린 후에 '오피스디포'나 '킨코스'로 터벅터벅 가서 적당한 표지를 덧붙이고 용수철 제본을 해서 크리스마스 선물로 아이들에게 나눠주면 그만이었다.

사실 글을 쓴다고 해놓고도 거창한 계획이라 할 만한 것도 없었다. 처음에는 이런저런 의견을 담은 사전을 만들 생각을 해보았다. Astronomy(천문학), Art(예술), Aristotle(아리스토텔레스), Anarchy(무정부), Adultery(간통), Absolute(절대적인), Antinomianism(반율법주의) 등 A로 시작하는 단어에 대해 나의 아무 의견이나 모아두는 그런 사전이었다. 나의 이런 생각에 웃음 지을 사람이 많을 것이다. 사실 돌이켜보니 꽤 웃기는 일이지만, 당시 나는 체계적으로 정리된 일, 내 아이들이 자랑스러워 할 만한 일을 해보고 싶다고 꽤 진지하게 생각했었다. 나의 글은 내 아이들을 위한 것이었기 때문에 글쓰기에 대한 일반적인 규칙을 따를 필요가 없었다. 사실 나는 일반적인 규칙이 무엇인지도 몰랐고 또 신경 쓰지도 않았다. 규칙에 대한 생각은 아예 하지 않았다.

그러나 사전을 쓴다는 계획은 오래가지 못했다. 너무 지루했던 것이다. 이야기를 써보면 좋겠다고 생각했지만 도무지 생각나는 게 없었다. 그래서 나는 내가 가진 것, 예컨대 나와 하나님의 대화, 가족과 친구들과의 대화에서 시작해보기로 했다. 이런 대화를 석 달 정도 모았더니 대단히 놀라운 일이 벌어지기 시작했다. 체계적인 것은 모조리 무너졌지만 나는 살아 있는 것을 가질 수 있었고, 심지어는 한밤중에 일어나서 대화 내용을 기록한 적도 있었다. 이런 대화는 대부분 지난 15년 동안 내 삶의 경험에 묻어 있는, 나로서는 대단히 실제적인 것이었다.

2005년 5월 무렵에는 노란 연습장과 종잇조각, 신문지 여백, 냅킨, 식품점 영수증 이면지에 이르기까지 메모한 종이가 한 가득이나 쌓여갔고, 혹시 강풍에 메모해둔 것이 모두 날아가지는 않을까 조금 걱정되었다. 그래서 어느 토요일 날, 메모한 것들을 컴퓨터에 입력하기 시작했다. 이 대화들을 제대로 전달하려면 새로운 이야기를 만드는 편이 좋겠다는 생각도 처음으로 들었다. 당장 떠오르는 이야기는 없었지만 그래도 좋은 아이디어인 것 같아 대화에 어울리는 상황과 등장인물을 만들어내기 시작했다. 누가 이런 대화를 할 것이며 또 왜 대화를 하는 것일까?

나는 내 아이들이 이야기를 재미있게 읽고 그것을 통해 아빠가 그토록 사랑하는 하나님과 아빠에 대해 이해해주기를 바랐다. 윌리(나)가 맥 대신 이야기를 대필해준다는 기발한 아이디어까지 떠올랐다. 내 첫 번째 책에 『오두막』, 매켄지 앨런 필립스 저, 윌리엄 폴 영 공저라고 쓰게 될 것이다. 나는 아이들이 나의 기발한 아이디어를 보고 재미있어 할 것이라고 확신했다.

물론 맥은 실제 인물이 아니다. 내 아이들은 맥이 나와 비슷하고 낸은 킴과 많이 닮았으며 미시와 케이트 등 다른 인물들도 우리 가족이나 친구와 닮았다고 여겼고 가제본 초판이 나왔을 때까지는 이런 점이 별 문제가 되지 않았다. 그러나 내 책을 읽은 사람들이 다른 사람들에게 계속 책을 돌리게 되었고, 맥과 만나기 위해 오리건 행 비행기 표를 구매하는 문제를 진지하게 고려하는 사람들이 두엇 있다는 소식이 들려왔다. 당혹스러운 상황이었다. 그래서 저자 이름에서 맥을 삭제하긴 했으나 대필 아이디어가 이야기의 한 요소라는 내 생각에는 변함이 없었다. 이 점으로 인해 아직도 문제가 발생하지만, 이런 아이디어를 내지 않았더라면 발생했을 문제와는 종류가 다른 것이다.

이 이야기가 실제로 일어난 일이었을까? 이 이야기는 내가 만들어낸 픽션이다. 그러나 맥의 마음과 영혼을 갈가리 찢어놓았던 강렬한 감정적 고통은 진짜라고 덧붙여야겠다. 나에게는 나만의 오두막, 치유를 찾으려면 반드시 거쳐야 하는 장소가 있다. 나에게는 나만의 '거대한 슬픔'이 있다. 이건 모두 진짜다.

또한 대화들도 매우 실제적이며 진실이다. 맥은 내가 경험하지 못한 특별한 경험을 했지만(내 조카딸 아이가 다섯 번째 생일 다음 날 죽었는데 그 아이는 살해된 것이 아니라 끔찍한 사고를 당했다), 나는 맥이 경험하지 못했던 심한 고통과 수치와 무기력감을 경험했다. 또한 나는 이 이야기에서 맥이 경험한 것과 똑같은 경험을 한 사람들을 알고 있다.

그러니 이 이야기는 진실인가? 고통과 상실, 슬픔, 과정, 대화, 질문, 분노, 기다림, 비밀, 거짓말, 용서는 모두 실제이고 사실이다. 이 이야기는 픽션이지만, 그 안에는 예기치 못한 때(그러나 예기치 못한 때가 아닐 때) 놀랍고도 실제적으로 나타나시는 하나님이 존재하며, 그분은 분명 진실이다.

나는 그레셤으로 이사한 직후인 2005년 8월 중순에 초고를 완성하고 편집상의 조언을 받고 싶어서 몇몇 친구에게 원고를 보냈다. 그들의 반응은 놀라웠다. 이 작은 이야기가 사람들의 방어벽을 슬그머니 넘어 들어가서 그들의 마음속에 곧장 가닿았던 것이다. 내가 안다고 생각했던 사람들이 갑자기 자신의 삶을 열어 보였고, 예전이라면 불가능했을 대화가 시작되었다. 나는 원고를 몇 부 더 인쇄해서 다른 친구들에게도 나눠줘야겠다고 생각했다. 하지만 세 군데에서 일을 하면서도 원고를 인쇄할 경제적 여유가 없었고 크리스마스가 다가오는데도 우리 아이들에게 선물로 줄 복사본조차 마련하지 못한 상태였다.

나의 이야기를 3부로 나눈다면 여기까지가 1부다. 그리고 2005년 크리스마스에서 2, 3일 후에 2부가 시작된다. 2003년의 어느 하루 동안 함께 시간을 보냈던 웨인 제이콥슨에게 원고를 보내고 싶어졌다. 2003년 처음 만난 이후 우리는 가끔 이메일을 주고받았다. 그는 내가 아는 사람 중에서 유일하게 내 이야기와 비슷한 장르의 글을 쓰는 작가였고, 나는 몇 달 전에 출간된 그의 최근 저서 『당신이 더 이상 교회에 나가고 싶지 않다면』도 재미있게 읽은 터였다. 그에게 "요즘 내가 작업 중인 글이 있는데……."라는 말과 함께 원고를 첨부해서 이메일을 보냈다. 나는 웨인이 내 글을 읽을 시간도, 읽고 싶은 마음도 없을 거라고 생각했고 그냥 보내는 자체로 만족했다. 나의 행동은 성령의 명령에 복종한 것이었고, 나는 수많은 원고를 받아왔지만 전부 읽을 시간은 없다는 답장을 받는다고 해도 전혀 놀라지 않았을 것이다. 적어도 25페이지 정도까지는 읽어주겠지만 특별히 관심을 끌 만한 이야기가 아니라면 끝까지 읽지는 않을 것이다.

그의 답변을 딱히 기대하지 않았기 때문에 다음 월요일 저녁에 그의 전화를 받고 상당히 놀랐다. 그는 '출력하는 시간이 부족할 정도'였으며 '지인 대여섯 명에게 보내야겠다.'는 확신을 주는 글을 최근 몇 년 만에 처음 읽었다고 했다. 원하는 사람 누구에게든 보내도 좋다고 말하자 그는 벌써 원고를 돌렸으며 영화 제작자들에게도 두 부나 보냈다고 말했다. 나는 다소 우쭐해지면서도 놀라움과 충격을 느꼈다.

두 달 후에 나는 브래드 커밍스와 바비 다운스와 함께 웨인의 집에 모여 이 책을 바탕으로 우리가 아는 하나님을 모르는 굶주린 영혼들의 세계를 감동시킬 영화를 제작하는 문제에 대해 상의했다. 그러기 위해선 우선 책부터 출간해서 영화제작에 대한 관심을 불러일으켜야 했다. 우리는 이틀 동안 이야기를 가다듬고 대략적인 시나리오를 완성했다. 웨인은 작가로서의 경험과 전문성을, 브래드와 바비는 시나리오 쓰기와 마케팅, 미디어 제작에 대한 기술을 제공했다.

우리가 함께 웃고 울고 기도하고 토론하는 탁자에서 특별한 일이 벌어졌다. 그들은 내가 저자로서의 행동에 대해 전혀 모른다는 사실을 알고 놀라면서도 재미있어했다. 나는 어쩌다 글을 썼고 그나마도 선물을 주려고 썼기 때문에 소유권에 대한 개념도 갖고 있지 않았다. 나는 최고의 이야기를 만들 수만 있다면 어떤 제안도 터놓고 듣고 싶었다. 그러나 대충 윤곽을 잡아놓고 찬찬히 보았더니 작업이 필요한 부분이 드러났고 나는 개작에 필요한 일거리를 안고 오리건으로 돌아왔다. 무엇보다 내 마음에 세 형제가 들어왔다는 사실을 깨달으며 돌아올 수 있었다. 바비는 일정이 늘 바쁜 와중에도 자문과 충고, 그래픽 디자인에 대해 언제나 아낌없이 협력했고, 소중한 친구인 브래드와 웨인은 이 이야기를 갈고 닦아 특별하고 남다른 것으로 만드는 데 큰 도움이 되었다.

그 후 16개월 동안 우리는 『오두막』을 여러 번 고쳐 쓰는 과정에서 대화의 40퍼센트를 지우고 줄거리 부분을 확장하고 신학적으로 논란이 되거나 오해의 소지가 있는 부분을 없애가며 대화를 다시 만들어나갔다. 세 사람의 마음과 목소리를 합친 협동 작업은 우리 각자에게도 놀라운 경험이 되었다. 더 좋은 책을 만들려는 열정으로 자신의 생각만 감싸려 들지 않고 서로 마음을 터놓음으로써 우리는 다른 식으로라면 불가능했을 자유로운 창의력을 얻을 수 있었다. 우리의 우정이 자라면서 우리의 작업도 진행되었고, 우리가 함께 일하면서 우리의 우정도 자라났다.

개별적인 과제가 생겨날 때마다 각자의 전문성이나 프로젝트 상의 위치에 따라 누가 리더가 될지가 자연스럽게 정해졌다. 우리는 협동 작업을 통해 얻은 판단력을 신뢰하고 서로의 생각을 검토하고 다른 이들의 장점을 포용해 나갔다. 또한 다음 과정이 전개되기 전에 모든 가능성을 확실하게 타진해볼 필요는 없다는 것도 알게 되었다. 우리는 문제가 생겨날 때마다 그때그때 결정을 내렸는데, 우리 중 누구라도 권력이나 명성에 약간이라도 욕심이 있었다면 불가능했을 일이었다.

우정과 협동 작업의 힘보다 더 중요한 것은 우리가 오케스트라의 일원에 불과하며 어느 누구도 지휘자가 아니라는 것을 서로 이해한다는 점이었다. 모든 작업 과정에는 성령과 예수님이 함께 했다. 우리는 이 책과 그것을 둘러싼 관계가 실제로 누구에 대한 것인지에 대해 모두 같은 생각을 갖고 있었다. 또한 솔직히 말해서 우리는 아무 힘없이 의존하는 것 말고는 그 어느 것도 할 줄 모르는 어리석은 존재였다. 이렇게 태어난 결과물은 이 세상에 선물로 주는 하나의 이야기일 뿐만 아니라 한 가족인 친구들과의 사랑에서 생겨난 선물을 드러내놓는 과정이

기도 하다. 그 외에도 많은 이들이 이 프로젝트에 동참해주었다. 정치적 신념이나 성과, 돈, 명성에 집착하기보다는 하나님이 축복하는 일 주변에 머물면서 그 일부가 되기를 바라는 사람들이었다.

우리 셋은 계약서도, 협약서도, 법적 구속력이 있는 문서도 갖고 있지 않았다. 우리는 우리 마음에 거하시는 예수님의 생명만을 갖고 있으며, 이 이야기가 우리 중 누구에 대한 것도 아니지만 하루가 끝나면 우리 모두 웃고 서로의 결점을 덮어주었다는 것을 알고 있다. 우리는 과거에 형제라고 주장하던 이들에게서 배신을 당한 경험이 모두 있기 때문에 그다지 순진하진 않다. 그래도 모든 것이 일어난 후에 우리 각자를 돌보고 우리 결점을 덮어주시는 분은 하나님이시며, 그는 우리가 가끔씩만 볼뿐인 모든 것에 목적을 갖고 계신다.

처음에 우리는 여러 출판사와 접촉해보았으나 출판사마다 『오두막』이 자기네가 원하는 책이 아니라며 거절하거나 우리가 보기에는 이야기를 축소시키는 것 같은 근본적인 수정을 요구했다. 브래드와 웨인은 출판계에 커다란 결함이 존재한다는 생각에 좌절했다. 다양한 종교 시장을 겨냥하는 출판사 중에는 가벼운 대답이나 빈 수사학에 치중하거나 아니면 신앙의 문제에 적극적으로 접근하기보다 세속적인 독자를 주로 겨냥한 경우가 대부분이었다. 이러한 경향 사이에는 사람들의 영적인 갈망에 대해 성실하고 지성적으로 이야기하고 그들의 메시지가 종교계의 거물을 위협해도 상관 않는 자들도 분명 있을 것이다. 이 결함을 채우려면 새로운 것이 필요할지도 모른다. 마침내 2007년 5월 '윈드블로운 미디어'가 창설되고 『오두막』이 원제 그대로 출간되는 것으로 2부는 끝난다. 이 책이 우리 모두에게, 또 각자에게 어떤 의미가 될 수 있을까?

3부에서는 당신의 역할이 중요하다. 당신이 이 책을 읽을 때 하나님이 당신의 영혼을 어루만지고 당신이 헤매고 있는 곳의 문을 열어주면서 더 깊고 풍요로운 어조와 색채와 소리로 당신을 사랑하는 이유를 알려주기를 우리는 기도한다. 우리는 이 책이 당신에게 주는 선물이라고 확신한다. 이 책은 지면에 찍힌 활자로서는 아무 힘도 없지만, 당신이 이 책을 읽을 때 당신의 내면에서 기대하지 못했던 것들이 일어나더라도 놀라지 말길 바란다. 예수님의 일이 바로 이러한 것이기 때문이다.

이 책은 출판계에 약간의 기현상을 일으켰다. 처음에 책을 주문했던 지인들은 일주일 후에 12권 더, 때로는 한 박스까지 주문해서 친구들과 나눠 보았다. 이 친구들은 다른 친구들을 위해 또다시 책을 주문했다. 일반 서점에 출시하거나 전국적인 광고를 하지 않았는데도 책은 출간된 지 넉 달 만에 오로지 한 웹사이트를 통해 12,000부 이상 판매되었다. 더욱이 우리 책을 읽고 배급망을 확장해주겠다고 도와준 이도 있었다. 우리의 원

고를 거절했던 출판사 중 세 군데에서 이 책을 인수하겠다고
제의했지만 거절했다.

스페인어, 프랑스어, 독일어, 한국어, 중국어, 아프리카어 등
으로 번역 출판하겠다는 외국출판사의 제의가 잇따랐으며,『오
두막』을 판매하고 싶다는 서점과 배급자의 전화가 쇄도하기
시작했다. 2007년 9월 우리의 배급망이 더욱 넓어졌고, 이전처
럼 처음에 한두 권 주문했던 사람들이 더 많은 책을 다시 주문
해서 주위에 나눠주는 양상이 되풀이되었다.

우리는 이 책을 많이 판매해서 마음속 깊은 곳에서 하나님을
갈구하는 이 세계가 하나님의 본성을 정확하게 이해할 수 있
도록, 전 세계가 보고 싶어할 만한 영화를 제작하게 되기를 희
망한다. 물론 하나님이 그 안에 거하시지 않는다면 우리에게는
그 어느 것도 아무 의미가 없을 것이다.

우리는 이 책을 통해 깊은 감동을 받고 예전에는 어색하거나
불가능하게 보였던 대화의 문을 열게 되었다는 이야기를 매일
듣는다. 이 책으로 일어나는 치유의 작업은 우리 모두보다 크
신 분의 일이며 그의 영광을 찬양하는 것이다. 이 이야기의 3부
는 우리보다는 당신과 관련되었기에 우리는 그 결과를 알지 못
하며, 우리의 삶을 지속하면서 우리 삶이 펼쳐지는 것을 지켜
보는 것으로 만족할 따름이다.

- 윌리엄 폴 영

『오두막』은 작은 세계가 감추고 있는 큰 세계의 비밀을 보여준다. 그 비밀은 첨단의 지식과 투자의 비법으로도 풀리지 않는다. 이 책의 비밀은 근원적으로 인간이 인간의 능력을 벗어나는 존재와 만날 때에만 밝혀진다.

첫 번째 비밀은 문명의 질서로부터 벗어난 숲속의 외딴 속성에 있다. 그 속성은 인생의 고독과 마주칠 수 있는 용기를 뜻한다.

두 번째 비밀은 인생의 가장 큰 절망을 겪어내는 인내심에 있다. 사랑하는 딸이 살해당해 아버지로서 삶을 견뎌내는 일보다 죽음을 껴안는 일이 쉬워 보일 때에도 그 인내심은 삶을 포기하지 않도록 만들어준다.

마지막 비밀은 인간의 윤리와 법과 제도를 뛰어넘는 놀라운 축복의 길– 사랑과 용서의 힘을 깨닫는 데 있다.

이 세 가지 비밀이야말로 현대의 자본주의가 배제하거나 망각하고 있는 삶의 '황금률'에 해당할 것이다. 물질을 추구하는 눈에는 작아 보이고 영혼을 추구하는 눈에는 커 보이는『오두막』으로 나아가는 순례가 밝혀줄 원리인 셈이다.

지상에 내려앉은 새가 날아오를 능력을 가지고 있듯이 절망에 빠져버린 인간에게도 구원의 거처가 있다는 것. 『오두막』은 어두운 시대의 절망을 이겨내는 가족의 거처이며 영혼의 거처이다.

현대인의 마음속에서 허물어져가는 사랑과 용서의 자리는 그곳에서 아름답게 복원된다.

- 이어령(문학평론가, 전 문화부 장관)

종교철학자, 신학자들, 목사들이 이성으로 두뇌로 논해오던 문제, "선하시고 위대하신, 무소부재하시고 무한대의 능력을 가지신, 하나님께서 왜, 아니 왜 악한 인간들과 무서운 세상을 만드시고, 우리 선한 사람들에게 견딜 수 없는 아픔과 슬픔과 고통을 주시는가?"하는 인간적인 절규에 대해서 『오두막』은 감동적인 답변을 주고 있습니다. 이 책 속의 '오두막'에서 쓰라린 고통과 하나님에 대한 의심과 분노로 번뇌하는 주인공 '맥'과 함께 기독교에서 말하는 '삼위일체' - 아버지 하나님, 아들 예수, 그리고 성령 - 와 만나면서 내 자신의 신학과 신앙이 사랑으로 충만해지고 자유롭게 하나님과 관계 맺어지는 것을 경험하였습니다. 번득이는 문학적 상상력과 심오한 신학적 통찰력으로 이루어진, 뜨거운 사랑의 선물입니다.

- 서광선(목사, 이화여대 명예교수)

'오두막'은 우리의 모든 비밀과 기억하고 싶지 않은 아픔들, 그리고 모든 상처들을 묻어둔 마음속 깊은 곳입니다. 동시에 그곳은 하나님께서 우리를 만나주시는 사랑과 은혜의 자리이며, 회복과 치유, 새로운 변화가 시작되는 곳이기도 합니다.

우리에게는 드러내놓을 수 없는 많은 상처들이 있습니다. 인생살이는 만만치가 않습니다. 때문에 우리는 고통과 슬픔으로 가득 찬 이 세상에서 도대체 하나님은 어디에서 무엇을 하고 계신지, 계신다면 우리에게 관심이 있으신지를 묻게 됩니다.

하나님은 그 절망의 자리, 오두막에서 우리를 기다리시고 사랑의 품으로 안아주십니다. 험한 세상을 사는 우리에게 절대적으로 필요한 것은 하나님의 사랑과 은혜를 경험하는 일입니다. 이 책이 여러분에게 오두막에서의 은혜의 경험을 선물하리라 믿습니다.

― 옥한흠(사랑의 교회 원로목사)

그 누구로부터도, 그 무엇으로도 위로받을 수 없는 상처! 그런 상처를 안고 있는 독자를 작가는 용서 못할 상실의 현장 『오두막』으로 초대한다. 그리하여 작가는 독자들을 기상천외한 방법으로 임장(臨場)한 삼위(三位)의 신과 대면시킨다. 그와의 인간적인, 참으로 인간적인 대화는 너무도 감동적인 치유의 시간 속으로 빠져든다. 단순한 상상 속의 만남이 이렇게 가슴 저미는 치유를 가져올 줄이야!

- 차동엽(신부, 『무지개원리』 저자)

얼마 전 친한 사람들과 이야기를 하다가 『오두막』(The Shack)에 대한 소문을 들었습니다. 꼭 한 번 읽어보고 싶었는데, 이렇게 우리말로 번역되어 나오게 되니 참 기분이 좋습니다. 읽어가면서 가슴 찡한 감동을 받았습니다. 사람은 변할 수 있다고 생각합니다. 그리고 삶의 변화는 깊은 상처의 치유와 함께 일어나며, 거대한 슬픔으로부터의 탈출은 하나님과의 만남에 의해 이루어진다고 확신합니다. 인생의 폭풍 속에서 어렵사리 살아가는 사람에게 이 책을 선물로 드리고 싶습니다. 행복하세요.

- 라준석(온누리 교회 총괄수석 목사)

소설에는 치유의 힘이 있다는 말이 맞긴 맞는 말인가 보다. 이 책을 읽어가자마자 팽팽히 긴장되고 가슴이 아렸다. 주인공 맥이 겪고 있는 '거대한 슬픔'을 통해서 아물지 않은 채 남아 있던 나의 상처가 덧났기 때문이다. 마지막 페이지를 넘길 즈음에는 가슴이 뜨거워지는 것을 느꼈다. 그 치유의 힘이 나타난 것이다. 가슴에 상처가 남아 분노와 절망, 상실감과 무기력으로 고통받고 있는 이들에게 일독을 권한다. 이 책을 읽다 보면 어느새 자신의 해묵은 상처가 치유되고 있다는 것을 발견하게 될 것이다.

- 임영인(신부, 노숙인 다시서기 지원센터 소장)

　하나님에 대한 작은 궁금증들까지 모두 풀어주는 놀라운 책! 페이지를 넘길 때마다 더 크게 느껴지는 하나님의 사랑에 잠시 차가워졌던 나의 마음이 따뜻해졌다. 나에게 고통과 시련을 준 세상을 용서하고 마음의 평화를 찾기란 정말 쉽지 않다. 하지만 하나님이 문을 열어주신 『오두막』에서는 이 모두가 가능하다. 강요되지 않은 진정한 사랑이 이 안에 있기 때문이다. 지금 내 안에는 사랑과 평화가 가득한 작은 오두막이 자리하고 있다. 많은 사람들이 각자 마음속의 오두막에서 용서와 구원의 깨달음을 얻기를 바란다.

- 리사(가수)

옮긴이 **한은경** | 서울대학교 영어영문학과를 졸업하고 동 대학원에서 박사학위를 받았다. 현재 서울대학교 언어교육원 선임연구원이며, 옮긴 책으로는 『오두막』을 비롯하여 『이브』, 『40가지 사랑의 법칙』, 『명화로 보는 성경 이야기』, 『긍정의 힘 축복편』, 『긍정의 힘 for Moms』, 『온가족이 함께 읽는 구약성서 이야기』, 『온가족이 함께 읽는 신약성서 이야기』, 『사랑의 역사』, 『메디치가 이야기』, 『피츠제럴드 단편선 2』, 『아틀란티스로 가는 길』, 『거울아 거울아』 등이 있다.

오두막

초판 1쇄 발행 2009년 3월 16일
초판 100쇄 발행 2017년 4월 17일
개정판 1쇄 발행 2017년 5월 8일
개정판 12쇄 발행 2023년 12월 21일

지은이   윌리엄 폴 영
펴낸이   최동혁

영업본부장   최후신
기획편집   장보금·이현진
디자인팀   유지혜·김진희
마케팅팀   김영훈·김유현·심우정
물류제작   김두홍
영상제작   김예진·박정호
인사경영   조현희·양희조
재무회계   권은미
본문디자인   design co*kkiri

펴낸곳   (주)세계사컨텐츠그룹
주소   06071 서울시 강남구 도산대로 542 8층 (청담동, 542빌딩)
이메일   plan@segyesa.co.kr
홈페이지   www.segyesa.co.kr
출판등록   1988년 12월 7일 (제406-2004-003호)
인쇄·제본   예림

ⓒ윌리엄 폴 영, 2009. Printed in Seoul, Korea

ISBN 978-89-338-7074-7 03840

세계사
40th Anniversary

앞으로 채워질 당신의 책꽂이가 궁금합니다.

마흔 살의 세계사는 더욱 섬세해진 통찰력으로
당신의 삶을 빛내줄 귀한 책을 소개하겠습니다.